吉林师范大学教材出版基金资助

唐诗经典
分类品鉴

孙艳红／著

中国社会科学出版社

图书在版编目(CIP)数据

唐诗经典分类品鉴/孙艳红著. —北京：中国社会科学出版社，2020.12
ISBN 978-7-5203-7306-7

Ⅰ.①唐⋯ Ⅱ.①孙⋯ Ⅲ.①唐诗—鉴赏 Ⅳ.①I207.227.42

中国版本图书馆 CIP 数据核字(2020)第 264227 号

出 版 人	赵剑英
责任编辑	郭晓鸿
特约编辑	杜若佳
责任校对	师敏革
责任印制	戴 宽

出 版	中国社会科学出版社
社 址	北京鼓楼西大街甲 158 号
邮 编	100720
网 址	http://www.csspw.cn
发 行 部	010-84083685
门 市 部	010-84029450
经 销	新华书店及其他书店
印 刷	北京明恒达印务有限公司
装 订	廊坊市广阳区广增装订厂
版 次	2020 年 12 月第 1 版
印 次	2020 年 12 月第 1 次印刷
开 本	710×1000 1/16
印 张	23.75
插 页	2
字 数	288 千字
定 价	138.00 元

凡购买中国社会科学出版社图书，如有质量问题请与本社营销中心联系调换
电话：010-84083683
版权所有 侵权必究

前　言

中国是诗的国度,唐诗则是我国诗歌史上一颗璀璨的明珠,将我国古典诗歌的发展推向了高峰。唐诗是中国优秀传统文化的重要组成部分,对社会发展和人际交往有着特殊作用,是其他文化形式无法取代的。唐诗更是唐代文学的代表样式,闻一多先生曾说:"一般人说唐诗,我却要说'诗唐',诗唐者,诗的唐朝也,懂得了诗的唐朝,才能欣赏唐诗。"[1] 由此可见唐诗之于大唐王朝的重要性和对唐代文化传播的重要影响,唐诗也成了一代又一代学人关注的研究热点。近年来唐诗的研究层面不断地向纵深拓展,研究视角也不断地发展变化,研究方法更是不断地推陈出新。可以说唐诗研究承前启后,渐趋广深,呈现出蓬勃兴旺的新气象。

唐诗数量众多,体裁丰富,艺术精湛,影响广泛。本书结合中国诗歌发展史,从题材内容分类入手对唐诗经典作品进行理论探讨和品评鉴赏,让读者对唐诗学诸问题有比较深入的认识和掌握,从而为读者赏读唐诗和深入研究唐诗提供门径。同时,也将起到传承弘扬中国优秀传统文化、提高读者人文素养的作用。

---

[1] 闻一多:《诗的唐朝》,孙党伯、袁謇正主编:《闻一多全集》第六卷,湖北人民出版社1993年版,第120页。

本书之所以选择分类品鉴的方式,是受我国传统诗歌分类方法的启示。我国古人很早就有诗歌题材分类的意识,尤其在选本学上更是成绩斐然。比如南朝梁代萧统所编《昭明文选》中的诗歌分类:从题材上分为述德、咏史、游仙、招隐、行旅、军戎等;从体制上分为乐府、杂歌等;从功能上分为劝励、献诗、挽歌、咏怀等。萧统虽然有诗歌的分类意识,但是由于分类标准不一,导致很多诗篇杂合在一起,但却为后世选本学提供了思路。明代敖英的《类编唐诗七言绝句》在分类时存在将诗歌题材(吊古、送别、征戍等)和功能(记行、写怀等)合一的倾向[1]。这种分类方法基于诗歌创作的实际情况,虽然符合古代学术实用性、功能性的基本特点,但把题材和功能(表达方式)在单一向度上混合起来不甚合理。此外,古人的诗歌分类还常有交叉重合的现象,如敖英将闺情和宫词分为两类,虽然二者书写场合有别,但由于其书写对象和表达情感的相似性,在现代学术视野下完全可以将其合并为闺情宫怨一类。

从唐至清,历代选家编选的多种唐诗选本,对唐诗的广泛传播起到了推动作用。中华人民共和国成立以来,学界唐诗研究方面的学术成果堪称丰硕,但唐诗作为中国优秀传统文化之一,从传承和普及上来看却相对滞后。影响较大的唐诗选本虽然层出不穷,不过能在现代社会真正可推广、可普及的还是有些寥落。

最为熟悉的当首推蘅塘退士孙洙编选的《唐诗三百首》,该选本被誉为"中国古今诗词选本之首"。但此书秉承中国文学温柔敦厚的诗学传统,很少选录那些反映社会矛盾的诗,比如李绅的《悯农二首》、杜甫的《自京赴奉先县咏怀五百字》等诗就未入选,这在一定程度上影响了唐诗思想深度和艺术厚重度的全面呈现。1980年,金

---

[1] 钱仲联等主编:《中国文学大辞典》,上海辞书出版社1997年版,第328页。

性尧注《唐诗三百首新注》，由上海古籍出版社出版。《唐诗三百首新注》增加了诗人简介，在注释方面有选择地吸收前人注解和当代人研究唐诗的最新成果，还加上作者自己的独到见解，是目前较为流行的新注本。

中华人民共和国成立后的第一本《唐诗选》是马茂元编选的，1960年由人民文学出版社出版。该选本吸取了孙洙《唐诗三百首》的选编经验，在选诗标准方面有所突破，兼顾了唐诗的思想内容和艺术成就。该选本选录诗人126位，诗作500余首，编排上以诗人时代先后为序，除大家、名家外，也兼顾小家，较为全面地反映了唐诗的艺术特征和发展脉络。此书后经其受业门人刘初棠、赵昌平缀补完成，于1999年再版，备受读者欢迎。

1978年，中国社会科学院文学研究所又选录一本《唐诗选》，由人民文学出版社出版。该选本选录诗人130多位，诗630多首，编排上以诗人时代先后为序。该选本最大的特点是分期选诗，把唐诗发展分为八个时期，有利于弥补传统"四唐分期"时代先后与诗歌价值高下不尽吻合的缺陷，选诗时有意提升了白居易、李商隐等中晚唐诗人的地位。

萧涤非、程千帆、马茂元、周汝昌、周振甫、霍松林等共同编撰了《唐诗鉴赏辞典》，1983年由上海辞书出版社出版。《唐诗鉴赏辞典》选录诗人190多位，诗1000多首，编排上以诗人时代先后为序。该书的特点是将工具性和普及性融为一体，既可以作为学习唐诗的工具书，又是一本唐诗鉴赏的普及读物。它既不同于一般的辞典，也有别于以往出版的唐诗赏析读本。

潘百齐编著的《全唐诗精华分类鉴赏集成》，1989年由河海大学出版社出版，是一部百科全书式的唐诗分类编选、鉴赏研究的工具书，收录418位诗人的2706首诗，分55部222门1175类，鉴赏文章 500 篇。

何严等编著的《新编唐诗三百首》,1991 年由江苏古籍出版社出版。该书将选录的 333 首诗分别归类到抒怀、讽喻、离情、旅游、边塞军旅、田园隐逸、咏史怀古、哀怨、咏物、节令等 10 个类别。

竞鸿等编的《全唐诗精华》,1994 年由吉林文史出版社出版,是近年来所出的收诗最多、分类最细的唐诗选本。全书共收诗约 6000 首,厘为 30 大类,即天象物候、山水胜迹、时序节令、花草树木、鸟兽虫鱼、帝后宫闱、忧国论政、战争动乱、边塞域外、民生疾苦、市井田园、人物风采、感时抒怀、咏史怀古、立志修身、科第仕宦、羁旅情怀、亲情伦理、婚姻爱恋、友谊交际、隐逸燕居、庭苑器物、旅行观赏、宴集游乐、诗文书画、乐舞伎艺、生老病死、感旧伤悼、宗教神话、哲理箴言。在每一大类中又划分为若干小类,如"天象物候"类里共分为雨、雪、风、云雷、月五个小类。全书共列出小类 129 种。

关于唐诗分类研究方面的比较有影响的成果有张浩逊先生的《唐诗分类研究》,28 万字,1999 年 10 月由江苏教育出版社出版。该书将唐诗题材分为 17 类:山水诗、田园诗、边塞诗、送别诗、咏史怀古诗、咏物诗、悯农诗、科举诗、省试诗、宫怨诗、酬谢诗、赠内诗、哲理诗、咏杨妃诗、侠义诗、节令诗和咏马诗等。作者意在勾勒其概貌,追踪其演变,把握其美学品格。

刘洁的《唐诗审美十论》,2003 年 5 月由民族出版社出版。该书从唐诗的题材类别入手,分别论述了唐代的宫怨诗、闺怨诗、边塞诗、山水诗、咏史诗、送别诗、爱情诗、悼亡诗、乐舞诗、题画诗 10 类不同题材诗歌的审美特征,一题一论,各论之间既有相对的独立性,又有内在的联系。全书通过大量的作品实例,具体论述各类题材诗歌的发展演变,侧重分析每类诗在唐代所形成的独特美感,揭示和探索形成唐诗之美的奥秘。

刘学锴的《唐诗选注评鉴》,2013年由中州古籍出版社出版。该选本选录诗人130多位,诗600多首,编排上以诗人时代先后为序。该选本集选诗、注释、集评、鉴赏为一体,在体例上有明显新创;对典故的注释,多征引典故出处的原文,与一般的选本明显不同;笺评汇聚历代疏解评论,读者可借此开阔眼界与思路,得到多方面的启发;鉴赏文,以全面细致切实为主要特点,在疏解诗意、再现诗境的同时对全诗的艺术风貌及特色做一些点评。

上述这些关于唐诗的选本和分类研究的成果对我写作此书有很大启示。本书立足于以往的唐诗选本,选出精华中的精华,故谓之经典。然后再将所选经典进行分类择要取之进行品鉴,意在撰写一部从选诗数量和质量上既能较好地反映唐诗的思想艺术成就,又能适应不同读者需要的唐诗分类品鉴选本。每类题材所选诗篇从唐诗接受史角度考量,以读者的可读、乐读性为出发点,还参照了基础教育古诗文及必读书目和全民阅读的价值取向,力求贴近现代人的生活,共选取85位诗人233首诗。书中所选的诗人以一流诗人为主体,兼及二流、三流诗人,这些诗人的简要情况只在第一次出现时进行介绍。233首诗皆是耳熟能详、众口皆诵、流传广泛的经典篇目。

全书共分为九章,选取唐代最具时代特色的交游别离、羁旅思乡、闺情宫怨、爱情婚姻、悼亡感怀、咏物言志、咏史怀古、山水田园、边塞征战等九大类诗歌。本书在分类上既考虑到唐诗题材内容的广泛性,又以展现唐诗风貌的大类为主,不求全责备。分类标准尽量一致,遇到交叉问题做明确说明。由于唐诗内容丰富,非单一性的题材分类所能缚得住的,故而每类题材仍旧会略有交叉。交叉不是重复、矛盾,而是侧重点不同,这也正是唐诗内容丰富多彩的标志。比如交游别离诗一章中，恋人别、夫妻别就与爱情婚姻诗、悼亡感怀诗有交叉，闺情宫怨诗也与爱情婚姻诗有关，这种情况本书在分类时以其所表现的主要内容进行归类，像元稹的《遣悲怀》三首、《离思五首》等是典型的悼亡题材诗，虽然关涉爱情婚姻，但本书将其放在悼亡诗一章中进行品鉴，在爱情婚姻诗中不再赘述。李商隐的《无题》诗，以爱情为主题，即便与悼亡有关，也只在爱情婚姻诗中品读。

羁旅思乡诗和交游别离诗中文人举子赴任迁谪别类诗有交叉，和边塞征战诗中戍边战士厌战思乡念亲也有交叉，这种情况往往以诗歌所呈现的主体内容为着眼点进行分类归属，或者是对选诗做出必要的说明。比如在羁旅思乡诗中涉及"战乱远役者羁旅思乡"的情况，在选诗上侧重战乱思乡，涉及远役的思乡诗则只是提及篇目，并说明在边塞征战诗一章重点探讨。在交游别离诗中涉及夫妻别、恋人别，这部分内容将会在爱情婚姻诗、悼亡感怀诗中重点探讨。

边塞征战诗中，常常抒发征人思妇的相思之情；闺情宫怨诗中，常常揭示造成思妇爱情婚姻家庭悲剧的"频年不解兵"的社会现象。边塞征战诗中有闺情，闺情宫怨诗中有边愁，正因为如此，有人认为可以将闺怨诗看作边塞诗的一个分支，因为闺怨诗的内容大多与征战行役有关，而战争行役又是牵动千家万户的重大社会问题。由此说来，征妇怨就具有了一定的社会性和现实意义。但这种说法只是针对一部分征妇怨诗而言，不能代表全部的闺怨诗。本书在涉及此类交叉现象时还是遵从该诗的主体内容来判定归到哪类进行品鉴。

本书在梳理分析各类题材诗歌发展流变的基础上，挖掘其繁荣发展的原因，并对每类诗歌的代表性篇目进行品鉴，突出每类诗的主体特征、情感指向和艺术技巧等问题。从品鉴方面看，本书对每类诗的常用意象进行了专节探讨，便于读者掌握唐诗意境。品鉴内容突出重点,每章中文本细读式品鉴三四首诗,辅以提纲挈领式品鉴或名句点评互为补充,详略得当,相得益彰。本书既广泛吸收古今中外学人的唐诗研究成果,又有撰者自己的体悟和评鉴。探幽发微,以期深入挖掘唐代各类题材诗歌的审美风尚和文化价值,引导读者穿越历史隧道去欣赏唐人的生活和唐代的文化艺术。

本书每章还设有题解和思考与讨论模块,题解对每章标题内涵做了必要的解释说明;思考与讨论模块分为讨论分析、审美鉴赏和写作三个方面,除了侧重培养读者思辨分析能力和审美鉴赏能力外,还特别注重引导读者创作诗歌,提升诗歌创作能力。

唐诗与我们虽然时隔千年,但对当代人的文化选择仍旧意义深远。当代人从中华优秀传统诗词文化中汲取营养,寻回被遗忘的"诗意世界",可以提升当代流行文化的品位,增加其文化内涵与底蕴。本书对唐诗进行系统整理,深入挖掘,既有理论探讨,更有对诗作的品评鉴赏,传播推广唐诗中的经典篇目,使其与当代人的文化需求相融合,让其与普通百姓的生活更为接近,拓宽受众群体,弘扬优秀传统文化,真正做到经典永流传。

目　录

第一章　人生自古伤离别,个中滋味几人知
　　——唐代交游别离诗品鉴……………………………（1）
　第一节　唐代交游别离诗的繁荣原因………………………（3）
　第二节　唐代交游别离诗的常见意象………………………（6）
　第三节　唐代交游别离诗的情感类型………………………（18）
　第四节　唐代交游别离诗的艺术技巧………………………（37）

第二章　棋罢不知人换世,酒阑无奈客思家
　　——唐代羁旅思乡诗品鉴…………………………（51）
　第一节　羁旅思乡诗的发展流变……………………………（53）
　第二节　唐代羁旅思乡诗的常用意象………………………（61）
　第三节　唐代羁旅思乡诗的情感类型………………………（67）
　第四节　唐代羁旅思乡诗的艺术技巧………………………（75）

第三章　满园芳草年年恨,剔尽灯花夜夜心
　　——唐代闺情宫怨诗品鉴…………………………（88）
　第一节　闺情宫怨诗的发展轨迹……………………………（88）

第二节　唐代闺情宫怨诗的主体形象……………………（95）
第三节　唐代闺情宫怨诗的常用意象……………………（109）
第四节　唐代闺情宫怨诗的艺术技巧……………………（116）

第四章　何当共剪西窗烛，却话巴山夜雨时
　　　　——唐代爱情婚姻诗品鉴……………………（130）
第一节　爱情婚姻诗的发展过程……………………（130）
第二节　唐代爱情婚姻诗的兴盛原因……………………（137）
第三节　唐代爱情婚姻诗的题材类型……………………（140）
第四节　唐代爱情婚姻诗的阶段性审美特征……………（150）

第五章　梧桐半死清霜后，头白鸳鸯失伴飞
　　　　——唐代悼亡感怀诗品鉴……………………（169）
第一节　悼亡感怀诗的发展演变脉络……………………（170）
第二节　唐代悼亡感怀诗的兴盛原因……………………（177）
第三节　唐代悼亡感怀诗的常用意象……………………（181）
第四节　唐代悼亡感怀诗的风格特色……………………（187）

第六章　绘尽天下万物态，寄寓世间感慨情
　　　　——唐代咏物言志诗品鉴……………………（198）
第一节　唐前咏物言志诗的发展演变……………………（200）
第二节　唐代咏物言志诗的繁荣原因……………………（206）
第三节　唐代咏物言志诗的发展流变……………………（208）
第四节　唐代咏物言志诗的艺术技巧……………………（225）

第七章 历览前贤国与家,成由勤俭败由奢
——唐代咏史怀古诗品鉴 …………………… (236)
第一节 咏史怀古诗的内涵源流 ………………………… (237)
第二节 唐代咏史怀古诗的繁荣发展 …………………… (241)
第三节 唐代咏史怀古诗的常用意象 …………………… (251)
第四节 唐代咏史怀古诗的主题指向 …………………… (261)
第五节 唐代咏史怀古诗的艺术技巧 …………………… (273)

第八章 山光水色养性灵,登山观海总溢情
——唐代山水田园诗品鉴 ………………………… (281)
第一节 唐前山水田园诗的发展演变 …………………… (282)
第二节 唐代山水田园诗的兴盛原因 …………………… (285)
第三节 唐代山水田园诗的情感类型 …………………… (288)
第四节 唐代山水田园诗的桃源意象 …………………… (298)
第五节 唐代山水田园诗的艺术特点 …………………… (305)

第九章 大漠孤烟征战事,醉卧沙场慷慨情
——唐代边塞征战诗品鉴 ………………………… (319)
第一节 唐前边塞征战诗的发展演变 …………………… (320)
第二节 唐代边塞征战诗的兴盛原因 …………………… (328)
第三节 唐代边塞征战诗的阶段性审美特征 …………… (332)
第四节 唐代边塞征战诗的意象类型 …………………… (348)
第五节 唐代边塞征战诗的题材特色 …………………… (354)

参考文献 ………………………………………………………… (358)

后记 ……………………………………………………………… (362)

第一章　人生自古伤离别，个中滋味几人知

——唐代交游别离诗品鉴

题解："人生自古伤离别"取自柳永《雨霖铃》中的"多情自古伤离别"；"个中滋味几人知"语出乾隆《再题惠山园八景·寻诗径》，全诗如下："一卷当谷下临陂，步入幽深总合诗。便是三唐多作者，个中滋味几人知。"

送别是古代文人墨客借以表达情感的重要形式，唐代的别离大多是由于诗人们交游迁谪导致的，因交游而产生的送别诗是别离诗中最见风采的一种，故而本章将交游诗、别离诗并称。

中国传统的血缘宗法制度铸就了中国人的家庭伦理观念，人们总是愿意与亲人在一起，有着强烈的安土重迁和故乡宗族意识。人们常把生离与死别对举，也许一次不经意的离别便会终生难聚，于是别离成为人生中的大事，为古人所重。在我国古代因交通不便，往往是离别容易相会尤难，以送行饯别表达深厚的情谊便成为一种习俗，送别也因此成为诗人笔下常见的题材。在中国古代文学的长河中，抒发离愁别恨的诗词俯拾即是。既有送别时的依依难舍之情，也有别离后的辗转难眠之思和相阻相隔的哀怨叹息之声。

唐诗经典分类品鉴

江淹在《别赋》中说:"黯然销魂者,唯别而已矣。"直截了当地言明让人失魂落魄的莫过于别离。"风萧萧兮易水寒,壮士一去兮不复返"(《战国策·荆轲刺秦王》),这是燕太子丹与刺客荆轲的英勇壮别;"海内存知己,天涯若比邻"(王勃《送杜少府之任蜀州》),这是诗人王勃与杜少府的豪迈阔别;"莫愁前路无知己,天下谁人不识君"(高适《别董大》),这是高适与董大的深情慰别;"劝君更尽一杯酒,西出阳关无故人"(王维《送元二使安西》),这是王维与元二的把酒言别;"醉不成欢惨将别,别时茫茫江浸月"(白居易《琵琶行》),这是白居易与客人的凄凄醉别;"今宵酒醒何处?杨柳岸、晓风残月"(柳永《雨霖铃》),这是词人柳永与恋人的依依惜别;"十年生死两茫茫,不思量,自难忘"(苏轼《江城子》),这是苏轼与亡妻的生死梦别;"听得道一声'去也',松了金钏;遥望见十里长亭,减了玉肌"(王实甫《西厢记》),这是崔莺莺与张生的相思苦别。从这些别离诗词中可以看出,别有情,别有景,别有声,别有泪,别有长度,别有重量,别能销魂,别能减肌。别时难舍难分,别后吟魄离魂。形形色色的分别,无不贯穿着一个主题:别离苦,真是"别"有滋味在心头。

严羽在《沧浪诗话》中说:"唐人好诗,多是征戍、迁谪、行旅、离别之作,往往能感动激发人意。"[1] 而事实上征戍、迁谪、行旅也与别离有关,这些题材既丰富了别离诗的内容,又是唐代别离诗繁荣的基础。唐代别离诗数量蔚为大观,据《全唐诗》(42000多首)、《全唐诗补遗》(7000余首),与别离主题有关的有7000余首,占总数的七分之一。又据对《唐诗别裁集》(1940首)粗略统计,其中所选离别诗达300多首,约占其总数的16%;《唐诗三百首》中

---

[1] 严羽著,郭绍虞校释:《沧浪诗话校释》,人民文学出版社2006年版,第198页。

也选 30 多首，约占总数的 12%。可见别离诗是唐诗中数量较多的一种题材类型。

第一节 唐代交游别离诗的繁荣原因

别离是人类生活中的重要现象，在唐代这种现象尤为突出。唐代交游别离诗繁荣兴盛的原因大致分为三个方面：社会原因、政治原因、交通原因。

一 社会原因

首先是战争与生计造成了别离。唐代连年的边塞征战，使大量的青壮丁从军戍边，远离家乡。对于一般百姓来说，他们迫于生计，也经常要外出谋生，不得不辞亲别友，离开家园。唐代的商贾更是长途贩运，行商四方。中唐时期的安史之乱，又导致很多人因为避乱远祸而饱尝颠沛流离之苦。

其次是士人的读书仕进与干谒交游造成的别离。子曰："士而怀居，不足以为士矣。"（《论语·宪问》）古代的士是不可以留恋安逸的家居生活的，必须要离家游走四方，登山访胜，游学游宦。唐代士人的这种离别则更多，应试赴举、漫游干谒、升迁贬谪、入幕从军等都会产生离别。傅璇琮先生在《唐代科举与文学》中对此种现象有过评说："当时以长安为中心，在通往四方各地的大道上有多少来往奔波的行人，商贾不必说，应考的士子一年有几千人，还有为数众多的应吏部铨试的地方上各级基层官员。至于州刺史以上大员的调动及随从人员，就更不用说了。"[①] 唐朝士子通过科举考试后只

[①] 傅璇琮：《唐代科举与文学》，陕西人民出版社 1986 年版，第 503 页。

是取得了做官的资格，要想正式步入仕途，尚需经吏部铨试①。科举考试中设立了"以诗取士"的制度，使诗歌成为"文人得官干禄的终南捷径"和"青年的必修科目"。天下文人特别是那些希望进身仕途的文人就更加热衷于诗歌的创作了，以诗会友成为当时社会生活中的一种习惯，离愁别绪用诗来表达也成为一种必然。

再次是拜友唱和。唐代诗人中，有许多情投意合往往被相提并论的挚友，像王孟、李杜、韩柳、元白等，他们经常在一起交游集聚，互相唱和，彼此留下了不少相知相惜、感人至深的唱和诗和送别诗。

二 政治原因

唐代开国之初便确定了以文治国的方略，这对唐代诗歌的繁荣具有决定性的影响。贞观初期，天下安定，唐太宗励精图治，深知"致安之本，唯在得人"（吴兢《贞观政要·择官》），采用魏征"偃武修文"的建议，"解戎衣而开学校，饰贲帛而礼儒生"（《旧唐书》卷一百九十《文苑传上》），大力发展文化教育事业。唐太宗时期，建弘文馆，遴选天下文人，给予优厚待遇校理典籍，同时送三品以上官员的子弟入弘文馆学习。受此影响，唐代全国各地纷纷建立了官学制。在中央设有国子学、太学、四门学、算学；在州县设有州学、县学。从中央到地方建立了一系列扶持、奖励政策。这些政策的推广与实施，使得唐代社会中能够接受教育的群体大大增加了，这在某种程度上来说给诗歌的繁荣发展提供了适宜的土壤。另外唐代的最高统治者有胡族血统，不耽于沉思，更爱好歌唱。他们提倡风雅，唐人"非歌诗无以见惜别之志，不可以不赋"（梁肃

---

① 铨试以"身、言、书、判"四事择人。身指体貌伟岸；言指言辞辩正；书指书法遒美；判指文理优长。四者皆可，则中选授官。

《送窦拾遗赴朝廷序》),也就是说凡是离别场景,赋诗赠别已经是一般的社交礼仪,这又大大地促进了别离诗的创作规模。以诗赠别这一特殊礼物,在唐代特别盛行,而且赠别诗还有一些特殊规定,比如字数、用韵、形式、内容等,有时兴起还会特地推举"擅场"①。在这种状态下,竞争的意识自然增强,"送行数百首,各以铿奇工"(孟郊《奉同朝贤送新罗使》)的局面自然得以形成。也正因为诗歌当时崇高的社会地位,才使亲人朋友在离别时以诗相赠成为习俗,诗歌也成为离别时赠给亲朋师友的一份厚礼。

三 交通原因

我国古代交通不便,交通工具有限,不管是骑马还是坐船,都无法像现在这样朝发夕至,早出晚归。古人出行前都会做充分的准备,"适莽苍者,三餐而反,腹犹果然;适百里者,宿舂粮;适千里者,三月聚粮"(庄子《逍遥游》),说明出行要提前准备路途给养,很早就造成别离的气氛。杜甫的"人生不相见,动如参与商"(《赠卫八处士》),反映出古代交通不便,音信难通的客观实际。千里迢迢,背井离乡,跋山涉水踏上漫漫征途,一旦出发,少则十天半月,多则一年半载方能归家。路途莫测,前途难料,甚至经常有此次一别便是人生永别的现象发生。故而离别主题成了诗人笔下的重要题材,诗人们将离别聚散,别易聚难的苍凉感付诸诗笔,写尽人生离别带来的无尽忧伤。离别之时感慨良多,但人们普遍有着"相见时难别亦难"的心理,这种心理因景而伤、因时而伤,常常变得惊心动魄,故而送别题材的诗歌读来有格外感人的力量。

---

① 《文选·张衡〈东京赋〉》:"秦政利觜长距,终得擅场。"薛综注:"言秦以天下为大场,喻七雄为斗鸡,利喙长距者终擅一场也。"谓强者胜过弱者,专据一场。后谓技艺超群。

别离是唐代诗人的重要活动,统治阶级的重视和用人制度的改革直接催生了唐代交游别离诗,加之大唐盛世促成文人士子游学往来于祖国的名山大川之间,还有诗歌本身的抒情功能,共同促成了唐代交游离别诗的繁荣。

第二节　唐代交游别离诗的常见意象

纵观唐代交游别离诗,直接抒写离愁别绪的较少,大多是借意象抒怀,营造一种凄迷感伤的意境氛围。在唐代交游别离诗中,经常用到的意象主要有柳、酒,日暮、斜阳,月亮,长亭、谢亭,渡口、南浦,等等。

一　柳(折柳送别)

在我国古代有折柳送别之说,此说源于《诗经·小雅·采薇》中的"昔我往矣,杨柳依依;今我来思,雨雪霏霏"。折柳送别的习俗产生于汉代,产生原因大体有两个方面。一是从柳这一事物本身来看,千丝万缕的柳条随风舞动与离人斩不断、理还乱的丝丝缕缕的离愁非常相似。柳枝有随地而生的习性,折柳相赠还有祝愿友人在异地他乡生活顺利、欣欣向荣之意。二是从语音上看,"柳"与"留"谐音,因此折柳送别有挽留、惜别、不舍之意。

古人这种折柳枝以赠行者的风俗成了唐诗中最常见的题材,如盛唐王之涣的《送别》诗就是一例:

杨柳东风树,青青夹御河。
近来攀折苦,应为别离多。

第一章 人生自古伤离别，个中滋味几人知

王之涣（688—742），是盛唐时期著名的浪漫主义诗人，字季凌，蓟门（今天津蓟州区）人，一说晋阳（今山西太原）人。王之涣常与高适、王昌龄等人相互唱和，以善于描写边塞风光著称。现仅存6首绝句，以《登鹳雀楼》《凉州词》为代表作。章太炎推《凉州词》为"绝句之最"。

这首《送别》诗从眼前景物——柳产生联想，诗人看到树上的柳枝被折去不少，想到这都是那些多情的送行者所为，侧面描写出送别之多。一个"苦"字，更体现了离别的愁苦。全诗看似平淡，却言浅意深，字字未提送别却字字饱含离别之苦，读来意味深长。再比如罗隐的《柳》：

> 灞岸晴来送别频，相偎相倚不胜春。
> 自家飞絮犹无定，争解垂丝绊路人。

罗隐（833—910），字昭谏，新城（今浙江杭州市富阳区新登镇）人，晚唐诗人。大中十三年（859）底至京师，应进士试，历七年不第。后来又断断续续考了几年，总共考了十多次，自称"十二三年就试期"（《感弄猴人赐朱绂》），最终还是铩羽而归，史称"十上不第"。

这首咏柳七绝是写暮春晴日于长安城外、灞水岸边的送别情景。这首诗与众不同之处在于，它不是写自己送别，而是议论他人送别；不是议论一般的夫妻或亲友离别相送，而是有感于倡女送别恋人的缠绵情景。诗人为了避免平铺直叙，采用比兴的手法，托物写人，借助春柳的意象来表现这不同寻常的送别场景。

古人喜欢折柳送别，折柳的寓意是惜别怀远。因之"柳"成了唐代别离诗中的主要意象，借以表达离别依依的不舍情意。

· 7 ·

唐诗经典分类品鉴

二 酒（饮酒饯别）

古人离别多设宴饯行，酒在排解愁绪之外，还饱含着深深的祝福。将美酒和离情联系在一起的诗词不胜枚举，如：王维的《送元二使安西》中的"劝君更尽一杯酒，西出阳关无故人"，白居易《琵琶行》中的"醉不成欢惨将别，别时茫茫江浸月"，等等，都是以酒抒写别离之情。所以许多别离诗，都飘散着浓浓的酒香，酒杯里充盈着说不尽的亲情、友情和恋情。我们先看贾至的《送李侍郎赴常州》：

雪晴云散北风寒，楚水吴山道路难。
今日送君须尽醉，明朝相忆路漫漫。

贾至（718—772），字幼邻，河南洛阳人，贾曾之子。擢明经第，授单父县尉。安禄山乱，从唐玄宗幸蜀，知制诰，历中书舍人。广德初，授礼部侍郎，封信都县伯。后迁京兆尹，兼御史大夫。著有文集30卷，《唐才子传》有其传。

这首诗首句从眼前景色写起，"雪""北风"点明送别时令气候，渲染凄冷的环境氛围；次句"楚水吴山"写李侍郎的行程及其路途的艰难。诗人从天时和地理两个方面表达了对友人前路漫漫的关切。后两句"今日送君须尽醉，明朝相忆路漫漫"则从王维的"劝君更尽一杯酒，西出阳关无故人"化出，"今日""明朝"两相对照，直接抒发惜别之意。这首诗既描写了诗人与友人的依依惜别，又表达了诗人对友人前路珍重的殷切祝愿，而且诗人用酒来强调这份深情厚谊，如不尽醉则不足以散愁，酒在诗中成了表现别情的重

第一章 人生自古伤离别，个中滋味几人知

要媒介。再比如李白的《鲁郡东石门送杜二甫》：

> 醉别复几日，登临遍池台。
> 何时石门路，重有金樽开。
> 秋波落泗水，海色明徂徕。
> 飞蓬各自远，且尽手中杯。

李白（701—762），字太白，号青莲居士，又号"谪仙人"，是唐代伟大的浪漫主义诗人，被后人誉为"诗仙"，与杜甫并称为"李杜"。据《新唐书》记载，李白为兴圣皇帝（凉武昭王李暠）九世孙，与李唐诸王同宗。其人爽朗大方，爱饮酒作诗，喜交友。有《李太白集》传世。

天宝三载（744）李白被"赐金还山"，与大诗人杜甫相识，并在梁宋间相会、同游。天宝四载春，李白、杜甫在鲁郡（今山东兖州）重逢，并同游齐鲁。这年深秋，杜甫要西去长安，李白则再游江东，两位诗人相约在鲁郡的东石门处作别。这首送别诗就是李白在临行之时所作。

诗以"醉别"开始，干杯结束，首尾呼应，一气呵成，充满豪放不羁和乐观开朗的感情，给人以鼓舞和希望而毫无缠绵哀伤的情调，特有李白风范！全诗语言古朴真淳，直抒胸臆，李白用"酒"把这场送别串起，将叙事、写景、抒情三者融为一体，借景抒情，以情动人；描绘盛景，以美感人。全诗充满了深情厚谊与诗情画意，是诗歌史上脍炙人口的送别佳作。

在离别环境中，酒与歌融合，更是别见风致。比如唐代许浑的《谢亭送别》：

> 劳歌一曲解行舟，红叶青山水急流。
> 日暮酒醒人已远，满天风雨下西楼。

许浑（约791—约858），字用晦（一作仲晦），润州丹阳（今江苏丹阳）人。成年后移家京口（今江苏镇江）丁卯涧，以丁卯名其诗集，后人因称"许丁卯"。许浑是晚唐最具影响力的诗人之一，诗中多描写水、雨之景，后人将其与诗圣杜甫相比，有"许浑千首湿，杜甫一生愁"的评价。许浑的诗被误收入到杜牧集者甚多，代表作有《咸阳城东楼》。

这首诗中的"劳歌"本指劳劳亭（今南京）送客时唱的离歌，后成为送别歌的代称。此诗首句便用离别的谢亭和劳歌烘托出浓郁的离别气氛。第二句以江上美景反衬了欢聚的可恋和别离的难承，而那湍急的流水又更添追逐友人的离愁。三、四句写诗人身留谢亭而友人早已远去，并将暮色苍茫、风雨凄迷之景与酒醒之后的孤寂落寞之愁情相互映衬，具有不言伤而心自伤之神韵。青山红叶的明丽景色反衬别绪，而风雨凄迷景色正衬离情，诗中情与景的点染交融，既富有变化又高度统一，极具艺术感染力。

三　日暮、斜阳等

送别诗中常出现"日暮""斜阳""夕阳""暮雪""暮钟"等傍晚时分的意象。这并非诗人喜欢傍晚时分送别，而是别离这种忧伤的情感与暮色朦胧中的苍茫感相协调。例如王维的《山中送别》：

> 山中相送罢，日暮掩柴扉。
> 春草明年绿，王孙归不归？

王维（701—761），字摩诘，号摩诘居士。河东蒲州（今山西运城）人，祖籍山西祁县。开元十九年（731）状元及第。历官右拾

第一章 人生自古伤离别，个中滋味几人知

遗、监察御史、河西节度使判官。曾任尚书右丞，故世称"王右丞"。王维参禅悟理，学庄信道，精通诗、书、画、音律等，其诗多咏山水田园，与孟浩然合称"王孟"，有"诗佛"之称。存诗400余首，著作有《王右丞集》《画学秘诀》。

对离别有体验的人都知道，行人将去的片刻固然令人黯然销魂，但那种寂寞之感、怅惘之情往往在别后当天的日暮时会变得更为浓重、更为难耐。千头万绪涌上心头，剪不断、理还乱。可是，王维的这首诗不仅是写了日暮这一时刻，还特别注重细节刻画，诗人抓住日暮时分"掩柴扉"，这一日常化的动作可以激发读者的想象，行人远去，送行者独自归家的寂寞神态，也可以感受到送行者的怅惘心情；同时还可以进一步产生联想，继日暮之后迎来的将是黑夜，送行之人独自掩好柴门，他将怎么样来度过这漫漫长夜呢？王维的这首诗妙就妙在通过"日暮"这一时间意象来表达离愁别绪，着墨不多，却能牵动读者的内心情感。

日暮斜阳这一天中的最能惹人愁情的特殊时刻，再与秋日的肃杀冷清结合起来，更能体现别离人的心境。如严维的《丹阳送韦参军》：

丹阳郭里送行舟，一别心知两地秋。
日晚江南望江北，寒鸦飞尽水悠悠。

严维（生卒年不详），字正文，越州山阴（今浙江绍兴）人。至德进士，授诸暨尉，官至秘书省校书郎。

丹阳，地名。唐代天宝年间以京口（今江苏镇江）为丹阳郡，曲阿为丹阳县（今江苏丹阳市），二者地理位置相近。

这是一首送别的好诗，诗中感情真挚深厚，造语清丽流畅，读之余味无穷。诗的一、二句先写别时,第一句"丹阳郭里送行舟"不仅交代了送行地点,还表明友人是走水路。第二句"一别心知两地秋"语带双关,表面上看"秋"是指时令秋天,实际上以"心"上有"秋"说明"愁",诗人有意借萧瑟的秋景补写离愁。诗的三、四句写别后的思念。"日晚江南望江北"用"江南""江北"形成对比,突出了江水之阻隔。由"望"字带出望中所见:"寒鸦飞尽水悠悠。"秋日黄昏,江面上仅有的寒鸦点点却"飞尽"了,只剩下流向远方的悠悠江水,不禁让人联想到"问君能有几多愁,恰似一江春水向东流"的无限愁思。

全诗情景交融,真切自然,诗人通过环境气氛的渲染表达送别的缱绻情丝。诗中的"秋(愁)""日晚""寒鸦""水悠悠"所组成的意境,给人凄凉孤独、寂静空虚之感,从而展现出诗人的浓浓离愁和悠悠情思。

古人送别大多在日暮黄昏时刻,因此别离诗中多写傍晚时分的落寞情怀,这正好与漂泊之人的离情别绪相吻合。

四 月亮

月亮也是离别诗歌中常见的意象,月光给人的感觉是朦胧、迷离、苍凉的,这与深邃悠长、委婉忧伤的离情别绪是一致的;再者,月亮含有思乡、思亲的象征义,因而古人常借月抒怀,使抽象的别情更显得动人深长。如薛涛《送友人》:

水国蒹葭夜有霜,月寒山色共苍苍。
谁言千里自今夕,离梦杳如关塞长。

第一章　人生自古伤离别，个中滋味几人知

薛涛（约768—约834），唐代女诗人，字洪度。长安（今陕西西安）人。父亲薛郧去世早，她与母亲相依为命。薛涛熟悉音律，八岁能诗，名噪一时。韦皋任剑南西川节度使时，薛涛得以召见并入乐籍，成为歌伎。韦皋觉其才华出众，拟奏请德宗授薛涛以秘书省校书郎官衔。但因格于旧例，未能实现，但人们却称之为"女校书"。后世称歌伎为"校书"就是从她开始的。薛涛和元稹、白居易、张籍、王建、刘禹锡、杜牧、张祜等人都有过唱酬交往。她居住在成都浣花溪边，自造桃红色的小彩笺，用以写诗。后人仿制，称为"薛涛笺"。晚年好作女道士装束，建吟诗楼于碧鸡坊，在清幽的生活中度过晚年。有《锦江集》五卷，已失传。《全唐诗》录存其诗一卷。近人张蓬舟有《薛涛诗笺》。

薛涛这首《送友人》可与"唐才子"们竞雄，向来为人传诵。全诗四句，前两句写别浦晚景。"水国蒹葭夜有霜"化用《诗经·秦风·蒹葭》中的"蒹葭苍苍，白露为霜"，月照山前明如霜，这是诗人登山临水之所见，"有霜"与"月寒"相映，"水国蒹葭"与"山色"相融且"共苍苍"的景象，令人顿生寒意。诗人如此造境，主要是借以表达一种友人远去、思而不见的怀恋情绪。

第三句是对友人的慰勉，表现出相思情意的执着。"千里自今夕"让我们自然地联想到"千里佳期一夕休"（李益《写情》）的无限深情和遗憾。女诗人在这里却加"谁言"二字，反诘之中使其情味更为深厚，大有"海内存知己，天涯若比邻"（王勃《送杜少甫之任蜀州》）之意，也有"隔千里兮共明月"（谢庄《月赋》）的慰勉之调。末句则直接抒写离情之苦。"关塞长"是说友人此行是到边塞，天高水长，难得一见，只能梦中相逢，可最为悲伤的是"离梦杳如"连梦也做不得。这一苦语，相对于第三句的慰勉，又是一大曲折，并将离别的难堪之情推向了高潮。

全诗围绕"月"展开,借月表达相思之情。结构上层层推进,处处曲折,语短意深。"先紧后宽"(先作苦语,继而宽解),宽而复紧,"首尾相衔,开阖尽变"(刘熙载《艺概·诗概》)。

借月表达别离相思的盛唐诗人中李白堪称一绝,且看他的《闻王昌龄左迁龙标遥有此寄》:

杨花落尽子规啼,闻道龙标过五溪。
我寄愁心与明月,随君直到夜郎西。

此诗大概作于唐玄宗天宝十二载(753),王昌龄从江宁丞被贬为龙标县(今湖南省洪江市)县尉,李白当时在扬州,听到王昌龄被贬的消息后挥笔写下了这首赠别诗。

李白的这首诗重在写人隔两地,难以相见的思念状态。诗中最为引人注目的当属"我寄愁心与明月"一句,月照中天,千里可共,李白将自己的思友情怀寄予明月。全诗借月抒怀,内蕴丰赡。李白先将自己心中愁思诉之于明月,因为明月无私,友我同照,同时诗人又让明月捎愁以托付离情。本来无知无情的明月,在李白笔下被赋予人的情态,月成了诗人的知心朋友。诗人借机把对迁谪好友的思念托一轮皓月带到遥远的夜郎之西。月亮高悬苍穹,分离之人尽管山川阻隔,仍能见到同一个亮,这就拉近了双方的心理距离,减轻了分离造成的痛苦。

五 长亭、谢亭

古代驿道旁置亭,十里一长亭,五里一短亭,送别亲朋好友时往往在亭中设酒饯行,所以长亭也就成了一个抒写离情别绪的意象。

比如李白的《劳劳亭》：

> 天下伤心处，劳劳送客亭。
> 春风知别苦，不遣柳条青。

劳劳亭，又名新亭，是古人送别之地。三国时期东吴时建，位于南京，是沿长江顺流而下的必经之地。劳劳亭的由来，是借用乐府民歌《孔雀东南飞》中"举手长劳劳，两情同依依"的诗句之意，劳劳亭也因之成了离别感伤的代名词。

李白的这首《劳劳亭》比较有特殊性，诗人并不是真的去劳劳亭送别友人，而是信马由缰，游玩流连到了劳劳亭有感而发之作。同样是表达送别之时的伤心，李白却从寻常景物中发掘出了令人意想不到的闪光点，明明是春风未绿江南岸之际，却被他写得有情有义："春风知别苦，不遣柳条青。"原来春风就是怕送者和行者太伤心，才没有把柳条吹绿。这种看似无理的拟人写法，却更加丰富了人世间的离情别恨。

除劳劳亭经常作为送别地之外，还有谢亭。谢亭又称谢公亭。在宣城北面，是南齐诗人谢朓所建。后来谢亭成为宣城著名的送别之地，也便成了离愁的代名词。且看李白的《谢公亭》：

> 谢亭离别处，风景每生愁。
> 客散青天月，山空碧水流。
> 池花春映日，窗竹夜鸣秋。
> 今古一相接，长歌怀旧游。

诗之首联"谢亭离别处，风景每生愁"是说谢朓、范云当年离别之处犹在，每睹此处景物则不免生愁。颔联"客散青天月，山空碧水流"紧承上联"离别""生愁"，写谢公亭的今日风景。由于离别，当年诗人欢聚的场面不见了，此地显得天旷山空，谢公亭上唯见一轮孤月，空山寂静，碧水长流。这两句写的是眼前令人生愁的寂寞之感。李白把他那种怀斯人而不见的怅惘情绪涂抹在景物上，就使得这种寂寞而美好的环境，似乎仍在期待着久已离去的前代诗人，从而能够引起人们对于当年客散之前景况的遐想，也很容易引起读者的共鸣。

颈联继续写景。诗人抓住谢公亭春秋两季的景物特点来写：勃勃的春日，池中之花自开自落；静谧的秋夜，窗外修竹随风作响。虽然不是孤月、空山那些令人生愁的景物，但联系上联的"客散""山空"，即便眼前的景色优美，我们仍旧可以感受到人事的寂寞。这正是诗人面对谢公亭的追思，从而自然地引出了诗的尾联："今古一相接，长歌怀旧游。"诗人在缅怀遐想中，似是依稀想见了古人的风貌，沟通了古今的界限，乃至在精神上产生了共鸣。这里所谓"一相接"，是由于心往神驰而与古人在精神上的契合，是写在精神上对于谢公旧游的追踪。这是一首缅怀谢朓的诗，但读者却从中感受到李白的精神性格，即美好的精神追求和高超的志趣情怀。

六　渡口、南浦

送别地点除了陆路的长亭、谢亭外，水路也有。唐朝水运发达，大运河与众多的河湖构成四通八达的水网。行旅之人出门大多乘船，渡口也是常见的送别地点。长安东南三十里处有一条灞水，汉文帝葬于此，遂称灞陵，水边建有灞陵亭。唐代人们出长安东门相送亲友，常在这里分手，因此灞陵亭在唐诗里常和别离联系在一起。比

第一章 人生自古伤离别,个中滋味几人知

如李白的《灞陵行送别》:

> 送君灞陵亭,灞水流浩浩。
> 上有无花之古树,下有伤心之春草。
> 我向秦人问路歧,云是王粲南登之古道。
> 古道连绵走西京,紫阙落日浮云生。
> 正当今夕断肠处,骊歌愁绝不忍听。

这首诗的主旨意在表达行者和送行者的离情别绪,但诗人不是简简单单写别离,而是融入了诗人自己对当时社会政治局面的隐忧。诗中展现的西京古道、暮霭紫阙、浩浩灞水,以及那无花古树、伤心春草,构成了一幅令人心神激荡而几乎目不暇接的画面。李白这种随手写去,自然流逸,但又有浑厚的气象,充实的内容,是其他诗人所难以企及的。

南浦多见于南方水路送别的诗词中。《楚辞·九歌·河伯》中有"送美人兮南浦";江淹《别赋》中有"送君南浦,伤如之何!";等等。故"南浦"像"长亭""劳劳亭"一样,成为送别之处的代名词,致使它在不是描写送别的诗词中,也浸染了离情别恨。试看白居易的《南浦别》:

> 南浦凄凄别,西风袅袅秋。
> 一看肠一断,好去莫回头。

白居易(772—846),字乐天,号香山居士,又号醉吟先生,祖籍山西太原。唐代伟大的现实主义诗人,白居易与元稹共同倡导新乐府运动,世称"元白",与刘禹锡并称"刘白"。官至翰林学士、

· 17 ·

左赞善大夫。公元846年，白居易在洛阳逝世，葬于香山。有《白氏长庆集》传世。

诗的前两句点出了送别的时间地点。诗人用"南浦"衬离情，渲染离愁别绪。而送别的时间，又正值"西风袅袅"的秋天。秋风萧瑟，木叶飘零，此情此景，怎能不令人倍增离愁。后两句更是情真意切，送君千里终有一别，离人虽已踏上征程，但仍旧一步一回头，不忍离去。这两句不是什么豪言壮语，也不是什么离别誓言，看似平淡，细细咀嚼，却意味深长，把送者和行者双方的离情和内心的悲楚表达到无以复加的程度。

此外，"秋""寒蝉""阳关""古道""灞桥""西风""春草"等也是与离别有关的意象。离别诗中这些常用意象经常叠加在一起，更增离情。比如傍晚、月夜等意象的交融叠加，暮色苍茫与别离忧伤相协调，进而构成了情景交融的诗歌意境。

第三节　唐代交游别离诗的情感类型

在中国古典诗歌的送别曲中，"离情别怨"成为其永恒的旋律。在这浓浓的感伤之外，往往还有其他寄寓：或用以激励劝勉，或用以抒发友情，或用以寄托诗人自己的理想抱负。另外，唐朝的一些别离诗往往洋溢着积极向上的青春气息，充满希望和梦想，反映盛唐的精神风貌。从情感指向的风格上来看，唐代交游别离诗的情感类型主要可以分为两类：哀伤凄婉型（婉约型）和慷慨豁达型（豪迈型）。

一　哀伤凄婉型（婉约型）

唐人出行原因大体可分为赴考、出使、迁谪（宦游）、征戍、乡

第一章 人生自古伤离别，个中滋味几人知

旅、归隐等。由于道路崎岖难行，交通工具落后，一别动辄多年，再会难期，因而唐人特重别离，这在唐代别离诗繁荣兴盛的原因中已做详细论述。唐人在分别时充满了殷殷的叮嘱和深深的情谊，大多缠绵凄切，充满感伤情调。

（一）亲人恋人别

亲人之离别在伤感之余还带着浓浓的责任和希冀，在表现对亲情关注的同时，也融入了温暖和深情。例如杜甫的《月夜忆舍弟》：

> 戍鼓断人行，边秋一雁声。
> 露从今夜白，月是故乡明。
> 有弟皆分散，无家问死生。
> 寄书长不达，况乃未休兵。

杜甫（712—770），字子美，自号少陵野老，原籍湖北襄阳，后徙河南巩县。唐代伟大的现实主义诗人，与李白合称"李杜"。大历五年（770）冬病逝。后世称其杜拾遗、杜工部，也称他杜少陵、杜草堂。杜甫在中国古典诗歌中的影响非常深远，被后人称为"诗圣"，他的诗被称为"诗史"。有《杜工部集》。

这首诗是乾元二年（759）的秋天杜甫在秦州时创作的。这年九月，安禄山、史思明从范阳引兵南下，攻陷汴州，西进洛阳，山东、河南都处于战乱之中。当时，杜甫的几个弟弟正分散在这一带。由于战事阻隔，音信不通，诗人非常忧虑和思念，这首诗正是他当时思想感情的真实记录。

诗中写兄弟因战乱而离散，杳无音信。诗人在异乡的戍鼓和孤雁的哀鸣声中观赏秋夜月露，思乡忆弟之情更是增加几分。颠沛流离中的诗人，看到山河破碎，心中不仅思念不知生死的兄弟，更为国家的战乱而悲痛。"露从今夜白,月是故乡明"一联诗,道出了人们离别后思念故乡、思念亲人的深沉执着而又殷切之情。这两句诗意境优美,富于哲理,情感动人,绝唱至今。

唐人在与亲人别离时,往往在难舍难分之中还加入了个人的仕途遭际,比如柳宗元的《别舍弟宗一》:

零落残魂倍黯然,双垂别泪越江边。
一身去国六千里,万死投荒十二年。
桂岭瘴来云似墨,洞庭春尽水如天。
欲知此后相思梦,长在荆门郢树烟。

柳宗元(773—819),字子厚,河东郡(现在山西芮城、运城一带)人,唐宋八大家之一,世称"柳河东""河东先生"。因官终柳州刺史,又称"柳柳州"。柳宗元与王维、孟浩然、韦应物并称"王孟韦柳",与韩愈并称为"韩柳",与刘禹锡并称"刘柳"。柳宗元一生留诗文作品达600余篇,其文的成就大于诗。

此诗作于元和十一年(816)春,柳宗元的堂弟柳宗一从柳州(今广西柳州)去江陵(今湖北江陵县)之时。柳宗元因十余年来生活充满坎坷,历尽艰辛和磨难,故诗人自称"零落残魂"。此时,与自己再贬柳州时一同前往的从弟柳宗直病逝,柳宗一也即将离开柳州,怎不令诗人黯然神伤。这首诗的首联、颈联和尾联写的都是兄弟情深,依依惜别。但诗的颔联"一身去国六千里,万死投荒十二年"则是融入了诗人仕途坎坷的愤懑之情。诗人因为"永贞革新"失败而被贬南荒之地,心中充满了抑郁不平之气,正好借送舍弟宗一离别之际,将心中的怨愤和愁苦倾泻出来。

亲人别中还有一种更为让人悲伤不已的是重逢又别。比如李益的《喜见外弟又言别》：

> 十年离乱后，长大一相逢。
> 问姓惊初见，称名忆旧容。
> 别来沧海事，语罢暮天钟。
> 明日巴陵道，秋山又几重。

李益（748—829），字君虞。陇西姑臧（今甘肃武威）人，家居郑州（今属河南）。大历四年（769）登进士第，建中四年（783）登书判拔萃科。历秘书少监、集贤学士、左散骑常侍等职。宝历三年（827）以礼部尚书致仕。他是中唐边塞诗人的代表，其诗主要抒写边地士卒久戍思归的怨愤和盼望之情。今存《李益集》二卷，《李君虞诗集》二卷。

这是一首写表兄弟因十年乱离阔别之后，忽然相逢又匆匆别离的事情。见面之初见而不识，初问姓氏，心已惊疑，待知姓名后才忆起旧容，于是化惊为喜。互相述说这十年间的家国变化和个人经历，感慨之情，寓之意中。可今日久别相聚，明日又将分别，殊不知又要远隔几重秋山？全诗采用白描手法，以凝练的语言和生动的描写，再现了乱离中人生聚散的典型场面，抒发了真挚的至亲情谊，读来亲切感人。这首诗艺术地再现了诗人同表弟久别重逢又匆匆话别的情景，在以人生聚散为题材的小诗中，历来引人注目。

在离别之情中，最难舍难分的似乎就数恋人之别了。相爱的两人要天各一方，其中的愁绪和依恋不言自明。因此，描写恋人分别的诗大多沉痛，缠绵而多情，注入了无尽的思念和无奈，溢满了依恋和不舍，这部分内容将爱情婚姻诗、悼亡诗中重点探讨。

（二）赴任迁谪别

唐代诗人中遭受迁徙、贬谪的特别多，尤其是被贬谪到边远之地，更使被贬谪者身心受到极大的摧残。文人的迁谪赴任造成了无数次的别离，产生了不少优秀的诗文作品。这些伤感缠绵之作，大多会作于人生的特别时刻，大体可以分为以下几种类型：病中送客、客中送客（赠别）、佳节送客。①

1. 病中送客

唐代的交游送别诗中，有一种表现文人交游或者是迁谪过程中互相看望，又恰逢一方病体未愈时送友远行，那情境更是哀伤。比如宋之问的《送别杜审言》：

> 卧病人事绝，嗟君万里行。
> 河桥不相送，江树远含情。
> 别路追孙楚，维舟吊屈平。
> 可惜龙泉剑，流落在丰城。

宋之问（约656—约712），字延清，名少连，虢州弘农（今河南省灵宝）人，唐高宗上元二年（675）进士及第，不久出授洛州参军，永隆元年（680），与杨炯一起进入崇文馆任学士。初唐诗人，与沈佺期并称"沈宋"。

圣历元年（698），杜审言因事贬吉州（今江西吉安）司户参军，离开长安时向宋之问道别，宋之问感慨万端，便写了此诗。

首联"卧病人事绝，嗟君万里行"，直起直落，如实地反映了诗人的处境和心情。当时，诗人卧病在家，社交甚少，孤独寂寞实属难免。偏偏这时又获悉友人贬谪远行，真是屋漏又逢连日雨，顿时惆怅倍增。别离在即，如能举杯饯行，面诉衷曲，或许能宽解离怀。

---

① 刘洁：《唐诗审美十论》，民族出版社2003年版，第9页。

颔联的一句"河桥不相送",将身处病中的诗人的无奈情感和盘托出,对诗人来说,这寂寞感伤之外,又增添一种遗憾悲叹。"江树远含情"则别开生面,写想象中的送别情景:友人渐行渐远,送行者也纷纷离开了,但江边垂柳临风依依,满含惜别之情久久不能离去。这一句写得极妙,诗人虽然身未去河桥,但心已飞往江滨,形象而含蓄地表达了对友人的深厚情谊,点醒了题目中的"送别",情感上也推进了一步。

颈联和尾联诗人接连使事用典。"别路追孙楚,维舟吊屈平"中用了孙楚和屈原的典故。孙楚,西晋文学家,名重一时,但却年四十始参镇东军事。屈原忠而被谤,流落沅湘,自沉汨罗江。诗人在此借孙楚、屈原的身世遭遇,喻友人仕途之坎坷,也暗指世道之不平,寄托了诗人对友人的同情和惋惜。结尾"可惜龙泉剑,流落在丰城",诗人用龙泉剑的典故[①]劝慰友人,龙泉剑被有识之士发现,重见光明,友人也终将脱颖而出,再得起用,于愤懑不平中寄托了对友人的深情抚慰与热切期望。

2. 客中送客(赠别)

唐代客中送客(赠别)的诗歌,比病中送客的诗歌更为常见。寄彼岸客中本已凄凉,如遇离别,则比寻常的送别更加悲苦。如郑谷《淮上与友人别》:

扬子江头杨柳春,杨花愁杀渡江人。
数声风笛离亭晚,君向潇湘我向秦。

[①] 据《晋书·张华传》记载:"斗牛之间,常有紫气。豫章雷焕曰:'宝剑之气,上彻于天。'华问在何郡?焕曰:'在豫章丰城。'即补焕丰城令。焕到县掘狱基,入地四丈余,得一石函,光气非常。中有双剑,并刻题,一曰龙泉,一曰太阿。是夕斗牛间气不复见焉。"

郑谷（约851—910），字守愚，袁州宜春（今江西宜春）人。僖宗时进士，官都官郎中，人称郑都官。又以《鹧鸪诗》得名，人称"郑鹧鸪"。其诗多写景咏物之作，表现士大夫的闲情逸致。风格清新通俗，但流于浅率。曾与许裳、张乔等唱和往还，号"芳林十哲"。原有集，已散佚，存《云台编》。

这首诗是诗人在扬州（即题中所称"淮上"）和友人分手时所作，具体创作时间不详。和通常的送行不同，这是一次各赴前程的握别：友人渡江南往潇湘（今湖南一带），诗人自己则北向长安。

晚唐绝句自杜牧、李商隐以后，单纯议论之风渐炽，抒情性、形象性和音乐性都大为减弱。而郑谷的这首七绝则仍然保持了长于抒情、富于风韵的特点。

诗的前两句"扬子江头杨柳春，杨花愁杀渡江人"即景抒情，点醒别离，写得潇洒不着力，读来别具一种天然的风韵，很有画面感：扬子江头渡口，诗人准备送别友人渡江南去。时值春天，正是杨柳青青之时，柳丝轻拂，恰如诗人与友人的依依惜别，伤离意绪油然而生；杨花飘荡，撩起了诗人与友人纷乱不宁的离绪。第一句中的"扬子江头""杨柳春""杨花"等意象叠加在一起，既渲染了离别时的惆怅之情，读来又不过于沉重和伤感。次句中的"愁"和"渡江人"，则紧承上句的意境，点出诗人与友人的南北乖离和羁旅漂泊，自然是君愁我亦愁的无限怅惘。

诗的三、四两句"数声风笛离亭晚，君向潇湘我向秦"，诗人把写作视角进行了转换，从扬子江头转到了离亭别宴。如果说前两句是诗人着力渲染离别情境的话，那么三、四句才步入正题，直接写握别时的情景。驿站别亭，设宴饯别，酒酣情浓，吹笛助兴。那笛声凄清怨慕，随风远扬倾诉离衷。不知不觉间天色渐暗，把手言别的时刻到了。诗人与友人在暮霭沉沉中各奔前程（"君向潇湘我向秦"），互道珍重。诗到这里，戛然而止，极富韵味。那句"君向潇湘我向秦"，既表现了诗人与友人分手握别时的黯然神伤，更饱含着二人天各一方、南北异途的无限愁绪和深长思念。"君""我"对举，"向"字重出，更使得这句诗增添了咏叹的情味。

无独有偶，这种同病相怜、客中送客的代表性作品还有刘长卿的《重送裴郎中贬吉州》：

猿啼客散暮江头，人自伤心水自流。
同作逐臣君更远，青山万里一孤舟。

刘长卿（709—789），字文房，宣城（今属安徽）人。唐玄宗天宝间进士。肃宗至德中官监察御史，苏州长洲县尉，因事下狱，贬南巴尉。代宗大历中任转运使判官，知淮西、鄂岳转运留后，又被诬再贬睦州司马。德宗建中年间，官终随州刺史，世称"刘随州"。刘长卿工于诗，长于五言，自称"五言长城"。

刘长卿"刚而犯上，两遭迁谪"。这首诗作于第二次遭贬之时，恰与裴郎中同时被贬。诗人在作此诗之前已写过一首同题五律《送裴郎中贬吉州》，因此这首诗题曰"重送"。

这首送别诗先用首句点染送别之境，"猿啼客散"渲染气氛，又用"暮江头"交代时间、地点。猿啼已是悲凄，日暮黄昏更见寂寥。此情此景即便是常人别离都会黯然销魂，更何况是处于逆境中的迁客骚人呢？由此自然拈出"人自伤心水自流"句回应首句的特定情景。日暮客散，友人远去，诗人徘徊于送别地——江头，怅然若失，独自伤心。流水无情人有情，这两个"自"字用得好，恰如王国维所言的"红杏枝头春意闹"，"著一'闹'字而境界全出"（王国维《人间词话》）一样高妙，诗人将毫不相干的"伤心"与"流水"联系到一起，以无情"流水"反衬人之"伤心"，以自流之水状写无可奈何的伤心之态。宋代女词人李清照《一剪梅》中的"花自飘零水自流"，与之同出一辙。

诗的前两句已将"伤心"写得渗入骨髓，按理应该转写别后的思念，但诗人却是继续写"伤心"，并将其推向极致。"同作逐臣君更远"，诗人自己被贬已然伤心，但友人裴郎中却是被贬谪到更远的地方，不禁顿生同病相怜之意，依依惜别之情，这种对比手法把别情表现得更为深刻。末句"青山万里一孤舟"，"万里"衬"孤舟"，道出了友人裴郎中前路漫漫的孤寂，也表达了诗人恋恋不舍的离情。

此诗通篇采用赋体，但诗人善于捕捉平常意象入诗，扣住江头送别和客中送客的特定情景来写，沈德潜在《唐诗别裁》中说："客中送客，自难为情，况又万里之远？况又同为客邪？"① 因此，这首诗读来情挚意深，满纸呜咽，别有韵味。

3. 佳节送客

佳节送别，也是唐代别离诗中一种别具凄凉之感的诗作。比如王勃的《蜀中九日》：

九月九日望乡台，他席他乡送客杯。
人情已厌南中苦，鸿雁那从北地来？

王勃（649—676），字子安，绛州龙门（今山西河津）人。麟德初应举及第，曾任虢州参军。后往海南探父，因溺水受惊而死。少时即显露才华，与杨炯、卢照邻、骆宾王以文辞齐名，并称"初唐四杰"。他的诗偏于描写个人生活，也有少数抒发政治感慨和对豪门

---

① 沈德潜：《唐诗别裁》，中华书局1975年版。

世族不满之作，总体风格较为清新，但有些诗篇流于华艳。其散文《滕王阁序》颇有名。原有集，已散佚，明人辑有《王子安集》。

王勃南游巴蜀，恰逢九九重阳节，诗人客居他乡，有感而发写作此诗。诗的前两句语言平实通俗，极具日常口语化的特点，读来浅近亲切。第三句则直抒胸臆，表达诗人独在南方不能北归的思乡念亲之情。第四句写鸿雁从北方归来，与自己北归不得形成对照，看似"无理之问"，却使诗人的思亲之情表达得更为真切动人。九日重阳登高，遥望故乡，客中送客，愁思倍增，这一鲜明对比，把思乡的愁绪推到了高峰。

（三）同道挚友别

离别是悲哀的，但唐代同道挚友之间的离别大多倾注了对朋友的思念和祝福，真诚真挚。看李白的《黄鹤楼送孟浩然之广陵》：

故人西辞黄鹤楼，烟花三月下扬州。
孤帆远影碧空尽，唯见长江天际流。

这是李白送别好友孟浩然前往扬州旅行而作的，渲染出了一种离别气氛，此诗意境优美，文字绮丽。诗的最后两句写诗人送别朋友的情景，表面看来似乎是在写景，但在写景中凸显出一个充满诗意的细节：故人孟浩然乘坐的船已经扬帆远去，而诗人却一直伫立江边极目远眺，直到帆影消失在长江和碧空的连接处。这一细节可见诗人目送时间之长，与故人情感之深，读来余味悠长。

再如李白和杜甫，他们在追寻人生理想的道路上，于天宝三载（744）四月于洛阳相遇，并同往开封、商丘游历。次年他们又同游山东，结下深厚友谊。但此后他们再也没有相见。杜甫留下了《赠李白》《春日忆李白》《冬日有怀李白》《天末怀李白》《梦李白》

等诗，表达了他对李白的挂念和对李白遭诬受害的同情。李白写有《沙丘城下寄杜甫》，写由于杜甫不在身边同游，自己歌兴不起、酒兴不再，表达李白对杜甫的思念之情。

在唐代，同道挚友的别离中还有一种特殊原因，即科举落第之后的分别。落第士子黯然而行，友人在为其送行时，往往以诗相赠，科举士子久困场屋，放榜之后的落第者痛苦绝望，心灰意冷。因落第而产生的离别诗大体有三种类型：落第者的留别诗、落第者互赠诗、落第送别诗。

1. 落第者的留别诗

举子落榜归乡，心中的万般滋味不免也要发泄一番，临行前会与同道挚友作留别诗，表达内心的无限凄凉与怨愤之情，如孟浩然的《留别王维》：

> 寂寂竟何待，朝朝空自归。
> 欲寻芳草去，惜与故人违。
> 当路谁相假，知音世所稀。
> 只应守寂寞，还掩故园扉。

孟浩然（689—740），名浩，字浩然，号孟山人，襄州襄阳（现湖北襄阳）人，世称孟襄阳。因他未曾入仕，又称之为孟山人，是唐代著名的山水田园派诗人，与王维并称为"王孟"。孟诗绝大部分为五言短篇，多写山水田园和隐居的逸兴以及羁旅行役的心情。有《孟浩然集》三卷传世。

这首诗是孟浩然40岁进京应进士不第，回归襄阳时写给王维的。诗的首联写落第后门前冷落鞍马稀的寥落场景；颔联写诗人与故人王维的惜别之情；颈联写回归的原因是"知音世所稀"，表达了诗人缺少知音而失意的哀怨情怀；尾联写诗人的归隐之念，虽然心有未甘，但别无选择，"只应"回归家乡忍受寂寞。全诗在怨忿的基调中，折射出辛酸意味，感情真挚，耐人寻味。

举试不第写诗赠别的代表作还有孟郊的《赠别崔纯亮》：

食荠肠亦苦，强歌声无欢。
出门即有碍，谁谓天地宽？
有碍非遐方，长安大道旁。
小人智虑险，平地生太行。
镜破不改光，兰死不改香。
始知君子心。交久道益彰。
君心与我怀，离别俱回遑。
譬如浸蘖泉，流苦已日长。
忍泣目易衰，忍忧形易伤。
项籍岂不壮，贾生岂不良？
当其失意时，涕泗各沾裳！
古人劝加餐，此餐难自强。
一饭九祝噎，一嗟十断肠。
况是儿女怨，怨气凌彼苍。
彼苍若有知，白日下清霜。
今朝始惊叹，碧落空茫茫。

孟郊（751—814），字东野，湖州武康（今浙江德清县）人，祖籍平昌（今山东德州临邑县）。孟郊两试进士不第，46岁时才中进士，曾任溧阳县尉。孟郊工诗。因其诗作多写世态炎凉，民间苦难，故有"诗囚"之称，与贾岛并称"郊寒岛瘦"。孟诗现存500多首，以短篇五古最多。今传本《孟东野诗集》十卷。

此诗为德宗贞元九年（793）孟郊再次科举落第后所作。孟郊此时生活极为困顿，时常郁郁寡欢，怨怼不平之气一触即发，于是就借助送别友人倾吐愁肠。诗中"食荠肠亦苦，强歌声无欢。出门即有碍，谁谓天地宽"数句，是诗人嗟悲叹苦之名句，更是封建社会中寒士失路、仕进无门之落魄形象的真实写照。

2. 落第者互赠诗

落第赠别诗中有一种是赠诗者和受赠者均是落第之人的情况，相同的经历，相似的心境，同是天涯沦落人的共鸣，更能让作者心有戚戚，理解并同情落第者的感受，作诗互赠，安慰他们千疮百孔的受伤的心。如贾岛的《送康秀才》：

俱为落第年，相识落花前。
酒泻两三盏，诗吟十数篇。
行岐逢塞雨，嘶马上津船。
树影高堂下，回时应有蝉。

贾岛（779—843），字阆仙，一作浪仙。河北范阳（今北京市附近）人。早年为僧，名无本，自号"碣石山人"。元和六年（811）入长安，谒韩愈，识孟郊，不久归范阳，后还俗。长庆二年（822）应进士不第。开成二年（837）被任为遂州长江县（今四川蓬溪县西）主簿，故世称"贾长江"。后迁普州（今四川岳安县）司仓参军，武宗会昌三年（843）卒于普州。为苦吟诗人，与孟郊齐名，有"郊寒岛瘦"之称。现存《贾长江集》十卷，诗近400首。《全唐诗》编诗四卷。今有李嘉言《长江集新校》，后附年谱及有关资料。

据说贾岛在洛阳的时候因当时有命令禁止和尚午后外出，贾岛作诗发牢骚,被韩愈发现其才华。后受教于韩愈,并还俗参加科举,但累举不第。这首诗的首句直陈诗人与康秀才同年不第。诗中的"落花""寒雨""蝉"等意象不仅渲染了凄清的环境,还借之点明了时令是秋天,又增加一丝悲凉。这种造境正好与诗人和康秀才的心境暗合。

3. 落第送别诗

作为落第者的同道挚友,目睹落第者屡试不第,经受科举折磨后的那种无言的伤痛,送落第者归乡时同情怜惜之情流诸笔端,经常用的一句劝慰便是"文战偶未胜,无令移壮心"(方干《送喻坦之下第还江东》),考场无常,胜败不定,不要灰心丧气,鼓励落第者明年再战。但唐代诗人往往"以同情的笔调劝慰举子,希望他们修志增艺,语气温润和婉,下笔中正阔达"[①],送行者以真诚之心劝慰落第者,希望能够以诗来缓解落第友人的痛苦。比如刘长卿的《送马秀才落第归江南》:

> 南客怀归乡梦频,东门怅别柳条新。
> 殷勤斗酒城阴暮,荡漾孤舟楚水春。
> 湘竹旧斑思帝子,江蓠初绿怨骚人。
> 怜君此去未得意,陌上愁看泪满巾。

诗人首先以"乡梦""怅别"入题,继之又用"孤舟"和"思帝子""怨骚人"等典故进一步点醒题旨,使得诗中充满了离别的依依不舍与深沉浓重的悲伤,这其中更是饱含着诗人对落第友人马秀才前途命运的担忧。诗的尾联"怜君此去未得意,陌上愁看泪满

---

① 傅璇琮:《唐代科举与文学》,陕西人民出版社2003年版,第427页。

巾"则把全诗的悲情推向了高潮。一想到友人仕途坎坷,命运多舛,诗人悲情难抑,泪满衣衫。全诗有哀婉有叹息,但却笔笔含情,真挚感人,可想而知,当时马秀才读到此诗的那种感动。

还有像王维《送綦毋潜落第还乡》中的劝慰也很真挚:

>圣代无隐者,英灵尽来归。
>遂令东山客,不得顾采薇。
>既至金门远,孰云吾道非。
>江淮度寒食,京洛缝春衣。
>置酒长安道,同心与我违。
>行当浮桂棹,未几拂荆扉。
>远树带行客,孤城当落晖。
>吾谋适不用,勿谓知音稀。

这首诗诗题直接标明是落第送别诗,诗人对落第的綦毋潜予以慰勉、鼓励。开头四句言当今正是太平盛世,人们不再隐居,而是纷纷出山应考,走向仕途。"圣代"一词充满了对李唐王朝的由衷信赖和希望。"尽来归"是出仕不久、意气风发的诗人对天下举子投身科考的鼓励,规劝綦毋潜不要急于归隐,要振作精神,重树信心,争取再考。五、六句是对綦毋潜的安慰:尽管这一次未能中第入仕,但选择科举之路是没有错的,只要坚持下去,总会有希望的。七至十句是诗人劝慰綦毋潜暂时先回家去等待机会。"置酒"相送,"同心"相勉,足见诗人对綦毋潜的深情厚谊与殷殷期望。十一至十四句诗人用设想之笔,描绘了綦毋潜回乡沿途所见,意在安慰对方,放下落第的包袱,欣赏途中美景,开心度日。最后两句则是进一步规劝綦毋潜,这次落第不是你才华不够,只是你的才华未被主考官发现赏识。不能因此自暴自弃，更不能怨天尤人，怪罪开明的"圣代"和朝中赏识英才的人太少。诗人的一番恳切安慰之词，不仅是发自肺腑，温暖人心，更是激励綦毋潜不要轻言放弃，要鼓足勇气，重新仕进。

这首诗不仅写出了诗人对朋友的关心理解、慰勉鼓励，也表现出了诗人积极入世的思想倾向。读这样一首送别诗，会让人有一种感动，有一份温暖，不仅被诗人对朋友的谆谆告别语所感动，更被诗人对朋友的殷殷慰勉情所温暖。

面对身心俱疲、理想破灭的落第士子，钱起的送别劝慰可谓独标高格，且看他的《送邬三落第还乡》：

> 邬客文章绝世稀，常嗟时命与心违。
> 十年失路谁知己，千里思亲独远归。
> 云帆春水将何适？日爱东南暮山碧。
> 关中新月对离尊，江上残花待归客。
> 名宦无媒自古迟，穷途此别不堪悲。
> 荷衣垂钓且安命，金马招贤会有时。

钱起（722？—780），字仲文，吴兴（今浙江湖州）人。早年数次赴试落第，天宝十载（751）进士，初为秘书省校书郎、蓝田县尉，后任司勋员外郎、考功郎中、翰林学士等职。因曾任考功郎中，故世称"钱考功"。"大历十才子"之一，被誉为"大历十才子之冠"。又与郎士元齐名，并称"钱郎"。

在这首诗中，诗人一方面劝慰邬三荷衣垂钓，潇洒自在地过他的"安命"生活，一方面又加以鼓励，命运之轮如日星月移，总会有轮到他"金马招贤"之时的。安命是一种精神安慰，但生命是一个过程，在这个过程中，人是需要有点宽阔胸襟的。当命运之神一时未肯垂青你时，你也大可不必无精打采，"荷衣垂钓且安命"，不也是同样可以活出另一种生命的滋味来吗？

钱起劝落第士子安命，岑参则力劝落第士子纵情山水，归隐田园，远离政治与仕途，希望落第者通过情志的转移获得心灵的安宁，实现痛苦的超脱，以慰藉那因久困名场而伤痕累累的身心。且读他的《送胡象落第归王屋别业》：

> 看君尚少年，不第莫凄然。
> 可即疲献赋，山村归种田。
> 野花迎短褐，河柳拂长鞭。
> 置酒聊相送，青门一醉眠。

岑参（715—770），南阳人，出身世家，祖上曾官至宰相，父亲也曾两任刺史。岑参从小就聪慧刻苦，遍览史籍，天宝三载（744）进士。天宝八载赴安西高仙芝幕府任书记，两年后回长安。天宝十三载再度出塞，为安西北庭节度使封常清的判官，三年后还朝。大历元年（766）任嘉州刺史，解官后卒于成都。

诗人的离别中，没有一般送别诗中的不舍，也没有为友人落第命运的哀叹或痛惜，反而规劝友人即使考场失败，亦不必悲痛惆怅，怡情山水，纵情诗酒，不失为人生的另一种乐趣和享受。

这些落第送别诗，不但表达诗人一系列复杂的送别情，也从一个特别的角度展示出士子们在科场上的遭遇，记录其科场生活和心态，对于后人了解唐代士子的生活、深化对科举制度的认识，具有一定的意义。

以上这些人生特殊时刻的别离更是让人痛彻心扉，悲痛不已。山高水远，聚少离多，不管亲故相离，还是挚友作别，都是写不尽的失落与伤感和无限的惆怅与悲凉，这正是唐人交游离别诗中的主调。

二 慷慨豁达型（豪迈型）

离别并不都是伤感的，在唐人尤其是盛唐诗人笔下除了感伤之外，有的还充满了青春昂扬的气息、积极乐观的情绪，也充满了梦想希望和蓬勃的生命活力，这些正是盛唐独有的精神风貌。唐人往往用大丈夫以功名事业为重的思想，代替离别时的儿女情长，以通达乐观、慷慨激昂的情调，表现了别离的另一番情景：忧愤而不绝望，悲歌但不低沉。如王勃的《送杜少府之任蜀州》：

城阙辅三秦，风烟望五津。
与君离别意，同是宦游人。
海内存知己，天涯若比邻。
无为在歧路，儿女共沾巾。

此诗意在慰勉友人勿在离别之时悲哀。王勃的朋友杜少府要从长安远赴四川任上。人在长安，举目千里外的四川，无限依依，送别的情意自在其中。首联描写送别地点，颔联点明离别的必然性，颈联奇峰突起，表达友情深厚，江山难阻的情义，尾联点出"送别"主题，继续劝勉、叮嘱朋友，也是诗人情怀的吐露。诗中的"海内存知己，天涯若比邻"，唱出了友情不可阻的美好祝愿，一洗以往送别诗中悲苦缠绵之态，表现出诗人面对朋友的情真意挚和面对离别的豁达胸襟。全诗内容独树一帜，语言清新高远，开合顿挫，明快爽朗，气脉贯通，意境旷达。高适的《别董大》中的"莫愁前路无知己，天下谁人不识君"与之有异曲同工之妙。除此之外，唐人别离中呈现出豪迈旷达之情的还有以下两种情况。

第一种情况是诗中表现求官游学，大展宏图的壮志豪情。如陆龟蒙的《别离》：

> 丈夫非无泪，不洒离别间。
> 杖剑对尊酒，耻为游子颜。
> 蝮蛇一螫手，壮士即解腕。
> 所志在功名，离别何足叹。

陆龟蒙（？—881），字鲁望，号天随子、江湖散人、甫里先生，长洲（今江苏省苏州）人，晚唐时期的咏物诗人。曾任湖州、苏州刺史幕僚，后隐居松江甫里（今甪直镇），编著有《甫里先生文集》等。陆龟蒙与皮日休交往甚密，世称"皮陆"。

这首诗直抒胸臆，下笔刚健，慷慨激昂，一扫传统送别诗的老套，以议论为诗，形象地勾勒出了大丈夫不畏艰险、坚强刚毅的性格特征，抒发了大丈夫为求取功名、义无反顾、勇往直前的壮志豪情。

第二种情况是表现边地从军的壮别情怀。唐人昂扬向上，积极融入广泛的社会生活中去。"宁为百夫长，胜作一书生"（杨炯《从军行》）是当时文人为国建功立业的共同追求。他们抱着这样的信念，弃文从武，远离家乡，来到边地。虽然他们也思念家乡，但却不是一味的哀伤，而是激情满怀。

诗人们从军去边塞，这种送别少了悲悲切切的儿女情长，有的是波澜壮阔的英雄情怀。比如王维的《送赵都督赴代州得青字》：

> 天官动将星，汉上柳条青。
> 万里鸣刁斗，三军出井陉。

忘身辞凤阙，报国取龙庭。

岂学书生辈，窗间老一经。

  这首诗借战将出征的场面，叙写汉家三军于边患惊警之时，浩浩荡荡开出井陉，奔赴沙场的雄壮声势和煊赫军威。将士们忘身报国，充溢着爱国主义和英雄主义精神。诗人赞许友人放弃寒窗苦读、皓首穷经的老路，投身边塞，于戎马生涯中建树功勋的行动，充满了奋发有为的蓬勃朝气。

  正如傅道彬先生所言："在唐人的离别里既蕴含着时代的进取气息——离别是为了找到一个大展身手的人生舞台，这离别实际上是一次人生的壮别；也意味着对未卜前程的挑战——离别就有了一个崭新的环境和诸多的机遇，这离别实质上是一次人生的壮游；还流溢着唐代士子昂扬奋进的心态——闯荡南北，经略八方，这才可显示男儿本色，这离别实质上又是一曲人生走向辉煌的壮歌。"[①] 唐代离别诗开创了离别题材的书写高峰，即便是离愁别绪，也体现了盛唐气象。宋代的离别词继之而起，然而在艺术风格和情感指向上却有很大差别。

第四节 唐代交游别离诗的艺术技巧

一 唐代交游别离诗的抒情方式

  唐代交游别离诗主要抒写别离之情。考察其抒情方式，有直接抒情与间接抒情两种。

[①] 傅道彬、陈永宏：《歌者的悲欢——唐代诗人的心路历程》，河北大学出版社2001年版，第59页。

(一) 直接抒情

交游别离诗运用种种手法言情，并不排除在诗中选用恰当的语言，直接表达自己的情感。直抒胸臆的手法在交游离别诗中运用得很广，这种手法让诗歌更为通俗易懂，更易流传。比如"海内存知己，天涯若比邻。无为在歧路，儿女共沾巾！"（王勃《送杜少府之任蜀州》）如果缺乏如此四句诗，特别是前两句，这首诗就不能长期广受青睐。同样，如果没有"我寄愁心与明月，随君直到夜郎西"（李白《闻王昌龄左迁龙标遥有此寄》）这样的佳句，也不能广为流传。这些名句并非孤立的，它是一首诗中不可分割的一部分，或者说是一个亮点。总之，把借景抒情等手法与选用至理名言直抒胸臆有机结合起来，便大大有助于从感性和理性两个层面上来深化诗意，从而把情言响、言高、言深。试录高适的《别董大二首》其一：

千里黄云白日曛，北风吹雁雪纷纷。
莫愁前路无知己，天下谁人不识君？

高适（约704—约765），字达夫、仲武，唐朝渤海郡（今河北景县）人，后迁居宋州宋城（今河南商丘睢阳）。唐代著名的边塞诗人，与岑参并称"高岑"。曾任刑部侍郎、散骑常侍、渤海县侯，世称高常侍。有《高常侍集》等传世。其诗笔力雄健，气势奔放，洋溢着盛唐时期所特有的奋发进取、蓬勃向上的时代精神。开封禹王台五贤祠即专为高适、李白、杜甫、何景明、李梦阳而立。后人又把高适、岑参、王昌龄、王之涣合称"边塞四诗人"。

诗的前两句以粗犷笔调和白描手法，描写落日时分晦暗寒冷的愁人景色，绘出一幅北国寒冬图：日暮黄昏，大雪纷飞，于北风狂吹中，唯见遥空断雁和寒云出没。这两句以叙景而见内心之郁积，虽不涉人事，已使人如置身于风雪之中，似闻山巅水涯有壮士长啸。联系全诗，可知诗人和董大的友情之深挚，别意之凄酸，也表现出诗人当时正处在困顿不达的境遇之中。诗的后两句，诗人直抒肺腑之言，以豪迈的气势，开朗的胸襟，表达离情，激励友人。诗人没有沮丧、沉沦，既表露出对友人的惜别之情，也展现出诗人豪迈豁达的胸襟。

（二）间接抒情

直抒胸臆是一种坦诚，是深情厚谊的最直接表现，但是，深挚的情感又往往是说不尽道不完的，所以很多诗人不愿去仰声长呼，而是借助别的方式曲折地表达出来，于是他们找到了借景抒情这一法宝。

1. 托物寓情，形象生动

情谊是无形的，要把无形的东西变成形象的东西，就需要借助多种艺术手法，包括托物寓情在内。如李白《赠汪伦》中的"桃花潭水深千尺，不及汪伦送我情"，在这两句诗中，诗人以水深比情深，形象地表达了真挚纯洁的深情。王昌龄《芙蓉楼送辛渐》中的"洛阳亲友如相问，一片冰心在玉壶"，是借托玉壶、冰心比拟诗人的操守和品格，以告慰亲友。这比通常的带口信报平安，泛泛的自我表白，要形象深刻多了。

一般来说，唐代离别诗中托物寓情之"物"与前文提到的常用意象基本一致，这里再以"酒"为例试析如下。比如王维的《送元二使安西》中的"劝君更尽一杯酒，西出阳关无故人"，这句普通的劝酒辞，是诗人站在行者元二的角度进行的设想，他出了阳关之后便再也没有故人老友，他应该是多么孤愁羁苦啊！这恰恰是二人友情最深微、最可贵之处，也是诗人当时深挚惜别之情的集中体现。诗人省却了许多送别之语，但却创造了一种慷慨悲歌、出自肺腑的风格，以它的真诚情谊和坚强信念为灞桥柳色和渭城风雨涂上了另一种豪放健美的色彩。

2. 借景抒情，情景交融

很多送别诗，表面上看犹如一幅幅秀美的风景画，没有什么情谊。但仔细品味，便可以从中体验到一股浓浓的、深沉的情愫。如刘长卿《送灵澈上人》：

苍苍竹林寺，杳杳钟声晚。
荷笠带斜阳，青山独归远。

灵澈上人大概是中唐时期一位著名诗僧，俗姓杨，字源澄，会稽（今浙江绍兴）人，出家的本寺就在会稽云门山云门寺。竹林寺在润州（今江苏镇江），是灵澈此次游访歇宿的寺院。

这首诗写的是诗人送灵澈上人返回住所竹林寺，事件很是简单，但却表达了诗人对灵澈的深挚情谊，也展现出灵澈归山的清寂风度。前二句交代了时间（"钟声晚"）地点（"竹林寺"），并用"苍苍""杳杳"营造了清远幽邃的意境，用笔极少，但纸短情长。后二句即写灵澈归山。他戴着斗笠，趁着夕阳的余晖，独自向着青山走去，越走越远。"独归远"之"独"既是写灵澈独自归去，又突出了诗人伫立目送、依依不舍之情。这首诗的写作视角很是独特，诗人只落笔于行者，送者（诗人）未着一墨，但送者久久伫立，目送行者（友人）远去的形象却如在眼前。

送别诗多半黯然神伤，但这首诗却寂静无声，诗中有画，画面上有山有水，更为动人的是画外诗人的自我形象。寺院的声声暮钟，青山独归的灵澈背影，耳闻目送，心驰神往，正是隐藏在画外的诗人形象，表露了诗人不遇而闲适、失意而淡泊的情怀，因而构成了全诗闲淡的意境。此诗如画，情景毕现，这正是一切景语皆情景、借景言情的名篇佳构。

这种情景如画的诗篇还值得一读的是李白的《送友人》：

> 青山横北郭，白水绕东城。
> 此地一为别，孤蓬万里征。
> 浮云游子意，落日故人情。
> 挥手自兹去，萧萧班马鸣。

首联写郊外的青山白水，景色优美如画。颔联和颈联，诗人在这山明水秀、红日西照的背景下送别友人，友人就要像蓬草那样随风飞转到万里之外去了，表达出对友人深切的不舍之情。尾联诗人和友人挥手告别，连那匹马仿佛也懂得主人心情，在临别时禁不住萧萧长鸣，似有无限深情。

借景抒情的诗作在唐人的送别诗中比比皆是。如李白的《送友人入蜀》和王昌龄的《送十五舅》等都是这类作品。

3. 叙事抒情，情意绵长

唐代交游离别诗中除了托物寓情、借景抒情之外，还有一种表现特色就是在叙事中抒情。且看杜甫的《赠卫八处士》：

> 人生不相见，动如参与商。
> 今夕复何夕，共此灯烛光。
> 少壮能几时，鬓发各已苍。
> 访旧半为鬼，惊呼热中肠。
> 焉知二十载，重上君子堂。
> 昔别君未婚，儿女忽成行。

怡然敬父执，问我来何方。

问答乃未已，驱儿罗酒浆。

夜雨剪春韭，新炊间黄粱。

主称会面难，一举累十觞。

十觞亦不醉，感子故意长。

明日隔山岳，世事两茫茫。

这首五言古诗作于肃宗乾元二年（759）春天，杜甫因房琯事被牵连，贬为华州司功参军。诗人从洛阳回贬所，途中夜宿老友卫八处士家。全诗家常话语，娓娓写来，表达了与老友别易会难的人生感慨。诗的前四句写久别重逢，用参、商两星比喻好友相见之难；五到十四句写人生易老，20年的岁月给人生带来的诸多变化。诗人与老友各自鬓发苍白，而且昔日的故旧亲朋多已亡故，不禁悲从中来。十五句到结尾末句写老友备酒盛情款待和酒席宴间主客的真挚情意。

诗中最为典型的一个细节是离别20年的好友相见，两人在灯前仔细端详，从各自的变化中也看到了自己。"昔别君未婚，儿女忽成行"两句写得也是日常生活现象，"主称会面难，一举累十觞。十觞亦不醉，感子故意长"则是旧情重叙，酒逢知己，千杯不醉。整首诗具有强烈的生活气息，于明晰的叙事中有强烈的抒情，正是这首赠别诗的主要特色，也是唐代交游别离诗中比较特异的一种抒情方式。

二　虚实相生的意境营造

虚实相生是中国画的传统技法，也是中国古典诗词的重要表现手法。诗人通过联想或想象，构想出心中之景、可想之景，和客观世界中实景实境，也就是眼前之景、可观之景有机结合起来，在诗中共同呈现出来。比如王昌龄的《送魏二》：

> 醉别江楼橘柚香，江风引雨入舟凉。
> 忆君遥在潇湘月，愁听清猿梦里长。

王昌龄（698—756），字少伯，河东晋阳（今山西太原）人，一作京兆长安（今陕西西安）人。盛唐著名边塞诗人，被后人誉为"七绝圣手"。开元十五年（727）进士及第，授汜水（今河南荥阳）尉，再迁江宁丞，故世称"王江宁"，有"诗家夫子王江宁"之誉（亦有"诗家天子王江宁"的说法）。晚年贬龙标（今湖南黔阳）尉。后因安史乱还乡，道出亳州，为刺史闾丘晓所杀。与李白、高适、王维、王之涣、岑参等交厚。原有集，已散佚，明人辑有《王昌龄集》。

此诗作于唐玄宗天宝后期（748—756）诗人被贬为龙标尉时，魏二是诗人的朋友，排行第二，名字、生平不详。

送别魏二的饯行宴设在了靠江的高楼上，橘柚飘香，环境幽雅，气氛温馨。这一切因为朋友即将分手而变得尤为美好。这里叙事写景已暗逗出依依别情，不禁让人想到了柳永《雨霖铃》中的"多情自古伤离别，更那堪，冷落清秋节"的情景。首句中的"醉别"与"今日送君须尽醉，明朝相忆路漫漫"（贾至《送李侍郎赴常州》）暗合，大有"酒深情亦深"之义。

诗人表面写风雨入舟，其实也兼写出行人入舟，又用一"凉"字渲染当时登舟送客的场景，也暗含诗人的不舍与伤怀。凄风苦雨有力地烘托出诗人惜别知音、借酒消愁的悲凉心境。由眼前情景转为设想对方抵达后的孤寂与愁苦，通过想象拓展意境，使主客双方惜别深情表达得更为深远。

继之诗人别开生面，以"忆"字勾勒出一个虚构情境：不久友人将夜泊潇湘，那时风散雨收，孤月高照，寂静凄清，但两岸猿啼声声入梦，令友人无法安睡，也就无法在梦中摆脱愁绪。月夜泊舟已是幻景，梦中听猿，更是幻中有幻。所以诗境颇具几分朦胧之美，有助于表现惆怅别情。

这首诗巧妙地运用了虚实相生的艺术手法。前两句写眼前实景，写秋风秋雨中诗人送别友人。后两句是虚写，以"忆"虚构了一个旅夜孤寂的场景。整首诗虚实结合，借助想象，拓展了诗境，深化了主题，增加了诗歌的朦胧之美，也更有助于表现诗人送别时的惆怅之情。

唐代送别诗中经常是虚实相生，虚虚实实，以实衬虚，以虚显实，自得其妙。且看贾岛的《送无可上人》：

圭峰霁色新，送此草堂人。
麈尾同离寺，蛩鸣暂别亲。
独行潭底影，数息树边身。
终有烟霞约，天台作近邻。

无可是一位僧人，本姓贾，范阳（今河北涿州市）人，贾岛堂弟。上人，佛教称具备德智善行的人为上人。这首诗是贾岛应试落第，与无可同住长安西南圭峰之草堂寺，无可将南游庐山西林寺，于是贾岛作此诗赠别相送。

诗的首联以实写山色起兴交代送别地点、对象及景色，秋雨初晴诗人送无可上人去天台问道。颔联则虚写送别情景，"麈尾"岂能

"同离寺"？再用"蛩鸣"渲染离别气氛，烘托情感。颈联承上启下，一写送，一写别。虚处落笔突出别后诗人孤寂的外部形象和清冷的内在感受。"独行潭底影"写出堂弟无可孤寂地行走于潭边，清澈的潭水映出他孤独的身影，在形影相吊的意境中给人以一种寂寞感；"数息树边身"写堂弟无可沿途的疲惫，致使他不断地靠在树边休息，这又在寂寞之中增添了无家可依的悲苦。尾联则在前几联的铺垫之下直接写别后相思之意。

全诗的"麈尾""蛩""影""身"都是实物，但诗人描绘出来的景象却是虚幻无依的，充满出尘之气，空灵之态，飘逸之感，结句中的"天台"更是禅宗圣地，以此作结，虚中有实，又切合无可的身份，诗人可谓高明。

唐代的诗人还经常借助对比衬托来达到虚实相生的艺术境界。比如刘长卿的《送严士元》一诗的颈联，诗人由眼前的"日斜江上孤帆影"这一实景而联想到严士元所去之地湖南应是"草绿湖南万里情"。这是虚实结合的笔法，拓宽了诗的意境，充分表现了诗人对朋友的惜别之情、思念之情。刘长卿的《重送裴郎中贬吉州》的末句用"一孤舟"比喻漂泊远去的友人。用"猿啼""暮江"等意象，表达"客散""逐臣君更远"的伤痛。在"人自伤心水自流"句中，以流水的无情反衬人的伤心，"青山万里一孤舟"则以青山万里反衬孤舟，使全诗的情感抒发得更为饱满。还有孟浩然《送杜十四之江南》的前两句"荆吴相接水为乡，君去春江正渺茫"为写实，后两句"日暮征帆何处泊？天涯一望断人肠"为写虚。春江渺茫与征帆一片形成强烈的对比，渲染别后的失落、凄凉。这里，对比、渲染相互融合，共同开拓一种怆然泪下、阔远凄清的意境，写尽了离情别绪。

三 唐代交游别离诗的结构艺术

唐代交游别离诗不仅表达了诗友之间的真挚情感,也显示出唐代诗人无与伦比的艺术天赋。唐代离别诗在起承转合的逻辑结构中,尾联往往是抒情写意的重点,形成了送别诗的结构特色。

(一)别时祝愿,怅然盼见

1. 祝福劝勉

别离时表达祝福是人之常情,我们今天仍旧沿用唐人祝福的话语,如"劝君更尽一杯酒,西出阳关无故人"(王维《送元二使安西》)、"今日送君须尽醉,明朝相忆路漫漫"(贾至《送李侍郎赴常州》)、"莫愁前路无知己,天下谁人不识君"(高适《别董大》)、"多少仙山共游在,愿君百岁尚康强"(徐铉《朱处士相与有山水之愿见送至南康作此以别之》)等。

唐代的送别诗中送友人赴任最为常见,加之唐人昂扬向上的精神内核,往往会在诗中谆谆告诫友人奋发有为,也要谨严审慎。比如李颀的《送魏万之京》中的"莫见长安行乐处,空令岁月易蹉跎",诗人李颀对好友魏万的前程满含热望,殷殷鼓励,嘱咐他一定不要沉湎于长安的歌舞繁华之地,空使年华虚度。还有像许浑《送沈卓少府任江都》中的"少年作尉须兢慎,莫向楼前坠马鞭"、高适的《送郑侍御谪闽中》中的"自当逢雨露,行矣慎风波",均属此类。

唐人在话别之际除了表达祝福劝勉之外,往往还采用安慰鼓励的方式,鼓励行者不要伤心悲苦,要对未来生活充满希冀。这既是对友人的祝勉,也是诗人自己内心希望的表白。诗人法振《送人游闽越》的尾联"此别何伤远,如今关塞通",可谓当时最有普遍意义的慰别之语，代表了时人共同的心声。

2. 伫足问归

唐代离别诗中用驻足眺望表达别时的深情厚谊已然形成一种风格，无限深情凝聚在目送眺望之中，目之所及而心不能及的怅然若失，是离别诗中的一道风景，反映了别离时刻送者和行者复杂、丰富的内心世界。比如上文提到的刘长卿《送灵澈上人》中的尾句"青山独归远"，其中的"独"字就写诗人伫立目送灵澈上人走向青山深处的竹林寺，久久不归更见其依依不舍之情。武元衡《送唐次》中的"望望烟景微，草色行人远"，描写出了伫立之人怅惘难舍的心境。只见草色，不见行人，怎不令人悲伤。

唐代诗人还经常借助日、月、云等自然意象和登高（或上桥，或登楼，或登山）极目远眺的形式，展示伫立送行者的心态，可以说是唐代离别诗伫立送行的一种模式。王昌龄《送程六》中的"武冈前路看斜月，片片舟中云向西"，借月和云来表现伫望的时间之久，伫望之人看月西斜，看云向西，仍是不愿返回。贾岛《送别》中的"高楼直上百余尺，今日为君南望长"，这百余尺的高楼似乎是专为诗人眺望远行之人而设。

离散聚合，分别之际就会想到何时能再次相聚，因而相约早日归来是人之常情。唐代诗人用自己的传神之笔，将人们这一盼归心理发挥到了极致。比如陈子昂《送别出塞》云："蜀山余方隐，良会何时同。"这是中宗神龙元年陈子昂给被派往边地的将士们送行时发出的询问，期待卫国将士们早日归来。还有像王维《送别》中的"春草明年绿，王孙归不归"，更是直接追问友人明年春暖草绿之时会不会回来？充分表达了诗人盼望友人早日归来的迫切心情。

（二）别后想象，相忆相思

推测想象是文学尤其是诗歌的特殊表现技巧之一，在别离诗中这种手法运用得更为纯熟。由于居者和行者不在同一地点，这更为诗人发挥推测想象留下了极大的空间。在唐代的离别诗中，诗人往往会借助对行程、景物、时节、地理等变化的想象，巧妙地传达离情别绪。王维的"劝君更尽一杯酒，西出阳关无故人"，即是利用推测想象的典型。友人离去，诗人对友人的前路漫漫有无限的想象，使得这杯送别的酒中，蕴含了无尽的关切。还有王昌龄《送魏二》中的结句"忆君遥在潇湘月，愁听清猿梦里长"，诗人想象魏二独自一人月下行舟，卧听猿啼，那该是何等的孤寂与悲愁啊！

别后相思乃人之常情。唐人真是天才高手，遍借万物只为达情。像许浑的《送从兄别驾归蜀》中的"当凭蜀江水，万里寄相思"，诗人借助蜀江流水之长，来表达别后相思的无穷无尽。李频《送友人往太原》中有"别后相思夜，空看北斗愁"，是将愁情相思系于北斗，用愁上云霄来表达别后相思之深。李白《泾川送族弟錞》云"寄情与流水，但有长相思"、《宣城送刘副使入秦》云"无令长相思，折断杨柳枝"，将相思之情融会在杨柳、流水等景物中，使无情的景物承载了诗人无尽的相思。

离别诗的结构千变万化，不拘一格，因人、因情、因时、因境等而异，也有的在结尾希望传信、抒发感慨、讥讽议论，都能给人以无限怀想。诗人对人生的体悟也常常凝结在送别诗的结尾。这些来自生活的情感体验，使人回味认同，经久不衰。

唐代别离诗中具有一种勃勃的生命意识。生离死别是人生中最为痛彻心扉的一种深刻体验，因此说别离不仅仅是一种日常生活现象，从本质上说，别离更是一种生命现象。人们之所以有诸多的离愁别恨，主要是因为别离最直接的源头是生命意识。在唐代别离诗中，我们可以清晰地看到，诗人们有着对生命的珍视、执着与守望。既然生命是有限的，那我们将如何在短暂的生命旅途中更充分地享受生命的乐趣，多一些圆满，少一些缺憾。别离给我们有限的生命带来的不是圆满，而是缺憾。这种缺憾在注重人伦孝亲关系的封建宗法社会中又显得尤为深长。因此，多情自古伤离别，归根结底是人们对有限生命中缺憾的感伤。

思考与讨论：

1. 结合实例探讨交游离别诗为什么常用傍晚、月夜等表示时间的意象。

2. 简要分析唐代落第送别诗的类型与情感指向。

3. 讨论分析唐代交游别离诗中的生命意识。

4. 一般来说亲人别多为依依不舍，缠绵悱恻之作，但卢照邻的《送二兄入蜀》一诗则别出机杼，写得气势不凡。结合诗中的典型意象分析此诗的意境特征。全诗如下："关山客子路，花柳帝王城。此中一分手，相顾怜无声。"

5. 交游离别诗从写法上看，一般是借助时间、地点来描写特定的景物，渲染离别氛围，从而表达诗人的离愁别绪。清代著名诗人袁枚对此深有体会："凡作诗，写景易，言情难。何也？景从外来，目之所触，留心便得；情从心出，非有一种芬芳悱恻之怀，便不能哀感顽艳。"[①] 此段话把情和景截然分开说得不确，但就"言情难"而言，还有道理的。交游送别诗要想"感动激发人意"，必须采用一些手法来"言情"。托物寓情、寓情于景、情景交融，颇有意境。请大家鉴赏刘长卿的《送李录事兄归襄邓》，看看此诗是如何做到情景交融的？附诗歌全文如下：

十年多难与君同，几处移家逐转蓬。
白首相逢征战后，青春已过乱离中。

[①] 袁枚：《随园诗话》，人民文学出版社1982年版，第183页。

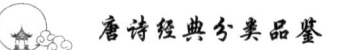

行人杳杳看西月,归马萧萧向北风。

汉水楚云千万里,天涯此别恨无穷。

6. 请你结合自己的生活实际创作一首别离诗,诗体与格律不限。创作好的诗要自己做好注释或简要推介,然后在学习群中分享。

第二章　棋罢不知人换世，酒阑无奈客思家

——唐代羁旅思乡诗品鉴

题解："棋罢不知人换世，酒阑无奈客思家"出自宋朝诗人欧阳修的《梦中作》，全诗如下："夜凉吹笛千山月，路暗迷人百种花。棋罢不知人换世，酒阑无奈客思家。"

"中国文化可以说就是乡愁文化，甚至一离家就思乡。"[①] 因此羁旅思乡是中国文学的母题之一。"母题不是单一作品中表现的某种作家个人化的偶然的思想观念或情感体验，而是具有人类普遍性与历史延续性的情感模式或经验模式，是一种程式化、惯例化的文学传统。"[②] 中华民族一向是"家国同构"，有传统的家园意识和安土重迁的思想。儒家文化促使中国人有建功立业的梦想，离乡远游和仕宦生涯中，对故乡、亲人的不舍与思念成为羁旅游子反复吟咏的主题。关于这一点，刘若愚先生谈得很精辟："中国地域辽阔，古代的交通极为不便，通都大邑高度发展的文化生活与边远地区愚昧贫困之间的明显差异以及中国传统社会所具有的浓厚的家庭观念，更

[①] 张法：《中国文化与悲剧意识》，中国人民大学出版社1989年版。
[②] 童庆炳、程正民：《文艺心理学教程》，高等教育出版社2001年版，第241页。

加上中国是一个农业大国，人民靠耕种生息，所以中国人不乐于背乡离井，远游他乡。于是在中国的诗歌中，怀乡之作自然成了一种不绝如缕的主题。"①

特定的社会文化背景和不同的地域环境铸就了中国人独特的思维模式和情感方式，乡恋是中国人的民族特质之一，家乡始终是中国人心目中的一方净土，是无法取代的心灵栖息地和最终的人生归宿。无论富贵贫贱，无论何时何地，回家是永恒不变的选择。孤独失意之时，家乡是最好的疗伤之所，在那里可以获取情感的慰藉；声名显赫之时，回家更是最为自豪的壮举，荣归故里、衣锦还乡是文人士子美好的人生追求。

羁旅思乡类题材的诗歌是唐代诗歌中非常耀眼夺目的一个品类。唐代诗人，有的长期客居他乡，或漂泊游学，或谋求仕进，或遭贬迁谪，或探亲访友，或游山历川，基于以上种种原因，才产生了无数动人心弦的羁旅思乡诗。诗中那绵绵的思乡念亲之情，也夹杂着诗人郁郁不得志的无奈与怨悱之情。在唐代的羁旅思乡诗中，诗人将羁旅之愁、行役之苦和宦游之艰融于一体，共同汇聚成了无尽的悠悠乡愁。

羁旅思乡诗的内容框架主要是通过写天涯游子的眼中所见，耳中所闻，心中所思，引发其对故乡的凝望和对家庭的憧憬，进而抒发滞留他乡、漂泊在外的凄凉孤寂心境以及思乡念亲之情。在羁旅思乡类诗题中经常会有一些标志性字词，如"驿站""客舍""故园"等地点性标志，"孤""悲""怜""独""思""忆"等情感性标志，还有"寄""行""宿"等能够体现漂泊客居之意的词语。有时特殊的节日（如元宵、寒食、中秋、重阳、冬至、除夕等），也常

---

① 刘若愚：《中国诗学》，台北幼狮文化公司1977年版，第65—66页。

常引发羁旅之人的思乡怀亲之情。

羁旅思乡诗是唐代诗人的主要创作对象之一。据笔者粗略统计，唐代大约有230位诗人创作过羁旅思乡诗，创作数量近2000首，而唐前各个时期的总和也不过160首左右。唐代羁旅思乡诗之所以如此繁盛，主要原因有长期远游、远居边塞、迁谪流放和躲避战乱等四个方面。[①]

第一节 羁旅思乡诗的发展流变

纵观中国古代文学史，羁旅思乡之作灿若繁星，如春水般流淌在中国文学的历史长河之中。

一 先秦时期

羁旅思乡诗最早可以追溯到《诗经》和楚辞。一部《诗经》，涉及思乡恋土题材的诗有20余首。先秦时期的中国人，背井离乡的途中，不断回眸恋故土，不忍离家念亲人，那是一种脱胎于血缘人伦亲情的眷恋和依偎，尤其对父母更是百般依恋。《诗经》中《小雅·陟岵》《小雅·四牡》《魏风·陟岵》《唐风·鸨羽》等，表达的就是诗人对父母的思念，是孝子对父母的纯粹质朴的深情。诗人联想到父母年迈，自己不能在家供养尽孝，从而更加重了对父母的思念。《诗经》中不只是在外的游子思念父母，还有出嫁女子的父母之思，如《周南·葛覃》《邶风·泉水》《卫风·竹竿》等。除了对父母的思念，《诗经》中的羁旅怀乡者在异乡孤独无助之时，还生发

[①] 详见仲跻培《论唐人思乡诗》，《聊城师范学院学报》（哲学社会科学版）1990年第3期。

了对兄弟同族的思念,比如《王风·葛藟》《小雅·黄鸟》等。

"执子之手,与子偕老"是千百年来吟咏不息的爱情誓言,出自于《国风·邶风·击鼓》,表现的是征人思乡,主要是对妻子的思念。还有《国风·王风·扬之水》因为归期杳杳,戍边战士滋生出了对妻子深重的思念。

《诗经》中的羁旅思乡诗不仅抒写了各种人物的故乡之恋,还创造了从对面写的重要表现手法,即不写诗人自己如何思乡念亲,而是从家中人的角度去表现他们如何思念自己,如《魏风·陟岵》。沈德潜《说诗晬语》评《陟岵》一诗时说:"(此诗)孝子之思亲也。三段中但念父、母、兄之思己,而不言己之思父、母与兄。盖一说出,情便浅也。情到极深,每说不出。"[①]《诗经》对后世羁旅思乡诗的创作具有开拓之功,其中的想象、回忆和从对面来写等多种手法,为后世羁旅思乡诗提供了可资借鉴的典范。

"楚辞"中的《离骚》《哀郢》《抽思》《招魂》等篇章,虽不是以怀乡为主题,但其中有士大夫于国家存亡之际、个人遭受贬逐之时的家国之思。羁旅思乡诗的抒情主体不仅是离开家园之人,还有国家危亡之际被放逐之人,为我国羁旅迁谪题材的诗歌创作奠定了基础。屈原故土难离的思乡情结是当时特定条件下诗歌政治化倾向的升华,屈原的家国之恋主要是对国家的思念,其中包含着诗人对故国黎庶生死存亡的挂念、对奸佞小人的抨击和对国君不纳忠言的怨恨,更有一种遭受不白之屈的深哀剧痛。屈原的乡愁,已由小我上升到大我,融入了人生之愁,家国之愁。这种表现手法对后世庾信、杜甫等人的家国之思,宋之问、柳宗元等人的贬逐思乡产生了一定的影响。

---

① 沈德潜著,霍松林校注:《说诗晬语》,人民文学出版社1979年版,第192页。

二 汉魏时期

汉魏时期是中国历史上的乱离时代，远离家园是时人的一种人生悲哀，但却为羁旅思乡诗提供了创作素材。这一时期的羁旅思乡诗主要是饱经战乱沧桑者的悲歌，多写战乱流离和游宦求学中的乡思，突出了乱离之人的忧患感和危机感。

亲历战争的曹氏集团文人表现出了强烈的故乡之思和战乱之哀，比较典型的是曹丕的《陌上桑》和《黎阳作诗》，描写了征人因环境艰险、孤单无朋而生发的怀乡之情。战争带来的乱离之痛不只是常人之悲，即便是胸怀大志的曹操，在行军途经太行时也情不自禁地哀吟道："悲彼东山诗，悠悠使我哀。"（《苦寒行》）他的《却东西门行》也是以征人的身份抒写浓重的乡情。建安七子的代表人物王粲为了躲避战乱，久居荆州，写下的《七哀诗三首》抒发了久客荆州的思归之情。诗人想到"羁旅无终极"，不禁"忧思壮难任"，吟唱出"荆蛮非我乡"的苦楚，可以想见当时诗人内心孤苦寂寞之悲。

汉魏时期的羁旅思乡是文人战乱中的故乡之思，不同于楚辞中的士大夫战乱乡思，也不同于《诗经》中的父母、兄弟、妻子之思，情感的指向不是确指，没有固定的思念对象，抒发的是笼统的故乡之思，这种写法成为其后文人怀乡诗创作的主流。

汉魏时期的羁旅怀乡诗还有以《古诗十九首》为代表的游宦求学者的乡思，主要写漂泊异乡的游子对家中妻子的思念。《古诗十九首》的作者虽然不知何人，但可以推断的是，这些诗人饱尝了求仕的艰难困苦，在政治理想和爱情生活双重失落的情况下创作了《古诗十九首》。他们在抒写自己的思乡之情时，融入了家中妻子空房独守的悲哀，表达了对妻子的思念，使思乡情感更加丰富，更加深婉细致。比如《明月何皎皎》：

> 明月何皎皎，照我罗床帏。
> 忧愁不能寐，揽衣起徘徊。
> 客行虽云乐，不如早旋归。
> 出户独彷徨，愁思当告谁！
> 引领还入房，泪下沾裳衣。

这首诗塑造了一个久居异乡、愁思不寐的游子形象。游子经历了"看月""不能寐"之后，又有"揽衣""起床""徘徊"等一连串的动作，可以想见他心中的忧愁有多深，深刻地揭示了游子内心无比剧烈的痛苦。"客行虽云乐，不如早旋归"是全诗的关键之语，直陈思乡缘由，但语有余意，发人深省。天涯芳草，他乡明月，都无法抚慰客居在外游子的心灵寂寞，这一语将羁旅思乡归家的情思推向了高潮，使游子的思乡之情更加不可遏制。

三 两晋南北朝时期

两晋南北朝是中国历史朝代更换最为频繁的时期。西晋51年，东晋103年，隋朝37年。南朝在160余年里先后经历了宋、齐、梁、陈四个朝代，北朝也先后经历了北魏、东魏、西魏、北齐、北周等多个王朝。同一个文人一生大多身仕两个以上朝代。如谢灵运、谢朓、江淹、何逊等就经历两朝，沈约则历经宋、齐、梁三个朝代，庾信更是悲苦，经历了南朝的梁，北朝的西魏和北周。这是一个充满战祸、饥荒和恐怖的时代。"汉末魏晋六朝是中国政治上最混乱、社会上最苦痛的时代，然而却是精神史上极自由、极解放，最富于智慧、最浓于感情的一个时代。"[①] 羁旅思乡是人们的常态，厌倦仕宦生活渴望归乡是主调。政局动荡，仕宦无常，此时的文人们身心俱疲，对仕途心灰意冷，于是便借助渴望回归故乡、回归亲情的文字来表达欲远离官场、厌倦仕宦生活的诉求。比如鲍照的《上浔阳还都道中作》就表达了行役劳顿的艰辛和步入仕途的痛悔，何逊的《赠诸游旧诗》抒发的也是才智无处可施的怨悱和对行役驱遣的厌倦。

庾信寄身北朝，终身羁留北方，加之朱雀航一役的愧悔使他产生深重的"乡关之思"。庾信承受着亡国、羁旅带来的双重心理压力，他在愧悔中不断地缅怀故国，反思人生。在归国无望的极度失意中，亡国之痛、思乡之情和羁旅之感一起袭上心头，促使他创作了《拟咏怀诗》，将凝结于心的深沉乡愁和羁旅之恨表达得淋漓尽致。

这一时期的羁旅思乡诗中有诗人自我心灵的展现，思乡情表达的背后是政局屡变下人们内心的焦虑与苦楚，流露的是诗人们为宦的厌倦，不能不说是一大进步。在表现手法上也有所突破，情景交融的写法达到了一个新高度。比如谢朓的《晚登三山还望京邑》，诗人把对故乡的热爱和眷恋深藏于对故乡美丽景物的描写中；何逊的《慈姥矶》一诗中的景物描写很有特色，别前周围的景物还诗意盎然，而友人归去之后激起了诗人强烈的思乡情，他惆怅悲楚心境下的景物也变得凄迷朦胧。这些写作手法都为羁旅怀乡诗在唐代的成熟奠定了基础。

四 唐代羁旅思乡诗的变调

羁旅思乡诗无比痛楚的情感主调到了唐代发生了变化。大唐王

[①] 《宗白华全集》，安徽教育出版社1996年版，第267页。

朝国势强盛，政治环境宽松，文人士子的社会政治地位得到提高，为个人人生价值的实现铺了一条锦绣之路，提供了最大的可能，甚至寒门士子也对未来充满希望，这让唐代士子有着极强的社会责任感和无私的奉献精神。唐人以济世安民为己任，胸怀壮志，抱负远大，将个人追求和家国兴盛融为一体，创造一切条件，利用一切机会，去追求功名，实现治国平天下的理想，将一腔热血和全部才能贡献给国家的政治事业。

唐代士人为了跻身庙堂，往往不惜离开父母妻儿，走出家门，走向游学游宦的羁旅生活。在唐代士人眼中，这种羁旅生活是为了开拓生活视野，走向更为广阔的天地。唐代士人心胸开朗，即使在表达乡愁之时，也蕴含一种阔大的气势。且看王勃的一首五绝《山中》：

长江悲已滞，万里念将归。
况属高风晚，山山黄叶飞。

这首诗作于唐高宗咸亨二年（671），是一首写旅愁归思的诗。首句"长江悲已滞"即景起兴，不仅交代诗人滞留长江已久之事，更是借之抒发长期滞留异乡的悲思。这一"悲"字是诗人心境的体现，为次句"万里念将归"远游思归的直接抒情作铺垫。时间之滞、空间（万里）之远，突出了诗人的归念之深。三、四句继续写秋风肃杀、黄叶飘零之景，同时也是诗人内心的萧瑟凄凉的反射。诗人长期漂泊在外，又看到万物衰落的秋景，更增添了内心的伤楚和思乡的愁绪。全诗以景结情，向来为人称道。

这首诗与前人的羁旅思乡诗最大的不同在于诗人的旅思是大处着笔，映入读者眼帘的是"长江""万里""高风""山山"，诗人将江山寥廓、苍茫悠远和风木萧瑟尽情道出，将普通的羁旅之愁、归乡之思附诸万里长江和连山秋色，写得如此浩荡无涯，于愁思中尽显壮阔之势。

李唐王朝崇尚武功，大批文人士子以从军出塞的方式来实现自己的理想。他们怀着热切的立功愿望纷纷奔赴边塞大漠，希望能够出将入相，飞黄腾达。强烈的卫国保家的功名心和事业心冲淡了个人的思乡愁绪，唐人的羁旅思乡诗中多了慷慨和豪迈之气。岑参的《武威送刘单判官赴安西行营，便呈高开府》中的"中岁学兵符，不能守文章。功业须及时，立身有行藏。男儿感忠义，万里忘越乡"与王勃的《山中》有异曲同工之意。还有骆宾王的《从军中行路难二首》（其一），诗人在写出"征役无期返，他乡岁华晚"的悲慨之后，又高唱出"但令一技君王识，谁惮三边征战苦"的豪情壮志和慷慨情怀。再看卢照邻的《陇头水》：

陇阪高无极，征人一望乡。
关河别去水，沙塞断归肠。
马系千年树，旌悬九月霜。
从来共呜咽，皆是为勤王。

卢照邻（约635—约685），字升之，号幽忧子，幽州范阳（今河北涿州市）人。起家邓王（李元裕）府典签，迁益州新都县尉，因病辞官。后因染风疾，不堪病痛折磨，投水自尽。他与王勃、杨炯、骆宾王并称"初唐四杰"。著有《卢升之集》，明朝张燮辑有《幽忧子集》存于世。

这首诗中的"皆是为勤王"一语让我们读到了唐代士人汲汲于仕宦的雄心壮志，为了建功立业，他们不惜离乡别亲，不怕艰辛危苦，愿意投身于边塞军旅生活。在这类诗中，"征人"的情感得到升华，多了慷慨之气，少了悲切之意。

大唐诗人的故乡之思呈现出极为高昂的基调，几乎是一种常态。虽然其中夹杂着思乡这一人之常情，但唐人却很好地化解了这一矛盾。像岑参的《逢入京使》一诗极为真实地描写了诗人既欲仕进，又怀乡思亲的矛盾心态，但诗人用"凭君传语报平安"一句解决了这一困扰，唱出了时代的最强音！而"浅才登一命，孤剑通万里"（高适《登陇诗》）两句则见出诗人高适慷慨赴边的英雄豪情。高适的这一豪情不是一时冲动，在《塞下曲》中诗人再次吟唱道："万里不惜死，一朝得成功。画图麒麟阁，入朝明光宫。大笑向文士，一经何足穷。"其实，诗人也是普通人，他们也有乡关之思，只是他们的乡情在"画图麒麟阁"报效国家之时而变得高亢、昂扬，而不再凄苦、悲怆。

国家的兴衰、人民的苦难与诗人的生命紧密相连，是诗人人生理想的真实需求。这种家国同构理念下的忧患意识在杜甫的身上表现得最为典型。且看他的《恨别》：

>洛城一别四千里，胡骑长驱五六年。
>草木变衰行剑外，兵戈阻绝老江边。
>思家步月清宵立，忆弟看云白日眠。
>闻道河阳近乘胜，司徒急为破幽燕。

这首诗是杜甫寓居成都时所作，诗人流落他乡无限感慨，对故乡家园和亲人无比怀念。诗人由此表达了早日结束生灵涂炭、平定叛乱的殷切希望。首联紧扣题旨写离别家乡，突出离别长安之遥、离别时间之久，点明思家忧国的主旨。颔联从自然界落笔看到的是草木衰微，社会环境则是"兵戈阻绝"难返故园，只好流落蜀地，困于锦江边上。颈联以宵立昼眠，忧而反常的细节描写，抒发诗人思家忆弟的无限深情，再次点明"恨别"题意。尾联则是纪实性描写诗人所闻：朝廷大军连战告捷，诗人迫不及待地希望尽快破幽燕、平叛乱。

这首诗把个人家庭的离散、生活的坎坷、思家的情态描绘得细腻入微，诗人把个人的悲喜置于广阔的社会背景之下，把个人的命运和李唐王朝的沉浮融为一体，丰富了这首羁旅思乡诗的内涵，提升了其思想高度，值得反复吟味。

杜甫的这类诗，将思乡念亲与家国忧患相统一，不仅形象地刻画了乱世中一位飘零他乡的老人形象，还真实地展现了他的思家忧国的深挚情怀。"江汉思归客，乾坤一腐儒"（杜甫《江汉》），正是诗人羁旅天涯、孤苦无依的真实写照，也是诗人独行于茫茫天地间，仍旧执着于爱国保家理想的精神展现。杜甫在思乡情怀中熔铸了老病、乱离等诸多自我人生的不幸，个人柔弱的乡关情思升华为一种悲壮的宇宙浩叹，这正是杜诗忧国忧民主题的延续和变奏。

唐人的羁旅思乡诗中流淌着无数的热情和丰富的想象，涌动着无限的企盼和热烈的追求。一心建功立业的强烈愿望取代了思乡之情，对未来的信心满满代替了思乡的悲伤感慨，呈现出壮大辽阔之势，孕育着盛唐气象的到来。总之，唐代诗人的羁旅思乡诗，广泛而深刻地反映了李唐王朝的时代风貌，千百年来依然能够唤醒无数人的情感共鸣，有着历久弥新的艺术魅力。

第二节 唐代羁旅思乡诗的常用意象

唐代羁旅思乡诗的常用意象主要有三类：一是自然意象，以月、云、雨等为代表；二是植物意象，以梧桐、芭蕉等为代表；三是动物意象，以鸿雁、杜鹃等为代表。

一 自然意象

游子在羁旅天涯的途中，所见的日月风云和雨雪冰霜等都是触发思归的媒介，但比较有代表性的主要是月亮、白云和秋风秋雨等。

（一）云、月等

见月怀人，望云思友，是古代诗词中经常运用的手法。比如上文提到的杜甫《恨别》中的"思家步月清宵立，忆弟看云白日眠"，就是借云、月表现的思念之情；再有李频《春日思归》中的"却羡浮云与归鸟，因风吹去又吹还"，表达人不如浮云只能离开故乡却不得回归故乡的悲苦处境。崔湜《冀北春望》中的"问乡何处所，目送白云还"、薛能《麟中寓居寄蒲中友人》中的"边心生落日，乡思羡归云"等，都是借对白云的羡慕之情表达的故乡之思。

傅道彬先生在《晚唐钟声——中国文化的精神原型》中说："在月亮意象中反映着古代文人寻找母亲世界、寻找精神家园、恢复世界的和谐统一的心理，反映在古典诗词里常常表现出望月思乡的主题，旧梦重温的情思。……月亮反映着古代诗人骚客孤独与寂寞的心态，反映着失意者寻求精神慰藉与解脱的心理。……月亮作为一种永恒与自然的象征它又成为士大夫逃避纷纭的现实苦难、超群拔俗、笑傲山林的人格化身。"[①] 羁旅之人看到月，自然地想到月亮的家园意蕴。月亮给羁旅之人的亲切感成为引发无数文人思乡念亲之情的导火线。望月怀人，常常引发离愁别绪（包括思乡之情）。唐诗中这样的诗句比比皆是："举头望明月，低头思故乡"（李白《静

---

① 傅道彬：《晚唐钟声——中国文化的精神原型》，东方出版社1996年版，第63—65页。

夜思》)、"碛里征人三十万，一时回首月中看"（李益《从军北征》)、"露从今夜白，月是故乡明"（杜甫《月夜忆舍弟》）等。

在羁旅思乡诗中，月亮是联系抒情主人公和家乡最好的媒介。诗人望月思归，月亮犹如一道红线，联结着身处异乡的诗人和家乡，"月"之于天涯孤旅、形容憔悴的诗人来说，俨然诉说乡愁的知音。

（二）秋风、衰草等

羁旅思乡诗中常用的自然意象还有"秋风""秋霜""秋雨""衰草"等，这些意象容易引发行人孤独、凄凉、惆怅之情，秋天的肃杀清冷更容易刺激诗人敏感的心灵。最著名的当数杜甫的《登高》：

> 风急天高猿啸哀，渚清沙白鸟飞回。
> 无边落木萧萧下，不尽长江滚滚来。
> 万里悲秋常作客，百年多病独登台。
> 艰难苦恨繁霜鬓，潦倒新停浊酒杯。

这首诗是大家耳熟能详的。诗的前四句先以密集的意象如秋风、落木等构成一幅登高所见的秋景，后四句则抒发登高的情怀。其中"悲秋"二字又是从写景过渡到抒情的关键。诗人将漂泊之叹、思乡之情、多病之怨、家国之感等多种情思纠缠其中，蕴含其内，又怎一个"悲"字了得，这也使得这首诗成为表现乡思旅愁的不可企及的典范之作。

二 植物意象

羁旅思乡诗中代表性的植物意象有梧桐、芭蕉等。民间传说凤凰喜欢栖息在梧桐树上，古语也云"梧桐一叶落，天下皆知秋"。诗人体察梧桐叶落的飘零景象，咏叹身世的孤苦凄凉，表示一种凄苦之音。白居易《长恨歌》中的"春风桃李花开日，秋雨梧桐叶落时"，梧桐意象与秋雨连用，诗人又把落叶点染进来，更增添了思念之情和悲痛欲绝之感。在中国古典诗歌中与梧桐比较相近的还有芭蕉，诗人常用芭蕉来表达孤独忧愁的离情别绪。比如李商隐《代赠》中的"芭蕉不展丁香结，同向春风各自愁"，借芭蕉来写思归的愁绪。

三　动物意象

哀猿寒蝉、子规鸿雁、胡马越鸟等意象都是诗人寄托乡思的对象。

（一）雁

雁（鸿雁）是一种候鸟，多被用来表现诗人滞留他乡的孤独寂寞情绪。诗人多用雁的每年南北往返来衬托滞留他乡不得归的思乡之情。比如韦应物《闻雁》一诗，其中的"淮南秋雨夜，高斋闻雁来"两句，写秋雨之夜，诗人正沉浸在思念千里之遥的故乡的情绪中，突然雁声闯入，无异于雪上加霜，诗人的思乡情绪更为深重了。再比如刘禹锡的《秋风引》中的"何处秋风至，萧萧送雁群。朝来入庭树，孤客最先闻"，诗人以"最先闻"衬托孤客的敏感，引发诗人的思乡情绪。

用雁来表达乡愁，更为浓烈的一笔是用离群之孤雁暗示一己之孤独。比如杜甫的《孤雁》中有"孤雁不饮啄，飞鸣声念群"，孤雁离群之后不吃不喝、执着恋群，诗人由此感怀，抒发了自己孤独在外对亲人故友的思念。

我国古代有鸿雁传书的传说，诗人也常常借此来传递思乡之心

切。王湾在他的《次北固山下》一诗中就借归雁表达了思乡之情:

> 客路青山外,行舟绿水前。
> 潮平两岸阔,风正一帆悬。
> 海日生残夜,江春入旧年。
> 乡书何处达,归雁洛阳边。

王湾(约693—约751),字号不详,河南洛阳(今河南洛阳)人。玄宗先天年间(约712—714年前后)进士及第,授荥阳县主簿。后因编书之功授任洛阳尉。王湾"词翰早著",现存诗10首,其中最出名的就是《次北固山下》。

诗中写了青山、绿水和徐徐红日,色彩鲜艳明丽。岸阔潮平,一派大好春光。但诗人却无心驻足赏春。这时看到即将北归的雁群,缕缕乡愁油然而生。尾联的"乡书何处达,归雁洛阳边"让我们读出了诗人无法归乡的无奈。这份乡愁,这份思念,也只能寄希望于归雁带给洛阳的亲人了。

还有宋之问《登逍遥楼》中的"北去衡阳二千里,无因雁足系书还",诗人当时贬官桂州,思乡心切,希望鸿雁捎书寄信给亲人,进而倾诉了思念故乡而音书难寄的痛苦心情。

(二) 杜鹃

又叫杜宇、子规,叫声如"不如归去",凄切哀伤。口角鲜红,故有"杜鹃啼血"之说。常与哀怨、思归有关,如李白《蜀道难》中的"又闻子规啼夜月,愁空山"。还有望帝杜鹃的传说,蜀王杜宇(即望帝)因被迫让位给臣子,自己隐居山林,死后魂化杜鹃。杜鹃也因此成为凄凉、哀伤的象征。

杜鹃是自然界中唯一集花名鸟名于一身的事物,既是啼血的鸟,又是染血的花。诗人将杜鹃写入诗中，花鸟齐鸣咽，共谱悲歌。比如李白《宣城见杜鹃花》："蜀国曾闻子规鸟，宣城还见杜鹃花。一叫一回肠一断，三春三月忆三巴。"诗中将杜鹃花鸟合用，写鸟鸣与花开，诗人连用数词隔断，断断续续地哽咽着，有力地表现了滞留蜀地无法归家的思乡之情。

在羁旅思乡诗中，诗人往往把杜鹃啼鸣和日暮夜晚、细雨绵绵等场景联系在一起。雨和夜也是容易触发思归之情的意象，更容易调动人的愁苦、郁闷的情愫。再加上极富文学意蕴的杜鹃啼鸣，不可遏制地会拨动诗人情感的琴弦。如"石矶江水夜潺湲，半夜江风引杜鹃"（元镇《宿石矶》）、"正值血魂来梦里，杜鹃声在散花楼"（张祜《散花楼》）、"早是有家归不得，杜鹃休向耳边啼"（无名氏《杂诗》）"可惜锦江无锦濯，海棠花下杜鹃啼。"（刘兼《蜀都春晚感怀》）等，都是借用杜鹃的啼鸣来表达思乡情怀的。

（三）猿

猿啼常常用来象征漂泊之人的悲苦之情，如杜甫《登高》中的"风急天高猿啸哀"。哀猿的悲啼与子规的鸣叫则有同病相怜、惺惺相惜之感，如孟郊《连州吟》中的"哀猿哭花死，子规裂客心"。

还有沙鸥、青鸟、鹧鸪等意象，也用来表达思乡情怀。沙鸥往往喻指漂泊不定、孤苦伶仃的形象。青鸟是传书的信使，多用来表达家书难寄的迫切心情。比如李商隐《无题》中的"蓬山此去无多路，青鸟殷勤为探看"。一般而言，古代诗歌中的鹧鸪已不是纯粹客观意义上的一种鸟了，鹧鸪的鸣声听起来像"行不得也哥哥"，极易勾起旅途艰险的联想和满腔的离愁别绪。

四 其他意象

远在边塞的诗人们，往往还会被边地的声音所触动。常见的有笛声，如"寒山吹笛唤春归，迁客相看泪满衣"（李益《春夜闻笛》）；芦管声，如"不知何处吹芦管，一夜征人尽望乡"（李益《夜上受降城闻笛》）；角声，如"故园黄叶满青苔，梦后城头晓角哀"（顾况《听角思归》）；鸦鸣声如"月落乌啼霜满天，江枫渔火对愁眠"（张继《枫桥夜泊》）；等等。闻笛声思归往往是征战边塞诗中最为常用的意象，比如王昌龄《从军行七首》其一：

烽火城西百尺楼，黄昏独坐海风秋。
更吹羌笛关山月，无那金闺万里愁。

这首诗本是描写黄昏时分，征人独坐海边的戍楼。在悠悠的笛曲《关山月》中思归，却将笔锋陡转，指向深闺之中的思妇。时空穿越，将思妇和征人的情怀交织在一起，更显动人。

思乡情怀往往借助一个具体地点生发开来，如西楼、高楼、小楼、危楼、危栏等，游子或倚栏或登楼远眺来表达思乡之情。对游子自身来说，身处异乡的"孤独感"如同"蓬草""浮萍""断蓬"一样漂泊，诗人也时常借"蓬""萍"等意象表现羁旅之恨。其他如寒山、暝色、宿鸟、烟、日暮、关山、天涯、他乡、孤灯等。特别是暝色、日暮时分，妻子独守空房，当会思念远方的游子；漂泊的旅人停泊休憩，羁旅愁思也会蓦然而生。与日暮、暝色相近的意象还有暮霭、落日、夕阳等，也可以表现游子思乡。

第三节 唐代羁旅思乡诗的情感类型

走进唐诗，羁旅思乡类的名篇佳作比比皆是，情感基调以愁思苦想为主。比如"举头望明月，低头思故乡"（李白《静夜思》）的思乡之情;"故乡今夜思千里,霜鬓明朝又一年"(高适《除夕作》)的念家之苦;"洛阳城里见秋风,欲作家书意万重"(张籍《秋思》)的思亲之愁;"姑苏城外寒山寺,夜半钟声到客船"(张继《枫桥夜泊》)的漂泊之恨;等等诸如此类。羁旅思乡诗或触景伤情,"望阙云遮眼,思乡雨滴心"(白居易《阴雨》);或感时生情,"独在异乡为异客,每逢佳节倍思亲";或伤春悲秋,感慨韶华易逝,"万里悲秋常作客,百年多病独登台";或日暮思归,"日暮乡关何处是?烟波江上使人愁"(崔颢《登黄鹤楼》);等等。

这些羁旅愁情的绝唱,纵使穿越千百年的风霜雨雪,仍然响彻云霄之上,久久回荡在我们的耳畔。综合来看,羁旅思乡诗抒发的情感大致有三种情形:游学游宦者的羁旅思乡、左迁遭贬者的羁旅思乡、战乱远役者的羁旅思乡。

一 游学游宦者的羁旅思乡

这类诗主要是抒发游子的内心孤独、凄凉及对家乡浓浓的思念。这些游子大都长期在外,为了仕途客居他乡,游走间借旅途所见、所闻等,书写漂泊无定的孤苦凄凉及思乡念家之情。游子们望尽天涯路,将对亲人的热爱与思念,写成一首首令人愁肠百结的诗篇。如温庭筠《商山早行》中的名句"鸡声茅店月,人迹板桥霜",历来被人传诵,这两句诗描写了游子闻鸡而起急着赶路的特有情景和特定氛围,从而进一步勾起诗人思乡之情。鸡声、茅店、月、人迹、板桥,还有霜,每个意象都是诗人精心选择提炼出来的,呈现在读者眼前的是一幅幅可观可感的画面。细思这些意象,正是诗人凝噎在喉的"羁愁旅思"。此诗妙不可言之处在于,利用意象组合,形成艺术空白(召唤结构),将诗人没有直接言明的羁旅之苦形象地表现了出来。

像这种以写景为主表达羁旅乡愁的诗作还有张继的《枫桥夜泊》：

> 月落乌啼霜满天，江枫渔火对愁眠。
> 姑苏城外寒山寺，夜半钟声到客船。

张继（约715—约779），字懿孙，襄阳（今属湖北）人。天宝十二载（753）进士，担任过军事幕僚，后来又做过盐铁判官。唐代宗大历年间担任检校祠部郎中（另外有史料记载为"员外郎"）。他的诗爽朗激越，不事雕琢，比兴寄托，意味幽深，对后世颇有影响。有《张祠部诗集》。

安史之乱后，江南政局比较安定，很多文士（其中包括张继）逃到江南一带避乱。这首诗就是张继逃难途经寒山寺时创作的。

这首诗的意境很美，是羁旅思乡诗中的佳构。诗很有画面感，前两句意象密集，十四个字写了六种景象：落月、啼乌、满天霜、江枫、渔火和不眠人，意象组接叠加，构成一幅情韵浓郁的优美画面。后两句的意象则疏宕明朗：城、寺、船、钟声，构成卧闻山寺夜钟的空灵意境。月落乌啼、霜天寒夜、江枫渔火、孤舟客子等景象，凸显了枫桥夜泊的环境氛围和景物特征。而静夜钟声，则给读者极强的冲击力，不仅衬托出了夜的静谧清寥，还揭示了夜的漫漫深永。这种环境之中，诗人卧听疏钟时的心灵感受即便是难以言传，但却是尽在不言中了。

这首诗细腻地描摹了一位羁旅他乡、客船夜泊者陶醉于江南秋景的独特感受，全诗情景交融，声色兼备，可感可画，明白晓畅。将诗人的羁旅之思、家国之愁和身处乱世的漂泊之感融为一体，毫无斧凿之迹，却又浑然天成。这首诗的传播影响力极大，不仅中国历代各种唐诗选本选入此诗,连亚洲其他一些国家的小学教科书也收录此诗。

李唐王朝的文人大多满怀爱国热情,渴望在政治上大有作为,但现实是残酷的,他们往往郁郁不得志,生活困苦,一生漂泊。文人特有的怀才不遇之感,再加上羁旅他乡,对故乡则多了一份深深的眷恋和绻缱的思念。例如卢僎在《南楼望》中写道:

去国三巴远,登楼万里春。
伤心江上客,不是故乡人。

卢僎,生卒年不详,约唐中宗景龙中前后在世,相州临漳(今河北临漳县)人。历官襄阳令、汝州长史,终吏部员外郎。作品朴实清新,隽永蕴藉,曾入选同时代人芮挺章编的《国秀集》。《全唐诗》存诗14首。

这首诗浅近直白,如话家常却感人至深。诗人远离故土,客居异乡,登楼远望,眼前一片大好春色,不但不喜反而增悲,只因为登楼之人是"江上客",思乡之情不言自明。在这种情况下,要是能遇到一位家乡来客,共同叙叙乡情,那是多么美好的事情啊。但可惜来的不是故乡人,诗人感到深深的遗憾,也表达出对故乡深深的思念。

这首诗成功的主要因素,是它语言朴实自然。诗人登楼远望,只见春光万里,更念久别的故乡。伤心之人又遇异乡之客,更是悲苦无际。诗中所表达的游子情思,一唱三叹,比一般的悲秋怀乡之曲更加蕴藉感人。

这一类的思乡作品很多,像孟浩然的《早寒有怀》、贺知章的《回乡偶书二首》、李白的《静夜思》、韦应物的《闻雁》、白居易的

《邯郸冬至夜思家》等，都是脍炙人口的佳作。

羁旅他乡的游子最怕的是夜深人静之时，又逢传统佳节的到来。在季节变换之时，又遇故乡旧知。这种景况诗人极易触景生情，悠悠乡思便阵阵在心头泛起波澜，不可抑制地产生了思乡的情绪。如王维《九月九日忆山东兄弟》：

独在异乡为异客，每逢佳节倍思亲。
遥知兄弟登高处，遍插茱萸少一人。

此诗原注："时年十七。"说明王维创作此诗年仅17岁。时值王维孤身在长安求取功名，羁旅漂泊在洛阳与长安之间。王维是蒲州（今山西永济）人，蒲州在华山东面，所以诗题中称故乡的兄弟为山东兄弟。九九重阳节，我国很多地方有登高的习俗。

繁华的帝都虽然对热衷仕进的年轻士子有很大吸引力，但对王维这样一个17岁的少年游子来说，则是举目无亲的"异乡"。"异乡"二字透露出诗人并没有将自己融入长安城中，浓浓的亲情是诗人对家乡化不开的思念。诗起首句中一个"独"字和两个"异"字，很有意味。一个"独"字凝聚了孤独客居异乡的诗人对故乡亲人的思念。两个"异"字则强调诗人是在异地他乡做客，进而突出了诗人的身世漂浮之感。客居他乡者的思乡怀亲之情在平日里不足挂齿，但遇到某种触媒比如逢年过节则极易引爆，甚至一发不可收拾。登高怀远更是触动乡情，诗人借用兄弟们对自己的怀念，再次验证自己毫不留恋当下的生活。"每逢佳节倍思亲"一语朴素无华而又高度概括，既是通常意义上的泛说，更是诗人客中思乡情感的深切体验。

二　左迁遭贬者的羁旅思乡

迁谪之人仕途失意，怀才不遇，独居他乡，心中报国无门的幽怨愤慨和羁旅思乡的孤独寂寞常常纠结在一起，共同汇成了左迁贬谪而思乡念旧的诗篇。我们试以柳宗元的《与浩初上人同看山寄京华亲故》为例感受一下迁谪之人的思乡情怀：

> 海畔尖山似剑铓，秋来处处割愁肠。
> 若为化得身千亿，散上峰头望故乡。

这首诗作于柳宗元从永州司马迁为柳州刺史任上。从诗题可以看出，诗人与浩初和尚一起登山望景，写下此诗以寄给京城的亲朋故友，表达对他们的深切怀念。

诗的首句是写登临所见，奇峰突兀，尖山林立，似剑芒一般，此情此景，对于被贬荒远之地的诗人来说，犹如刺断心肠一般。诗人触景生情，因景托喻，自然引出第二句"秋来处处割愁肠"。"割愁肠"是由首句中"似剑芒"顺承而来，是由尖山如剑产生的联想。诗的三、四句诗人更是想象奇特，希望自己会分身法，将自己这一身化作千万亿个身，站在每个峰头之上眺望故乡。这个奇妙的想象，不仅准确地抒发诗人眷念故乡亲友的真挚感情，还将诗人埋藏于心底的抑郁之情，不可遏止地倾泻无遗。

唐代诗人经常去边塞（在边塞征战诗一章会重点谈这个问题），塞上边地传来的幽怨笛声更适宜表达迁客骚人的思乡情怀。比如李益的《春夜闻笛》：

寒山吹笛唤春归，迁客相看泪满衣。
洞庭一夜无穷雁，不待天明尽北飞。

诗人自称"迁客"，说明此诗是作者迁谪江淮时所作。因此这首诗不是为了写士卒的乡愁，而是诗人所发的迁客归怨。诗的前两句写闻笛。从"唤春归"一语可以推知时值春方至、夜犹寒、山未青之际，这时边地军中传来凄厉的羌笛之声，仿佛是在呼唤春归大地。这笛声，这情景，摧折着迁客的心扉，不禁悲从中来，渴望北归家乡。于是，诗的三、四句诗人借大雁北归来表达自己的思归。羁旅迁客，哪里会像大雁那样自由北归啊！字里行间传达出诗人的遗憾和怨悱！

这首诗题曰"春夜闻笛"，笛声是诱发思归情感的媒介，而"春"和"夜"则蕴含着诗人政治上的贬谪遭遇和盼望朝廷赦免的深切希望。从寒山笛声到迁客，再到洞庭群雁夜飞，以人唤春归始，以雁尽北飞结，人留雁归，情何以堪？这些迭现于诗中的意象，将诗人复杂的思想感情——不尽的怨望和难言的惆怅都充分地表达出来了。

迁谪之人的心中有无限的幽怨和愤懑，因此这类作品大都写得忧伤、哀怨，沉郁顿挫。

三 战乱远役者的羁旅思乡

这类诗一般作于社会动荡战乱之时，抒发诗人厌恶战争、思念家乡亲人之情。这类诗中含有特定的历史内容，诗人常把个人遭际与国家命运紧密地联结起来，诗中既有诗人对自身命运悲苦的感叹，也饱含着对国事的忧虑和战乱之中人民疾苦的关切。比如李益的

《夜上受降城闻笛》、李白的《关山月》、杜甫的《春望》《月夜》、高适的《人日寄杜二拾遗》、岑参的《行军九日思长安故园》等都属于此类诗作。

这类诗中的环境描写比较典型，大多是边地特有的景致，像凄冷如霜的月光、浩瀚如雪的大漠、荒芜寂寥的旷野等。征人戍边思乡是情非得已，战乱年代，颠沛流离的诗人们更是神经敏感，思乡念亲。杜甫在战乱时创作的《春望》是这方面的代表作：

> 国破山河在，城春草木深。
> 感时花溅泪，恨别鸟惊心。
> 烽火连三月，家书抵万金。
> 白头搔更短，浑欲不胜簪。

这首诗前四句重在绘景（山河、草木、花鸟），但景中有情（破、深、溅泪、惊心），而且景中有意（感时、恨别）。后四句重在抒情，是借事抒情（断"家书"，搔"白头"），情中有景。诗人在战乱之中久别家人，年老发疏，此般情景诗人才更加体察到了接到家书的温暖。

这首诗的开头两句"国破山河在，城春草木深"，是从大处着眼，写得很悲壮。第三句和第四句转换角度，从小处落笔，用溅泪之花、惊心之鸟去点缀沦陷了的京城，同时也衬托出诗人的伤时之深，表达了诗人强烈的黍离之悲。

这首诗以写国都萧索之景开篇，到观春花泪流，闻鸟鸣怨恨，持续战乱久无家中音信，又以写自己的哀怨和衰老作结，层层递进，形成了一个引发人们共鸣、深思的境界。另外，杜甫的《恨别》中有"思家步月清宵立，忆弟看云白日眠"，也是诗人为了躲避战乱而远离故乡，流离失所表达出对故乡和兄弟的思念之情。

第四节 唐代羁旅思乡诗的艺术技巧

一 情景交融

羁旅思乡诗常用手法主要是情景交融（借景抒情、寓情入景、以景结情），抒情角度从己入笔、从对方入笔。

（一）借景抒情（也称"寓情于景"）

羁旅思乡诗一般是从旅人身边的景物写起，由眼中所见、耳中所闻勾起心中所感，进而触发诗人对遥远故乡的怀想，对家乡亲人的思念，对温馨家庭生活的憧憬。且读李益的《竹窗闻风寄苗发司空曙》：

> 微风惊暮坐，临牖思悠哉。
> 开门复动竹，疑是故人来。
> 时滴枝上露，稍沾阶下苔。
> 何当一入幌，为拂绿琴埃。

诗题中的苗发、司空曙是李益的诗友，同为"大历十才子"。这首诗成功地运用了借景抒情的艺术手法，不是以情动人，而是以巧取胜。全诗构思独巧，通过"微风"意象领起全诗，又以暮中独坐来表现诗人孤单、寂寞的心情，表达思念故人之情。诗人紧紧围绕"微风"二字，先写微风吹开门，吹动竹子，引起怀念故友之情；次写微风吹落枝上露水，露水滴落在阶下青苔上，最后希望微风吹进帘幌，拂去琴上尘埃。诗人因闻而惊，因惊而思，因思而疑，因疑而望，因望而怨，这一系列细微的内心感情活动，随风而起，随风递进，交相衬托，生动有致。也正是因为诗人极力渲染了一种清冷、幽静的氛围，我们才从中读出了诗人孤单、寂寞的心情。

（二）寓情入景

思乡情感大多是因外物触动引起的，但是诗人的乡愁却是久郁心中的一腔愁绪。在乡愁的作用下，外界景物好像也处处沾染了诗人悲伤的情绪，自然不自然地营造出一种"物皆着我之色彩"（王国维《人间词话》）的艺术效果。比如戎昱的一首《秋月》清楚地表明了其中的含义：

江干入夜杵声秋，百尺疏桐挂斗牛。
思苦自看明月苦，人愁不是月华愁。

戎昱（744—800），荆州（今湖北江陵）人，郡望扶风（今属陕西）。少年举进士落第，游名都山川，后中进士。肃宗上元至代宗永泰（760—766）间，来往于长安、洛阳、齐、赵、泾州、陇西等地。经华阴，遇见王季友，同赋《苦哉行》，写战争给人民带来的灾难，比较有影响。羁旅游宦、感伤身世的作品以《桂州腊夜》较有名。

诗人对"情"移于"景"之理，很有体会。诗人行走在江边，天黑以后秋风中传来捣衣声，此时透过百尺的稀疏桐树正好望见北斗星、牵牛星。此情此景，诗人心中的思乡愁苦自然投射到明月上，似乎明月也好像是愁苦的。这只是由于人的心思愁苦导致的，并不是月亮真的愁苦。诗人正是用这种移情于景的方式表达了浓浓的思乡之愁。

这种移情手法可以将诗人的主观情感投射、渗透到自然景物之中，反过来自然景象又体现、感染诗人的心境，在诗中形成了"人"

"物""情"的高度和谐统一。

（三）以景结情

以景结情也是借景抒情的方式之一，是指诗歌在议论或抒情的过程中，戛然而止，转为写景，以景代情作结，结束诗句，使得诗歌"此时无情胜有情"，可以使读者在景物描写中驰骋想象，体味诗的意境，产生韵味无穷的艺术效果。如王勃《山中》的尾句"山山黄叶飞"就是以景结情，诗人万里念归的情感融入一个生动、开阔的画面中，让读者自己去品味，意境含蓄而耐人寻味。

二 烘托渲染

羁旅思乡诗还常常运用烘托象征的表现手法，意即通过景物描写渲染烘托气氛，传递思乡羁旅之情，达成情景交融的意境。我们以王建的《十五夜望月寄杜郎中》为例：

> 中庭地白树栖鸦，冷露无声湿桂花。
> 今夜月明人尽望，不知秋思落谁家。

王建（约768—约835），字仲初，颖川（今河南许昌）人。出身寒微，一生潦倒。约46岁始入仕，曾任昭应县丞、太常寺丞等职。后出为陕州司马，世称王司马。其乐府诗与张籍齐名，世称"张王乐府"。今存诗集有《王建诗集》《王建诗》《王司马集》等，还存有《宫词》一卷。

从诗的三、四句可知诗题中的"十五夜"应指中秋之夜。中秋团圆之夜，月光如水般朗照庭院，庭院的地上好像铺上了一层白色的霜雪，给人以空明素洁之感。栖于庭树上的鸦鹊也停止了聒噪，以动衬静，更烘托了月夜的寂静无声。诗人在万籁俱寂的深夜仰望明月，丝丝寒意轻轻袭来，诗人不觉浮想联翩。"冷露无声湿桂花"，诗人想到了广寒宫中露湿桂树的情景，"无声"二字更是细致入微地描绘出了冷露轻盈无迹地浸润着桂花的状态。诗人写广寒宫的凄清，是为了烘托自己与家人离散的怅然。中秋月圆，普天之下共赏当空明月，诗人不禁吟哦出了"今夜月明人尽望，不知秋思落谁家"，表达了思乡念亲的真挚情怀。诗人正是借中秋望月之事，渲染出特定的环境气氛，将读者引入月明人远、思深情长的意境，这还不够，诗人又加上个含蓄无尽、哀婉动人的结尾，将别离思聚的情态推向了高潮。

在唐代的羁旅思乡诗中，烘托渲染的手法随处可见。如韦应物的《淮上即事寄广陵亲故》：

> 前舟已眇眇，欲渡谁相待？
> 秋山起暮钟，楚雨连沧海。
> 风波离思满，宿昔容鬓改。
> 独鸟下东南，广陵何处在？

韦应物（737—792），长安（今陕西西安）人。文昌右相韦待价曾孙，出身京兆韦氏逍遥公房。因出任过苏州刺史，世称"韦苏州"。今传有10卷本《韦江州集》、2卷本《韦苏州诗集》、10卷本《韦苏州集》，散文仅存一篇。

诗人于大历四年（769）秋赴扬州，第二年秋返回洛阳，在扬州正好居住一整年，扬州有他的兄长和朋友。返洛途中，舟行经楚州时诗人不禁怀念在扬州的亲故友朋，创作了这首诗。

诗的前两句叙事，天色将晚，诗人匆匆赶到渡口，前一趟渡船已经离岸只能依稀可见了，岸上也没有渡船了，可以想见诗人那时的落寞心情。三、四句转入写景，"秋山起暮钟"中一"秋"一"暮"对于羁旅之人来说已是凄凉，偏偏又逢茫茫楚天淫雨霏霏，将羁旅之情表现得更为深重。有了前四句的环境情感铺垫，五、六句人物出场（写人），诗人用"离思"二字点出诗旨，也将抒情主人公因羁旅而形容消瘦、憔悴不安之态推了出来，而且人物出场的背景是在秋山暮钟、风波楚雨之中，两相映衬，倍增苦楚。结尾两句情景交融，以"独鸟"暗含对广陵亲故的思念，"广陵何处在"一问则把思亲念远的离情传递到空旷的原野，汇入风雨、暮钟之中，使诗歌的意境扩大，情感也更为深沉邈远。

诗人只身北去，对广陵的亲故怀着极为深挚的感情。但这种感情，诗人并没有直露地表明，只是摄取了眼前色彩黯淡的景物，伴着哀远的钟声，烘托渲染出一种凄迷的气氛和一份执着的情感。缥缈的思家念远之情浸染全诗，弥漫其中，使诗歌具有一种深远的意境、深沉的韵致。

韦应物此诗重在景物烘托，杜甫的《九日》则将特定节日思乡与乱离、老病结合起来了。诗云：

> 重阳独酌杯中酒，抱病起登江上台。
> 竹叶于人既无分，菊花从此不须开。
> 殊方日落玄猿哭，旧国霜前白雁来。
> 弟妹萧条各何在，干戈衰谢两相催！

诗中的"独酌""抱病""登"等词语和九九重阳节相合，还有"日""猿""霜""雁"等意象的选择运用，都可以读出诗人杜甫当时的处境是孤独老病，因此重阳登高时诗人不能多饮酒，也无心赏菊，所以满腹忧愁无法排解。这一切都浸染于景物之中，因此诗的颈联诗人描绘了一幅他乡日落时分，黑猿声声悲啼，霜天秋晚，白雁南来的凄凉景象。诗人以西沉的落日、凄清的猿啼、故乡南飞的白雁绘声绘色地渲染凄清之境。又用异乡之景与旧国之物对比，黑猿与白雁的色彩对比，抒发诗人思亲怀乡、衰老催人（年老多病）的感伤和遭逢战乱伤时忧国的情怀。

羁旅思乡诗中烘托渲染还有一种特殊的表现形式：以乐景衬哀情（乐景写哀）。如杜甫《绝句二首》其二：

江碧鸟逾白，山青花欲燃。
今春看又过，何日是归年。

当时诗人客寓成都，亟思东归，因战乱道阻，未能成行，所以有"今春看又过，何日是归年"的叹息。但诗的前两句"江碧鸟逾白，山青花欲燃"却勾画出一幅浓丽的春日画面，极言春光融洽。如此美景，何以思归？原来这是以乐景写哀情，以客观景物与主观感受的鲜明对照，反衬诗人思乡之情更加浓烈。

三 侧面落笔

早在《诗经》时代就有侧面落笔的手法，常用于羁旅思乡诗中。由于情到深处，不便明言。思乡念亲则不写自己如何思念亲人，而是亲人如何思念自己。如《魏风·陟岵》一诗，三段只写父、母、兄如何思念自己，而不言自己是如何思念他们。这种写法在唐代诗人笔下运用得更为炉火纯青。诗人在表现怀远、思归之情时，以对方写自身，不直接或不仅仅直接抒写对家人（对方）的思念之情，而是从家人（对方）落笔，想象对方（家人）思念自己之深，借以烘托诗人的苦恨离情，常常给人以曲折有致、情韵悠长之感。如杜甫的《月夜》：

> 今夜鄜州月，闺中只独看。
> 遥怜小儿女，未解忆长安。
> 香雾云鬟湿，清辉玉臂寒。
> 何时倚虚幌，双照泪痕干。

诗中写的是妻子思念丈夫，其实是诗人设想出来的一幅妻子望月怀远的画面，恰恰是诗人自己感情的折射。"独看"是诗人的眼前景况，却从对方（妻子）入手，只写妻子"独看"鄜州之月，独自怀念长安（代指诗人）。诗人将老妻的形象刻画得贤良娇美，生动感人，诗人没有把妻子想象成蓬首垢面，形容憔悴，而写得如此绰约动人。这也是诗人构思之法，以丽词写悲情，以艳语写苦楚。诗的尾联"何时倚虚幌，双照泪痕干"也是诗人的想象之笔，用夫妻重逢悲喜交集，反衬两地分离之苦。

诗人正是通过明月意象，打破空间距离，将鄜州与长安联结起来，两地的人、事、景交织在一起。妻子形象虽是虚写，但却真实，给读者留下深刻印象，从而也衬托出诗人远在长安不能归家的思之切，爱之深。

读罢此诗，我们可以想象诗人在长安城的情态：独立中庭，望月怀人。思念着愁苦的妻子和无知的儿女。羁旅思乡诗中的这种写法，实际上起了镜花水月的妙用，比直说更为凄切感人。

这种艺术手法唐代很多诗人使用，而且各有千秋，毫不雷同。如王建的《行见月》中有"家中见月望我归，正是道上思家时"，诗人写家中人盼望游子归家正好和游子思家不约而同；白居易《邯郸冬至夜思家》中的"想得家中夜深坐，还应说着远游人"，写游子思家之情，诗人反向落笔用他思写己思，跨越了时空障碍，想象家中的亲人在思念谈论自己，达到天涯咫尺的艺术效果。

四 因梦寄情，虚实结合

羁旅思乡诗中的许多悲情是借助梦境来表现的。悲情源于理想的追求和现实的失落，诗人在理智上是清醒的，但还要以虚幻的梦境来表达惆怅，以求一丝慰藉，梦断酒醒则是近乎绝望的悲情。即便如此，诗人还是惯常使用这种虚实相生的梦境来倾诉自己的离情别绪。

羁旅困顿，诗人思乡之情日甚，诗人则常以梦寄托乡思，但美梦难再，好梦难留，如方干《思江南》中的"夜来有梦登归路，不到桐庐已及明"充分写明了梦之短暂难继。岑参《春梦》中的"枕上片时春梦中，行尽江南数千里"则与之相反，运用蒙太奇的表现手法，将片刻之梦延长，使之漂过数千里。诗用时间的长度和空间的广度来形容思乡情感的强度和深度。还有罗隐《归梦》中的"陆海波涛渐渐深，一回归梦抵千金"写乡梦之弥足珍贵；李商隐《思归》中的"鱼乱书何托，猿哀梦易惊"是写梦之易碎；岑参《宿铁关西馆》中的"塞迥心常怯，乡遥梦亦迷"写梦的迷离难寻；等等。总之，羁旅思乡诗中的梦是虚幻易碎、扑朔迷离的。因梦寄托的乡思往往是更为悲凄，更为伤心欲绝的。比如刘长卿《夕次檐石湖梦洛阳亲故》：

天涯望不尽，日暮愁独去。
万里云海空，孤帆向何处。

第二章 棋罢不知人换世,酒阑无奈客思家

> 寄身烟波里,颇得湖山趣。
> 江气和楚云,秋声乱枫树。
> 如何异乡县,日复怀亲故。
> 遥与洛阳人,相逢梦中路。
> 不堪明月里,更值清秋暮。
> 倚棹对沧波,归心共谁语。

安史之乱时诗人南奔,开始了颠沛流离的生活,孤苦无依,直至老死。诗人无时无刻不在思念家乡,乡愁伴其度过了大半生的岁月。到了晚年,乡愁则更是炽烈。由于诗人的游子身份,他的诗常用"夕阳""日暮""落叶""孤帆""白发""猿"等意象,构成凄凉意境。这首诗中的"遥与洛阳人,相逢梦中路",更写出了诗人对故土亲人的魂牵梦萦。

除了上述的托梦寄乡思的方式,诗人还常常用美梦成真,梦回故里来表现羁旅思乡。如钱珝的《江行无题》:

> 万木已清霜,江边村事忙。
> 故溪黄稻熟,一夜梦中香。

钱珝,生卒年不详,字瑞文,吴兴(今浙江湖州)人,太子宾客钱方义之子,吏部尚书钱徽之孙,考功郎中钱起之曾孙,善文词。据《新唐书·钱徽传》记载,唐昭宗乾宁二年(895)是由宰相王溥荐知制诰,以尚书郎得掌诰命,进中书舍人。光化三年(900)六月,王溥被贬,不久又被赐死,这是昭宗时代的一个大狱,钱珝也被牵连,贬抚州司马。著有《舟中录》20卷,已佚。著有组诗《江行无题》共100首,《红楼梦》第十八回曾提到他的《未展芭蕉》

诗。《全唐诗》收录其诗一卷。

诗人钱珝被贬抚州途中，时值万木清霜的秋季，诗人目睹江边秋收忙碌的人们，触景生情，想到家乡稻谷也该成熟了，一定是香飘千里。全诗无一字言思乡，而思乡之情自现。"一夜梦中香"写得极为生动新颖，更是当时诗人心境的写照。充满感情，余味无穷，相思之情也因之力透纸背。

再如柳宗元的《零陵早春》，诗人永贞革新失败，被贬为永州司马。遥望秦原，欲归不能，于是就有"凭寄还乡梦，殷勤入故园"之句。还有武元衡因春感梦，顿生乡思："春风一夜吹乡梦，又逐春风到洛城。"（《春兴》）而顾况的思乡情结显得更为急切，借梦托出："故乡此去千余里，春梦犹能夜夜归。"（《忆故园》）

日有所思，夜有所梦，这是我们的日常生活感受。诗人将这种日常生活写入羁旅思乡诗中，自然真切，极易引起人们的情感共鸣，还增强了诗歌的表现力。

梦到故乡，梦中还乡，毕竟满足了一时的快慰。然而更令人难抑悲情的是连归梦也做不得。无梦归乡是唐人对梦意象的创新之处，代表性的有刘沧《晚春宿僧院》中的"微微一点寒灯在，乡梦不成闻曙鸦"，张乔《游南岳》中的"一宿泉声里，思乡梦不成"，杜甫《东屯月夜》中的"天寒不成寝，无梦寄归魂"；等等。

羁旅思乡诗中除了借梦境托乡愁之外，还有一些生活细节，也是诗人们常用的艺术媒介。如张籍的《秋思》：

洛阳城里见秋风，欲作家书意万重。
复恐匆匆说不尽，行人临发又开封。

张籍（约766—约830），字文昌，先世移居和州，遂为和州乌江（今安徽和县乌江镇）人。贞元进士。历任太常寺太祝、国子监助教、水部员外郎和国子司业等职，世称"张水部""张司业"。张籍为韩愈大弟子，其乐府诗与王建齐名，并称"张王乐府"。著有《张司业集》。

这首诗写诗人宦游在外，因秋风惹乡思，于是写家书寄思念。秋风摇落万物，勾起了客居洛阳的诗人悠长的思念，诗人心中"意万重"但却不知从何说起。尤其是书信已成，似乎意犹未尽，此时捎信的人就要上路了，诗人生怕有什么遗漏再次将信开封。"复恐"一句的心理刻画非常传神，诗人思家心切，故而才会有不假思索地"临发又开封"。诗人捕捉到"临发又开封"这一富于诗情和戏剧性的细节，补充说明诗中的"意万重""说不尽"，将抽象的乡思具象化，让读者感受到了诗人对这封家书的慎重，更有对故乡深深的思念。这首诗通过寄家书这一日常生活片段，突出心理活动和行动细节描写，真切细腻地表达了客居在外的游子对家中亲人的深切思念。

五 羁旅思乡诗的典型结构

从结构上看，羁旅思乡诗先行交代环境时令，一般包括季节、时间、地点、天气。环境描写会将植物意象、自然意象和人文景观（包括孤船、危楼等）相结合，季节以春、秋为主，时间多为清晨、黄昏、日暮或夜深人静之时。与时间相应的月意象出场机会较多，伴随的天气多为雨、雪、风、霜、露等。比如许浑《咸阳城西楼晚眺》：

一上高楼万里愁，蒹葭杨柳似汀洲。
溪云初起日沉阁，山雨欲来风满楼。
鸟下绿芜秦苑夕，蝉鸣黄叶汉宫秋。

行人莫问当年事，故国东来渭水流。

读罢全诗可获如下信息：地点为"高楼"，"夕"说明时间为傍晚，"黄叶""秋"点明季节是秋季，"云""雨""风"等写天气之恶劣。登高望远使人落寞心悲，山雨欲来预示着前路凄迷。日暮鸟归、秋日蝉鸣，更能召唤出郁塞诗人心中的乡情。尾句的"故国东来渭水流"又暗含花落水流的意象，让读者联想到"问君能有几多愁，恰似一江春水向东流"（李煜《虞美人》）的连绵愁绪。

唐代的羁旅思乡诗中，诗人经常把若干个与思乡有关的因素叠加并用，构成一幅思乡画卷。顾况《听角思归》中有黑夜、黄叶、残日，这些意象是诗人心境的展现，而"梦""角声"又是诗人哀感的呈现，"影"则象征着孤单。这些意象原本可以独立地表现诗人的愁绪，组合交织在一起，更能从整体上营造一种孤独、愁上加愁的艺术效果。

唐代的羁旅思乡诗是大唐盛世的悲歌，伤感的泪水丰富了唐人的心灵足迹。哪怕是盛世文人，对家庭、对亲情也有着深深的依赖。离乡别亲，就会有浓浓的思乡之情。盛唐的文人出于个人的政治理想和家国的责任，毅然决然走出家门，戍守边关，但对家庭的牵挂和对故土的眷恋楔入了他们的心灵深处，使其在拼搏奋斗的道路上仍旧步履维艰，因为家永远是羁旅游子的避风港湾。唐代的羁旅思乡诗是一段尘封的记忆，给历史的变迁增添了厚重感。

思考与讨论：

1. 举例分析唐代羁旅思乡诗中常用的动物意象。
2. 讨论唐代羁旅思乡诗的变调现象或盛唐精神。
3. 羁旅思乡诗的产生往往有很多触媒，唐德宗贞元二十年（804）冬至，朝廷要放假，白居易时年33岁，正宦游在外，夜宿于邯郸驿舍中，有感而发创作了《邯郸冬至夜思家》一诗，诗云："邯郸驿里逢冬至，抱膝灯前影伴身。想得家中夜深坐，还应说着远行人。"鉴赏分析这首诗如何体现了白居易诗的特色。

4. 选择我国某个传统节日，创作一首以传统佳节为触媒的羁旅思乡诗，体制格律不限。诗成之后可以在学习小组中分享。

第三章 满园芳草年年恨，剔尽灯花夜夜心
——唐代闺情宫怨诗品鉴

题解："满园芳草年年恨，剔尽灯花夜夜心"，出自唐代诗人唐彦谦的《无题十首》其六，全诗如下："漏滴铜龙夜已深，柳梢斜月弄疏阴。满园芳草年年恨，剔尽灯花夜夜心。"

闺情宫怨，是中国诗歌的古老题材，有着悠久的历史渊源。诗歌内容主要是反映宫中闺阁女性的离愁别绪、相思怨恨等。一般分为闺情和宫怨两类，因为这两类诗在内容和表现手法上极为相似，本书将之放到一章来论述。除了少数描写少女的怀春之情外，绝大多数的抒情主人公是闺中少妇、宫娥妃嫔和征人妇等。

第一节 闺情宫怨诗的发展轨迹

一 唐前闺情宫怨诗的发展概况

（一）先秦：闺情宫怨诗发源期

闺情宫怨诗在我国第一部诗歌总集《诗经》中已出现，此时

的闺情宫怨诗多以思妇和征人为题材,以反映思妇的情感为主。《诗经》中有十多首这类诗歌,这些诗歌以高超的艺术手法,塑造了闺中的思妇形象。如《卫风·伯兮》即是写闺妇思念远方的丈夫。诗云:

> 伯兮朅兮,邦之桀兮。
> 伯也执殳,为王前驱。
> 自伯之东,首如飞蓬。
> 岂无膏沐,谁适为容?
> 其雨其雨,杲杲出日。
> 愿言思伯,甘心首疾。
> 焉得谖草,言树之背。
> 愿言思伯,使我心痗。

《卫风·伯兮》为先秦时代卫国华夏族歌。全诗四章,每章四句,全以思妇的口吻来叙事抒情。第一章开篇四句,思妇并无怨思之言,而是兴高采烈地夸赞其夫是国中的英杰;第二章诗的笔锋和情调突然一转,写丈夫东征,自己无心打扮;第三章则进一步描述思妇对征夫的思念之情;第四章,承上两章而来,思妇一而再、再而三地倾诉她因思念丈夫而得了忧思病。全诗紧扣一个"思"字,思妇先由夸夫转为思夫,又由思夫而无心梳妆到头痛,进而由头痛到患心病,从而呈现出一种抑扬顿挫的跌宕之势。此诗描述步步细致,感情层层加深,情节层层推展,富有强烈的艺术感染力。

《诗经》中还有《小雅·白华》写的是刺幽王宠爱褒姒而废黜申后,这首诗歌可看作我国宫怨诗的滥觞。另外,《诗经》中的《邶风·墙有茨》《齐风·南山》《齐风·敝笱》《齐风·载驱》《陈风·

株林》等则开了以诗歌揭露宫闱丑闻的先河。

总之,在我国第一部诗歌总集《诗经》中,闺情宫怨诗已初露端倪。这类作品主要表达了思妇对丈夫的相思爱恋之情,即使有怨情,也遵循了"怨而不怒,哀而不伤"的温柔敦厚原则。诗歌主要关注思妇的情感,其他方面涉及较少,内容稍显狭窄。但在艺术方面却取得了较大的成就,在后世的闺情宫怨诗中不乏回响。

(二)汉魏晋南北朝及隋:闺情宫怨诗发展期

从汉到隋期间的闺情宫怨诗虽然进一步发展,但其数量并不多,有30余首。这些诗歌主要为凭吊、咏叹历史上的不幸宫女而作,其中班婕妤、王昭君是诗人们一再吟咏的固定题目。一般来说,纯粹意义上的宫怨诗应该是东汉班婕妤的《怨歌行》,它是现存最早的宫怨诗。[①]

到了东汉末年,文人五言诗《古诗十九首》的出现,使闺情宫怨诗的发展上了一个新台阶。这组诗以游子的羁旅和思妇的闺愁为主要内容,诗中所展示的思妇形象复杂多样。如《客从远方来》《行行重行行》《青青河畔草》等,这些诗歌的共同点是重在表现思妇独处的精神苦闷及对丈夫的相思爱恋之情。《古诗十九首》在展示闺中思妇情感方面与《诗经》相比明显有所进步,开始关注不同女性的内心世界,呈现出多样化的女性形象,影响深远。

魏晋南北朝是一个人性觉醒的时代,也是一个文学自觉的时代。在这样的文学背景下,以女性为题材的诗歌开始增多,文人多以乐府古题写闺怨,闺中的思妇主要是征人妇和游子妻。较为成熟的作品应首推曹丕的《燕歌行》二首。南北朝时期,以闺怨为题的诗歌正式出现,如吴均的《闺怨诗》、何逊的《闺怨诗二首》、陆罩的《闺怨诗》、刘孝仪的《闺怨诗》等。南北朝时期的闺怨诗,无论是

---

① 据逯钦立先生编撰的《先秦汉魏晋南北朝诗》,自"昔汉成帝班婕妤失宠,供养于长信宫,乃作赋自伤,并为怨诗"始。

作者还是诗歌的数量,都远超过了它以前的时代。

隋朝是历史上一个短命的王朝,闺怨诗的数量很少,仅有薛道衡等人有少量作品存世。

二 唐朝:闺情宫怨诗发展的成熟期

闺情宫怨诗发展到唐代达到一个高峰,这类诗歌贯穿整个唐代。唐代的闺情宫怨诗之所以比较繁荣,主要有四个因素。

第一,唐代的后宫制度所致。唐代广选美女入宫及森严的宫禁是产生大量宫怨诗的客观条件。秦始皇统一天下,每灭一国,都将其宫女掳至咸阳,作宫室以藏之。后代的皇帝不甘落后,雪肤花貌,动辄过万。晋武帝司马炎生性好色,在平吴之后,即下诏选美,金屋所藏,竟达三万。唐代后宫妃嫔媵嫱的数量,按宋人洪迈在《容斋随笔》中论定,为汉代以来之最。后宫佳丽三千,得宠失宠就在君王寸心之间。这些宫妇大都有着沉鱼落雁之貌、闭月羞花之色。但她们却被深锁于长门之中,没有任何人身自由。正因如此,宫人的寂寞凄凉、肝肠寸断更加引起诗人们的关注与思考。

第二,唐代文网不严。唐代文化比较开明包容,很多诗人敢于直刺后宫,甚至公然书写皇帝的私生活。比如白居易的《长恨歌》,既有对李杨爱情的歌颂,更有对唐明皇误国败政的讽喻,也有不少对唐明皇不敬的句子。唐宣宗李忱不以为忤,在白乐天去世时,他以天子之尊写诗吊之:"缀玉连珠六十年,谁叫冥路作诗仙!浮云不系名居易,造化无为字乐天。童子解吟《长恨》曲,胡儿能唱《琵琶》篇。文章已满行人耳,一度思卿一怆然。"在他心中,《长恨歌》是大唐帝国的荣耀。

第三,"男女比君臣"诗歌传统。香草美人之喻来表现君臣际遇始于屈原的《离骚》，并得到了后世诗人的广泛认同。唐代的闺情宫怨诗则进一步地发扬了这一手法，把男女之情与君臣际遇融合得细密无间。闺情宫怨诗中抒情主人公的情感失意、青春虚度与士大夫怀才不遇、仕途坎坷的境遇极为相似，唐代诗人积极入世，宦海沉浮的情感体验非常深刻，他们将其与宫女期待皇帝恩宠的心理进行异质同构，借写宫女的压抑怨悱之情，来宣泄自己仕途失意的愤激不满和感伤怨恨，在对宫女的命运寄予深刻同情之时，也是对自己心灵的疗治和抚慰。

第四，夫妻长期别离。唐代造成夫妻分离的原因主要是战争。另外，唐承隋制，以科举选拔人才，许多文人士子便走上了"读万卷书，行万里路"的读书、漫游、求仕的道路。

综合来看，唐代闺情宫怨诗在内容上拓宽了思妇的范围，除了征人妇、游子妻、后宫佳丽、宦者妇外，还增加了商人妇、女道士等。诗中不仅写她们的闺情，还反映她们的生活风貌和不幸遭遇，并揭示出大量的社会问题。表现形式上，对前代既有继承又有发展和摒弃，有律诗、绝句，也有五言、七言古体诗等。

这里需要说明的一点是，唐代闺情诗和宫怨诗虽然密不可分，但各具特色。本书探讨其发展脉络时姑且分开介绍则更为清晰。

（一）唐代闺怨诗的发展脉络

初唐的闺怨诗主要是沿袭南朝诗风。唐代初期，太宗及他的重臣们反对绮艳文风，提出了文质并重的文学思想。魏征在《隋书·文学传序》中已明确指出这一点，尽管如此，初唐没有迎来新的文学局面。罗宗强先生指出："初唐三十余年的诗坛，追求绮丽仍是一种普遍倾向。三十余年间，创作实践上并没有足以振起一代的成就，以开创一代文风，不能够以新的文风去取代旧的文风。"[1] 后来的

---

[1] 罗宗强：《隋唐五代文学思想史》，中华书局2003年版，第27页。

"四杰"和沈、宋在改造、革新的同时,仍未完全摆脱齐梁绮靡浮艳诗风的影响,闺怨诗的创作也在此种文风的笼罩之下。如徐彦伯《春闺》明显受到齐梁文风的影响,比较浮华和艳丽,注重语言形式,其中表达的是一种淡淡的哀愁,而且流露出一种富贵气息。

盛唐的闺怨诗题材内容更为丰富,诗歌表现空间也进一步拓宽。这一时期闺怨诗数量虽然不多,但闺怨的内容已摆脱了南朝闺怨诗的模式,已不仅仅局限于闺阁之内,而是融入了一些社会问题。如李白的《子夜吴歌·秋歌》一诗,看似一片平静,写秋声、秋月、秋风、秋思,但从那捣衣声中分明听到了千家万户不能团圆的哀号,寄予了闺中女子对边关征人的思念。诗人将千里月色、万户捣衣声与怀远之思、罢征之冀,共同组成阔大幽远的意境。诗人在这首闺怨诗中融入了唐代边塞忧患问题,大大深化了诗歌的思想内容。

中唐的闺怨诗情感更为深沉,注重对现实的描写。安史之乱给唐朝带来了沉重的打击,边塞战争尤为频繁,大唐王朝的对外战争常常处于失利局面,致使大量士卒战死疆场,给下层人民带来了深重灾难。中唐诗人面临着内忧外患的困境,具有强烈的关注现实精神,开始走进下层人民的生活空间,产生了一种朴素的民本思想。这一时期的闺怨诗数量较多,虽然表现闺妇恋情的诗作仍然存在,但诗歌的触角已伸向社会生活领域,多写下层女性的怨恨之情和悲惨遭遇。感情基调与初盛唐明显不同,很少有淡淡的哀怨,往往表现出的是悲苦和凄凉的基调。如李端《宿石涧店闻妇人哭》一诗重点抒发了女子悲痛欲绝的心情,足以看出中唐边塞战争之残酷。诗的作者紧扣时代主题,通过思妇反映社会问题,具有很强的现实意义。诗歌以小见大,可谓时代的一个缩影。

晚唐的闺怨诗呈现出绵密软媚与低婉悲凉两种风格。面对风雨飘摇的社会现实,诗人们看不到国家的未来前景,也找寻不到自身的发展出路。在这种情况下,他们把目光转向日常生活,关注男女闺阁情爱,闺阁生活和爱情主题成了他们选材的一个重要方面。这类诗歌的代表诗人是李商隐和温庭筠。温庭筠的闺怨诗呈现出绵密软媚的风格,而李商隐的闺怨诗摆脱了写闺阁生活的庸俗情调,蕴含着诗人的某种人生情感,写得深情绵邈,低婉悲凉。

(二)唐代宫怨诗的发展概况

宫怨诗是宫词的一种,是唐诗的重要组成部分,也是唐诗的精华所在。明代朱之蕃《诗法要标》卷二云:"大凡宫词之体,不淫不怨尽矣。唐人作宫词,或赋事,或抒怨,或寓讽刺,或其人早负才华,不得于君,流落无聊,托此自况。若概以怨观之,则失讽人之意矣。"[1]

唐代诗人创作了500余首宫怨诗,以"宫怨"二字作诗题,最早当是中唐李益的《宫怨》,其后有王建的《古宫怨》、张籍的《吴宫怨》《离宫怨》等。而更多的则是用乐府旧题创作宫怨诗,其中以昭君怨、铜雀怨、长门怨、婕妤怨等最为突出。

初唐的宫怨诗主要以模仿《长门赋》为主,通过环境的铺陈和景物的堆砌来描写深宫环境,烘托出一种清冷幽寂、凄苦空旷的氛围,来衬托人物的悲惨命运。代表作如杜审言的《妾薄命》等。盛唐的宫怨诗对《长门赋》进行了成功改良,逐渐达到情景交融的统一。代表作如李白的《长门怨》等。中唐的宫怨诗可以说是脱胎换骨,到了独创阶段。比如"白头宫女在,闲坐说玄宗"(元稹《行宫》)中写到了人物之间的对话;"不知移旧爱,何处作新恩"(白居易的《怨诗》)则可以看出诗人对人物心理描写更加细腻别致。晚唐的宫怨更是令人耳目一新,诗中所描写的女性不再把男人的宠

---

[1] 朱之蕃:《诗法要标》,明胡文焕万历三十一年《格致丛书》本。

爱作为生活的全部，而是从不同侧面表现了女性心理意识的觉醒，如陆龟蒙的《婕妤怨》、于濆的《宫怨》等。

在唐以后，宋明理学盛行，人们的思想受到严厉的禁锢，同时受"诗庄词媚"文学观念的影响，闺情宫怨诗的创作几乎绝迹。

第二节　唐代闺情宫怨诗的主体形象

闺情宫怨诗的内涵较广，因此其表现对象的情感与思想较多。一般来说唐代以闺情为主体的闺情宫怨诗中，所表现出的情感类型有三种：一是饱含着闺中少女追求幸福的热烈期盼之情，比如徐彦伯《采莲曲》中的少女表露"既觅同心侣，复采同心莲"的心声，表达其对真挚爱情的向往与憧憬；二是闺中少妇独守空房的思念牵挂之情，如陈玉兰《寄夫》中借"一行书信千行泪，寒到君边衣到无"遥寄对戍边丈夫的相思与惦念；三是少妇久居深闺的寂寞怨悔之情，如王昌龄《闺怨》中刻画了女子由孤寂无聊触发"悔教夫婿觅诸侯"的娇嗔怨怅之情。

以宫怨为主体的闺情宫怨诗的情感类型主要有四种：一是表现妃嫔、宫女幽闭深宫的痛苦失望之情，如元稹《行宫》写的是在寂寞孤独中将红颜苦熬成白头的宫女，落寞"闲坐"中流露出的苦闷和凄凉；二是表现宫中妃嫔们争风吃醋、钩心斗角的妒忌之情和认清世态、敢爱敢恨的怨愤之情，如刘皂《长门怨》中细致入微地刻画了宫妃生怕君王再宠旧爱、危及自己的不安和惶恐，也大胆勇敢地坦露自己"珊瑚枕上千行泪，不是思君是恨君"的愤慨与无奈；三是表现宫中女子心存不甘、渴望恩宠的向往之情，如王涯《宫词三十首》中通过"问频多是最承恩"流露出宫中女子对得到君主垂顾的急迫和期待；四是表现一些宫女对自由生活、美好爱情的企盼渴求之情，如宣宗宫人韩氏《题红叶》中"流水何太急，深宫尽日闲。殷勤谢红叶，好去到人间"，片片红叶承载着宫女们对寻常百姓家的普通生活的希望和追求。

唐代的闺情宫怨诗首先是表现普泛性的闺妇之怨，如"三月春将尽，空房妾独居"（袁晖《三月闺情》）、"思君如满月，夜夜减清辉"（张九龄《赋得自君之出矣》）、"夜来巾上泪，一半是春冰"（白居易《闺怨词》）等；除此之外，代表性的是宫妇怨、征妇怨、商妇怨、宦妇怨、弃妇怨。

一 宫妇怨

（一）自由不可得之怨

我国封建社会历朝历代对宫女的管束极为严格，唐代也不例外，所以绝大多数宫女只要踏入宫门，便像被关进了囚牢里，永远失去了人身自由，很难再踏出宫门。除非皇帝恩准，否则她们别无选择，只能寂寞地老死宫中。"宫门一入无由出，惟有宫莺得见人"（顾况《宫词》），形象地写出了宫女从此再无自由可言，也无天真可现，唯有步步为营，从此惶恐谨慎、悲凉惨淡的一生拉开了帷幕。宫中女子与世隔绝、幽闭深宫，生活处境形同囚犯。这种情况在刘方平的《春怨》中有所记述：

纱窗日落渐黄昏，金屋无人见泪痕。
寂寞空庭春欲晚，梨花满地不开门。

刘方平（生卒年不详），字、号均不详，唐玄宗天宝年间诗人，洛阳（今河南洛阳）人，生平事迹不详。工诗，善画山水。其诗多咏物写景之作，尤擅绝句，其诗多写闺情、乡思，思想内容较贫弱，但艺术性比较高，善于寓情于景，意蕴无穷。

这首宫怨诗主要描写宫人年老色衰失宠后的怨悱之情。前两句交代了时间、地点和人物，写日落黄昏之时，幽闭金屋的宫人独自伤心落泪。"金屋"是指金屋藏娇的典故，在此比喻宫中女人命运多变。第三句承第一句而来，进一步渲染环境：春色迟暮，满庭空锁寂寥，衬托宫人失宠的难堪处境；第四句则写心情：以"梨花满地"的晚春之景，烘托出一种萧索悲凉的环境氛围，同时也象征美人迟暮、青春暗逝。这首诗反复渲染，重笔勾勒，将宫人无人关心的孤独寂寞、荒度岁月的幽怨无奈融入其中，增强了诗歌的韵味。

唐代统治者制定了严苛的律法，严厉禁止宫女和外界私自接触。严酷的律法规定使得宫女一入宫门，便无法再与外界联系。

（二）情感无所依之苦

唐代帝王拥有三宫六院，帝王的喜新厌旧，注定了后宫的痴情女子在短暂的得宠之后，很难保持一生受宠不衰，她们中的大多人要受尽失宠的煎熬，要饱尝被弃冷宫的凄凉痛苦，这种命运是无法逃脱的，有不少唐代宫怨诗描绘了宫妃恩尽失宠、幽怨凄凉的处境。如李益《宫怨》：

> 露湿晴花春殿香，月明歌吹在昭阳。
> 似将海水添宫漏，共滴长门一夜长。

这首诗中用到两个典故："昭阳""长门"，在唐诗中是得宠、失宠的代名词。前者歌吹月明，春殿花香；后者寂寞冷清、长夜漫漫，对比十分鲜明。

诗的前两句写明月高悬，失宠宫妃听到宠妃的昭阳殿传来阵阵歌声，内心无比凄楚与哀怨。后两句写失宠宫妃长夜独守冷宫听宫漏，和昭阳殿的歌舞升平两相对照，更为突出地表现了失宠宫妃的凄凉境遇。

无论是大家闺秀还是小家碧玉，一入宫门，被冷落便是她们无法逃脱的劫数，唐代诗人特别关注这一社会现实，在闺情宫怨诗中细致入微地反复描写刻画宫人的失宠之悲，比如白居易《后宫词》：

泪湿罗巾梦不成，夜深前殿按歌声。
红颜未老恩先断，斜倚熏笼坐到明。

这是一首代言体诗，是诗人白居易代宫人所作的怨词。抒情主人公是一位备受冷落的宫女。她盼望君王临幸至深夜未得，只好寄希望于梦中得到君王垂爱，遗憾的是她竟连梦也难以做成，泪湿罗巾无法入眠，索性揽衣坐起，却听到了前殿君王寻欢作乐的阵阵笙歌。如果是人老珠黄失君宠尚且可以接受，然而她红颜未老却无端失宠，让她无限怨怅。夜沉绝望的她突然自我安慰，痴心妄想地认为君王在听歌赏舞之后会再度想起她。她重整精神，斜倚熏笼，浓熏翠袖，以待召幸。可悲的是她的梦想随着天明宣告彻底破灭。诗人极尽缠绵往复之能事，将这位不幸宫女的幽怨如丝如茧般地娓娓道来，似缕而不绝。

这首诗细腻地表现了一个失宠宫女复杂矛盾的内心世界，也再现了宫女可悲的现实生活，倾注了诗人对宫女的深挚同情。失宠宫女含泪入睡，就连退而求其次的好梦也无法获得，这正好和前殿歌舞升平形成鲜明对比，更加衬托出宫女的悲哀。

皇宫中的绝大多数女子在内心极度渴望能够得到帝王垂青，痴情望幸。所以在唐代的宫怨诗当中，很多痴情望幸的宫女被活灵活现地塑造了出来。如王昌龄的《西宫秋怨》：

芙蓉不及美人妆，水殿风来珠翠香。
却恨含情掩秋扇，空悬明月待君王。

这首诗的末句很有意味，"空悬明月待君王"写明月高悬的夜晚美人还在等待君王的到来。"明月"暗示了时间已是夜晚，"空"字既是实写宁静的夜晚，空旷的夜空只有一轮高悬的明月，同时也渲染出美人因受冷落而内心孤独空虚的感受，又能暗喻出她所希望的结果是不会出现的，只能是一场空。最后三字"待君王"是直抒胸臆，将她痴情望幸的心态很明确地表达出来。毫无疑问，此时此刻的她，既有天真的幻想，又有无限的哀怨。既有急切的期待，又有浓重的失望。

宫女的命运完全取决于君王的一念之间，不管此时如何风光受宠，可"君恩如水向东流，得宠忧移失宠愁"（李商隐《宫辞》），这种得宠怕失宠、失宠任凋零的生活，使后宫佳丽如履薄冰，不仅人身毫无自由，情感更是无所依托，而且命中注定最后的归宿只能是宫人斜（也叫内人斜，是埋葬宫女的地方）。宫女从花容月貌到满头白发，谁知心中苦与哀，生命尽头，一张破席卷出宫门。

（三）痴情无果之遗恨悲愤

后宫嫔妃三千，能像杨贵妃那样得君王恩宠的少之又少，大多数是在宫中孤独、愁怨一生。花落花开，云卷云舒。青春不再，容颜已老，如开在黑暗中的娇兰，即便怒放也无人睬，怎能不怨，怎能不恨？张祜《宫词二首》其一就表达了宫人的这种怨恨：

故国三千里，深宫二十年。
一声何满子，双泪落君前。

张祜（约785—849？），字承吉，清河（今邢台市清河县）人。初寓姑苏，后至长安，辟诸侯府，为元稹排挤，遂至淮南、江南。爱丹阳曲阿地，隐居以终。因诗扬名，以酒会友。诗风沉静浑厚，有隐逸之气，但略显不够清新生动。有《张处士诗集》，《全唐诗》收其诗二卷。

伴君如伴虎，大多君王喜怒无常，宫妃们小心地伺候着，所以表达宫怨的诗大多委婉含蓄。但这首诗直抒其事，前两句高度概括了宫妃们的半生遭遇；后两句以其一声才发而双泪难禁的动作，表达了郁积已久而又不可抑制的悲愤。四句诗区区二十字，极见笔力。诗人以"三千里"表示距离之遥，以"二十年"表示时间之长，以"一声"写歌唱，以"双泪"写泣下，简洁精练，给读者以深刻的印象。

当宫女们在长期幽囚的生活中，心中的怨恨积郁太深，就不再痴心苦等而走向绝望，有的就会表现出强烈的怨愤之情。比如刘皂的《长门怨》：

宫殿沉沉月欲分，昭阳更漏不堪闻。
珊瑚枕上千行泪，不是思君是恨君。

刘皂，生卒年、字号、生平均不详，约唐德宗贞元年间在世，咸阳（今陕西咸阳市）人，生活于中晚唐时代。《全唐诗》录存其诗5首。

这是诗人替那些久居深宫苦等无果的宫妃们发出的血泪控诉和愤怒呼号，直指封建君王。诗的前两句描写明月之夜失宠宫妃的苦不堪言，连昭阳殿的更漏都不忍听闻，郁郁寡欢，更觉宫殿沉闷压抑；后两句直写内心委屈怨恨，委屈得不禁泪流千行，还激发出内心对君王的谴责:"不是思君是恨君。"

这首诗语言犀利,不落俗套,敢于大胆控诉君王,在当时是极为难能可贵的。

(四)命运注定之无奈

王建在《宫人斜》一诗中写道:"未央墙西青草路,宫人斜里红妆墓。""宫人斜"亦叫"内人斜",是埋葬宫女的地方。对于宫女来说,不管是春风得意还是孤苦寂寞,"宫人斜"都是她们的最后归宿。在大唐后宫中,很多宫女一生未得到皇帝宠幸,只能独自饮恨终身。且读元稹《行宫》:

寥落古行宫,宫花寂寞红。
白头宫女在,闲坐说玄宗。

元稹(779—831),字微之,别字威明,河南洛阳人。贞元九载(793),明经及第,授左拾遗,进入河中幕府,擢校书郎,迁监察御史。一度拜相,在觊觎相位的李逢吉的策划下罢相,出为同州刺史,太和三年(829)入为尚书右丞。太和四年(830),出任武昌军节度使,太和五年(831)去世,时年53岁,追赠尚书右仆射。元稹与白居易共同倡导新乐府运动,世称"元白",形成"元和体"。乐府诗创作受到张籍、王建的影响,"新题乐府"直接源于李绅。现存诗830余首,收录诗赋、诏册、铭谏、论议等共100卷,留世有《元氏长庆集》。

在这首诗中,诗人运用对比手法,写曾经热闹的古行宫,如今已破败不堪,鲜花怒放但却无人理睬。宫人们从花容月貌到满头白发,幽闭宫中,不得还家。心中苦痛如鱼饮水,冷暖自知。她们不知外面的世界,别无话题,只能回顾玄宗遗事。诗中的"寥落""寂寛"和"闲坐",描绘出宫人们哀怨的情怀,也融入了诗人对大唐盛衰的感慨。全诗语少意足,意味无穷。

在唐代宫怨诗中,还有借"宫怨"之名,抒发诗人胸中之块垒。如章碣的《东都望幸》:

懒修珠翠上高台,眉月连娟恨不开。
纵使东巡也无益,君王自领美人来。

章碣(836—905),字丽山,睦州桐庐(今杭州桐庐县)人。乾符三年(876)进士。著有《章碣集》等。

乾符中,侍郎高湘自长沙携邵安石来京,高湘主持考试,邵安石及第。章碣创作了此诗。诗歌表面是写东都洛阳的宫女无法得到皇帝宠幸的悲哀,实则是讽刺当时科举制度的不公平,考场徇私舞弊。这首诗的主旨不是"宫怨",而是"士怨"。白居易的《陵园妾》则直接标明"托幽闭以喻被谗遭黜",很明显也是有所寄寓之作。

陵园妾,颜色如花命如叶。
命如叶薄将奈何?一奉寝宫年月多。
年月多,时光换,春愁秋思知何限?
青丝发落丛鬓疏,红玉肤销系裙缦。
忆昔宫中被妒猜,因谗得罪配陵来。
老母啼呼趁车别,中官监送锁门回。
山宫一闭无开日,未死此身不令出。
松门到晓月徘徊,柏城尽日风萧瑟。
松门柏城幽闭深,闻蝉听燕感光阴。
眼看菊蕊重阳泪,手把梨花寒食心。
把花掩泪无人见,绿芜墙绕青苔院。

> 四季徒支妆粉钱，三朝不识君王面。
> 遥想六宫奉至尊，宣徽雪夜浴堂春。
> 雨露之恩不及者，犹闻不啻三千人。
> 三千人，我尔君恩何厚薄？
> 愿令轮转直陵园，三岁一来均苦乐。

中唐史上的"二王八司马事件"由宦官幕后操纵，导致改革失败。面对改革派悲惨的命运，白居易强压下心头的愤懑，写下了《陵园妾》。

陵园妾也曾拥有青春靓丽的容颜，由于得不到皇帝恩宠，奉守陵园，在无尽的愁思中红颜老去，年华虚度。守陵妾大多是宫斗的牺牲品，她们被猜忌，被陷害，受尽折磨。陵寝松柏森森，环境清冷寂寥，甚至阴森恐怖。这些陵园妾，到死都出不去，只能绝望地苟活。诗人通过对陵园妾不幸命运的描写，借以表达自己对革新派不幸遭遇的深切同情。

二 征妇怨

明人唐汝询在《唐诗解》中云："唐人闺怨，大抵皆征妇之辞也。"[①] 此言颇有见地。我们来看马戴的《征妇叹》：

> 稚子在我抱，送君登远道。
> 稚子今已行，念君上边城。
> 蓬根既无定，蓬子焉用生。

---

① 唐汝询：《唐诗解》，河北大学出版社2001年版，第573页。

>但见请防胡，不闻言罢兵。
>及老能得归，少者还长征。

马戴（799—869），字虞臣，唐定州曲阳（今河北曲阳县）人。会昌四年（844）进士。曾任太原幕府掌书记、龙阳尉、太常博士等职。他与贾岛、姚合为诗友，酬唱甚密。其诗凝练蕴藉，饶有韵致，无晚唐纤靡僻涩之习。

这首《征妇叹》平白如话，用"稚子"由怀抱到能行的成长过程，说明征人出征之久，颇能表现征妇空闺独守、操劳家务的痛苦心情。一场战争不知夺去了多少士兵的生命，不知又新添了多少个悲痛欲绝的寡妇，制造了多少个家破人亡的悲剧。这种痛在张籍的《征妇怨》中表达得更为深刻，诗云：

>九月匈奴杀边将，汉军全没辽水上。
>万里无人收白骨，家家城下招魂葬。
>妇人依倚子与夫，同居贫贱心亦舒。
>夫死战场子在腹，妾身虽存如昼烛。

张籍这首诗很有特色，诗人将征妇怨这一传统题材翻出新意，写得沉痛深挚，卓然不群。诗的首联开门见山，直言征妇怨之所由。战况异常惨烈乃至全军覆没，由此生发出颔联征妇们的哀号，白骨横陈，天地同悲，勾勒出一幅声势浩大、让人目不忍视的"城下群哭图"。"家家"暗承"全没"，诗人用"家家"哀哭呼号，自然转入颈联专写征妇之哀。

颈联诗的抒情主人公"征妇"正式出场："妇人依倚子与夫，同居贫贱心亦舒。"征妇设想着倚夫携子的美好生活，即便贫贱但合家团圆心情舒畅。然而连年的战争，使这一简单的最为平凡的日常生活居然成了奢望。尾联的"夫死战场子在腹，妾身虽存如昼烛"，则更让人肝肠寸断：欲死则遗腹有子，求生则衣食无着。征妇那生不愿，死亦不得的悲惨境遇，使全诗收束在浓烈的悲剧气氛之中。

这首诗将"城下群哭"（面）和征妇的哀哭无告（点）相结合，批判矛头直指唐代战争，反战情绪流动于字里行间。

另外，征妇怨类诗中还经常捕捉征妇们在家缝洗寄送征衣的场景，表达征妇的思念之情。代表性的有李白的《子夜吴歌·秋歌》、杜甫的《捣衣》、白居易的《寒闺怨》等，这里不再赘述。

三　商妇怨

唐代经济繁荣，商业发达。很多商人长年累月在外经商。自古商人重利轻别离，他们长途贩卖，行踪难定，致使妻子独守空闺，如弃妇一般。商妇们在漫漫长夜中孤独寂寞，思前想后，不禁追悔不已。李益《江南曲》就生动地表现了商妇的怨愤之情：

> 嫁得瞿塘贾，朝朝误妾期。
> 早知潮有信，嫁与弄潮儿。

这首诗反映了唐代社会的普遍现象。诗人运用平白的语言表达了一位商妇的心声，真切地表现了商妇所嫁非人—由盼生怨—由怨生悔的矛盾心理。细品此诗，发现这位商妇并非真的喜欢弄潮儿，更不是真的要嫁给弄潮儿。她只是为了一吐长久的积怨，一泄所适非人的悔恨。思之切，恨之深，便发出了痴人之语，天真之想，是商妇怨怅至极的心理表现。虽然是想入非非，却是发乎至情。这种基于爱怜的怨怅，源于相思的气活，尽显江南女子的娇嗔之态。

如果说李益的《江南曲》只是商妇的娇嗔之怨，只是对自己形同遭弃的命运躬自悲悼的话，那么刘得仁的《贾妇怨》则在感情表达上更为激烈了。诗云：

> 嫁与商人头欲白，未曾一日得双行。
> 任君逐利轻江海，莫把风涛似妾轻。

刘得仁，生卒年均不详，约唐文宗开成中前后在世，长庆中（823）左右即有诗名。著有诗集一卷，《新唐书·艺文志》传于世。

这首诗着重塑造了一位哀怨愁苦的商妇形象，诗人抓住独守家中商妇的哀怨悲戚和寂寥空虚的心理特点，将她心中无人可诉的哀苦与幽怨表现得极为细腻。

诗的首句"嫁与商人头欲白"，以商妇的口吻表达了她嫁给商人的境遇。芳华出嫁，现如今已白发苍苍，暗示了商妇独居生活的艰辛与烦忧。"未曾一日得双行"表面上是说她从来没和丈夫同入同出过，其实是表达了商人对她的淡漠与遗弃。"任君逐利轻江海，莫把风涛似妾轻"，诗人将商妇心灵深处的哀怨表达得极为强烈决绝：既然商人重利，那就任他去吧！即便如此，我们还是真切地感受了商人妇的悲剧命运。

四 游人妇（宦妇）怨

对于夫游在外的宦妇和游子之妻来说，她们最深的忧虑则是丈夫的喜新厌旧和移情别恋。如孟郊《古别离》：

第三章　满园芳草年年恨，别尽灯花夜夜心

欲别牵郎衣，郎今到何处？
不恨归来迟，莫向临邛去。

这首诗的首句通过女主人公"牵郎衣"这一动作，表现了她舍不得丈夫的依恋之情。第二句"郎今到何处"这一问，看似无厘头，其实结合全诗尤其是第四句来看，原来她是担心丈夫去"临邛"。临邛是古郡县名，那里曾经发生了卓文君和司马相如私奔的故事，因此在古代诗文中的临邛则成了花花世界。从诗中我们不难读出女主人公对爱情家庭生活美满的深切希望，更能感受到她对远游的丈夫有可能移情别恋的忧虑心理。全诗通俗易懂，言简意丰，耐人寻味。

如果说男性诗人代女性立言，所表述的情感已经真切感人的话，那么晚唐女诗人薛媛的《写真寄外》，以自己的亲身经历，抒发了担心丈夫"别依丝萝"的忧虑和苦衷。诗云：

欲下丹青笔，先拈宝镜寒。
已惊颜索寞，渐觉鬓凋残。
泪眼描将易，愁肠写出难。
恐君浑忘却，时展画图看。

薛媛，生卒年不详，濠梁（今安徽凤阳）人，唐代画家。晚唐南楚材之妻。楚材离家远游，颍（今河南许昌）地长官爱楚材风采，欲以女妻之。楚材欲允婚，命仆回濠梁取琴书等物。薛媛觉察丈夫意向，对镜自画肖像，并写了上面这首诗以寄意。楚材见之非常惭愧，遂归偕老。这首《写真寄外》诗因之流传开来。

诗的首联写诗人提笔画像时的心境。宝镜自照容颜，顿生寒意。一个"寒"字，既是女诗人触到宝镜的寒冷之感，更是诗人的内心

之寒。诗的颔联写诗人对镜自怜。"已惊""渐觉"用得极为精到，原本只是觉得自己形容憔悴，而今照镜，鬓发稀疏，更觉青春易逝，写出了女诗人越来越苦的心理状态。诗的颈联说明画人画骨难画心。"泪眼"（诗人的肖像）易摹，"愁肠"（心灵苦痛）难写。一"易"一"难"，欲抑先扬，在矛盾对比中，女诗人真切地表达了对丈夫的深情。尾联点出写真寄外的目的。一"恐"字，把诗人心中的疑虑吐露出来，也委婉曲折地表达了对丈夫的体谅，同时希望丈夫"时展画图看"。

这首诗的心理描写细致入微，人物的神态动作描写具体形象，跃然纸上。同时，也从另一侧面透露出封建时代妇女的不幸和痛苦。

五 弃妇怨

闺中弃妇的忧愁怨恨之情，是弃妇诗的核心内容。如刘驾《弃妇》中倾诉了女子因"今日畏老迟"被遗弃的哀怨和痛苦。白居易的新乐府《母别子》一诗，则以弃妇的口吻，如实描写宦妇被弃的悲惨情景，诗云：

> 母别子，子别母，白日无光哭声苦。
> 关西骠骑大将军，去年破虏新策勋。
> 敕赐金钱二百万，洛阳迎得如花人。
> 新人迎来旧人弃，掌上莲花眼中刺。
> 迎新弃旧未足悲，悲在君家留两儿。
> 一始扶行一初坐，坐啼行哭牵人衣。
> 以汝夫妇新燕婉，使我母子生别离。
> 不如林中乌与鹊，母不失雏雄伴雌。

应似园中桃李树，花落随风子在枝。

新人新人听我语，洛阳无限红楼女。

但愿将军重立功，更有新人胜于汝。

这首诗是《新乐府》50首之一，写将军立功后弃糟糠之妻再娶貌美如花的新人后，迫使母子别离的故事。妻子声泪俱下：母子生离死别"不如林中乌与鹊，母不失雏雄伴雌"，比喻真切，凄婉哀怨，意境独到。

第三节 唐代闺情宫怨诗的常用意象

在唐代的闺情宫怨诗中，诗人将各具特色的意象代表的"情思"和诗人所要表露的情感和心声紧密结合，由此构成一种强烈的暗示和渲染。有春秋、日落、黄昏等时间意象，有闺房、宫殿、玉阶等地点意象，有月、雁、萤、花、影等自然意象，还有团扇、更漏、明镜等器物意象。通过这些意象，我们可以触及闺妇宫女心灵深处的孤寂愁怨，更真实地感受到生活在封建男权社会中女性的悲惨命运。为了引起读者强烈的情感共鸣，诗人常常选择最能彰显人物悲怨情仇的意象，较为常见的有影、明镜、团扇、流萤等。

一 影

在唐代闺情宫怨诗中，出现频率较多的有"月影""日影""灯影""孤影""树影"等。这些影意象的运用，正是人物孤单寂寞的情感表达，也折射出诗歌的悲剧内涵。影意象中最能突出悲剧内涵的是"人影"，正所谓形影相顾，诗人表面写影，实则在表形，以人影的单一衬托人物的孤独。比如施肩吾的《望夫词》：

> 手爇寒灯向影频，回文机上暗生尘。
> 自家夫婿无消息，却恨桥头卖卜人。

施肩吾（780—861），字希圣，因隐居西山又号栖真子。唐宪宗元和十五年（820）进士，杭州第一位状元，是集诗人、道学家、台湾澎湖的第一位民间开发者于一身的历史传奇人物。肩吾工诗，与白居易相友善。著有《西山集》行世，《全唐诗》收录其诗197首。

诗的前两句主要写闺中妇的不眠、不织，寒夜之中她孤枕难眠，亲手点燃烛灯，频繁回头看自己身后的影子，给读者一种形影相吊之感。后两句则写她盼夫不归，将其怨愤迁怒到"卖卜人"身上。虽是无理之恨，但却突出了闺妇的思念之深。诗人通过写闺妇孤影相随，将其孤苦无依、盼夫未至的形象刻画得惟妙惟肖。再看吴融的《上阳宫辞》：

> 苑路青青半是苔，翠华西去未知回。
> 景阳春漏无人报，太液秋波有雁来。
> 单影可堪明月照，红颜无奈落花催。
> 谁能赋得长门事，不惜千金奉酒杯。

吴融（850—903），字子华，越州山阴（今浙江绍兴）人。他生活在晚唐后期，经历了盛极一时的大唐帝国走向灭亡的历史过程。龙纪元年（889）才中举，而且一生仕途坎坷。吴融主要创作近体律绝，其中又以七律为最。吴融以其独特的诗笔，反映现实，抒写着他进退维谷的矛盾心态。

这首诗一开篇就描写了苑路的阴暗潮湿和长满苔草,烘托出景阳宫凄清冷寂的环境氛围。这样的环境背景中,诗人并未直接展现宫妇的愁态,而以"单影"写孤人,在皎洁月光映照下,更显宫妇形单影只、孤寂愁苦的悲剧意味,同时也表达出她幽禁深宫无人问津的孤独与无奈。其实这也正是诗人自身处境的写照。

在唐代的闺情宫怨诗中,不论是凄清悲凉的物影还是孤独寂寞的人影,都承载着诗人独特的审美取向和丰富的人格情趣。

二 镜

在唐代闺情宫怨诗中,镜意象出现频率也较高,像"鸾镜""明镜""宝镜""铜镜""菱花镜"等,这些意象承载了佳人离别相思和失宠哀怨的双重感慨。明镜不仅照见了闺妇宫女们的满面愁容,也反映出她们感怀伤事的满腹惆怅。比如王建的《春词》:

> 红烟满户日照梁,天丝软弱虫飞扬。
> 菱花霍霍绕帷光,美人对镜著衣裳。
> 庭中并种相思树,夜夜还栖双凤凰。

落日的余晖斜照房梁,满屋沉浸在一片红色的烟雾之中,为全诗点染上一种忧郁的色调。菱花镜前,一位女子自顾着衣、装扮自己,令人联想到"女为悦己者容"的那种幸福之感。但诗人笔锋一转,描写庭院中并排生长的相思树以及成双成对的凤凰鸟,有意反衬出女子实则过着独居深闺、孤寂悲凉的生活。让读者恍悟,女子对镜理妆,原是为解相思之情,侧面表达出难以言表的思夫之苦。

这种情形在唐代宫怨诗中更为普遍,比如薛逢的《宫词》:

十二楼中尽晓妆，望仙楼上望君王。
锁衔金兽连环冷，水滴铜龙昼漏长。
云髻罢梳还对镜，罗衣欲换更添香。
遥窥正殿帘开处，袍袴宫人扫御床。

薛逢（生卒年不详），字陶臣，蒲州河东（今山西永济）人。会昌元年（841）进士。历侍御史、尚书郎。《全唐诗》收录其诗一卷。《旧唐书》卷一九〇，《新唐书》卷二〇三皆有传。

在这首诗中，诗人惟妙惟肖地刻画了一位望幸宫妇的形象。其中的"云髻罢梳还对镜，罗衣欲换更添香"中的明镜意象，不仅映照着宫妇翘首企盼皇恩的焦灼之态，更是她内心复杂情感的真实写照。这位宫妇每天都生活在对君王的期盼中，却在期待中一次次失望，但是又在失望中怀揣希望。罢梳又对镜，换衣又添香，诗人用细腻生动的笔法刻画出宫妇反复照镜子装扮自己的动作细节，更加凸显她望幸心切。无奈红颜薄命，只能在幽深冷寂的后宫，暗自伤神空对镜。

在我国古典诗歌中，意象是诗人内在情感的外化。诗人正是通过明镜意象折射出佳人起伏不定、迷茫无助的内心世界，有力地展现了其坎坷的情感经历以及对青春不再的感叹与哀伤，让诗歌的意境更为丰富蕴藉。

三 团扇

在唐代闺情宫怨诗中，诗人多借用象征合欢圆满的团扇表达离弃失宠的哀婉："团扇辞恩宠，回文赠苦辛。"（李峤《倡妇行》）小小的团扇而已，却承载着宫妇们内心深处的哀怨愁苦，她们以"团扇"自拟,将内心深处的哀怨愁苦倾注其中,慨叹着自己如团扇一般盛衰无常的悲惨一生。另外,团扇特殊的命运引起人们的共鸣,再精致华美的团扇在秋风乍起的时候都要面临被弃置的结局。因此,闺情宫怨诗中常用"弃捐箧笥中"比喻佳人惨遭抛弃。如田娥的《长信宫》:

> 团圆手中扇,昔为君所持。
> 今日君弃捐,复值秋风时。
> 悲将入箧笥,自叹知何为。

田娥,生平无考,唐代女诗人。《全唐诗》存诗 3 首、断句二句。其中《寄远》出《又玄集》卷下、《唐诗纪事》卷七九,《携手曲》出《乐府诗集》卷七六,《长信宫》出《文苑英华》卷二〇四,《闲居》二句出《吟窗杂录》卷三〇。

这首《长信宫》诗一开篇就落笔往昔,以落寞哀怨的笔触,写出宫妇由深受宠爱到备受冷落的"弃捐"命运。一个"悲"字洞悉了失宠宫妇凄苦无奈的心境,如此悲惨的命运,除了自嗟自叹之外,又能如何呢?

此外,"团团似明月"(班婕妤《怨歌行》)的团扇成为托物寓意的重要意象,寓意着恩爱团圆、幸福美满。不论是寂寞愁苦盼夫归的闺中少妇,还是哀怨孤寂待君宠的宫中妃嫔仍怀有一种"翻与扇俱团"(杜审言《和康五庭芝望月有怀》)的期许。如刘方平的《长信宫》:

> 梦里君王近,宫中河汉高。
> 秋风能再热,团扇不辞劳。

诗人从梦境和现实的反差入笔，暗含宫妇已失宠的境遇，但却一反哀怨常态，表示虽然已入秋季，但是还会有炎热的一天，到那时团扇还会一如既往，不辞辛劳地为主人纳凉。宫妇以"团扇"自比，虽然被弃却不哀不悲，心中满怀再承恩宠的执着衷情，同时表达了宫妇对美好生活的期待与向往。

在闺情宫怨诗中，团扇意象的运用恰到好处，和悲秋形成强烈的映衬效果，使萧瑟、悲凉的秋意和寂寞、哀婉的情意完全从团扇上得以传达。因此，团扇自然而然地成为唐代闺情宫怨诗中最为常见的一种意象。

四　流萤

流萤是唐代闺情宫怨诗中颇具特色的一种意象，诗人之所以将萤写入诗歌，是因为它的独特之处和当时社会背景下诗人心境相契合。古人认为萤是腐草而化，生活在初秋时节荒草丛生的地方，如刘禹锡在《秋萤引》中提到："汉陵秦苑遥苍苍，陈根腐叶秋萤光。"不仅突出所处环境的凄凉，更让人心生清冷，孤寂之感。流萤虽渺小，但却是环境荒芜和感伤情怀的自然符号，试读杜牧的《秋夕》：

> 银烛秋光冷画屏，轻罗小扇扑流萤。
> 天阶夜色凉如水，坐看牵牛织女星。

杜牧（803—约852），字牧之，号樊川居士，京兆万年（今陕西西安）人。杜牧是宰相杜佑之孙，杜从郁之子。唐文宗太和二年（828）进士，授弘文馆校书郎。因晚年居长安南樊川别墅，故后世称"杜樊川"，著有《樊川文集》。杜牧的诗歌以七言绝句著称，内容以咏史抒怀为主，在晚唐成就颇高。与李商隐并称"小李杜"。

这首诗以微弱的烛光与清冷的秋夜开篇，渲染了一种幽深冷寂的环境氛围。诗人着力展现庭院内居然有流萤飞过，足以见得失意宫女居住庭院的荒凉。诗人借"扑流萤"来突出她日常生活的孤寂，闲来无事，以扑打流萤来驱走寂寞。宫妇在百无聊赖中消耗着青春岁月，这种寂寞何以解脱呢？只能通过遥望牵牛织女星来寄托对真挚爱情的期待与向往，侧面反映了封建社会中女子悲惨的命运。

另外，流萤流动不居、稍纵即逝的特点也激起了闺妇宫女们对韶华易逝、青春易老的慨叹。流萤虽短暂，但却是佳人长久独居和悲惨命运的见证者，比如李白的《长门怨》：

天回北斗挂西楼，金屋无人萤火流。
月光欲到长门殿，别作深宫一段愁。

偌大的宫殿，流萤飞动，一大一小，对比出"金屋"空旷寂寥，凄清悲凉；一静一动，反衬出"金屋"繁华已逝，曲终人散。"金屋"虽犹在，"金屋藏娇"的诺言却像流萤一样转瞬即逝。这不仅加强了时过境迁、物是人非的落寞之感，同时也表达出了失宠宫妇的孤独幽怨之情。

在唐代的闺情宫怨诗中，流萤意象承载了较为丰富的内涵，将闺阁宫苑之愁恰如其分地表达出来，今人刘存明评价："作为一种象征物，唐诗中的萤意象将自然景象与文化观念、审美心态、哲学思想融为一体。"[①]

综观唐代闺情宫怨诗，使用频繁的还有"长门""长信""昭

---

① 刘存明：《唐诗中的萤意象》，《安康学院学报》2017年第1期。

阳"等包含历史典故的意象,还有"织布""缝衣""梳妆"等行为方面具有代表性的意象,这些意象生动恰切地表露了闺妇宫女们的心声,让读者聆听到她们灵魂深处的孤独凄苦,体现了唐诗丰富深厚的文化内涵。

第四节 唐代闺情宫怨诗的艺术技巧

一 对比衬托艺术手法的运用

在唐代闺情宫怨诗中,大量的历史记载和文献研究资料显示,许多文人多采用对比衬托、蒙太奇等艺术表现手法,使得诗歌更显韵味,给人意味深长之感,发人深思。

对比衬托是唐代闺情宫怨诗中常见的组接方式,诗人将存在对立和矛盾的意象巧妙地组合在一起,形成鲜明强烈的反差,进而达到突出诗歌主题思想,增强艺术感染力的效果。比如李端的《妾薄命》:

忆妾初嫁君,花鬟如绿云。
回灯入绮帐,转面脱罗裙。
折步教人学,偷香与客熏。
容颜南国重,名字北方闻。
一从失恩意,转觉身憔悴。
对镜不梳头,倚窗空落泪。

李端(约737—约784),字正已,赵州平棘(今河北省赵县)人。大历五年(770)进士,大历十才子之一。曾任秘书省校书郎、杭州司马。晚年辞官隐居湖南衡山，自号衡岳幽人。今存《李端诗集》三卷。其中的一些写闺情的诗也清婉可诵，其风格与司空曙相似。

在这首《妾薄命》中，诗人先是将抒情主人公初嫁时的花容月貌与被弃后的憔悴面容作对比，然后又将被弃前甜蜜恩爱的幸福生活与被弃后独守深闺的惨淡时光作对比，被弃前后的境遇天壤之别，让读者不禁对闺妇心生怜意，从而突出了闺妇惨遭遗弃的悲伤和痛苦。

再如李益的《宫怨》一诗，诗的前两句运用"晴花"和"月"两个意象，描绘出得宠妃嫔在宫廷内歌舞升平、通宵欢愉的生活场景，与诗歌后两句"宫漏"和"长门"两个意象描绘的失宠宫妃寂寥荒凉的生活环境形成了鲜明的对比。另外，昭阳和长门，一个象征恩宠有加，一个象征君恩不再，两两相照，强化宫妃失势的孤寂悲凉之感，使诗歌具有深刻的现实意义。

在意象对比组接的过程中，诗人常着眼于闺妇宫女们幸福与不幸的两种境况，从中分别选取情感与意义具有对立性的意象，进而达到突出强化哀怨愁情的艺术效果。此类手法的运用，在唐代闺情宫怨诗中比比皆是，例如李益《江南曲》诗中的"瞿塘贾"常在外经商，归期不定；"弄潮儿"却因潮水涨落有规律，归期有致。诗人将二者进行对比，更显闺妇独守空闺，由盼生怨的懊悔之情。王昌龄《长信秋词五首》其三中的"玉颜不及寒鸦色，犹带昭阳日影来"，诗人以宫女的视角，慨叹自己徒有如花似玉的容貌，生活境遇却赶不上一只丑陋的乌鸦，它能有幸得到昭阳日影，自己却无缘皇恩，"玉颜"与"寒鸦色"的鲜明对比，强烈地表达出宫女久禁深宫、难以控诉的哀怨与悲愤。顾况《宫词》中的"玉楼半天起笙歌，风送宫嫔笑语和"，诗人用寂静冷清的宫殿和歌舞升平的玉楼进行对比，失宠者孤独幽怨，得宠者欢歌笑语，两相对比，使人心痛，发人深思。

在唐代闺情宫怨诗中，抒情主人公形影相吊的闺中生活，使她们特别怕见大自然中成双成对的东西，因为物我的两相对照，更比衬出她们孤居一室的凄凉。比如"唯爱门前双柳树，枝枝叶叶不相离"（张籍《忆远》），诗人借双柳树来表达闺中思妇渴望夫妻相依相伴永不分离的美好生活；"不洗残妆并绣床，却嫌鹦鹉绣鸳鸯"（无名氏《杂诗》）、"不如池上鸳鸯鸟，双宿双飞过一生"（无名氏《杂诗》）则是借鸳鸯的成双成对来表达征妇对征人的思念，等等，诸如此类，均是运用了对比衬托的手法。

在唐代闺情宫怨诗的创作过程中，诗人运用对比、层递、蒙太奇式等组接方式，达到了意象和意境完美的契合。相比离别诗、爱情诗中常用的并列、叠加等组接方式，更鲜明地显示出人物的情感落差，更深层地展现出诗歌的意蕴美。

二　借助梦境表达相思之情

夫妻久别，天各一方，闺中少妇相思成疾，万般无奈中，她们只好把夫妻团聚的希望寄托在虚幻的梦中。如李端的《闺情》：

> 月落星稀天欲明，孤灯未灭梦难成。
> 披衣更向门外望，不忿朝来鹊喜声。

诗的首句"月落星稀天欲明"以写景的形式交代时间，为下句"孤灯未灭梦难成"作铺垫。天色将明，孤灯闪烁，诗中的抒情主人公仍在那儿辗转反侧，不能成眠。她为什么长夜难眠呢？从诗的三、四句"披衣更向门前望，不忿朝来鹊喜声"可以推断出她是在盼望出门远行的丈夫归来。这首诗中的"梦难成"读来令人心酸，她对丈夫痴恋情深，但丈夫远行多年未归，她独守空房的痛苦不堪，希望在梦中与丈夫团聚，可惜的是难以入梦啊！

此外，这首诗末一句写得特别出色。它不仅带着口语色彩，充满生活气息，而且在简洁明快中包含着丰富的情韵。诗人作了十分精练的概括，把少妇起床和后来恼恨的原因都略去不提，给读者留下思索的余地。诗意就变得含蓄隽永，耐人寻味了。

再有像金昌绪的《春怨》（打起黄莺儿，莫叫枝上啼。啼时惊妾梦，不得到辽西。）也是借用梦境来表现闺妇的相思愁怨的。

三 女性心理世界的深入开掘

在闺情宫怨诗当中，因为闺妇及宫女较为特殊的角色身份和居所环境，她们饱尝相思之苦、离别之恨，所以多愁善感、温顺谨慎、寂寞孤独以及抑郁哀怨的心理特点较为突出，由此在很大程度上形成了闺情宫怨诗含蓄内敛、意味悠长的诗意特征。由于诗中所描绘的人物形象通常可以通过内心的情感变化来勾勒，因此诗人也常常在人物描写方面着重对内心感受进行挖掘与分析。例如戎昱的《古意》：

> 女伴朝来说，知君欲弃捐。
> 懒梳明镜下，羞到画堂前。
> 有泪沾脂粉，无情理管弦。
> 不知将巧笑，更遣向谁怜。

这首诗揭示了闺妇因为遭到夫君的"弃捐"所产生的一系列心理变化。诗人先以一个"懒"字为全诗奠定了忧伤的感情基调，又用一个"羞"字为女主人公的忧伤之心增添几分悲羞。至此，少妇抑郁苦闷、悲伤痛苦之情难以自抑，不禁潸然泪下，将内心世界的情感变化推向一个高潮，更显弃妇的命运悲惨。

还有王建的《宫词》则是借助一系列动作细节来表现宫女的心理状态：

欲迎天子看花去，下得金阶却悔行。
恐见失恩人旧院，回来忆著五弦声。

诗人使用"欲""悔""恐""忆"等字，揭示宫女细微复杂的情感变化。为了达到取悦君王的目的，她请奏赏花，但诗人却又着一"悔"字，将这种愉悦的心情遏止。然后诗人继续捕捉宫妇心理的情感变化，一句"恐见失恩人旧院"，体现了全诗的主旨，当宫女走下金阶，心中却特别害怕路过"失恩人"的旧院，担心君王被"失恩人"的五弦琴声唤起回忆，再次恩宠"失恩人"而冷落自己。如此细腻的人物心理刻画，使宫女患得患失的形象跃然纸上。

在唐代的闺情宫怨诗中，诗人通过对闺妇宫女内心世界的揣摩与刻画，使诗意主旨表达得更加准确恰切。诸如此类的细节刻画，还有很多，比如曹邺《金井怨》中的"不见面上花，却恨井中影"，诗人通过捕捉"美人照金井"瞬间的心理活动和情感变化，突出了宫女对封建宫闱制度的埋怨和憎恶。正值青春的宫女，因为拥有沉鱼落雁之容，反而感到心中痛恨。根源在于古代宫中选秀，以美貌居先，该宫女恰恰是因为面容姣好而入宫，但却从此永远过上了暗无天日的幽禁生活，亦如唐代诗人于濆的《宫怨》中所述："今日在长门，从来不如丑"。还有朱庆馀《宫词》中的"含情欲说宫中事，鹦鹉前头不敢言"，一入宫门深似海，威严的皇权和森严的制度之下,宫女们谨小慎微、如履薄冰。当着会学舌的鹦鹉,欲言又止,生怕失言会招致祸患,仅"欲说""不敢"四字,便准确细腻地刻画出宫女丰富的内心世界。

诗人们抓住人物的细微而又具有典型意义的言谈举止,对主人公富有特色的内心世界进行精雕细琢,形象准确刻画,使得主人公形象更加丰满,更加鲜活生动,还使诗歌能够以少胜多,意味悠长。

在唐代闺情宫怨诗中,很多诗人由于本性敏感、拥有较深的艺术感悟,所以在人物言谈举止方面非常注重细节的描写,将其细微复杂的感情刻画得入木三分。比如王建的《宫词》:

宫人早起笑相呼,不识阶前扫地夫。
乞与金钱争借问,外头还似此间无。

这首诗中描绘了清晨宫女们与陌生扫地夫聊天的场景。由于宫人生活单调无趣,平时也难以见到外人,消息闭塞,十分想得知宫墙之外的世界,所以她们十分好奇地争着与那位扫地夫聊天,甚至愿意许以金钱来争相借问"外头还似此间无"。仅此一言,凸显出她们被幽闭深宫时间之久,以及她们对宫外生活的好奇与向往。本是极为平常的消息,诗人特意用"乞"和"争"两个动词来刻画宫女们打听的时候迫切和着急的细微复杂的心情,既深化了诗歌主题,又让读者心生酸楚。

这种对人物言谈举止进行精雕细琢的表现手法,常见于唐代闺情宫怨诗中,比如徐彦伯《闺怨》中的"征客戍金微,愁闺独掩扉",通过刻画闺中少妇独自半掩门扉的细节动作,表达她对戍守边疆的丈夫早日归还的期盼,也突出闺妇独守空闺的愁苦。刘德仁《悲老宫人》中的"白发宫娃不解悲,满头犹自插花枝",虽然已经年老色衰、晚景凄凉，但是花白发间还插着花枝，这一细微动作揭示了宫廷之内以色侍人的残酷现实，让读者不禁为老宫人悲惨的命运扼腕叹息。

诗人正是通过准确生动的语言描写和动作描写，展现出闺房宫廷中一个个鲜活的生命，她们被封建礼教和专制的皇权所毒害，举手投足间，流露出她们孤独无助、哀怨凄婉之情，表达出诗人独特的审美体验，诗歌的情感意蕴和艺术内涵更为隽永美妙、丰富幽远。

四 情景交融的意境营造

诗人在创作过程中，无论是人物的刻画、情感的抒发还是主题思想的传达，都需要环境氛围的烘托和陪衬。正所谓情由境生，在意境的营造下，思想感情得到进一步升华，摒弃过于单调的描写手法。尤其对于闺情宫怨诗来说，独居闺中的闺妇和深居宫中的宫女，其内心的孤独失落、忧愁哀怨、绝望愤恨等一系列情绪，需要经过环境氛围的凸显与烘托，同时恰当的表现手法的灵活运用，使得诗歌所描绘的人物形象更加真实、丰满。一般来说，在唐代的闺情宫怨诗中，主要存在着以哀景写悲情和以乐景写哀情两种意境营造的方法。

（一）以哀景写悲情

在唐代闺情宫怨诗中，诗人常通过哀伤之景寄寓悲情，或者将悲伤之情融于哀景，把和诗歌存在相同感情指向的景物与诗句融合在一起，达到让主题思想和情感获得升华的目的。如安邑坊女的《幽恨诗》：

> 卜得上峡日，秋江风浪多。
> 巴陵一夜雨，肠断木兰歌。

此诗作者姓名已佚，据诗中推测是唐代巴陵（今湖南岳阳）一带的女子，生卒年及事迹均不可考。

诗歌中的闺妇为远行在外的丈夫占卜凶吉，得知上峡之日江面风多浪大，暗示行船之人的极度危险，这样的占卜结果已经让她提心吊胆了，没想到巴陵的一场大雨昼夜不停，就更加惦念丈夫的安危。"一夜雨"既烘托了巴陵秋天寒冷肃杀的环境氛围，又表明闺妇因牵挂丈夫而一夜未眠，歌声与雨声交织，让她愁肠寸断，含蓄委婉地表达了闺妇独守空房的孤寂怨恨。

景为形，情为神。通过对景物描摹寄寓情感，形成神形兼备、凄婉哀怨的意境，诸如此类的营造方法，非常之多。比如裴羽仙《寄夫征衣》中的"一阵金风杀柳条，浓烟半夜成黄叶"，通过描绘秋霜骤降、寒风萧瑟、落叶枯黄的悲凉之景，寄寓了闺妇对丈夫苦寒生活的担忧与惦念之情。李白《长门怨》其二中"夜悬明镜青天上，独照长门宫里人"，诗人在清冷月光映照长门的悲凉景色中寄寓了宫妇孤寂落寞的愁情，虽不言怨而怨可知矣。张仲素《秋夜曲》中的"丁丁漏水夜何长，漫漫轻云露月光"，诗人通过写静谧漫长的深夜之景，朦胧幽寂的轻云秋月之景，暗含闺妇孤枕难眠的相思愁绪。

诗人写作时常将感情寄寓在典型独特的自然景物上，通过对这些景物生动形象的刻画来抒发内心的思绪情感。唐代闺情宫怨诗是以闺中、宫中佳人失势的凄惨经历为题材，尤其对于宫女这一特殊群体而言，她们必须忍受长年幽闭深宫的寂寞孤独，放弃与亲人团聚的机会，满腹惆怅无法排解。因此，诗歌的感伤色调更加浓重和强烈，所以诗人常将悲伤之情融于哀景之中，渲染出一种悲凉萧索、寂寥凄清的环境氛围，使诗中女性形象鲜明化、立体化，加强诗歌凄凉哀婉之感。例如刘媛的《长门怨》：

学画蛾眉独出群，当时人道便承恩。

经年不见君王面，花落黄昏空掩门。

刘媛，生平不详，唐代女诗人。《全唐诗》录存其诗3首、断句四句，出自《又玄集》卷下、《才调集》卷一〇、《乐府诗集》卷四二、《吟窗杂录》卷三〇、《唐诗纪事》卷七九等。

这首诗开篇刻画了一位美貌出众的宫妇，回忆当年人们都说她入宫之后一定会受到皇帝的宠爱，但是事与愿违，她入宫一年却连君王的面都没见过，因为久居深宫、荒度青春，事必会心生万般幽怨情愫。但是这种情愫诗人并没有提及，而是选取"花落""黄昏"等象征美人迟暮、时光已逝的悲凉意象作为结语，全诗仅一句哀景，却表达了宫妇孤独、寂寞、期盼、失望、哀怨的复杂情感。

融情于景，含蓄委婉，又意味深长，这种手法在唐代闺情宫怨诗中运用得比较纯熟。"夫死战场子在腹，妾身虽存如昼烛"（张籍《征妇怨》）中的"昼烛"，即白天的蜡烛，意为黯淡无光。诗人以此来象征丧夫之后的征妇生活是暗无天日，更加凸显出征妇的丧夫之痛与绝望之情。"燕支黄叶落，妾望自登台"（李白《秋思》），诗人则巧妙地利用黄叶萧瑟飘零的特点，渲染了一种悲凉凄惨的气氛，以此象征着闺妇孤苦无依的命运，悲伤之感不言自生。

在这些诗中，诗人以融悲情于哀景的方式，营造了意在笔墨之外、隽永含蓄的意境，使人物的丰富情感表达得更淋漓尽致，悲者愈悲，哀者更哀。在诗歌意境营造的过程中，象征着闺妇宫女悲惨命运的景物意象荷载了常人难以体会到的孤寂悲凉和哀怨愁苦，使人物形象刻画得更为鲜活，情感表达得更为真实动人。

（二）以乐景写哀情

一般情况下，诗歌中常见以乐景写乐情，在唐代闺情宫怨诗中，

一些诗人却独树一帜,反其道而行,以乐景写哀情,彰显出意想不到的艺术效果。如王昌龄的《闺怨》:

> 闺中少妇不知愁,春日凝妆上翠楼。
> 忽见陌头杨柳色,悔教夫婿觅封侯。

诗人通过写和风丽日之时"少妇"登楼赏春,营造出一种明媚欢快的环境氛围,"杨柳色"在诗歌中常代表生意盎然的春色,在此却让"少妇"联想到蒲柳先衰,青春易逝;联想到相隔千里的"夫婿"和曾经在"陌头"的折柳送别,一种"悔教夫婿觅封侯"的幽怨之意此刻显得尤为强烈。

再如元稹的《行宫》诗中,诗人选取颜色鲜明的"红""白"进行对比:盛开的宫花娇嫩鲜红,而幽禁深宫的宫女却两鬓斑白,让读者感受到时移世异、红颜易老的同时,更添几分悲伤凄凉。红艳的宫花常烘托热闹喜庆的环境氛围,在这里与古行宫的"寂寞""寥落"相互映衬,加强了朝代更迭的盛衰之感。

以明媚之景反衬哀伤之情,强化了诗歌中情感与景物之间的矛盾,使得情景交融,相得益彰。比如皇甫冉的《春思》:

> 莺啼燕语报新年,马邑龙堆路几千。
> 家住层城邻汉苑,心随明月到胡天。

皇甫冉(约717—约771),字茂政。祖籍甘肃泾州,出生于润州丹阳(今江苏镇江)。天宝十五载(756)进士。曾官无锡尉,大历初入河南节度使王缙幕,终左拾遗、右补阙。其诗清新飘逸,多漂泊之感。

"莺啼燕语"是和平宁静的象征,"新年"佳节是家人团圆的良辰,开篇诗人创设了一个祥和安宁的良辰美景,但实则是为下文写闺妇对出征丈夫魂牵梦萦的思念之苦作铺垫,诗人好似信笔而为,但却以乐景写哀,增强了诗歌的震撼力。

像这种写法的还有张仲素《春闺思》中的"袅袅城边柳,青青陌上桑",诗人运用"袅袅"和"青青"两个叠词,渲染出春光明媚、生机勃勃的气氛,如此令人沉迷陶醉的大好春景,却勾起女子与丈夫远隔千里的愁思别绪。春景愈美,愁味愈浓。

除用自然乐景写哀情,在意境的创设过程中,诗人还会借助一些富丽堂皇、雍容华贵的生活乐景加以描绘,进而渲染出一种繁荣兴盛、高贵典雅的环境氛围,和诗人所要表露的思想感情产生巨大的反差,突出人物在此种乐景中不和谐的愁苦哀怨之情。比如王昌龄《西宫秋怨》中的"芙蓉不及美人妆,水殿风来珠翠香",显而易见,阆苑琼楼、锦衣玉食的生活高贵而华美,而妃嫔们却因失宠深居后宫,意境和心境的冲突,使其孤独无助、落寞愁苦的感情更加浓烈。王昌龄《春宫曲》中的"昨夜风开露井桃,未央前殿月轮高。平阳歌舞新承宠,帘外春寒赐锦袍",诗人落笔明月高照的未央宫,这是新人承宠的地方,也是失宠者心驰神往的地方,微风吹拂、桃花绽放,用春意融融、祥和静谧的美景触发女子失宠后孤寂怨悱之情。

意境的营造中情与景或相反相成,正如王夫之所言:"以乐景写哀,以哀景写乐,一倍增其哀乐。"① 让诗人所要表达的思想感情得到进一步的凝聚和升华,构建起引人入胜的诗歌意境,创造出凄婉哀怨的意境美。

---

① 王夫之:《姜斋诗话》,上海古籍出版社 1961 年版,第 72 页。

五　含蓄蕴藉的抒情手法

唐代闺情宫怨诗具有怨而不怒的思想倾向，形成了温柔敦厚的美学风格。诗中的抒情主人公，尽管受到了巨大痛苦，有无限的悲哀和郁闷，但她们只是默默地承受着，暗自悲泣，或者是一往情深地继续等待，或者是对历历往事不断追忆，等等。她们对君王没有强烈的控诉，只有沉默无言的低吟。诗中往往通篇不直言怨情，但却有一种"如怨如慕、如泣如诉"的幽怨氛围笼罩，宫女的悲怨之情如涓涓细流浸入读者的心田，平静的心湖不时回旋出怜悯共鸣的涟漪，并迅速蔓延扩展开去。比如李白的《玉阶怨》：

玉阶生白露，夜久侵罗袜。
却下水晶帘，玲珑望秋月。

这首宫怨诗，虽然诗题中有一"怨"字，但诗中无一字写怨情，而是通过人物动作细节描写渗透出来。女主人公独自静立于玉阶之上，无声无息，若有所思之态，以至于浓重冰凉的露水浸透了罗袜，她全然不知，仍旧痴痴傻傻地静立玉阶等待。由此可见她伫立之久，怨情之深。寒气袭人，冷入肌骨，她不得不移步回到空房之中。诗人在此又抓住一个细节，女主人公放下窗帘的一刹那，一轮秋月又闯入她的视线，逗引出她的满腔愁怨。全诗虽未有一字言及怨情，但却收到了不著怨意而怨意更深的艺术效果，充分表现出女主人公的寂寞惆怅心情和凄苦幽怨之态。

唐代的闺情宫怨诗整体上是怨而不怒、温柔敦厚的，但有些诗篇还是突破了前代闺怨诗多表现男女恋情的框架，将纷繁复杂的社会生活写入诗歌，创作了广阔的时空背景。最突出的表现就是写景抒情不再局限于春花秋月的个人哀怨，而是以边塞的景色、生活和古往今来的历史事实作为广阔的时空背景，这使得传统的闺怨主题不再缠缠绵绵，不再纤细狭窄，诗歌的艺术境界变得深远而又令人遐思。而且还有一部分闺情宫怨诗表现了战争给人民尤其是女性带来的灾难，它反映了某一历史时期、某一地区的战争形势，诗中的战争线索与实际的历史相吻合。如唐代前期诗人沈如筠的《闺怨二首》其一就反映了这一残酷的战争：

> 雁尽书难寄，愁多梦不成。
> 愿随孤月影，流照伏波营。

沈如筠，约生活于武后至玄宗开元时，润州句容（今属江苏）人。曾任横阳主簿。与孙处玄等十八人相唱和，其诗汇编成《丹阳集》。与著名道士司马承祯友善，有《寄天台司马道士》诗。

诗中的思妇魂牵梦萦、心之所寄的地方在伏波营——当时的南诏领地，可知她的丈夫是在那里从军。思妇太过牵挂丈夫，因为冷暖不知、生死未卜，又无法互通音信，忧愁得几乎连个完整的梦都做不成，可见当时的战争形势非常严峻。诗歌中虽然没有战争的描写，但我们可以明显地感受到战争的阴影。关于这类诗我们在边塞征战诗中还会重点谈到。

唐代闺情宫怨诗在汲取秦汉诗赋艺术精华的基础上，大放异彩，灵活巧妙地对其进行发展创新，创造了更为深刻的诗史意义，堪称诗歌百花园中的一朵奇葩，在中国传统文化这片沃土上傲然绽放，为后世文学锦上添花。

思考与讨论：

1. 边塞征战诗中，常常抒发征人思妇的相思之情；闺情宫怨诗中，常常揭示造成思妇悲剧的"频年不解兵"的社会现象。边塞征战诗中有闺情，闺情宫怨诗中有边愁。由此说来，征妇怨就具有了一定的社会性和现实意义。那么唐代闺情宫怨诗如何反映唐代历史与战争的呢？

2. 分析理解"三千宫女胭脂面，几个春来无泪痕"的思想内涵。

3. 分析鉴赏张籍《忆远》一诗的艺术表现手法。全诗如下："行人犹未有归期，万里初程日暮时。唯爱门前双柳树，枝枝叶叶不相离。"

第四章　何当共剪西窗烛，却话巴山夜雨时

——唐代爱情婚姻诗品鉴

题解： "何当共剪西窗烛，却话巴山夜雨时"出自李商隐的《夜雨寄北》，全诗如下："君问归期未有期，巴山夜雨涨秋池。何当共剪西窗烛，却话巴山夜雨时。"

爱情婚姻诗广义上来说，大凡写男女相恋、夫妻相思、赠内悼亡、伤春惜别、闺情宫怨乃至于弃妇诗、艳情诗、宫体诗等与爱情婚姻有关的，总而言之，凡涉及男女之间关系的诗歌都可归为爱情诗歌。我们这里所谈及的爱情婚姻诗是狭义的概念，专指描写男女恋情和婚姻生活的诗歌，而且悼念亡妻、亡妾的诗歌都不在本章谈及，专设悼亡诗一章论之。

第一节　爱情婚姻诗的发展过程

爱情是文学的永恒主题。我国爱情婚姻诗更是渊源有自，源远流长。

一　先秦时期

早在先秦时期,爱情婚姻诗就是诗歌的主要题材。《诗经》是我国古代爱情诗歌的源头,具有极高的文学审美价值。从中国文学史来看,最早的爱情婚姻诗应该是《诗经·周南》中的《关雎》:

> 关关雎鸠,在河之洲。
> 窈窕淑女,君子好逑。
> 参差荇菜,左右流之。
> 窈窕淑女,寤寐求之。
> 求之不得,寤寐思服。
> 悠哉悠哉,辗转反侧。
> 参差荇菜,左右采之。
> 窈窕淑女,琴瑟友之。
> 参差荇菜,左右芼之。
> 窈窕淑女,钟鼓乐之。

《关雎》是一首描写热烈追求、想象极为丰富的古老恋歌。全诗分为三章:第一章写诗人在洲上见到雎鸠,进而联想到窈窕淑女应是君子的最佳追求对象;第二章写诗人日夜思念想要追求的"窈窕淑女","辗转反侧"句则极为传神地表达了恋人的相思之苦;第三章写诗人想象中追求到了"窈窕淑女",并"琴瑟友之""钟鼓乐之"。《关雎》是我国爱情婚姻诗歌的开山之作,对后世爱情题材的创作影响深远。

《诗经》中的爱情婚姻诗歌所涉及的内容十分广泛,诸如:闺中女子对丈夫的思念,如《周南·卷耳》;征人思妇的相思,如《周南·汝坟》《召南·殷其雷》《王风·君子于役》等；青年男女的热恋，如《召南·摽有梅》《召南·野有死麕》《秦风·蒹葭》《邶风·静女》等；婚姻破裂的懊丧，如《邶风·柏舟》；妇女被弃的痛楚，如《邶风·日月》《卫风·氓》；等等。这些爱情婚姻诗中的抒情主人公和描写对象极为生活化，质朴真实又鲜活生动。《诗经》中的爱情婚姻诗并不避讳夫妻性爱，而且把它作为美的对象来歌颂，没有色情和情欲的歪道，是爱情婚姻的真谛。这是真正的爱情诗歌，它不但让后人了解到先民们丰富的爱情婚姻生活，而且还显示出在恋爱、婚姻活动中人们审美心理的形成和演进过程。它的文学价值和审美价值都是空前的，具有开拓性的。

楚辞中的爱情婚姻诗歌主要有屈原的《山鬼》《少司命》《湘君》《湘夫人》等，数量、内容的丰富性远不及《诗经》。但屈原在爱情婚姻诗中创造了富有个性的风格，是屈原独具的审美趣味。《湘夫人》《山鬼》描的是恋爱约会中一方等待另一方的焦急情状。在等待的过程中，诗人用人物倾国倾城的美貌和周围清新亮丽的美景作为铺陈和渲染，读来令人赏心悦目。而且楚辞中的人神恋，少了世俗爱情中的诸多羁绊，没有什么门第观念，更不会有封建家长的阻碍和流言蜚语的中伤，主人公的形象特别单纯洒脱。楚辞中的爱情婚姻诗，其环境是楚地颇具神奇色彩的山川河流，迷离惝恍。诗人还善于借用物象言情，常用的物象有蛟龙、麋鹿、狸等动物，还有江蓠、椒桂、兰茝等馨香植物，婉转地表达主人公缠绵悱恻的内心情感，诗味淡然又悠远杳渺，情意绵长又摇荡飘忽，呈现出一种超尘脱俗、优美细腻的浪漫气息。

二 秦汉时期

秦汉 400 年的历史，由于封建制度的持续强化和董仲舒"独尊儒术"的主张，经学盛行，使得诗坛近乎一片沉寂。直到汉末建安年间，诗坛开始复苏。爱情婚姻诗也随之充斥文坛，比较典型的是汉乐府和《古诗十九首》中出现了很多关涉爱情婚姻的作品。文人的爱情婚姻诗尽管有些抒情表现技巧，但其成就与民歌相比还是较为逊色的。

汉乐府中爱情婚姻诗，在《诗经》的基础上既有继承，更有创新。在表现领域上继承了《诗经》中丰富多彩的爱情婚姻生活，但在描写手法，尤其展现爱情纠葛中的人物关系和人物心理上，则远远超过了《诗经》，表现得更为细腻，更为复杂。我们来看比较一下《诗经》中的《邶风·柏舟》和汉乐府中的《上邪》：

《诗经·邶风·柏舟》：

> 泛彼柏舟，亦泛其流。
> 耿耿不寐，如有隐忧。
> 微我无酒，以敖以游。
> 我心匪鉴，不可以茹。
> 亦有兄弟，不可以据。
> 薄言往愬，逢彼之怒。
> 我心匪石，不可转也。
> 我心匪席，不可卷也。
> 威仪棣棣，不可选也。
> 忧心悄悄，愠于群小。
> 觏闵既多，受侮不少。
> 静言思之，寤辟有摽。
> 日居月诸，胡迭而微？
> 心之忧矣，如匪浣衣。
> 静言思之，不能奋飞。

《上邪》：

> 上邪，我欲与君相知，长命无绝衰。
> 山无陵，江水为竭。
> 冬雷震震，夏雨雪。
> 天地合，乃敢与君绝。

这两首诗都是表现抒情主人公对爱情的忠贞不渝。《诗经·柏舟》写得非常寥寥，全诗五章，仅在第四章运用"石""席"进行比喻，石可转而心不可转、席可卷而心不可卷，虽屈其身，却不挫其志，形容爱情专一、立场坚定。但《上邪》却连用山无陵、江水竭、冬雷震震、夏雨雪、天地合等五种几乎不可能发生的现象，来表达女主人公对爱情的执着与忠贞。汉乐府中不只《上邪》，还有《有所思》，女主人情感热烈奔放，激昂慷慨，得知恋人变心后，不仅将礼物"拉杂摧烧之"，还"当风扬其灰"，何等决绝！可见，汉乐府民歌中的爱情诗歌情感更为丰富细腻，表现力更强。

在人物形象塑造方面，汉乐府中的爱情婚姻诗之人物形象比较丰满，人物关系更为复杂化，人物出现的场景也经过了诗人的加工设计。如《上山采蘼芜》一诗中诗人居然设计了"旧人"遇"故夫"的场面，"故夫"又将新欢（"新人"）和旧爱（"旧人"）进行对比，而且"旧人"还"长跪问故夫，新人复何如"？"旧人"心中的委屈和不甘表现得特别微妙，这在《诗经》是不曾出现的。

《孔雀东南飞》是乐府诗中的巅峰之作，也是中国文学史上第一部长篇叙事诗。全诗结构严谨，剪裁得当，尤其是人物刻画更为成功，性格鲜明，栩栩如生。比如焦刘夫妇对爱情的忠贞不渝，焦母的顽固、刘兄的蛮横都刻画得入木三分。诗的结尾写焦刘夫妇双双殉情的场景，更是寄托了人们追求恋爱自由和幸福生活的强烈愿望。这首诗中尖锐不断的矛盾冲突、错综复杂的人际关系和人物心理都是前代诗歌所未有的。

三 魏晋南北朝时期

魏晋南北朝时期，人性的觉醒，文学的自觉，人们更为关注自己的情感世界，除了"诗言志"外，"诗缘情"也是诗人们文学自觉的表现。爱情婚姻题材的诗歌在继《诗经》之后出现了中兴，南北朝民歌大多表现爱情婚姻生活，南朝民歌干脆几乎是情歌。

南北朝民歌在表现爱情婚姻方面有很大差别。南朝民歌多写婚外情歌，北朝民歌则侧重于现实婚恋生活，表现婚恋文化习俗、婚恋形式和婚庆游戏等。

南朝民歌主要有吴歌、西曲和神弦歌。吴歌内容集中于爱情，写得缠绵悱恻，婉转动人。如《子夜歌》中的"始欲识郎时，两心望如一，理丝入残机，何悟不成匹"，写出对爱情的渴望与内心的沉痛伤感；又如《华山畿》中的"华山畿，君既为侬死，独生为谁施，欢若见怜时，棺木为侬开"，表现出对爱情的至死不渝与坚贞，以殉情来反抗"父母之命，媒妁之言"的封建礼教；等等。西曲主要是结合劳动写缠绵的爱情，多写水边船上旅客商妇的离别之情，与吴歌的闺阁之气不同，风格比较明快开朗。神弦歌与《九歌》有很多相似之处，内容主要表现人神之恋，富于浪漫色彩。

南朝民歌中的爱情婚姻诗极少叙事，纯用比兴抒情，比如《西洲曲》，我们只知道那位女子衣着艳丽（"单衫杏子红"），容貌娇美（"双鬓鸦雏色"），柔情痴迷（"海水梦悠悠，君愁我亦愁"），等等，但我们无法了解这位少女何以如此"单相思"，完全得靠读者去想象。

除南北朝民歌中的爱情婚姻诗，南朝齐梁宫体诗在表现爱情心理方面趋向细腻，情感更为复杂。其中的色情放浪也是社会生活中的一种现象，一种风格，在某种程度上对唐诗绚烂多彩局面的形成也产生了一定影响。

四 唐宋时期

唐代是我国诗歌发展史上的黄金时代，也是爱情婚姻诗全盛和巅峰时期。唐代的爱情婚姻诗，以其大胆泼辣、情深意浓的柔美姿态赫然而立，给璨如繁星的唐代诗歌增添了夺目异彩。唐代创作爱情婚姻诗的作者之多、诗作之丰、内容之广、技巧之高，可谓空前绝后。仅《全唐诗》所录的2000多位诗人中，大多有数量不等的爱情诗作。全唐一代，有张若虚、李白、王昌龄、白居易、元稹、李贺、杜牧、李商隐、温庭筠等名家。他们抒写的范围相当广泛，抒情主体有征妇、闺人和弃妇。那种相思之苦、失恋之痛和悼亡之悲，无不让人动容。比之汉魏六朝，表现爱情婚姻生活的范围更广，内容更为丰富，尤其是对爱情的追求更为大胆和质朴，更为勇敢地漠视封建礼教，更为大胆地抒发自己的思想感情。

需要补充说明的是晚唐五代时词的产生与发展，对于爱情题材的诗歌来说是一次大的飞跃，词中的爱情心理描写进一步丰富了我国爱情诗歌的创作手法。诗言志、词言情这一传统诗学理念，使词能尽情表现诗中所不能言的"香而弱"的爱情意绪，可以大胆地歌唱诗人们内心深处的隐私欲念。可以说词尤其是宋词成了抒写婚姻爱情题材的专利。

第二节 唐代爱情婚姻诗的兴盛原因

唐代爱情婚姻诗的兴盛原因包括唐代社会清明开放的政治、宽松的礼法、思想解放等方面。

一 经济惠民，政治清明

唐朝建立初年，特别关注改善人民的生活。首先在经济上实施惠民重商政策。初唐的统治者解放奴婢，削弱门阀势力，提升庶族地主地位，促进农工商等小商品经济的蓬勃发展，促使市民阶层不断壮大。其次在政治上推行了一条极开明的政策，即大力推行科举制度。科举考试不再被强权势力垄断把持，崇尚德才蔚然成风，普天下的文人士子均可以通过科举考试获得仕进机会。文人士子可以自由大胆地追求自己想要的东西，毫无后顾之忧地用诗歌来表达自己的爱情观。追求功名、一展才华与追求爱情、获取个人幸福是紧密相连的。格言"书中自有黄金屋，书中自有颜如玉"，此之谓也。正基于此，使唐代爱情诗的繁盛有了坚实的社会基础。

二 三教并立，信仰多元

唐代儒释道三教合流，人们的信仰多元化，生活行为自然也就多样化。尤其是道教让人追求人格独立和精神自由，在某种程度上瓦解了封建礼教的束缚。佛教强调普度众生，不迷信权威，也促使人们思想自由，精神解放。道家思想和佛家观念共同消解儒家礼教对人性的束缚，人们开始回归自我，人性进一步复苏，激励着唐人追求爱情和生命自由，这正是歌唱生命激情的婚姻爱情诗创作必不可少的前提条件。

三 思想解放，礼法宽松

李唐王朝封建传统思想与道德观念较之历代王朝都更为宽松，思想更为解放。在妇女问题上较之前代政策更为温和，唐代妇女可以不拘礼法再适，从没有人用所谓的"贞洁"观来说长道短。这种情况还与唐代的民族大融合有关。李唐王朝的先主原是关陇豪族，有胡族血统，而且其祖先还曾受鲜卑风俗的影响；当时我国北方的少数民族，大都不像汉家那样重伦理道德（在王室，父妻子继视为当然），礼法极其松弛。这种婚姻中男女平等、不受伦理束缚的观念，在唐代朝野皆然。《新唐书·诸帝公主》中记载公主改嫁近三十人次，而且有的是二度、三度再嫁。众所周知的武则天，原是唐太宗的幼妾，又与太子李治钟情相爱，一个女子居然同时与两个男人有性爱关系。太宗死后，继位的李治立武则天为皇后，宠爱倍加。其间并不讲究什么忠烈贞洁观等礼法，其所追求的就是赤裸裸的人性欲望和人间情爱。试看武则天所写的《如意娘》：

> 看朱成碧丝纷纷，憔悴支离为忆君。
> 不信比来长下泪，开箱验看石榴裙。

武则天（624—705），名曌，长安（今陕西西安）人，中国历史上唯一的女皇帝。存诗词共4首。

这首诗是武媚娘在感业寺出家为尼时写给唐高宗的，是一首思念君王、为情落泪的情诗。诗人极言相思愁苦之痛，尺幅之间文情

第四章　何当共剪西窗烛，却话巴山夜雨时

并茂，融合了南北朝乐府风格，感情明朗，风格蕴藉，曲折有致，是武则天诗中的上乘之作。

再如人们熟知的唐玄宗李隆基与贵妃杨玉环的爱情纠葛。杨玉环本是玄宗第十八子寿王李瑁之妻，玄宗一见钟情，迫李瑁与杨玉环分离。之后，又巧做安排：先让杨玉环出家为女道士，道号"太真"，后"名正言顺"地立"太真"为妃。这实际是父夺子妻，应视为"乱伦"，但在唐代却视为平常。

我们从白居易的《长恨歌》可以读到李隆基和杨玉环的爱情生活，甚至于唐玄宗晚年失权之后仍旧怀念杨贵妃，他的这首七绝《题梅妃画真》就是一例：

> 忆昔娇妃在紫宸，铅华不御得天真。
> 霜绡虽似当时态，争奈娇波不顾人。

李隆基（685—762），是唐朝在位时间最长的皇帝，亦是唐朝极盛时期的皇帝。死后葬于金粟山，名为泰陵。庙号玄宗，又因其谥号为至道大圣大明孝皇帝，清时为避玄烨讳，多称其为唐明皇。

这首诗主要描绘了梅妃（即杨贵妃，梅，疑为杨之误）的娇美情态。前三句突出娇妃不施铅华粉黛，依旧天真自然，身姿曼妙，轻柔似绢，美好得与其刚出嫁时一模一样。而结句"争奈娇波不顾人"则含而不露，表达了玄宗对娇妃的无限爱恋与思念。全诗读来情真意切，感人至深。

在朝的统治者尚且如此，更何况在野的小民百姓，上行下效，理所当然。所以有唐以来，以爱情为题材写出的佳作名篇比比皆是，爱情诗在百家争鸣、百花齐放的无比灿烂的多元文化的唐代可称艺苑奇葩。当时人们思想异常活跃，谈情说爱，极为自由。在他们写

下的佳作中，不仅表达了爱情至上的思想，而且刻画入微，写得情意缠绵，生动感人。如"初唐四杰"之一的卢照邻，他在《长安古意》中高唱"得成比目何辞死，愿作鸳鸯不羡仙"，诗人认为与爱情相比，人的生死又算得了什么呢？这种爱情观大胆泼辣，动人心魄。这种观念促使爱情诗进一步繁荣发展。

总之，正是唐代开放清明的社会，造就了大批才华横溢的诗人，他们创作出了感天动地、坚贞不渝的爱情赞歌，婉约缠绵又荡气回肠，对后世爱情婚姻诗的创作产生了深远影响。

第三节 唐代爱情婚姻诗的题材类型

一 唐代爱情婚姻诗的表现对象

唐代爱情婚姻诗中的表现对象主要可以分为两类人：一类是普通百姓，一类是文人士大夫。唐代描写普通百姓爱情婚姻生活的诗明显受到汉乐府民歌和南北朝民歌的影响，呈现出质朴纯真的爱情婚姻观念，如王建的《望夫石》：

> 望夫处，江悠悠。
> 化为石，不回头。
> 山头日日风复雨，行人归来石应语。

这首诗平淡质朴但却蕴含丰富，是一首依据古老的民间传说写成的抒情小诗。相传，古代有个女子，因为丈夫离家远行，经久未归，就天天上山远望，盼望丈夫归来。但是许多年过去了，丈夫终未回来，这女子便在山巅化为石头。石头的形象如一位女子翘首远望，人们就把此石称作望夫石，此山称作望夫山了。

诗中的"化为石，不回头"诗人直取传说中意，用拟人手法具体描绘望夫石的形象，同时也把思妇登临的长久、想念的深切、对爱情的忠贞不渝刻画得淋漓尽致。"山头日日风复雨"，是说望夫石日日夜夜承受着风吹雨打，仍旧坚如磐石，伫立江岸。诗人表面上写石头的品格，实则寄寓了思妇的坚贞。她历尽艰难困苦，饱尝相思折磨，依然至死不渝地等待着远方的行人。为此，诗人在结句进行了浪漫的推想："行人归来石应语。"待到远行的丈夫归来之时，这伫立江边的石头定然会倾诉相思的衷肠啊！将石与人合一，增加了诗的内蕴。

唐代描写文人士大夫爱情婚姻生活的诗则受东汉末年五言诗的影响，呈现出工致精美的浪漫气息。比如崔护的《题都城南庄》：

去年今日此门中，人面桃花相映红。
人面不知何处去，桃花依旧笑春风。

崔护（772—846），字殷功，生平事迹不详，唐代博陵（今河北定州）人。贞元十二年（796）进士及第。太和三年（829）为京兆尹，同年为御史大夫、广南节度使。其诗诗风精练婉丽，语极清新。《全唐诗》存诗6首，皆是佳作。

这首《题都城南庄》是崔诗中流传最广的，为诗人赢得了不朽的诗名。诗人通过今昔对比的手法描写了其"寻春遇艳"和"重寻不遇"的凄美爱情故事。诗的前两句以追忆的形式交代时间和地点并即景描写佳人的美貌，诗人没用过多的笔墨细描佳人的眉眼，而是以"桃花"之色衬托"人面"之美，极为形象生动。后两句从回忆中走出来，叙写"今年今日"。与"去年今日"相比最大的不同是桃花依旧，"人面"不见了。诗人这看似淡淡的一笔，却委婉曲折地表达了诗人"重寻不遇"的无限怅惘之情。

后人把这个故事改写成剧本，在舞台上演出。明朝人改的剧本叫《桃花人面》，清朝人改后的剧本叫《人面桃花》。"人面桃花"后来成为一个典故，泛指所爱慕却不能再见的女子，也形容由此而产生的怅惘心情。

唐代文人士子的爱情还有一个特殊形式，即文人歌妓恋。我国古代有着特殊的歌妓制度，文人士大夫多与妓女发生恋情，这在宋词中比比皆是，其实唐朝时已然如此。唐朝以诗文取仕，入仕者先要以红纸做成名片，游历有名的平安坊（妓院），其后担当行政职务时也常以冶游为乐。元稹、白居易都曾与歌伎相恋，杜牧和温庭筠更是浪漫风流。唐代的婚姻往往不是以爱情为基础的，大多是政治婚姻。婚姻中特别看重门第出身，以求合乎礼教并借此提高自身社会地位。因此说唐代文人的爱情生活不局限于婚姻之中。比如元稹的《会真记》是他的自传故事，也是后来一系列《西厢记》的底本，但元稹的始乱终弃在当时并没有遭到什么指责，而其后元稹又与薛涛、刘探春等歌伎相恋，并以诗记之。这也说明唐代文人将实际爱恋对象转向风尘女子是当时社会所允许的。

二 唐代爱情婚姻诗的题材内容

唐代的爱情婚姻诗无论是表现民间的还是文人士大夫的爱情婚姻生活的，从内容上可以分为以下几类。

（一）爱情婚姻生活的甜美

甜美的爱情、幸福的婚姻是人们的共同愿望。在唐代的爱情婚姻诗中，有许多表现对美好爱情执着追求的诗篇，也有对两情相悦

的幸福婚姻生活的具体展现,比如王昌龄的《朝来曲》:

月昃鸣珂动,花连绣户春。
盘龙玉台镜,唯待画眉人。

这首诗写得言简意赅,清新质朴,达到了以少胜多的艺术境界。诗人抓住了夫妻生活中晨起时分的一个细节,丝丝入扣,动人心弦。明月西斜,天将破晓,妻子起来梳妆打扮,这是普通人家再普通不过的生活了,但诗人却在这普通中展现了美好的一瞬:妻子安坐在化妆镜前,静静等待夫婿的温馨场景。"画眉"一词自古便是夫妻感情深厚的一种象征,"唯待画眉人"一语中写足了夫妻的甜蜜之情。像"妆罢低声问夫婿,画眉深浅入时无"(朱庆馀《近试上张籍水部/近试上张水部/闺意献张水部》)写得与此场景极为相似。

唐代爱情婚姻诗常常借助民歌的手法来写爱情婚姻的幸福美满。刘禹锡从当地的民谣中汲取诗材,创作了大量的《竹枝词》,其中有不少是表现青年男女爱情的诗篇,表现了最为真挚动人的感情。最为人们所熟知的一首是:

杨柳青青江水平,闻郎江上踏歌声。
东边日出西边雨,道是无晴却有晴。

这首诗以第一人称口吻,描写了一个沉浸在初恋中的少女微妙的心理变化。她心有所爱,但却不知道对方的态度。她对这个爱情既抱有希望,又有些许顾虑,既有爱的欢喜,又有失爱的担忧。

诗的一、二句写景叙事,江边杨柳轻拂,江中流水如镜。忽然听到江上传来她所思所想之人熟悉的歌声,而且这歌声似乎就是唱给她听并向她示爱的。三、四句，诗人用一种虚拟的方式猜想唱歌人的心思，这心思就像梅雨季节的天气一样，让人琢磨不定啊！这里的"晴"即是"情"，谐音双关，把少女的迷惘焦虑和企盼等待表现得淋漓尽致。

在唐代的爱情婚姻诗中也有一些闪耀理性光辉的诗篇，其中透露出诗人的爱情婚姻观，比如李贺的《后园凿井歌》：

> 井上辘轳床上转。
> 水声繁，弦声浅。
> 情若何，荀奉倩。
> 城头日，长向城头住。
> 一日作千年，不须流下去。

李贺（约791—约817），字长吉，河南福昌（今河南宜阳县）人，因其家居福昌谷，后世称李昌谷。李贺出身唐代望族，是唐高祖李渊的叔父大郑王李亮的后裔。与李白、李商隐并称唐代"三李"，有"太白仙才，长吉鬼才"之说，故而又有"诗鬼"之称。著有《昌谷集》。

这首诗描写了一对情投意合的夫妻幸福美满的生活。诗的前三句写诗人因辗转难眠而听到后园的井上辘轳的汲水声，又由水声之大反衬出室内丝弦声的弱小。诗人用辘轳与井架的和谐转动才水多声大，引出了对夫妻感情的思考。因此诗的四、五句以问答的形式来写夫妻之间的和谐关系，"情若何？荀奉倩"，这里用荀奉倩夫妻恩爱的典故，据《世说新语·惑溺》载：

> 荀奉倩与妇至笃。冬月妇病热，乃出中庭自取冷，还以身

熨之。妇亡,奉倩后少时亦卒。

刘(孝标)注引《粲别传》曰:

粲(奉倩名)常以妇人才智不足论,自宜以色为主。骠骑将军曹洪女有色,粲于是聘焉。容服帷帐甚丽,专房燕婉。历年后,妇病亡。未殡,傅嘏往喭粲,粲不哭而神伤。嘏问曰:"妇人才色,并茂为难。子之聘也,遗才存色,非难遇也,何哀之甚?"粲曰:"佳人难再得!顾逝者不能有倾城之异,然未可易遇也。"痛悼不能已已。岁余亦亡。亡时年二十九。粲简贵,不与常人交接,所交者一时俊杰。至葬夕,赴期者裁十余人,悉同年相知名士也。哭之,感恸路人。粲虽褊隘,以燕婉自丧,然有识犹追惜其能言。[1]

从两段记载可以看出,荀奉倩夫妻感情深厚,而且荀奉倩能为爱妻不惜牺牲生命。诗人引用这一典故,我们不难看出其对荀奉倩忠贞爱情观的赞赏和神往。

诗的后四句转写夫妇自白,直接表达诗人的主观愿望。诗人用太阳永远普照人间,来隐喻世间美好爱情永葆常青,让那一刻令人销魂的时光天长地久。

全诗通过富有生活情趣的辘轳起兴,联想到夫妻的和谐美满,表现了诗人对稍纵即逝的爱情生活的深刻体验。诗人希望这种圣洁的情感万古长存,透露出其美好的爱情观。

唐代爱情诗中表现爱情婚姻幸福美满的还有很多,比如"郎骑

---

[1] 刘义庆著,刘孝标注,余嘉锡笺疏:《世说新语笺疏》,中华书局2011年版,第789页。

竹马来，绕床弄青梅"（李白《长干行二首》其一）的青梅竹马、两小无猜；"身无彩凤双飞翼，心有灵犀一点通"（李商隐《无题·昨夜星辰昨夜风》）的心心相印；有"春蚕到死丝方尽，蜡炬成灰泪始干"（李商隐《无题·相见时难别亦难》）的坚贞不渝；也有"在天愿作比翼鸟，在地愿为连理枝"（白居易《长恨歌》）的海誓山盟；等等。

（二）婚姻不幸的悲愁

在唐代的爱情婚姻诗中，也有许多诗歌展现了爱情因受外力的阻碍而产生的痛苦、忧闷的心情。这类诗篇大多是怨妇诗、弃妇诗和征妇诗，我们在第三章闺情宫怨诗已有论述，在第九章边塞征战诗中还会涉及，在此仅选取杜甫的《佳人》简要析之。

绝代有佳人，幽居在空谷。
自云良家子，零落依草木。
关中昔丧败，兄弟遭杀戮。
官高何足论，不得收骨肉。

世情恶衰歇，万事随转烛。
夫婿轻薄儿，新人美如玉。
合昏尚知时，鸳鸯不独宿。
但见新人笑，那闻旧人哭。

在山泉水清，出山泉水浊。
侍婢卖珠回，牵萝补茅屋。
摘花不插发，采柏动盈掬。
天寒翠袖薄，日暮倚修竹。

这首诗作于唐肃宗乾元二年（759）秋季，安史之乱发生后的第五年，杜甫在秦州辞官准备入蜀的时候。诗中着力描写了战乱中一个弃妇的痛苦经历，既反映客观存在的社会问题，也体现了诗人的主观寄托。诗中女子的悲惨命运与高尚情操形成了强烈的对照，既让人同情，又令人敬佩。诗人用"赋"的手法描写佳人悲苦的生活，同时用"比兴"的手法赞美了她高洁的品格。全诗含蓄蕴藉，耐人寻味，感人肺腑，能引起读者的强烈共鸣，是杜甫诗中的佳作。

全诗分三段，每段八句。

第一段写佳人家庭的不幸遭遇。"绝代有佳人，幽居在空谷。自云良家子，零落依草木。"这四句写佳人的貌之美、品之高。幽居的环境，衬托出佳人的命运之悲，处境之苦。"关中昔丧乱，兄弟遭杀戮。官高何足论，不得收骨肉。"以第一人称倾诉的方式强调绝代佳人出自官宦贵人之家。

第二段佳人倾诉被丈夫抛弃的大不幸。"世情恶衰歇，万事随转烛。夫婿轻薄儿，新人美如玉。"这四句托物兴感，以风中烛光的摇曳不定，比喻光阴流转，世事变迁和人情冷暖。"合昏尚知时，鸳鸯不独宿。但见新人笑，那闻旧人哭。"诗人以形象的比喻，对比衬托的手法写负心人的无义绝情，被抛弃的人伤心痛苦和悲愤不平的情绪。

第三段赞美佳人洁身自持的高尚情操。"在山泉水清，出山泉水浊。侍婢卖珠回，牵萝补茅屋。"这四句是佳人的自言自誓，说明佳人居家环境的简陋清幽，日常生活的清贫困窘。"摘花不插发，采柏动盈掬。天寒翠袖薄，日暮倚修竹。"末尾四句是画外有意，象外有情，表现出佳人的清雅孤高和遗世独立。这位时乖命蹇的女子，就像那经寒不凋的翠柏、挺拔劲节的绿竹，有着高洁不俗的情操。

诗人以纯客观叙述的方法，兼用夹叙夹议和形象比喻等手法，描述了一个在战乱时期被遗弃的上层社会妇女所遭遇的不幸，并在逆境中揭示她的高尚情操，从而使这个人物形象更加丰满。

唐代男子多在外面征战或者经商，在家中留下了大量的征妇和商妇，独守空房。因此，唐代爱情诗中，更有大量以反映独守空闺的妇女的苦闷与空虚直接命名为《闺怨》的诗歌，如王昌龄《闺怨》、张籍《忆远》等诗也都表现了唐代社会爱情婚姻的不幸，但这类诗歌本书已将其放在第三章闺情宫怨诗中品鉴。

（三）相思相忆的苦痛

"长相思，摧心肝"（李白《长相思》），这说明爱情婚姻不光是回味不尽的甜蜜美好，其中亦有苦涩无奈和不堪回首的痛苦记忆。一般来说，因爱而生相思之苦，在唐人笔下也有别样的风采。且看张九龄《望月怀远》：

> 海上生明月，天涯共此时。
> 情人怨遥夜，竟夕起相思。
> 灭烛怜光满，披衣觉露滋。
> 不堪盈手赠，还寝梦佳期。

张九龄（678—740），字子寿，一名博物，谥文献。韶州曲江（今广东韶关）人，世称"张曲江"或"文献公"。唐朝开元年间名相，诗人。他的五言古诗，诗风清淡，以素练质朴的语言，寄托深远的人生感慨，对扫除唐初所沿袭的六朝绮靡诗风，贡献尤大。有《曲江集》。

这首诗的首联点明"望月怀远"之诗题。诗人望月抒怀，脱口而出之句却营造出了雄浑浩渺的意境。颔联以"怨"字为中心，诗人在漫漫长夜久不能寐，"竟夕"对月相思，巧妙地照应了首联的天涯共对明月的撩人心绪。颈联继续写更深夜凉，对月不眠，露水沾湿衣裳的实情实景。尾联诗人则突发奇想，相思不眠，无以为赠，只有这满心满眼的月光寄赠给竟夕相思之人，愚痴之举却将不尽情思悠悠托出，读来令人荡气回肠。

唐代的爱情婚姻诗在表现相思情感时，往往借助细节描写，细腻入微地表现绵长无尽的思念。比如张泌的《寄人》：

> 别梦依依到谢家，小廊回合曲阑斜。
> 多情只有春庭月，犹为离人照落花。

张泌（生卒年不详），字子澄。花间词派代表人物之一，存词27首，《全唐诗》存其诗一卷。

这首题为"寄人"的诗，实际上是以诗代柬之作。从诗的内容来看，诗人与一个女子相知相爱，但不知是什么原因分手了。诗人或许迫于封建礼教的压力，不能明言这场恋情，故而才用诗的形式倾吐衷肠，表达对女子的爱恋思念之情。因此可以说这是一首与情人别后的相思感怀诗。

诗从梦境写起表达思念之深。诗人梦游"谢家"（代指女子的家），院子里廊栏依旧，诗人的梦魂绕遍回廊，倚尽阑干，却唯独不见他所思之人。诗人通过梦境巧妙地将往日欢情和别后相思融为一体，梦中都寻不到所思之人，其惆怅的情怀便尽在不言中了。接下来诗人以明月有情、落花有恨来埋怨所思伊人鱼沉雁杳之无情无义。明月依旧朗照春庭和片片落花，月与花似乎都不曾忘记你我的昔日恋情，而你又在何方？为何杳无音信呢？

这首诗曲折委婉，含蓄深厚，情真意切。诗人善于通过富有典型意义的景物描写，来表达深沉曲折的相思。他只写小廊曲阑、庭前花月，不需要更多语言，却比作者自己直接诉说心头的千言万语更有动人心弦的力量。

总之，唐代的婚姻爱情诗是一道亮丽的风景，在一定程度上反映了大唐王朝的社会风气，激发人们对幸福爱情的向往和美好婚姻的追求，更推动了诗歌发展的前进步伐。

第四节　唐代爱情婚姻诗的阶段性审美特征

唐代社会发展的不同阶段，诗歌的风尚存在很大差别。唐代的爱情婚姻诗也不例外，在不同时期也呈现出不同的艺术审美特征。

一　初唐爱情婚姻诗：靡丽华美

初唐的爱情婚姻诗有继承，又有所创新。初唐时游宴赏心、吟风弄月和应制奉和的宫廷诗主宰诗坛，这类作品中涉及真正爱情的不多，以表现艳情为主，津津乐道于对女性体态服饰、歌容笑貌的描写和对女性器物的钟爱欣赏，明显是步了梁陈君臣乃至隋炀帝之后尘，与南朝诗风毫无二致。

"初唐四杰"登上诗坛后，逐渐挣脱了齐梁宫体艳情诗的影响，使诗歌由宫廷走向市井民间，为唐代爱情诗的发展开辟出一条健康之路。卢照邻一声"得成比目何辞死，愿作鸳鸯不羡仙"（卢照邻《长安古意》）的爱情宣言犹如夜空一道闪亮流星，划破爱情天际的寂静与沉默，同时也唤醒深埋于诗人内心的恋爱情愫。且录《长安古意》全诗如下：

长安大道连狭斜，青牛白马七香车。
玉辇纵横过主第，金鞭络绎向侯家。

第四章 何当共剪西窗烛,却话巴山夜雨时

龙衔宝盖承朝日,凤吐流苏带晚霞。
百尺游丝争绕树,一群娇鸟共啼花。
游蜂戏蝶千门侧,碧树银台万种色。
复道交窗作合欢,双阙连甍垂凤翼。
梁家画阁中天起,汉帝金茎云外直。
楼前相望不相知,陌上相逢讵相识。
借问吹箫向紫烟,曾经学舞度芳年。
得成比目何辞死,愿作鸳鸯不羡仙。
比目鸳鸯真可羡,双去双来君不见。
生憎帐额绣孤鸾,好取门帘帖双燕。
双燕双飞绕画梁,罗帷翠被郁金香。
片片行云着蝉鬓,纤纤初月上鸦黄。
鸦黄粉白车中出,含娇含态情非一。
妖童宝马铁连钱,娼妇盘龙金屈膝。
御史府中乌夜啼,廷尉门前雀欲栖。
隐隐朱城临玉道,遥遥翠幰没金堤。
挟弹飞鹰杜陵北,探丸借客渭桥西。
俱邀侠客芙蓉剑,共宿娼家桃李蹊。
娼家日暮紫罗裙,清歌一啭口氛氲。
北堂夜夜人如月,南陌朝朝骑似云。
南陌北堂连北里,五剧三条控三市。
弱柳青槐拂地垂,佳气红尘暗天起。
汉代金吾千骑来,翡翠屠苏鹦鹉杯。
罗襦宝带为君解,燕歌赵舞为君开。
别有豪华称将相,转日回天不相让。
意气由来排灌夫,专权判不容萧相。

> 专权意气本豪雄，青虬紫燕坐春风。
> 自言歌舞长千载，自谓骄奢凌五公。
> 节物风光不相待，桑田碧海须臾改。
> 昔时金阶白玉堂，即今惟见青松在。
> 寂寂寥寥扬子居，年年岁岁一床书。
> 独有南山桂花发，飞来飞去袭人裾。

"古意"是六朝以来诗歌中常见的标题，诗人托古意而写今情，通过铺排长安社会生活的豪华享乐，抒发诗人怀才不遇的寂寥之感和牢骚不平之气。诗中的"得成比目何辞死，愿作鸳鸯不羡仙"表达了对美好爱情的渴望与追求。闻一多先生对这首诗给予了极高的评价，认为《长安古意》"冲破齐梁以来诗坛上萎靡不振的那种'虚伪的存在'"，"它通过歌唱长安的繁华，教给人们'如何回归到健全的欲望'"。[①] 此诗的写法近似汉赋，对描写对象极力铺陈渲染，还略带"劝百讽一"之意。

继卢照邻之后，初唐爱情诗不得不提的代表诗人便是骆宾王。骆宾王（约638—684），字观光，生于义乌（今浙江金华义乌），在"初唐四杰"中他的诗作最多。他的名字和表字来源于《周易》中的观卦六四："观国之光，利用宾于王。"[②] 意为观国之风光，宜于做国王的宾客。《全唐诗》辑收骆宾王诗122首。骆宾王富有才情，擅长长篇歌行体创作。其两首爱情诗作《艳情代郭氏赠卢照邻》《代女道士王灵妃赠道士李荣》比较出色。两诗均以壮阔的气势驾驭富艳瑰丽的词华，抒情叙事间见杂出，词语整齐而流畅，音节宛转而和谐，声情并茂，感染力强。

---

① 参见傅璇琮《唐诗杂论·序言》，江苏文艺出版社2007年版，第15页。
② 郭彧译注：《周易》，中华书局2006年版，第110页。

第四章　何当共剪西窗烛，却话巴山夜雨时

在唐代爱情婚姻诗的发展史，刘希夷犹如一座桥梁，沟通了卢骆和张若虚。他的《公子行》和《代悲白头吟》表达了诗人对爱情的执着追求。张若虚大约与陈子昂同时登上诗坛，他从乐府民歌中汲取营养，一反宫体诗的萎靡浓艳，创作了清新明丽的爱情诗。其《春江花月夜》是爱情诗中的杰出代表，素有"孤篇盖全唐"的美誉。诗云：

> 春江潮水连海平，海上明月共潮生。
> 滟滟随波千万里，何处春江无月明！
> 江流宛转绕芳甸，月照花林皆似霰。
> 空里流霜不觉飞，汀上白沙看不见。
> 江天一色无纤尘，皎皎空中孤月轮。
> 江畔何人初见月？江月何年初照人？
> 人生代代无穷已，江月年年望（一作只）相似。
> 不知江月待何人，但见长江送流水。
> 白云一片去悠悠，青枫浦上不胜愁。
> 谁家今夜扁舟子？何处相思明月楼？
> 可怜楼上月徘徊，应照离人妆镜台。
> 玉户帘中卷不去，捣衣砧上拂还来。
> 此时相望不相闻，愿逐月华流照君。
> 鸿雁长飞光不度，鱼龙潜跃水成文。
> 昨夜闲潭梦落花，可怜春半不还家。
> 江水流春去欲尽，江潭落月复西斜。
> 斜月沉沉藏海雾，碣石潇湘无限路。
> 不知乘月几人归，落月摇情满江树。

张若虚（约670—约730），字号均不详，扬州（今属江苏扬州）

人，曾任兖州兵曹。与贺知章、张旭、包融并称为"吴中四士"。他的诗仅存2首于《全唐诗》中，分别为《代答闺梦还》及《春江花月夜》。

关于《春江花月夜》的来历，还有一段颇具神话色彩的传说：故事始于唐中宗神龙二年，跨唐朝由盛及衰半个世纪，穿越人、鬼、仙三界。诗人张若虚27岁那年，在上元节明月桥边邂逅了名门闺秀辛夷，两人一见钟情，但还没来得及互诉衷肠，张若虚就被鬼差抓走了。后来阎王爷知道抓错了人，就让张若虚赶紧投胎转世。可张若虚怎么都不干，因为投胎转世就会错过与辛夷携手连理的机会。阎王爷软硬兼施让其转世，但张若虚宁死不从。后来，他的行为感动了得道成仙的曹娥。在曹娥的帮助下，27岁的张若虚死而复生，与66岁的老妇辛夷在明月桥下再次相见。张若虚有感于离情别绪，吟出这首千古绝唱《春江花月夜》。传说虽有戏言，但却凄美动人。

此诗沿用乐府《清商曲·吴声歌》的旧题，以"月"为抒情媒介，紧扣春、江、花、月、夜的背景，按景、情、理的顺序展开，先写春江的美景，继之写面对江月的感慨，最后写人间思妇游子的离愁别绪。写得有情有态，真实可感。我们来看一看诗人是怎样把春、江、花、月、夜五种景物联系到一起的呢？

此诗起首四句，就两现春江、明月、潮水和大海，交错迭现，勾勒出一幅春江月夜的壮丽画面：江潮连海，月共潮生。这一画面不仅赋予了明月、潮水以活泼灵动的生命，还为描写江月埋下了伏笔。

"江流宛转绕芳甸"四句写初月的朦胧，巧妙地点出了"春江花月夜"的题面，也创造出幽美恬静的境界。

"江天一色无纤尘"八句写月之皎洁，引发思古之悠情。"江畔何人初见月？江月何年初照人？"诗人借月来探索人生的哲理与宇宙的奥秘，继之吟唱出"人生代代无穷已，江月年年望相似"，强调

"代代无穷已"的短暂人生和"年年望相似"的永恒明月一样能够得以共存。诗人虽有对人生短暂的感伤，但并不是颓废与绝望，而是从大自然的美景中感受到的一种欣慰，一种对人生的追求与热爱。

紧承"望相似"诗人继续写道："不知江月待何人，但见长江送流水。"人生代代相继，江月年年如此。一轮孤月徘徊中天，或许是在等待什么人，却又永远不能如愿。月光下的大江奔腾远去，诗篇亦随之顿生波澜。江月有恨，流水无情，诗人自然地把笔触由上半篇的大自然景色转到了人生图景，引出下半篇男女相思的离愁别恨。

"白云一片去悠悠"四句从江月清景、人生感慨写到野浦扁舟、明月楼头，进而带出离人怨妇的主题。在诗人眼中，只有如怨如慕、如泣如诉的相思情怀才配凄清如许的一轮江月，也唯有纯真的情，才能使高天皓月更显皎洁。"谁家今夜扁舟子？何处相思明月楼？"飘荡在一叶扁舟之中的游子和伫立楼头思念游子的思妇正式出场，为诗歌的进一步展开起到了引领作用。

"可怜楼上月徘徊"八句集中描写思妇之怨。月明之夜，思妇的离愁别绪就如那轮明月一般，浸透帘栊，照亮砧石，而且卷之不去、拂之不开。远行的游子不能归家，游子思妇只能彼此瞩望而无法相依相诉。思妇幻想随着月光飞去照耀远行的游子，思妇想借助鸿雁的高飞远行把相思带给游子。寥寥数语，把思妇的离愁别恨表达到了极致。

接着笔锋一转，又用"昨夜闲潭梦落花"八句来写远方的游子：昨夜忽梦落花飘零，春已过半，可是身处异地他乡的游子，回家之日遥遥无期。江潭倒映明月，不知不觉月已西斜。斜月渐渐隐入海雾，碣石潇湘的距离如此遥远，该有多少离人怨妇还在远隔千山万水之间彼此思念呢？夜色凄迷，月光如水，又有几人在这轮明月下赶回家了呢？这时江流依然，落月留照，把江边花树点染得凄清如许，人间离情万种都在那花树上摇曳着、弥漫着。在这样勾魂夺魄的意境里结束全篇,妙笔生花,余音绕梁。

全诗共三十六句,结构严谨,洗尽铅华,尽情地讴歌了男女爱情。摇落的花、逝去的水、西斜的月象征着人生易老,青春易逝。天上月圆,世间人离,相爱的双方(不眠的思妇和漂泊的游子)却虚度了这美好的春江花月之夜,由此引发诗人无尽的感伤。然而花可落,春可去,月可降,但相爱之人的思念之情却永恒不辍。这正是诗人将个体爱情上升到宇宙的哲学思考,创造出一个景、情、理水乳交融的惝恍悠远的意境,使这首诗无愧于"盖全唐"的美誉。王闿运《湘绮楼论唐诗》中说:"张若虚《春江花月夜》用《西洲》格调,孤篇横绝,竟为大家。李贺、商隐挹其鲜润,宋词、元诗尽其支流,宫体之巨澜也。"[①] 闻一多先生在评论此诗时说:"这里一番神秘而又亲切的,如梦境的晤谈,有的是强烈的宇宙意识,被宇宙意识升华过的纯洁的爱情,又由爱情辐射出来的同情心,这是诗中的诗,顶峰上的顶峰。"[②] 张若虚的这首爱情诗不仅摆脱齐梁绮靡诗风,洗净六朝宫体的浓脂腻粉,还融入了更为深广的人生哲思和宇宙意识,从而铸就了此诗的缠绵温柔之美和深远浩茫之气,在中国诗歌发展史上的美学价值是不容忽视的。

初唐的爱情诗自宫廷走向市井,拓展了诗歌的表现领域,又注重表现个人的情感体验,用充沛真挚的感情取代六朝的华丽形式,不能不说是一大创新与开拓,从而也迎来了盛唐爱情婚姻诗的发展壮大。

二 盛唐爱情婚姻诗:清新壮美

盛唐爱情婚姻诗的发展壮大不但是作者群的扩大,而且用诗人

[①] 王闿运:《湘绮楼诗文集》,岳麓书社1996年版,第2108页。
[②] 闻一多:《唐诗杂论·宫体诗的自赎》,江苏文艺出版社2007年版,第22页。

们各抒己见，充分表达了对爱情的不同见解，产生了一批积极向上、青春昂扬的爱情诗。盛唐爱情诗还根除齐梁宫体诗的外在藻饰，发扬了初唐爱情诗中的真情实感，具有清新脱俗的自然之美。最能引起共鸣的当属王维的《相思》：

红豆生南国，春来发几枝？
愿君多采撷，此物最相思。

诗人用形象鲜明的红豆，象征美好而坚贞的爱情。全诗洋溢着少年的热情，青春的气息，满腹情思始终未曾直接表白，句句话儿不离红豆，而又"超以象外，得其圜中"（司空图《诗品·雄浑》），把相思之情表达得入木三分。此诗一气呵成，亦须一气读下，极为明快，却又委婉含蓄。在生活中，最情深的话往往朴素无华，自然入妙。王维很善于提炼这种素朴而典型的语言来表达深厚的思想感情。所以此诗语浅情深，在当时就成为流行名歌是毫不奇怪的。

李白的诗原本就具有"清水出芙蓉"之态，他的爱情诗也具清新自然之美。比如《越女词五首》其三：

耶溪采莲女，见客棹歌回。
笑入荷花去，佯羞不出来。

这一组诗写的是诗人路上偶然碰见的事。若耶溪的采莲女，看见客人来了，连忙笑着划起船，唱起歌，佯羞躲到荷花深处不肯出来。诗意极为简单易懂，但静思却发现另有其中味。这个"客"应该是采莲女非常熟悉的人，甚至是爱慕的人，因此见面时有点"羞"，于是入荷花丛中躲藏起来。可以想见，"笑入"句的"笑"

表现的是采莲女的"回眸一笑",其中自然地蕴含了恋爱双方的柔情蜜意。这种写法在崔颢的《长干行》(其一)中也有所运用:

> 君家何处住?妾住在横塘。
> 停船暂借问,或恐是同乡。

这是一首问答体的爱情诗,诗中姑娘羞怯怯地向男子发问,而且还自问自答,极为纯真质朴。短短二十字,却形象生动地展现了一个优美的爱情故事。男女双方那种青春的萌动,纯真的感情和对懵懂爱情的渴求中夹杂着几分羞涩,几分暧昧,清新自然又耐人寻味。王昌龄在他的《采莲曲二首》其二中也有同样的描写:

> 荷叶罗裙一色裁,芙蓉向脸两边开。
> 乱入池中看不见,闻歌始觉有人来。

在唐天宝七载(748)夏天,王昌龄在龙标尉上,他独自行走在龙标城外,在东溪荷池巧遇酋长公主、蛮女阿朵采莲唱歌,遂作《采莲曲》。

古人经常使用采莲题材("莲"和"怜"同音,以此表爱怜之意)表现爱情主题。这首诗运用侧面描写、对比烘托的方式刻画了一个采莲少女形象,诗的前两句用荷叶罗裙之绿、荷花脸颊之红形成鲜明对比,由色彩艳丽及之采莲女的美好;三、四句又用不见其人而闻其歌声的手法进一步渲染,并将采莲女隐于田田荷叶、艳艳荷花之中,使采莲女与大自然浑融一体,既饶有生活情趣,又富于诗情画意,引发读者无限的遐想。诗中展现出了男女一见钟情的甜美瞬间和两性相谐的欢乐,也展现出了主人公瞬间的心灵悸动,活灵活现,给人一种纯美灵动之感。

盛唐诗人这种爱的感情,也表现得气势磅礴,基调昂扬,清新自然之中又不乏壮丽之美。比如岑参的《春梦》:

> 洞房昨夜春风起,遥忆美人湘江水。
> 枕上片时春梦中,行尽江南数千里。

诗中的"遥忆美人"也作"故人尚隔"。《文苑英华》及《全唐诗》均作"故人尚隔",但《河岳英灵集》等多种古本作"遥忆美人"。笔者从诗中所写"洞房"句,认为写作"遥忆美人"更符合诗意。

岑参的诗向来以阳刚之美著称,在这首爱情诗中也是健笔写柔情,意境阔大,柔中有刚,抒发了诗人对美人(爱人)的思念。诗的一、二句写梦前之思:昨夜一场春风吹进洞房,引发了诗人的情感波动,想到了远在湘江之滨的美人(爱人),一个"遥"字,表明了相会之难和思念之深。三、四句写思后之梦。诗人不再是柔声细语,而是用"片时"和"数千里"互相映衬,用时间之快和空间之广的反差显示彼此感情的强度和深度,形成辽阔悠远的意境,深刻地表达对美人(爱人)的真挚情爱和执着追求。

三 中唐爱情婚姻诗:化俗为美,平实纯朴

中唐的爱情诗不仅丰富多彩,更是有所创新和开拓,主要体现在题材的拓展、多种风格的形成和表现手法的更新上。初盛唐时期,诗人们经常用民歌体诗表现乡间男女的爱情,进而表达诗人对美好爱情婚姻生活的向往与追求。到了中唐市民文学渐次兴起,市井题材进入文学创作领域。中唐爱情诗的表现重心转为普通市民喜闻乐

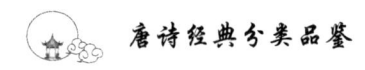

见的题材内容，具体来说是情歌的歌唱和"长恨歌"的大量写作。我们先来看白居易的"一篇长恨有风情"的《长恨歌》：

汉皇重色思倾国，御宇多年求不得。
杨家有女初长成，养在深闺人未识。
天生丽质难自弃，一朝选在君王侧。
回眸一笑百媚生，六宫粉黛无颜色。
春寒赐浴华清池，温泉水滑洗凝脂。
侍儿扶起娇无力，始是新承恩泽时。
云鬓花颜金步摇，芙蓉帐暖度春宵。
春宵苦短日高起，从此君王不早朝。
承欢侍宴无闲暇，春从春游夜专夜。
后宫佳丽三千人，三千宠爱在一身。
金屋妆成娇侍夜，玉楼宴罢醉和春。
姊妹弟兄皆列土，可怜光彩生门户。
遂令天下父母心，不重生男重生女。
骊宫高处入青云，仙乐风飘处处闻。
缓歌慢舞凝丝竹，尽日君王看不足。
渔阳鼙鼓动地来，惊破霓裳羽衣曲。
九重城阙烟尘生，千乘万骑西南行。
翠华摇摇行复止，西出都门百余里。
六军不发无奈何，宛转蛾眉马前死。
花钿委地无人收，翠翘金雀玉搔头。
君王掩面救不得，回看血泪相和流。
黄埃散漫风萧索，云栈萦纡登剑阁。
峨嵋山下少人行，旌旗无光日色薄。

第四章 何当共剪西窗烛,却话巴山夜雨时

蜀江水碧蜀山青,圣主朝朝暮暮情。
行宫见月伤心色,夜雨闻铃肠断声。
天旋地转回龙驭,到此踌躇不能去。
马嵬坡下泥土中,不见玉颜空死处。
君臣相顾尽沾衣,东望都门信马归。
归来池苑皆依旧,太液芙蓉未央柳。
芙蓉如面柳如眉,对此如何不泪垂。
春风桃李花开日,秋雨梧桐叶落时。
西宫南内多秋草,落叶满阶红不扫。
梨园弟子白发新,椒房阿监青娥老。
夕殿萤飞思悄然,孤灯挑尽未成眠。
迟迟钟鼓初长夜,耿耿星河欲曙天。
鸳鸯瓦冷霜华重,翡翠衾寒谁与共。
悠悠生死别经年,魂魄不曾来入梦。
临邛道士鸿都客,能以精诚致魂魄。
为感君王辗转思,遂教方士殷勤觅。
排空驭气奔如电,升天入地求之遍。
上穷碧落下黄泉,两处茫茫皆不见。
忽闻海上有仙山,山在虚无缥渺间。
楼阁玲珑五云起,其中绰约多仙子。
中有一人字太真,雪肤花貌参差是。
金阙西厢叩玉扃,转教小玉报双成。
闻道汉家天子使,九华帐里梦魂惊。
揽衣推枕起徘徊,珠箔银屏迤逦开。
云鬓半偏新睡觉,花冠不整下堂来。
风吹仙袂飘飘举,犹似霓裳羽衣舞。

玉容寂寞泪阑干，梨花一枝春带雨。
　　含情凝睇谢君王，一别音容两渺茫。
　　昭阳殿里恩爱绝，蓬莱宫中日月长。
　　回头下望人寰处，不见长安见尘雾。
　　惟将旧物表深情，钿合金钗寄将去。
　　钗留一股合一扇，钗擘黄金合分钿。
　　但教心似金钿坚，天上人间会相见。
　　临别殷勤重寄词，词中有誓两心知。
　　七月七日长生殿，夜半无人私语时。
　　在天愿作比翼鸟，在地愿为连理枝。
　　天长地久有时尽，此恨绵绵无绝期。

　　唐宪宗元和元年（806），白居易任盩厔（今西安市周至县）县尉。一日与友人陈鸿、王质夫到马嵬驿附近的仙游寺游览，谈及李隆基、杨贵妃之事。王质夫认为李杨故事会随着时间的推移而湮没，他鼓励白居易应该用诗记录下来，流播后世。于是，白居易写下了这首长诗。因为长诗的最后两句是"天长地久有时尽，此恨绵绵无绝期"，所以诗命名为《长恨歌》。陈鸿同时写了一篇传奇小说《长恨歌传》。

　　《长恨歌》的主题是"长恨"，是故事的焦点，也是埋在诗里的一颗牵动人心的种子。而"恨"什么，为什么要"长恨"，诗人不是直接铺叙地抒写出来，而是通过他笔下诗化的故事，一层一层地展示给读者，让人们自己去揣摩，去回味，去感受。全诗分为三部分。

　　第一部分：开篇至"惊破霓裳羽衣曲"，写唐明皇和杨贵妃的爱情生活，及由此带来的荒政乱国和安史之乱的爆发。诗歌开篇第一句"汉皇重色思倾国"统摄全篇，揭示了李杨爱情故事的悲剧因素。

"重色思倾国"是人之常情，本无可厚非。但诗中的"重色思倾国"者不是普通人，是一位九五之尊的皇帝，在世人眼中帝王后妃无爱情可言，有的只是国家社稷江山，这就构成了李杨爱情故事的悲剧基础。如果说故事中的男主角是位帝王不允许有重色的个体诉求的话，那么诗人转笔去写女主人公杨贵妃，她是"天生丽质难自弃"，诗人虽然隐去了杨玉环可羞可痛的再嫁经历（杨玉环本是玄宗的儿子寿王李瑁的妃子，按伦理不应该再嫁给公公李隆基），也写出了她后来横遭劫难的悲剧根源——美丽。紧接着，诗人用极其简省的语言，叙述了安史之乱前，唐玄宗如何重色、求色，终于得到了"回眸一笑百媚生，六宫粉黛无颜色"的杨贵妃。描写了杨贵妃的美貌、娇媚，进宫后因色得宠，不但自己"新承恩泽"，而且一人得道，鸡犬升天，"姊妹弟兄皆列土"。诗人反复渲染唐玄宗得到杨贵妃以后如何纵欲行乐，终日沉湎于歌舞酒色之中。所有这些最后导致"渔阳鼙鼓动地来，惊破霓裳羽衣曲"，安史之乱爆发了！

这一部分写出了"长恨"的内因是玄宗爱恋倾城倾国的杨妃，同时形象地暗示出悲剧的根源是玄宗的迷色误国，很好地照应了开头那句"汉皇重色思倾国"。

第二部分从"九重城阙烟尘生"到"魂魄不曾来入梦"，共四十二句，写杨贵妃在马嵬驿兵变中被杀，以及此后唐玄宗对杨贵妃的绵绵思念。"六军不发无奈何，宛转蛾眉马前死。花钿委地无人收，翠翘金雀玉搔头。君王掩面救不得，回看血泪相和流"，写的就是他们在马嵬坡生离死别的一幕。"六军不发"要求处死杨贵妃，是愤于唐玄宗迷恋女色，祸国殃民。

杨贵妃的死，在整个故事中，是一个关键性的情节。在这之后，李杨的爱情才成为一场悲剧。从"黄埃散漫风萧索"起至"魂魄不曾来入梦"，诗人抓住唐玄宗中揪心的"恨"，描述了杨贵妃死后唐玄宗种种感触：在蜀中的寂寞悲伤，还都路上的追怀忆旧，回宫以后睹物思人，等等。"归来池苑皆依旧，太液芙蓉未央柳"，这是写白日里因环境的触发而睹物思人。从太液池的灼灼芙蓉与未央宫的依依垂柳，仿佛看到杨贵妃的艳容修眉，旧景长在，而不知人在何处，这出神入化的描写充分展示了玄宗复杂微妙的内心活动。

"夕殿萤飞思悄然，孤灯挑尽未成眠。迟迟钟鼓初长夜，耿耿星河欲曙天"，从黄昏写到黎明；"春风桃李花开夜，秋雨梧桐叶落时"，从春天写到秋天，充分表现出了玄宗对杨贵妃刻骨镂心的苦苦思念，日夜不息，四季不断。看到"梨园弟子"头发斑白，"椒房阿监"容颜衰老，更唤起玄宗对往昔欢娱的追忆。现在杨妃远去，空留他独自黯然神伤。日思夜念，玄宗在现实中无法找到美丽的杨贵妃，于是他寄希望于梦中与她共拥衾枕，可残酷的是杨妃的"魂魄不曾来入梦"。诗人从各个不同侧面传神地描写了玄宗思念的苦痛，缠绵悱恻的相思之情，使人觉得荡气回肠。

正由于诗人把人物的感情渲染到这样的程度，后面道士的到来，仙境的出现，便不会是空中楼阁，而是给人一种真实感，诗由此自然地过渡到第三部分。

第三部分从"临邛道士鸿都客"至结尾，讲道士帮唐玄宗到仙山寻找杨贵妃。诗人采用的是浪漫主义手法，忽而上天，忽而入地，"上穷碧落下黄泉，两处茫茫皆不见"。后来，在海上虚无缥缈的仙山上找到了杨贵妃，让她以"玉容寂寞泪阑干，梨花一枝春带雨"的形象在仙境中再现，殷勤迎接汉家的使者，含情脉脉，托物寄词，重申前誓，回应唐玄宗对她的思念，进一步深化渲染"长恨"的主题。诗歌的末尾，用"天长地久有时尽，此恨绵绵无绝期"结笔，点明题旨，回应开头，而且做到"清音有余"，给读者以联想、回味的余地。

关于《长恨歌》主题，一直是争论的焦点，大抵有三种观点。其一为爱情主题说。认为此诗是颂扬李杨的爱情诗作，并肯定他们对爱情的真挚与执着。其二为政治主题说。认为诗的重点在于讽喻，在于揭露"汉皇重色思倾国"必然带来的"绵绵长恨"，谴责唐明皇荒淫无度导致安史之乱以垂诫后世君主。其三为双重主题说。认为它是揭露与歌颂统一，讽喻和同情交织，既洒一掬同情泪，又责失政遗恨。究竟如何，还希望广大读者从作品本身去分析。

整首诗围绕"长恨"主题展开，既讽刺批评，又感叹怜悯，以其极高的艺术成就博得了千百年来人们的广泛吟诵。《长恨歌》一诗叙事、写景和抒情紧密结合，实境、虚境和仙境相继再现，故事完整，情节曲折，回环往复，层层渲染。不但缠绵悱恻，更是浪漫动人，不愧为流传千古的佳作名篇。

与白居易齐名的元稹也写下了大量脍炙人口的爱情诗，千秋传诵。其中《遣悲怀三首》《离思五首》（在悼亡诗一章品鉴）流传更广，几乎成了痴情男女的必备箴言。

四 晚唐爱情婚姻诗：朦胧凄美

晚唐的爱情婚姻诗日趋成熟与完善，著名的爱情诗人有李商隐、韩偓、温庭筠、韦庄等。晚唐五代政治腐败，社会动荡，世风日下，晚唐的爱情诗无可避免地带有沦没前的衰飒和苍凉。李商隐是"爱情圣手"，把唐代爱情诗歌推向了高峰。他的爱情诗感情真挚，意境迷离，诗中常是一种刻骨铭心的爱但却无缘追求，或者是爱慕对象不明但又有牵肠挂肚的眷恋。李商隐的无题诗是其爱情诗的重要成就，体现出高度的内心化特点，表现爱情体验时并不重视记述具体的爱情经历，而是表现心灵对爱情的最深刻的感受。如《无题·相见时难别亦难》：

> 相见时难别亦难，东风无力百花残。
> 春蚕到死丝方尽，蜡炬成灰泪始干。
> 晓镜但愁云鬓改，夜吟应觉月光寒。
> 蓬山此去无多路，青鸟殷勤为探看。

这首诗写作年代不可考证，有关的本事不得而知，后人有说是政治失意，向令狐绹求助哀告之作，也有人说是因为宰相李德裕被贬崖州，作者写诗表达倾慕与同情；还有人说这是一首纯粹的爱情诗。现在我们就一起走进诗歌，去分析诗歌的内容，品味其中的复杂情感。

首联"相见时难别亦难，东风无力百花残"，"别"是诗眼，人们常说"别易会难"，但是这首诗却强调"别亦难"。第一个"难"指的是机会难得，第二个"难"指的是分别时的难舍难分。两个"难"字强化了难上加难、难舍难分之情，使多重难意又增加了几分。

颔联"春蚕到死丝方尽，蜡炬成灰泪始干"，有人说"蜡炬成灰"一语不符合常理，其实古时候的蜡烛"以苇为中心，以布缠之，饴蜜灌之，或用麻制成"（段玉裁《说文解字注》），所以蜡炬是可以"成灰"的。这两句是从诗人自己的角度来写的，主要表达的是对爱情的忠贞，至死不渝。春蚕丝尽、蜡炬泪干，比喻爱心不变，深情不改。这不仅生动地概括了对爱情的执着与忠贞，而且忠贞之中又渗透着巨大的怅惘与绝望。因此"春蚕""蜡炬"的比喻里，流露出以生命来殉情的痛悼。其象征意义已经超越了爱情，而是表现执着于人生追求的一种精神境界。这两句诗至今仍广为流传，后人评价也很高。比如周汝昌说："看似重叠，实则各有侧重之点：上句情在缠绵，下句语归沉痛，合则两美，不觉其复，恳恻精诚，生死以之。"①

颈联"晓镜但愁云鬓改，夜吟应觉月光寒"，则是从对方的角度写，推己及人，由自己的思念设想对方也思念自己。"晓"对"夜"，强调的是情人分别后的朝朝暮暮，表现对方那从无间断的思念之情。不论是镜窥之愁，还是吟寒之觉，都是诗人想象之笔。从写作顺序上看，诗人先写年华易逝，后写孤寂难耐，读来更为感人至深。

尾联"蓬山此去无多路，青鸟殷勤为探看"，又转回到写自己，由上一联的设想而生出"探看"之意，同时与首句想要"相见"照应。但山海阻隔，天人相隔，两人"无多路"，只能寄希望于青鸟表达爱恋相思。两人心心相印，至死不渝，然而却生离死别，何等悲痛啊！

爱情作为人类最普遍的情感，其情调是美好的、健康的，其中诗人对情人体贴入微，真情流露，完全没有封建社会男尊女卑的阴影，也没有宫体诗色情淫亵的成分，对于封建文人来说是难能可贵的。

中国古代爱情诗受传统礼教的束缚，很少有对爱的直言，大多平添一抹感伤色彩。即便是爱得痴迷，也往往是痛苦忧郁的痴迷，浸透着一种缠绵缱绻而又悲凉的情调。这首无题诗就是失恋者的悲歌。男女真诚相悦相爱，至死靡它，一旦失恋便是入骨相思，魂牵梦萦。诗人运用庄生梦蝶、杜鹃啼血、沧海珠泪、良田生烟等典故，采用比兴手法，运用联想与想象，把听觉的感受转化为视觉形象，以片段意象的组合，创造朦胧的境界，从而借助可视可感的诗歌形象来传达其真挚浓烈而又幽约深曲的深思。李商隐一生经历坎坷，有难言之痛，至苦之情，郁结怀中，发而为诗，幽伤要眇，往复低回，感染于人者至深。再看《夜雨寄北》：

---

① 周汝昌：《李商隐诗二首赏析》，《名作欣赏》1983年第6期。

君问归期未有期,巴山夜雨涨秋池。

何当共剪西窗烛,却话巴山夜雨时。

朴实的语言,真挚的情感,是这首诗最打动人的地方。短暂的分离,带给彼此悠长的思念。何日才能重温曾经的良辰美景,等到下一次"巴山夜雨涨秋池"之时,便是你我重逢之际。诗歌虽没有卿卿我我的缠绵悱恻,如话家常的语言却更能见证二人的情深意切。

晚唐爱情题材的诗,在色彩、辞藻等方面,具有艳丽的特征。尤其是温庭筠的诗,艳丽中还带有较为浓厚的世俗乃至市井色彩,鲜明地表现出晚唐风尚。温诗上承南朝齐、梁、陈宫体的余风,下启花间派的艳体,是民间词转为文人词的重要标志。

唐代不同时期的爱情婚姻诗虽然表现形式各有不同,但对爱情的大胆追求贯穿始终。唐代爱情婚姻诗经历了初唐时借鉴齐梁宫体的表现形式,中唐时竭力摆脱宫体诗过分藻饰的形式制约的发展历程,到晚唐的进一步开拓创新,展现了唐代爱情婚姻诗的独特风貌。唐代爱情婚姻诗不仅反映人世生活冷暖,也融入爱情真谛,激发人们对幸福爱情和美好婚姻的热烈追求。

思考与讨论:

1. 分析我国爱情诗的发展演变相对迟缓的原因。

2. 分析鉴赏张若虚《春江花月夜》一诗的意境美。

3. 讨论白居易《长恨歌》的主题并分析其形成原因。

4. 结合实例鉴赏分析李商隐无题诗中的凄美爱情。

5. 借鉴盛唐爱情诗的艺术风格创作一首爱情诗,体制韵律不限,但建议写成七言律诗,有腾挪空间。诗成之后讨论分享范围自定。

第五章　梧桐半死清霜后，头白鸳鸯失伴飞

——唐代悼亡感怀诗品鉴

题解："梧桐半死清霜后，头白鸳鸯失伴飞"出自贺铸的《鹧鸪天》（又名《半死桐》），全词如下："重过阊门万事非。同来何事不同归。梧桐半死清霜后，头白鸳鸯失伴飞。原上草，露初晞。旧栖新垅两依依。空床卧听南窗雨，谁复挑灯夜补衣。"

在中国诗歌发展史上，自潘岳后，世人便约定俗成地把悼亡诗看作专指丈夫悼念亡妻或者妻子悼念亡夫的诗篇，我们将之称为狭义悼亡诗。广义上的悼亡诗则不仅是夫妻之间的悼念之情，悼念对象也增加了妾、父母等，还可以包括悼念亡人以及凭吊先贤英烈，甚至包括悼念故国的诗篇。本章所探讨的悼亡感怀诗（以下简称悼亡诗）是指狭义的悼亡诗。

相思是痛苦的，但痛苦中尚有丝丝温暖，只要一息尚存，就有相逢的可能，就有重温旧梦的希望。比相思更为痛苦的情感体验是悼亡，或者说，悼亡是一种痛彻骨髓的相思。这是生者对死者的一种情感祭奠，也是死者留给生者的一种情感折磨。悼亡诗词中的名篇，都写得缠绵悱恻，凄切动人。有的描述对方的音容笑貌，有的

回忆一起生活时的细节。而回到现实中的景况，其人已逝，其室已空，充满了无尽的空虚和遗憾。悼亡诗是中国诗歌史上唯一集生死爱恋于一体的诗歌，表面上看来悼亡诗是写给逝者的，可是实质上却是诗人一个人的悲歌，无论诗人如何悲伤，也只能关上门来触旧物、想旧情。诗人在暗夜里，辗转反侧，望月伤神；在春花灿烂的白昼，涕泪涟涟，好不伤心。

第一节　悼亡感怀诗的发展演变脉络

爱情和死亡是文学的两大主题。忠贞不渝的爱情一旦与死亡不期而遇，就会产生缠绵悱恻、情深意切、动人心弦的悼亡诗词。

一　先秦时期

这一阶段的悼亡诗不论是主题的表达还是表现手法等方面都略显稚拙，但其在中国悼亡诗史上的地位是开创性的。《诗经》是悼亡诗的孕育阶段，其中的《邶风·绿衣》和《唐风·葛生》堪称悼亡之祖，其睹物思人的悼亡模式及哀婉凄凉的情感基调为后世悼亡诗的创作提供了无限法门。且看《诗经·邶风·绿衣》：

> 绿兮衣兮，绿衣黄里。
> 心之忧矣，曷维其已？
> 绿兮衣兮，绿衣黄裳。
> 心之忧矣，曷维其亡？
> 绿兮丝兮，女所治兮。
> 我思古人，俾无訧兮。
> 缔兮绤兮，凄其以风，

第五章　梧桐半死清霜后，头白鸳鸯失伴飞

我思古人，实获我心。

《邶风·绿衣》是一首悼念亡妻的诗。诗中那位丧妻的男子说，我一遍又一遍地摩挲着你的绿衣啊，绿色的面儿黄色的里儿；我忧伤的心啊，什么时候才能停止！睹物思人，是悼亡怀旧中最常见的一种心理现象。诗人把衣、裳仔细翻看，由妻子的细密针线，体会妻子当年对自己的深情。他永远不会忘记和妻子生活的情景，他的忧愁也永远摆脱不了。这种悲恸，比起白居易《长恨歌》中"天长地久有尽时，此恨绵绵无绝期"的表白显得更为真实形象，也更为深切感人。

《邶风·绿衣》中睹物思人的悼亡方式，直接影响到西晋的潘岳、唐代的元稹，为悼亡诗的发展开了先河。《诗经·唐风·葛生》也是一首悼念亡人的作品，从内容看，应该是悼念亡夫。诗云：

> 葛生蒙楚，蔹蔓于野。
> 予美亡此，谁与独处？
> 葛生蒙棘，蔹蔓于域。
> 予美亡此，谁与独息？
> 角枕粲兮，锦衾烂兮。
> 予美亡此，谁与独旦？
> 夏之日，冬之夜。
> 百岁之后，归于其居。
> 冬之夜，夏之日。
> 百岁之后，归于其室。

这首诗共五章，每章四句。前三章写伤悼亡夫长眠地下的孤苦，后两章自伤今后漫长的岁月难熬。诗人从墓地的葛藤写起，写两人生

死异处,夜夜都是冬天的夜,天天都是夏月的天,百年熬到头,回到他的身边。回想去世前的相亲相爱,同心同德,发出死后同穴的悲号,这种写法同样影响了潘岳的悼亡诗和元稹的《遣悲怀三首》。

《诗经》中除了上述两首悼亡诗,还有《秦风·黄鸟》也是一首著名的悼亡诗,今人陆侃如先生认为《秦风·黄鸟》为最早的挽歌,并且说:"挽歌起源于春秋,可以《秦风·黄鸟》为证。"[①]《秦风·黄鸟》云:

> 交交黄鸟,止于棘。
> 谁从穆公?子车奄息。
> 维此奄息,百夫之特。
> 临其穴,惴惴其栗。
> 彼苍者天,歼我良人。
> 如可赎兮,人百其身。
> 交交黄鸟,止于桑。
> 谁从穆公?子车仲行。
> 维此仲行,百夫之防。
> 临其穴,惴惴其栗。
> 彼苍者天,歼我良人。
> 如可赎兮,人百其身。
> 交交黄鸟,止于楚。
> 谁从穆公?子车针虎。
> 维此针虎,百夫之御。
> 临其穴,惴惴其栗。

[①] 陆侃如:《中国诗史》,人民文学出版社 1956 年版,第 203 页。

彼苍者天，歼我良人。

如可赎兮，人百其身。

《左传·文公六年》云："秦伯任好卒，以子车氏之三子奄息、仲行、鍼虎为殉，皆秦之良也。国人哀之，为之赋《黄鸟》。"① 可见这是一首挽歌，三章分挽三良。每章末四句是诗人的哀呼，见出秦人对于三良的惋惜，也见出秦人对于暴君的憎恨。

综上可以看出，《邶风·绿衣》和《唐风·葛生》采用睹物思人的模式，揭开了数千年悼亡诗创作的序幕，是后世悼亡题材的奠基之作，它们分别衍生出悼亡诗鳏夫悼亡妻与寡妻悼亡夫两个主题，为后来悼亡诗的发展确立了方向，奠定了格调，尤其是睹物思人模式一直为后人所用。

二 两汉时期

两汉处于骚体文学向诗歌发展的过渡时期，主宰文坛的是辞赋和乐府，诗歌则处于劣势，悼亡诗则更是不发达，只有汉武帝的《李夫人歌》《落叶哀蝉曲》二首悼亡诗。据《汉书·外戚传》载：

上思念李夫人不已，方士齐人少翁言能致其神。乃夜张灯烛，设帷帐，陈酒肉，而令上居他帐，遥望见好女如李夫人之貌，还幄坐而步。又不得就视，上愈益相思悲感，为作诗曰："是邪，非邪？立而望之，偏何姗姗其来迟！"令乐府诸音家弦歌之。②

---

① （晋）杜预注，（唐）孔颖达正义：《春秋左传正义》，见阮元校刻《十三经注疏》，中华书局1980年版，第1844页。

② （汉）班固：《汉书》，中华书局2007年版，第986页。

李夫人死后，汉武帝日夜想念，不思茶饭。百无聊赖中，招来一个方士在宫中设坛招魂，以期与李夫人再见一面。这个方士点起灯烛，请武帝在帐帷里观望。花墙之上，摇晃烛影和烟雾之中，似乎有身影翩然而至，纤纤玉手，袅袅腰身，却又徐徐远去。武帝看不真切，情急之下吟出《李夫人歌》：

> 是邪，非邪？立而望之，偏何姗姗其来迟！

《李夫人歌》是以乐府诗的形式写成的，第一、二句以疑问的形式表现了汉武帝将信将疑的心理，第三、四句既写出了李夫人款移莲步、步履轻盈、如西子起舞、洛神凌波般的动态，也表达了汉武帝渴望相见油然而生的爱悦痴情。简短的十四个字，把汉武帝思念李夫人思而不得、得而不辨、辨而转嗔的心理刻画得淋漓尽致，那股迷离恍惚、如梦如幻的感觉和时空交叉的错觉被后人创作的悼亡诗所继承。姗姗来迟，也成了一个蕴藉丰富而又感伤唯美的典故。《李夫人歌》开了后世帝王悼亡怀人的先河，汉武帝成了文学史上第一个创作悼亡诗的皇帝。据王嘉《拾遗记》记载："汉武帝思李夫人，因赋落叶哀蝉之曲。"且看《落叶哀蝉曲》：

> 罗袂兮无声，玉墀兮尘生。
> 虚房冷而寂寞，落叶依于重扃。
> 望彼美之女兮，安得感余心之未宁？[1]

此诗更见汉武帝对李夫人的情意之深厚。李夫人的音容笑貌、

---

[1] （晋）王嘉著，（南朝梁）萧绮录，齐治平校注：《拾遗记》，中华书局1981年版，第115页。

罗袂玉墀历历在目，虚房冷寂，落叶飘零，独留一人在凄凉人世，此情此景，即便是有至高无上地位的汉武帝，在生死情爱面前也与常人无异！

汉武帝颇受道教影响，其诗中的道士招魂正是这一思想观念的体现，使其作品充满了神奇和玄幻色彩，与后世悼亡诗中的梦境描写殊途同归。汉武帝悼亡诗的意义在于，他以帝王之尊为悼亡诗的写作开拓了道路，成为后代突破牢笼、攻击封建礼教的强有力武器。

三 魏晋南北朝时期

汉武帝之后，因为经学的束缚和儒家礼教的禁锢，感念夫妻之情的悼亡诗之发展又经历了一个漫长的冬天。此种状况直到西晋时期，孙楚创作了《除妇服诗》才出现了转机，诗云：

> 时迈不停，日月电流。
> 神爽登遐，忽已一周。
> 礼制有叙，告除灵丘。
> 临祠感痛，中心若抽。

关于这首诗的创作背景，在《世说新语·文学》篇中有所记载："孙子荆除妇服，作诗以示王武子。王曰：'未知文生于情，情生于文。览之凄然，增伉俪之重。'"[①]

由此可知此诗是其妻胡毋氏去世一周年所作。全诗为四言体，短短三十二个字，但却内容丰富，既写到了时光易逝，诗人与妻子

---

① 李天华：《世说新语新校》，岳麓书社2004年版，第132页。

幽明两隔的悲慨，也有对妻子下葬过程的描述和诗人无比哀伤的抒情。可以说，孙楚开创了妻子去世周年创作悼亡诗的先例。但当时受封建礼教的束缚，公开叙写夫妻情感的诗作还难冲破牢笼，因此悼亡诗并没有因此诗的出现而繁荣兴盛起来。直到潘岳的《悼亡诗三首》问世，这种情况才有所改观。因为男女之情是人间至真至情，虽然难以公开表达，但这种情感的深挚是阻挡不住的。往往越是压抑的情感，越是暗潮汹涌。正如有的学者所言："悼亡不是爱情的完结，而是爱情的继续和深化。惟其如此，人们才能于此诗那痛定思痛的情感发展曲线中，体悟出一般夫妻很少感触到的至爱深情。"①

潘岳，是西晋著名的文学家，以"潘陆"并称于世。《晋书·潘岳传》载："岳少以才颖见称，乡邑号为奇童……岳美姿仪，辞藻绝丽，尤善为哀诔之文。"② 他的《悼亡诗三首》一方面表达对妻子杨氏的深情，一方面也是诗人对社会上"制重哀轻"制度的抨击。潘岳《悼亡诗三首》，不仅是对前代悼亡诗篇的继承，更是有所开拓，他运用睹物思人、物是人非的抒情方式，抓住生活中的细节，在时空转换中诉说哀思，确立了悼亡诗的体制，奠定了悼亡诗的在中国诗歌史上的地位。

自潘岳之后，悼亡之作渐成文坛风气，写作手法也更加纯熟，内容变得更加丰富，数量大增，质量也是上乘，很多作品流传千古。如江淹的《悼室人诗十首》，时空错落有致，字句具有明艳色彩，首首经典；而沈约也留下了"悲哉人道异，一谢永销亡"的千古名句，清怨哀伤，抒发了生命之感悟。

魏晋南北朝时期，悼亡正式成为中国诗歌的创作题材。这一时

---

① 尚永亮、高晖：《十年生死两茫茫——古代悼亡诗百首译析》，陕西人民教育出版社1989年版，第21页。

② （唐）房玄龄等：《晋书·潘岳传》，中华书局1974年版，第1500页。

期的悼亡诗作各有千秋，又都兼具情深义重之特色，写作手法上不断突破，思想上凸显了生命意识的觉醒，为唐朝悼亡诗歌的进一步发展奠定了基础。

四　隋唐五代时期

这一时期，诗歌发展达到鼎盛，诗歌的体式、题材等各方面都较此前取得了长足的发展。作为其中的一个分支，悼亡诗在经历了先秦两汉的孕育萌芽、魏晋南北朝时期的发展嬗变之后，日臻成熟，不仅形成一个固定的题材领域，而且艺术上也更趋完善，并出现了大量脍炙人口的名作，并为宋代悼亡词的全面繁盛做足了准备。宋代，悼亡诗已经逐渐转向了悼亡词，其中以苏轼、贺铸为代表。

第二节　唐代悼亡感怀诗的兴盛原因

从前文我们的梳理来看，悼亡诗在各个时代都有不同的发展，但相对于咏物言志诗、山水田园诗等其他题材的诗歌而言，唐前悼亡诗的发展相对缓慢。到了唐代尤其是中晚唐悼亡诗迎来了发展的黄金期，这其中有社会环境、政治文化制度等外部因素的影响，也有文人自觉和诗歌自身演变等内部因素的影响。

一　社会环境因素

唐代悼亡诗的数量空前，与时代发展的盛衰兴废不无关系。初盛唐国运昌盛，如日中天，政局稳定，经济繁荣，这样的社会环境给文人带来前所未有的自信心和自豪感，尤其盛唐时期，积极向上的时代精神铸就的盛唐诗，开阔雄浑的气象、昂扬奔放的精神风貌成了盛唐诗歌的主旋律。在这个奋发有为的时代，人们一心想着如何建功立业，儿女情长退居次要地位，自然就很少会关注悼亡诗之类的私人情感的抒发，而且悼亡诗凄苦缠绵的情调与时代主旋律和审美风尚迥不相侔，自然也得不到广泛流传，加之历经安史之乱，纵非焚掠殆尽，自是鲜有孑遗。

中晚唐时期，写悼亡诗的诗人明显增多，作品数量较之初盛唐也有所增加。这是因为安史之乱后，大唐帝国江河日下。中晚唐特殊的时代背景下，那些饱经乱离的文人较之盛唐来看不免情绪低落，心境黯淡。他们开始反思安史之乱的教训，但"穷则独善其身"的士人们更多地关注个人感情，内心敏感而脆弱，他们开始寻找心灵家园，情感依托，将怀才不遇、仕途不顺等悲切之情寄托于亲情、爱情之中。痛苦的现实和士大夫独善其身的观念以及中国文人先天软弱的性格，又使诗人在痛苦之余转向了自身，他们希望在纷乱的现实中找回一丝慰藉。于是，一旦相濡以沫的伴侣逝去，他们很容易有"梧桐半死清霜后，头白鸳鸯失伴飞"的感伤。晚唐悼亡诗在抒发对死者的哀悼之情时经常发出人生短暂的悲叹，生离死别给人以刻骨铭心的伤痛，而唐代又极重视个体意识，是继南朝以后个体意识高昂的一个时代，因而在时代浪潮的冲击下，诗人们又特别重视情志的抒发。

唐代社会比较注重夫妻感情，而且唐代女性地位明显提高，为悼亡诗的创作提供了十分有利的社会环境。文人们政治上抑郁不得志，他们的目光转而关注家庭生活，他们亲历妻子离开人世，或者目睹他人的亡妻之痛，便低回吟诵出凄苦感伤的悼妻诗，从而促进了悼亡诗的进一步成熟。

二 佛道文化的影响

唐代儒释道并行,而且在不同时期各有侧重。盛唐时期儒家文化盛行,文人大多斗志昂扬,关注自身仕途发展,具有远大的政治抱负。即使不得志,文人也洒脱豪放,依然会高唱"长风破浪会有时,直挂云帆济沧海"(李白《行路难》其一)。此时的文人在如此兴盛的王朝大多跃跃欲试,想成为盛世中的佼佼者,对政治有着极大的渴望。但是到了中晚唐,尤其是"安史之乱"之后,国家凋敝,政治混乱,人民疾苦。此时的文人面对满目疮痍的国家和前途无望的自身,内心苦闷难以排解。因此佛学、道学成了人们掩饰自己的内心挣扎、摆脱现实苦痛,实现超脱的最佳武器。生老病死,特别是亲友的亡故使士大夫们于佛教中找到了某种精神支点和情感慰藉。中晚唐诗人于生死的达观也并非如盛唐诗人的超然物外,他们的旷达也总与无奈相连。对于亡妻之痛他们无法全然忘却,他们的脆弱与敏感让伤逝之怀溢于笔端,甚而有时是"物伤其类"的悲哀。文人多借此以表达对人生的感叹及个人内心的惆怅。佛道文化强调人要关注自身,使文人从关注社会和政治命运转到关注自己的个人情感,这在一定程度上冲破了儒学的礼教樊笼,能够鼓励人们直接表达自己的感情,从而促进了悼亡诗的发展。

三 相对松弛的封建礼法

唐代各民族高度融合,社会风气开放,封建礼法相对松弛。比如陈寅恪曾言:"此种社会阶级重词赋而不重经学,尚才华而不尚礼法,以故唐代进士科为浮薄放荡之徒所归聚……夫进士词科之放佚恣肆，不守礼法，固与社会阶级出身有关，然其任诞纵性，毫无顾忌。"[1] 正如陈氏所言，唐代社会的伦理道德标准不一，且尚才华而不尚礼法，故文人往往能突破封建礼教之大防，率尔而作悼亡诗。再加上此时期儒、佛、道三家鼎立，儒家礼教禁锢人性的力量减弱，于是，大量悼亡诗产生，居丧赋诗也不会受到指摘和谴责，变得合"礼"合"法"化，从而为对封建礼教有所叛逆的悼亡诗提供了相对宽松的发展环境。

四　高度繁荣的诗歌环境与文人创作的自觉

从文学发展的自身规律来看，诗歌发展至有唐一代，在类型主题、声律对偶等各方面都达到了高度成熟的境地。广开诗歌流派，诗歌题材也得到了前所未有的开拓。这种高度繁荣的诗歌环境，就为悼亡诗的成熟奠定了坚实的基础。

另外，文人的创作自觉和名家名作的出现也是悼亡诗得以繁盛的重要原因。这一时期，随着中唐诗坛影响巨大的"元白"二人（尤其是元稹）的大力创作悼亡诗，使得悼亡诗的发展呈现出燎原之势，追随者甚众。一时间佳作云集，名家辈出，韦应物、孟郊、元稹、李商隐、韦庄等人的悼亡佳作接连不断，形成潮涌之势。

文人们多愁善感的天性，较之常人对周遭世界的变化和内心情感的波澜显得更为敏感。爱妻的故去对他们来说无疑是情感世界的晴天霹雳，于悼亡诗中寄托生者的哀思是再正常不过的逻辑了。文人的多情善感在此处得到很好的彰显，人生的失意常会勾起文人对亡者的怀念，而思念亡者又会加剧人生失意的悲痛。爱人的逝去意

---

[1] 陈寅恪：《元白诗笺证稿》，中华书局1959年版，第86页。

味着自己另一半精神支柱的倒塌，意味着自己的孤独无助。文人越是无助、失意、落寞时，亲人的离去越是会搅动其内心的酸楚。失意与悼伤亡妻相碰撞，从而激起诗人内心深处的情感涟漪，诗人们便将悼亡与自伤、伤时、仕途失意等复杂情感融为一体，从某种程度上说，悼亡诗成了中晚唐诗人情感抒发的主要端口，势必迎来悼亡诗的兴盛。

第三节　唐代悼亡感怀诗的常用意象

悼亡诗的情感指向以悲伤为主调，诗人们会借用一些自然意象来表现时空转换，植物意象来表现萧瑟、凄凉，日常生活意象比如妻子生前用具等进行今昔对比，来表达物是人非的悲伤意绪。悼亡诗中除了上述这些意象，诗人们还经常选用直接表现凄凉、孤独、萧瑟的意象，来表达诗人缠绵悱恻的思妻之情。

一　夜（时间意象）与梦（表现方式）的结合

古代的夫妻关系深受封建礼教的约制，夫妻关系是庄严神圣的，闺房之乐、夫妻情事为世人所不耻。文人表现情爱的对象多是妓女、小妾等，而和妻子的关系是严肃崇高、神圣不可侵犯的。即便是妻子去世后，对妻子的思念也多是在心中隐忍着，羞于示人。因此一到静谧的夜晚，白日的繁华谢幕，诗人脱去世俗的面具，失去妻子的孤独、凄凉就会喷涌而来，夜就成了诗人释放悲伤的最佳屏障；与夜最相近的自然是梦境，诗人知与妻子相遇再无期，便多寄托于虚幻的梦境来与妻子相见。

写夜晚和梦境最多的是元稹，他为原配妻子韦丛作的悼亡诗中，标题为记梦的就有四题六首：《感梦》《梦井》《江陵三梦》《梦成之》。试将《江陵三梦》录之如下：

平生每相梦，不省两相知。
况乃幽明隔，梦魂徒尔为。
情知梦无益，非梦见何期。
今夕亦何夕，梦君相见时。
依稀旧妆服，晻淡昔容仪。
不道间生死，但言将别离。
分张碎针线，襵叠故屏帏。
抚稚再三嘱，泪珠千万垂。
嘱云唯此女，自叹总无儿。
尚念娇且騃，未禁寒与饥。
君复不憘事，奉身犹脱遗。
况有官缚束，安能长顾私。
他人生间别，婢仆多谩欺。
君在或有托，出门当付谁。
言罢泣幽喧，我亦涕淋漓。
惊悲忽然寤，坐卧若狂痴。
月影半床黑，虫声幽草移。
心魂生次第，觉梦久自疑。
寂默深想像，泪下如流澌。
百年永已诀，一梦何太悲。
悲君所娇女，弃置不我随。
长安远于日，山川云间之。
纵我生羽翼，网罗生縶维。

第五章　梧桐半死清霜后，头白鸳鸯失伴飞

今宵泪零落，半为生别滋。

感君下泉魄，动我临川思。

一水不可越，黄泉况无涯。

此怀何由极，此梦何由追。

坐见天欲曙，江风吟树枝。

古原三丈穴，深葬一枝琼。

崩剥山门坏，烟绵坟草生。

久依荒陇坐，却望远村行。

惊觉满床月，风波江上声。

君骨久为土，我心长似灰。

百年何处尽，三夜梦中来。

逝水良已矣，行云安在哉。

坐看朝日出，众鸟双裴回。

据记载，元稹进士及第后，娶了礼部侍郎韦夏卿的女儿韦丛。韦丛虽是豪门下嫁，但她贤良淑德，勤俭持家。韦丛特别希望给元稹生个儿子，遗憾的是他们膝下只有一个名叫保子的女儿，这在元稹的《遣悲怀三首》中也提到此事。韦丛陪元稹渡过了艰难岁月，却不幸天妒红颜，英年早逝。由于夫妻二人感情深厚，元稹作了很多感人肺腑的悼亡诗，以表达对亡妻的深切思念。

《江陵三梦》就是诗人以组诗的形式悼念亡妻韦丛。诗人梦见妻子如往日一样，叹惜无儿，含泪叮嘱丈夫照顾好仅有的小女保子。诗人梦中惊醒，则因没有遵照妻子临终嘱托照顾好女儿而感到惭愧，更因思念妻子而摧肝伤心。诗人从梦幻回到现实，又从现实进入梦幻，诗人在两极间徘徊，终致精神恍惚，甚至失魂落魄。综观这组诗，诗人正是借助梦境将思念亡妻的悲哀挚情推向了高潮。

元稹的悼亡诗在内容上涉及梦的就更不胜枚举了。如《遣悲怀三首》其二中的"也曾因梦送钱财",写因为妻子生前"自嫁黔娄百事哀"的艰苦生活,妻子去世之后,诗人为了弥补遗憾,多次在梦中给她送钱财的情景,读来不觉声泪俱下。在《张旧蚊帱》中的"达理强开怀,梦啼还过臆"写因思念妻子而在梦中啼哭的情景。

在悼亡诗中,诗人们明明知道死亡的不可逆转,但还借梦境跨越生死与亡妻相聚,和逝者再续前缘,寻求片刻慰藉,但梦醒之后又是无尽的苦痛与相思。"烛暗船风独梦惊,梦君频问向南行"(元稹《梦成之》)是写梦到妻子向自己频频询问是否南行的情景,醒来却"觉来不语到明坐,一夜洞庭湖水声"(元稹《梦成之》)。又如"平生每相梦,不省两相知""情知梦无益,非梦见何期"(元稹《江陵三梦》)等,写诗人清楚地知道这不过是一场梦而已。

在悼亡诗中最为残酷的是诗人想把对亡妻的思念化入梦中,然而却是"感极都无梦,魂销转易惊"(元稹《夜间》)。人们往往把现实生活中得不到的或者失去的寄予梦境,希冀得到精神上的解脱,无奈也只能独自承受所有了。

除元稹之外,其他诗人在悼亡诗中也多写夜晚和梦境,比如李商隐的《昨夜》《夜冷》等是写夜晚的诗,《悼伤后去东蜀辟至散关遇雪》是写梦境的,等等。韦应物的《月夜》《冬夜》《感梦》,韦庄的《独吟》《谒金门》等悼亡诗也都写到了夜晚和梦境。

悼亡诗里的悲情人生,正是人所共有的最大悲伤。悼亡诗是富含真情真意之作,为情而造文,因而也更能感动古今读者。

二 悲伤思念的宣泄途径:哭、泣与泪

人生伴侣仙逝的人生伤痛是无法用理性来控制的。诗人作为失

去妻子的丈夫,他们的浪漫诗意消逝了,只剩下无尽的孤独落寞,甚至是无所依靠。每每想到往昔与妻子共同生活的种种美好,每每感到家里人去楼空的冷清孤寂,诗人便迷茫怅惘、惊慌失措,常常悲戚不能自已,痛哭流泪是在所难免的。

哭、泣是表达伤痛的最原始行为,泪又是哭的直接表现方式。因此在唐代的悼亡诗中,很多诗人直接写到哭泣,像韦应物、元稹、韦庄、李商隐等。诗人们在表现思念亡妻的悲哀至情时,既有隐忍的悲泣,也有痛彻心扉的哭号。其中韦应物的悼亡诗中关于哭泣描写比较多,比如"晨起凌严霜,恸哭临素帷"(《往富平伤怀》),写晨起诗人就难以掩饰的悲痛;"日入乃云造,恸哭宿风霜"(《送终》),写送葬时诗人惨痛的心情;"家人劝我餐,对案空垂泪"(《出还》),写因思念亡妻茶饭不思伤心落泪的情景;等等。

无独有偶,元稹的很多悼亡诗也写哭涕满纸,比如"闲处低声哭,空堂背月眠"(《除夜》)、"还来绕井哭,哭声通复哽"及"感此涕汍澜,汍澜涕沾领"(《梦井》)等。再有李商隐《壬申闰秋题赠乌鹊》中的"绕树无依月正高,邺城新泪溅云袍",韦庄《悔恨》中的"才闻及第私先喜,试说求婚泪便流",写得也是声泪俱下。

三 孤独、惊惧、愁苦、哀伤等情感的集中表达

妻子的离世往往让诗人有茕茕孑立之感,尤其是一个人在空荡荡的屋里院落独自徘徊的时候,静寂无声,诗人想到的只有昔日妻子陪伴的温情与美好。与妻子过去生活中的点点滴滴一幕幕地在脑海中回放。因此在悼亡诗中,诗人再也按捺不住内心情感的冲击,直言妻子仙逝之后自己的孤独与落寞,如李商隐《西亭》中的"梧桐莫更翻清露,孤鹤从来不得眠";韦应物《叹杨花》中的"人意

有悲欢，时芳独如故"；元稹《张旧蚊帱》中的"独有缬纱帱，凭人远携得"；韦庄《独吟》中的"夜来孤枕空肠断，窗月斜辉梦觉时"；等等，都是表达诗人因妻子亡故而带来的孤独惆怅之感。

诗人在悼亡诗中常表现出惊惧，主要是诗人想念妻子时常恍惚，迷茫中感觉好像见到了妻子，然而定睛凝神再看时妻子又消逝了，心中不免惊疑。如李商隐"羁绪鳏鳏夜景侵"（《宿晋昌亭闻惊禽》），元稹的"惊悲忽然瘖，坐卧若狂痴"（《江陵三梦》），等等。当然最醒目的还是韦应物悼亡诗中对惊惧的描写："梦想忽如睹，惊起复徘徊"（《伤逝》）、"晚岁沦丧志，惊鸿感深哀"（《冬夜》）、"忽惊年复新，独恨人成故"（《除日》）、"永日独无言，忽惊振衣起"（《端居感怀》）、"端居念往事，倏忽苦惊飙"（《闲斋对雨》）、"绵思霭流月，惊魂飒回飙"（《感梦》）诸句中的"惊"，将沉溺于思念亡妻痛苦中的诗人一次次从梦境或回忆中唤醒，惊魂未定，神情恍惚，因此，诗人醒来的苦楚我们可想而知。

除了惊惧，愁苦、怅恨、悲哀等也经常会在悼亡诗中自然流露出来，比如李商隐的"愁到天池翻，相看不相识"（《房中曲》）、韦应物的"萧萧车马悲，祖载发中堂"（《送终》）、元稹的"闲坐悲君亦自悲，百年都是几多时"（《遣悲怀三首》其三）等写到了悲愁；韦应物的"衔哀写虚位"（《出还》）、"深哀当何为"（《冬夜》）、"寂寞清砧哀"（《秋夜二首》其二）诸句中写到了"哀"；如韦应物"触物但伤摧"（《伤逝》）、"今还独伤意"（《出还》）、"伤多人自老"（《月夜》）、"耿耿独伤魂"（《林园晚霁》）诸句中写到了的"伤"；再如韦应物的"衔恨已酸骨"（《往富平伤怀》）、"抱此女曹恨"（《冬夜》）、"独恨人成故"（《除日》）诸句中则写到了"恨"；等等。

孤独、惊惧、愁苦不仅是因为妻子去世后陪伴上的缺失，更是心灵上的缺失。妻子在生活中往往承担着相夫教子、管理家务、孝顺公婆等重大家庭责任，更重要的是，相比姬妾，妻子实则是丈夫身份的一种体现，妻子的贤淑、聪慧往往会提升丈夫的社会地位和成就感，有些妻子还承担了人生知己的角色，妻子的去世，诗人失去了同甘共苦的伴侣，自然悲愁。另外，悼亡诗歌中诗人多表达自己的身世之悲，甚至掺杂着时代之悲，这使得悼亡诗的悲愁意蕴更加深重感人。

第四节 唐代悼亡感怀诗的风格特色

唐代悼亡诗以韦应物、元稹、李商隐的作品为多，成就也较高。综合来看，唐代悼亡诗有如下风格特色。

一 题材内容丰富

唐代悼亡诗的创作形式多样，众体兼备：五古、七古、五律、七律、五绝、七绝，主要以格律诗为主。唐代悼亡诗较之唐前来看，内涵更为丰富，虽然仍是以表达妻子仙逝之悲和对妻子的思念为主体，但还有如下突破。

（一）对妻子的尊重与感恩

在我国古代，男尊女卑、"夫为妻纲"是一种普遍的社会心理。"不言内"也是社会上一种不成文的规定。虽然唐代女性并没有真正摆脱"三从四德"的礼教约束，但唐代社会风气开放，还有女性掌握国家大权的创世之举，使得唐代女性的地位得以大大提升。在唐代的家庭中，丈夫大多在外为官或漫游求仕，妻子承担起了全部的家庭重任。当丈夫返家时，看到妻子把家经营得井井有条，丈夫心中对妻子的敬重和感恩之情便油然而生。妻子不仅是丈夫的人生伴侣，也是与之携手共行的贤内助。因此唐代悼亡诗的一个重要内容是对亡妻内在品德的称颂。韦丛为元稹妻子，去世后深受元稹褒扬。在极度贫困的生活状态下，韦丛依然对元稹忠贞不二，深情呵护。元稹的《祭亡妻韦氏文》云："逮归于我，始知贱贫，食亦不饱，衣亦不温，然而不悔于色，不戚于言，他人以我为拙，夫人以我为尊。"① 从中可以看到，韦丛出嫁前，作为唐代高官家的女儿，衣食无忧，生活安逸。嫁予元稹后才体会到"贫贱夫妻百事哀"的生活滋味。但韦丛不愧为大家闺秀，贤良淑德，不仅对丈夫百般体贴，还能毫无怨言地操持家务，所谓"顾我无衣搜荩箧，泥他沽酒拔金钗。野蔬充膳甘长藿，落叶添薪仰古槐"（《遣悲怀三首》其一）写的就是韦丛的这一美德。韦丛去世后，元稹无限伤悲，对妻子充满愧疚，才吟唱出"也曾因梦送钱财"之句，感人至深。元稹在他的《除夜》诗中还有"忆昔岁除夜，见君花烛前"之句，其中的"君"字称谓是极其雅正和尊重的，充分说明了韦丛在诗人心目中的地位，更彰显了妻子和诗人的和谐相处、相互尊敬和平等对待。

相对于"不言内"的社会传统，唐代悼亡诗中展现的夫妻关系是比较和谐的，夫妻情感也是比较真挚的。诗人们在悼亡诗中塑造的妻子形象符合社会伦理道德标准，也和人们心目中希冀的美好妻子形象一致。

（二）融入诗人的身世飘零之叹，自悼意味浓厚

在唐代的很多悼亡诗中，渗透进了诗人对于时代背景和自我凄凉境遇的感发，使得诗作的内涵比前代的悼亡作品更为丰富与曲折复杂，如元稹的《遣悲怀三首》其三：

---

① （唐）元稹撰，冀勤点校：《元稹集》卷六〇，中华书局1982年版，第630页。

第五章 梧桐半死清霜后，头白鸳鸯失伴飞

闲坐悲君亦自悲，百年都是几多时。

邓攸无子寻知命，潘岳悼亡犹费词。

同穴窅冥何所望，他生缘会更难期。

惟将终夜长开眼，报答平生未展眉。

这首诗感情真挚，辞意清隽，开篇即由悲妻子转为悲自己，借"邓攸无子"悲自己晚年无子的凄凉；用潘岳悼念，悲自己即便写出如同潘岳那般好的悼亡诗，对亡妻而言也无丝毫意义。

在悼亡诗中，诗人常常将妻子去世的人生打击与仕途失意叠加起来写，李商隐是这方面的典型代表。在其悼亡诗中少有单纯地追悼亡妻之作，大多是将悼亡与自悼、伤时、仕途失意熔于一炉。诗人才高命薄，敏感多情，满腹经纶却不为俗世所容，不免自伤自艾，这股怨悱之意在对亡妻的思念中自然不自然地流淌出来，比如李商隐的《房中曲》：

蔷薇泣幽素，翠带花钱小。

娇郎痴若云，抱日西帘晓。

枕是龙宫石，割得秋波色。

玉簟失柔肤，但见蒙罗碧。

忆得前年春，未语含悲辛。

归来已不见，锦瑟长于人。

今日涧底松，明日山头檗。

愁到天池翻，相看不相识。

这是李商隐悼念妻子王氏的诗。大中五年（851），王氏病逝。等李商隐罢官归家时竟未能见到王氏最后一面，面对妻子生前弹奏

的锦瑟，物在人亡，睹物思人，诗人写下了这首诗。哀悼之情中致以身世之慨，沉痛感人。

诗人起笔以蔷薇起兴，"蔷薇泣幽素，翠带花钱小"是从形貌与色彩来描写蔷薇的枝叶、花朵，体物细腻。蔷薇的枝条如绿色的衣带一般又细又长，圆圆的花朵如衣带上的钱纹一般又圆又小。小花上晶莹的露珠，仿佛花儿在哭泣。这正是"感时花溅泪"的结果。诗人因爱妻亡故的哀愁情感，使原本无情的蔷薇花染上了哀伤幽怨的色彩，这为全诗奠定了凄怆冷艳的基调。接下来诗人的目光由蔷薇转向写丧母后的子女："娇郎痴若云，抱日西帘晓。"娇儿幼小无知，哪里晓得失母之哀，即便日高帘卷还傻乎乎地抱枕而眠。首二句以素花同愁渲染，次二句以娇郎无知反衬，一帘外一帘内，从不同角度写出了诗人的妻亡之悲。

次四句写内室的枕、簟。人亡物在，睹物生悲。"枕是龙宫石，割得秋波色"写诗人睹枕如见亡妻那明亮含情的双眸。"玉簟失柔肤，但见蒙罗碧"写簟席上已不见王氏的玉体，只有一床翠绿的罗衾在上。玉簟罗碧依旧，伊人已杳，孤独凄凉，何其难堪。这四句，一得一失，得非真得，失为真失，以非真得衬真失，更见惨痛。

"忆得前年春，未语含悲辛。归来已不见，锦瑟长于人。"想起前年春天，当时的王氏一语未出，但脸已带悲辛之容，现在看来，并非事出无因，原来她那时已经预感到将不久于人世了。可诗人却是那样粗心，竟然没能觉察出来。今日忆及前事，真是后悔莫及。徐幕归来，人已不见，只见伊人平日喜爱的锦瑟。睹瑟思人，愈感刻骨铭心的悲痛。此四句一昔一今，一人一物，写昔事更见今情的悲怆，物长在而人已亡更见诗人的感伤。

"今日涧底松，明日山头檗"中的"涧底松"，出自左思的《咏史》其二："郁郁涧底松，离离山上苗。以彼径寸茎，荫此百尺条。"

以涧底松喻有才能而地位低下、困穷的士人。李商隐浮沉仕途，一生坎坷，故亦有此叹。"山头檗"，以黄檗隐指苦，在此有苦辛日长之意。这两句诗人明显是将自叹身世和悼念亡妻结合在一起来写的。诗人在政治上屡遭挫折和打击，妻子王氏经常与之分忧。如今王氏已不在人世，又有谁能和他同济风雨呢？最后两句"愁到天池翻，相看不相识"为设想之辞，诗人设想沧海桑田，宇宙茫茫，即使将来在天国与亡妻相见，也不一定相识啊！归来"人不见"，将来"不相识"，将悲愁又翻进一层。这四句在今日明日、现实未来间转换，或虚拟或实写，所设想的明日、未来的愁苦，无疑加深了今日、现实的愁苦。人们在悲愁已极时常将希望寄于未来，寄于来世，以此来缓解心中的苦痛。但在诗人看来，未来与来世无希望可言，真是愁绝。

全诗十六句，四句一转韵，为一节。每节悼亡的角度不尽相同，但相互关联，互为补充。失母痴睡的娇儿与悲痛欲绝的成人，唯见簟席、蒙罗而不见秋波、柔肤，前年妻子悲辛之态与现在的人逝琴存，今日涧底松与明日山头檗，相看与不相识，这些矛盾对立的事物统一在一起，把其发自内心的凄冷哀艳之感发挥得淋漓尽致。

在悼亡诗中加入"自悼""自伤"和人世沧桑之叹的诗人除了元稹、李商隐之外，代表性的诗人还有韦应物，且看他的《叹杨花》：

> 空蒙不自定，况值暄风度。
> 旧赏逐流年，新愁忽盈素。
> 才萦下苑曲，稍满东城路。
> 人意有悲欢，时芳独如故。

诗人以杨花自况，以杨花的"空蒙不自定"象征自己失去爱妻后，如同无根的浮萍一般，再也无法寻到心灵的栖息地，进而抒发了诗人失去爱妻后的孤独惆怅之情。另外他的《月夜》中的"清景终若斯，伤多人自老"表现的也是悼亡伤逝主题。

（三）增添了对子女无母的悲惨生活的描绘

在唐代悼亡诗中，失母子女的介入，又使诗境倍添凄切哀婉。这类写法以韦应物为代表，比如《出还》：

> 昔出喜还家，今还独伤意。
> 入室掩无光，衔哀写虚位。
> 凄凄动幽幔，寂寂惊寒吹。
> 幼女复何知，时来庭下戏。
> 咨嗟日复老，错莫身如寄。
> 家人劝我餐，对案空垂泪。

韦应物之妻元苹出身名门望族，韦元的婚姻门当户对，堪称唐代婚姻的典范。夫妻二人由于家族、修养相似，婚后两人相敬如宾，惺惺相惜。因此元氏的去世对诗人打击很大，诗人写过多首悼亡诗怀念元氏。这首《出还》诗人用今昔对比的手法，把昔日归家之喜悦与今日之凄凉两相对比，怅然若失，悲从中来，诗人甚至到了悲不能食的地步。其中的"幼女复何知，时来庭下戏"两句描写幼小的女儿不懂得母亲去世的悲哀，也不懂得父亲哀悼母亲的痛苦，只知道玩耍嬉戏。这一笔诗人是以乐衬悲，悲便更悲，读来特别感动人心。

在其他悼亡诗中也写到了类似场景，比如韦应物《伤逝》中的"单居移时节，泣涕抚婴孩"写妻子去世诗人独自照顾孩子的哀伤；

元稹《江陵三梦》中的"抚稚再叮嘱,泪珠千万垂"写妻子梦中托孤的凄楚;等等。

悼亡诗中的丈夫思念亡妻固然痛苦不堪,但毕竟是成年人,经历过世事繁杂,承受能力也较强,可是相比稚子幼女来说,他们还未经历过人事,却要承受失去母亲的痛楚,所以更加悲痛。这些诗中子女角色的介入,说明诗人不仅在悼亡诗中表达自己的丧妻之痛,还想到了子女的失母之哀。而且把尚未成人、纯真无知的子女写入生死主题的悼亡作品中,进一步深化了悼亡的悲恸意味。

二 表现手法多样

隋唐五代时期悼亡诗的表现手法不仅继承了前代睹物伤怀、触景生情等传统手法,还开创出详尽叙事、寄情于梦的表现手法,侧重回忆夫妻往昔的生活、描写往昔的生活场景等来表达诗人的思念之情。此外,唐代悼亡诗的意象体系更加丰富,又加上了使事用典,诗境更为含蓄迷蒙,大大增加了艺术表现力。

唐代悼亡诗在睹物伤怀方面也不是简单地继承前代的写法,在所选之物上有所突破,物件更为丰富。仅就与妻子相关的遗物来说,就有多种多样,韦应物《出还》中的幽幔桌案、元稹《遣悲怀三首》中的妻子生前用过的针线衣物等,都是诗人睹物思人的遗物。还有诗人通过写与妻子一起生活过的住宅来抒发悼念之情,如李商隐的《正月崇让宅》中的崇让宅、韦应物的《过昭国里故第》中的昭国里故第等。

这些事物本身已经不再是一个个简单的具有某种实际使用功能的物品,而是凝结着一份特殊情感的纪念品,一个能引发诗人怀念之情的媒介。

唐代悼亡诗中寄情于梦的写法是指诗中通过写醉、梦来抒发诗人的悼念之情。前文我们已经提到，元稹在悼亡诗中善写梦境，多用时空转换和今昔对比的手法，营造了极强的幻灭感。其《悼亡诗三首》就是以对比的手法、回忆的笔调抒写与亡妻甘苦与共的日常生活，在梦境与现实间转换更迭，将往日的欢乐和今日的孤寂形成对比，将梦中的携手与现实的分离对比，进而抒发无法弥补的丧妻之痛。看似寻常之笔，实则是抓住了读者内心最柔软的地方，让读者感同身受，产生强烈的情感共鸣。

还有韦应物在悼亡诗中，在对比中多着眼于生活细节，读来亲切自然，拉近了与读者的距离，容易产生共鸣。比如《往富平伤怀》：

> 晨起凌严霜，恸哭临素帷。
> 驾言百里途，恻怆复何为。
> 昨者仕公府，属城常载驰。
> 出门无所忧，返室亦熙熙。
> 今者掩筠扉，但闻童稚悲。
> 丈夫须出入，顾尔内无依。
> 衔恨已酸骨，何况苦寒时。
> 单车路萧条，回首长逶迟。
> 飘风忽截野，嘹唳雁起飞。
> 昔时同往路，独往今讵知。

这首诗作于妻子去世后的那年冬天，叙写了诗人去官府当值，出门时的所感所想。中间八句进行了强烈对比：昔日，妻子在世，诗人做官在外无所牵绊，无忧无愁。现如今，诗人未及出门就听到孩子们的哭声。孩子们没有母亲的照顾，而诗人也失去了贤惠的妻子!"今""昔"对比,道出了诗人内心的无比悲怆和怅恨。

除这首诗外,韦应物诗中还有"昔出喜还家,今还独伤意"(《出还》),"忽惊年复新,独恨人成故"(《除日》)、"旧赏逐流年,新愁忽盈素"(《叹杨花》)等,诗人直接用"今"与"昔"、"新"与"故"等字眼,抓住往昔的生活细节,写得情真意切,笔微意远。

中国文人创作上向来有物感之说,文人们对四季转换非常敏感,物随时变,必随物动,在创作中不乏伤春悲秋的主题。在唐代的悼亡诗中,诗人们也运用了这种时空转换的手法,将过去、现在和未来对比来写,从而表达诗人失去妻子的悲楚和妻子无可挽回的绝望。比如韦应物《冬夜》《夏日》《秋夜》等诗,都是借时序的变迁流转,表达诗人的凄恻悲怆。妻子的逝去,让诗人思念不已,尤其是在冰冷的夜晚,悲不能眠,最是难熬。时序的变化平添时光流逝之感,让人在不自觉中联想到生命的短暂和时光的一去不返,而诗人的情感却在时序的变迁中不断集聚沉淀,给人以不能承受之重。

三 语言平实浅近

随着隋唐时期诗歌艺术的高度发达,在语言上渐渐呈现出平实浅近的风格和特点,悼亡诗也呈现出此种倾向。悼亡诗以情感真挚见长,通俗易懂的语言有助于热烈情感的直接表达。元稹的悼亡诗平易近人,妇孺皆知,如《除夜》:

> 忆昔岁除夜,见君花烛前。
> 今宵祝文上,重叠叙新年。
> 闲处低声哭,空堂背月眠。
> 伤心小儿女,撩乱火堆边。

这首诗作于韦丛去世后的第一个除夕，过年的团圆更加让诗人思念亡妻。诗的前四句写除夕夜祭拜祖先。诗人用一个"忆"字领起全诗，去年的除夕诗人还看到妻子在花烛前拜祭，而今年只剩下诗人自己，也只能用祭文表达祝福。后四句则写妻子逝去后带来的伤痛。五、六句是从诗人自身入手，写诗人在无人时因想念亡妻常常痛得哭出声来，并且在睡觉时害怕月亮照见那些撕心裂肺的往事。

七、八句则从子女角度切入，写小儿女的失母之痛。缭乱的火光，照见的都是失去母亲的孩子的眼泪。

这首诗用平淡的方式、平实的语言，记录了失去妻子后的除夕之夜。全诗言语朴实而克制，但诗中却自有一种悲情弥漫其间。

韦应物的悼亡诗也多以浅语出之，如其《闲斋对雨》：

> 幽独自盈抱，阴淡亦连朝。
> 空斋对高树，疏雨共萧条。
> 巢燕翻泥湿，蕙花依砌消。
> 端居念往事，倏忽苦惊飙。

该诗以近乎白描的手法描写了诗人于阴雨连绵之际的自我伤怀，感念空斋寂寂，了无生趣，而绵绵细雨更添萧瑟之情。放眼远望，屋外树上燕子在啄泥筑巢，而树下却落花飘零满地，眼前景勾起伤心往事，平淡之心突然被苦涩的狂风暴雨席卷，可见诗人对于妻亡之伤的难以释然。

再如上文提到的韦应物的《出还》，描述了妻子去世后，诗人归家的悲哀，甚至描写了诗人因悲伤怀念而一遍遍写妻子名字的细节，同时另有儿女的无知嬉戏、诗人难以进餐的一些场景，这些描写没有脱离日常生活，没有任何华美辞藻和冷僻怪诞的字眼，只是用了非常浅近流畅的语言道出，但却有无尽的意境和无穷的韵味。

细细咀嚼中国古代的悼亡题材之作，尤其是唐代的悼亡诗，可以说皆为情真意切的上乘之作。对于遭受丧妻之痛的诗人而言，他们不是用笔在创作，而是用心在吟哦，正如陈祚明《采菽堂古诗选》所言："夫诗以道情，未有情深而语不佳者。"[①]

思考与讨论：

1. 分析元稹《遣悲怀三首》中的情感特征与艺术手法，并讨论文品与人品的关系问题。

2. 比较分析潘岳《悼亡诗》与元稹《遣悲怀三首》的承继关系。

3. 结合实例分析韦应物悼亡诗的独特性。

4. 鉴赏元稹的《离思五首》其四的艺术表现技巧。全诗如下："曾经沧海难为水，除却巫山不是云。取次花丛懒回顾，半缘修道半缘君。"

---

① （清）陈祚明：《采菽堂古诗选》卷一一，上海古籍出版社2008年版，第301页。

第六章　绘尽天下万物态，寄寓世间感慨情

——唐代咏物言志诗品鉴

题解： 语出蔡晔主编的《黑皮语文系列：高中古诗词鉴赏全解全练》，由广西教育出版社出版。其中有"绘尽天下万物态，寄寓世间感慨情"两句，特别符合咏物言志诗的内涵。

中国文学有两大源头：一为"诗言志"，一为"诗缘情"。"诗言志"，"在心为志，发言为诗"（《毛诗序》），文学写作的目的是言志。咏物言志是中国古典诗学中的一种常用手法，就是通过对客观事物的具体描绘、赞美，来表达作者的某种意志，抒发作者的某种感情。咏物言志诗是指以某一物为描写对象，抓住其某些特征着意描摹，借以表达自己的精神品格和理想，或表达喜爱之情，或托物言志、托物咏怀。这"物"基本是自然之物，而非社会事物。咏物不一定是静物，山水、田园、风景都是物，可以是花鸟虫鱼、飞禽走兽、山川日月、风雨雷电、器物玩好，等等。诗中的"物"或是描写的对象，或是抒情的对象。咏物言志，状景抒情。我们熟悉的很多山水、田园和自然风景诗，实际上是言志的诗。

咏物言志诗无论吟咏何物，都要惟妙惟肖地写出此物的形态特

征，若是动物的话，还要写出神气来。咏物不能拘泥于物的外形刻画，也不可离题万里。咏物最忌说出题字，须字字刻画，又要字字天然。咏物的目的，不仅仅在于描摹物象，也不仅仅在于"形似"，"物"只是载体。咏物主要是在于借事物的特征生发作者之"意"，抒写诗人心中的感慨。也就是说咏物之作更在于借物以寓性情。咏物言志诗的关键是要找准"物"的特点，然后与作者的感情产生共鸣，使物品与感情相统一。举凡身世之感、君国之忧，隐然蕴含于其中。寄托遥深，并非专咏一物。咏物言志诗大体有三类，分述如下。

第一类是单纯咏物，只状物之形貌，言物之神态，仅求其形似，不赋予个人的感情色彩，最多表达诗人健康而高雅的审美情趣。如贺知章的《咏柳》："碧玉妆成一树高，万条垂下绿丝绦。不知细叶谁裁出，二月春风似剪刀。"诗人先是将柳树比喻成小家碧玉，接着把柳枝比喻成丝绸的绳带，这两个比喻中就有对柳的喜爱和赞美之情。"不知细叶谁裁出，二月春风似剪刀"两句，写二月春风，稍微带点寒意，但是就像巧手的裁缝一样，细细地裁剪出柳叶来，这是多么令人惊喜啊。

但在这类诗中往往也能思索出诗人潜在的寓意。万物的生长，需要靠春风的吹拂、春雨的滋润、阳光的照耀……一个人的成长，也需要经历教育、帮助、挫折等。当我们赞美杨柳的同时，也要记住春风的功劳；同样，在我们总结自己的成长脚步的时候，不要忘记那些曾经帮助我们的人、养育我们的人。

第二类是托物言志（寓意）。名为咏物，实则为了言志。往往通过描摹物象写其特征与精神，融入个人的情感，或借物抒怀，或以物自喻，或感己伤时。寄寓作者的理想抱负与豪情壮志。如李纲的《病牛》："耕犁千亩实千箱，力尽筋疲谁复伤？但得众生皆得饱，不辞羸病卧残阳。"借牛任劳任怨、志在众生、唯有奉献、别无他求的性格特点，表达自己不忘抗金报国，为社稷苍生甘愿付出的心志。再如黄巢的《题菊花》："飒飒西风满院栽，蕊寒香冷蝶难来。他年我若为青帝，报与桃花一处开。"诗人感叹菊花开不逢时，决心改变它的处境，寄托了诗人欲改革现实、施惠人间的理想与抱负，感情豪壮。

第三类托物抒怀。这类诗歌所吟咏的物象往往是诗人自己的化身或是与诗人有某种相似。借助赞美诗歌中物象的高尚品格，表达诗人自己的人生态度和人生追求。以诗歌所咏之物自喻，反映自己不幸的遭遇，表达自己的感慨、愤懑或理想愿望，揭示或批判社会的不公平现象。寄寓高尚的节操，或表达怀才不遇与命途多舛的伤感，或抒发年华易逝与理想破灭的哀愁。如杜荀鹤《小松》："自小刺头深草里，而今渐觉出蓬蒿。时人不识凌云木，直待凌云始道高。"这首诗表面写松树的特性以及它在不被关注的环境中渐渐成长。联系杜荀鹤才华横溢，一生却仕途坎坷终未酬志可看出，作者以物自喻，表达对自己虽有凌云志，却无人赏识的哀叹。再比如罗隐的《蜂》："不论平地与山尖，无限风光尽被占。采得百花成蜜后，为谁辛苦为谁甜。"诗人在赞颂勤劳无私者的同时，更讽刺那些不劳而获者。

第一节 唐前咏物言志诗的发展演变

咏物言志诗的源头可以追溯到先秦时期，历经汉魏南北朝，咏物言志诗逐渐成为诗歌创作的重要品类。到了唐代，咏物言志诗进入成熟与繁盛阶段。创作蔚为大观，草木虫鱼、鸟兽花卉、山水器物等皆可入诗。体物则形神兼备，生趣盎然。兴寄则物我合一，感慨遥深。无论是思想内容、艺术成就还是审美价值，都开创了一个新的时代。

一　先秦到两汉：咏物言志诗的萌芽期

咏物言志诗从先秦到两汉，经历了一个漫长的发展阶段，可以看作咏物言志诗的自发时期。谈其源头，可以追溯到《诗经》、楚辞，还有荀子的五赋。也有人认为，相传禹舜时代的《南风歌》《卿云歌》，商汤时期的《杖铭》《矛铭》，周代的《麦秀歌》《黄鹄歌》等都可目之为咏物诗之雏形。[①]《诗经》中的咏物描写比较有特点，对后世咏物言志诗的发展很有启发性。比如《周南·桃夭》：

> 桃之夭夭，灼灼其华。
> 之子于归，宜其室家。
> 桃之夭夭，有蕡其实。
> 之子于归，宜其家室。
> 桃之夭夭，其叶蓁蓁。
> 之子于归，宜其家人。

这是一首女子出嫁时唱的歌。全诗三章，每章四句，每章除了第二句和第四句有变化外，其余都相同。"桃之夭夭，灼灼其华"比喻新娘像鲜艳的桃花一般美艳动人；"桃之夭夭，有蕡其实"，比喻新娘将来多子多孙；"桃之夭夭，其叶蓁蓁"比喻新娘将来家族兴旺。这三章诗由花开到结果，再由果落到叶盛，描写极有层次，所

[①] 陈耀东：《唐代文史考辨录》，团结出版社1990年版，第357页。

喻之意也渐次变化，而且新娘与桃花自然浑成，融为一体。

《诗经》中的这类咏物描写特别多，比如用"依依"写杨柳之貌，"杲杲"写出日之状，"喈喈"写黄鸟之鸣，等等，刻画物之形，又融情于物，体物之神，《诗经》中的咏物描写可以看作咏物言志诗的雏形。"诗六义"（风、雅、颂、赋、比、兴）中的"兴"就是典型的托物言志，即"先言他物以引起所咏之词"（朱熹语），也就是说所咏之词是借助于他物展示出来的。

荀子的《赋篇》包括《礼》《知》《云》《蚕》《箴》五篇，每篇描写一件事物，具备了描写单一事物的特点。这五篇赋其前半部分接近于诗的谜语，后半部分是猜测之辞，末尾则点出谜底。以刻画物象为主的咏物路线，重视描绘物象的形象特征，情感寄托逐渐减弱，甚至消失。

我们再来看屈原的《橘颂》：

> 后皇嘉树，橘徕服兮。
> 受命不迁，生南国兮。
> 深固难徙，更壹志兮。
> 绿叶素荣，纷其可喜兮。
> 曾枝剡棘，圆果抟兮。
> 青黄杂糅，文章烂兮。
> 精色内白，类任道兮。
> 纷缊宜修，姱而不丑兮。
> 嗟尔幼志，有以异兮。
> 独立不迁，岂不可喜兮？
> 深固难徙，廓其无求兮。
> 苏世独立，横而不流兮。

> 闭心自慎，终不失过兮。
> 秉德无私，参天地兮。
> 愿岁并谢，与长友兮。
> 淑离不淫，梗其有理兮。
> 年岁虽少，可师长兮。
> 行比伯夷，置以为像兮。

《橘颂》是《九章》中的一篇，可以看作一首典型的咏物言志诗。全诗都是四字句，间以"兮"作衬字，节奏鲜明，清新明快。诗人托物言志，运用拟人和类比联想的手法，塑造了橘树的美好形象。诗人通过描写橘树不可侵夺的生态和习性，从其绿叶白花写到果实饱满，又写其根深蒂固，是"苏世独立""淑离不淫"的嘉树，迥异于夭桃柔柳，弱草闲花。诗人在对橘树形象进行描写时，不知不觉地将其与人的精神品格联系起来，以物写人，借物抒情。橘的精神是诗人身处逆境、坚守节操的象征。橘的形象，和诗人遭谗被废、不改操守的遭遇叠印在一起。这种借咏物来寄志的写法，开创了我国咏物言志诗的先河，给后代以积极影响。

但《橘颂》是以抒发情志为主，对物象的具体细节刻画很少，比较轮廓化，物象本身的审美价值与审美形象并没有得到诗人的重视。

两汉时期，因为以赋为主体的文学样式，咏物言志诗的数量极少。主要有汉高祖刘邦的《鸿鹄歌》《大风歌》，汉武帝刘彻的《天马歌》，汉昭帝刘弗陵的《黄鹄歌》，等等。这些诗歌都是以物命题，作歌以颂，借物言志抒怀。比如刘邦的《大风歌》：

> 大风起兮云飞扬，威加海内兮归故乡，安得猛士兮守四方。

刘邦的这首诗豪壮之中有一种苍凉韵味。据《汉书》记载，刘邦击筑歌罢此诗曾"慷慨伤怀，泣数行下"。"大风起兮云飞扬"是诗人运用大风和飞扬狂卷的乌云来暗喻楚汉战争惊心动魄的宏大场面，同时也表达了汉高祖刘邦的政治抱负。全诗取境壮阔，情志飞扬。这首诗中蕴含的丰富思想感情，让后世诗人感发不已。[①]

汉代诗歌中还有以兰菊松竹为题材来抒写情志的咏物诗。如《古诗十九首》之《冉冉孤生竹》中有"冉冉孤生竹，结根泰山阿"，写竹而曰"孤生"，以此来喻其茕茕孑立，无依无靠。竹虽孤生，但其结根于大山山阿深处，可以挡风避雨。再如张衡的《怨篇》以秋兰（建兰）迎风绽放的优雅姿态、花朵的华丽艳美、芳香的迷人等作为衬托，表达诗人难与心上人相聚相拥的思念之情，委婉哀怨，情意绵长。同时把女子的相思之情表现得淋漓尽致，凝练隽永，令人回味无穷。

综合来看，这一时期的咏物言志诗题材狭窄，体裁不定（诗赋都有），比附单纯，往往忽略对所咏之物的细致刻画，只重寄托。表现手法也比较单一，艺术感染力较弱。

二 魏晋南北朝时期：咏物言志诗的滥觞期

魏晋时期，文学发展到了自觉的时代。相对于咏物言志诗来说也有了新风貌。建安文学中有大量的咏物言志之作，多是在宴饮唱和中产生。比如曹植、刘桢等人的《斗鸡诗》，这是一种表现娱乐的诗。"游目极妙伎，清听厌宫商。主人寂无为，众宾进乐方"（曹植

[①] 唐代诗人林宽经过刘邦写《大风歌》的歌风台遗址时，曾作咏史怀古诗一首为《歌风台》，诗云："蒿棘空存百尺基，酒酣曾唱大风词。莫言马上得天下，自古英雄尽解诗。"可谓是知诗者之论。

《斗鸡诗》），其中的"乐方"就是斗鸡。据应场《斗鸡诗》可知斗鸡之戏，常常"连战何缤纷，从朝至日夕"，斗个天昏地暗、通宵达旦。汉魏六朝之间，许多文豪喜欢看斗鸡、写斗鸡。除曹植、刘桢之外，还有梁简文帝、徐陵、庾信、王褒等，都有斗鸡诗传世。

斗鸡诗虽然描写细致，富于文采，但往往纯为描述，别无寓意，只适用于娱乐之所。斗鸡诗实为游戏之笔，但在咏物诗史上也是一个发展阶段，后世许多咏物言志诗往往与宴饮游乐有关，同题共咏，诗酒风流。沈约、谢朓、竟陵八友等都有宴饮席间所创的咏物之作。

南北朝时期咏物言志诗开始大量创作，并且发展成诗歌的重要题材品类。据阎采平的《齐梁诗歌研究》统计："齐梁以前，三百篇以来，数百年间，留存下来的咏物诗不超过五十首，齐梁八十年，却有三百三十多篇。"[①] 这一时期的咏物诗人主要有王融、谢朓、沈约、鲍照、萧衍、萧纲、吴均、何逊等人。他们的咏物言志诗以体物刻画见长，不见神似。《文心雕龙·物色》云："自近代以来，文贵形似。窥情风景之上，钻貌草木之中。"如沈约的《和刘雍州绘博山香炉诗》对博山香炉作了极为详尽的刻画与描绘，与其说是一首咏物诗，不如说是一首咏物赋，极尽铺陈刻画之能事，描写细致入微，刻意求工，这在当时是一种普遍现象。

南北朝时期也有少数咏物言志诗写得比较有诗味情韵，也有所寄托。如何逊的《咏白鸥兼嘲别者诗》则是咏一对分手的白鸥，寄寓了诗人对人间美好情感的向往。还有范云的《咏寒松诗》，诗人不仅描绘了青松之形（修条密叶），还描绘出了青松之神（节操贞心）。寒松傲雪独立，历经千年依然青翠挺拔。在寒松风雪不动的巍然屹立和稳若磐石的坚毅挺拔中，寄寓了诗人的理想人格。全诗语

---

① 阎采平：《齐梁诗歌研究》，北京大学出版社1994年版，第149页。

言精巧，风格明净，可以见出唐音之前奏。这一时期的大多数咏物诗缺乏兴寄，由于受齐梁宫体诗的影响，还有一些咏美人指甲、绣鞋等作品，不免格调低下，庸俗无聊。

魏晋时期虽然出现了以刻画物象为主的咏物言志诗，但数量不多。南北朝时期，文人们开始重视客观物象的审美价值，咏物言志诗逐渐重视刻画物象。但由于过于重视物象描摹，雕琢痕迹明显，造成了殊无远韵、兴寄卑弱的局面。

先秦至南北朝时期的咏物言志诗，或偏于抒情，或偏于体物，随着诗人创作经验的积累和咏物言志诗自身发展的内在规律，物象审美与情志抒发的兼容也逐渐成为一种趋势。

第二节　唐代咏物言志诗的繁荣原因

唐代的咏物言志诗不仅在思想内容上表现出了唐代独特的精神风貌，在艺术风格上也呈现出鲜明特色，可以说咏物言志诗在唐代进入了最为繁盛的时期。

一　大唐的社会文化精神所致

唐代思想文化繁荣，唐人个性极为解放，尤其是盛唐诗人思想活跃，胸怀宽广，意气风发，使得唐代咏物言志诗气魄宏大，体现出一种健康明朗、积极向上的精神气息。

初盛唐时期，大唐帝国政治稳定、经济发达，是当时世界上最强盛、最富庶的国家。盛世的昌隆，国势的强大，使得唐人的精神风貌和心理状态大有改观，尤其是诗人们更是朝气蓬勃、乐观浪漫，极大地激发了他们建功立业的豪情壮志和积极进取的政治热情。受时代气息的感染，唐代咏物言志诗形成了积极健康的创作导向。相较于六朝诗人而言，同样是创作咏物言志诗，六朝诗人大都以游戏"玩物""赏物"的心态咏物抒情，以旁观者的姿态体物，而且诗人的主观情感较少，作诗大多是借物表现自己的才华。唐代咏物言志诗中，诗人的主体参与度较高，大多是自然而然地真情流露，这正是唐人所特有的精神气质与思想风貌。

二 广泛、充分吸收前代诗歌营养的结果

先秦诗歌中的比兴手法、物象的形貌描写和托物寓意等方面都取得了相应成就，这为唐代咏物言志诗提供了很好的借鉴。唐代咏物言志诗首先是继承《诗经》、楚辞中借物抒情和托物言志的表现方法，赋予所咏之物以精神内核。

南北朝时期咏物言志诗已初具规模，在题材拓展和体物摹态上都有所发展，这也为唐代咏物言志诗的繁荣奠定了坚实的基础。六朝尤其是齐梁诗歌，从风骨、意境、藻绘、声韵乃至表现的细腻等诸多方面对唐代诗歌产生影响。齐梁的咏物言志诗无论是题材、创作方式还是对"形似"以及华美形式的追求等方面，都对唐代咏物言志诗提供了很好的借鉴。

三 中晚唐咏物言志诗的创作导缘于当时的诗文革新运动

中唐后期的咏物诗创作伴随着文学上的古文运动和新乐府运动而来。这一阶段政治上出现革新局面，诗人们幻想着大唐帝国再度中兴，文人士子们的议政、参政、从政的热情再度高涨，极大地刺激了咏物言志诗的创作，题材扩大，内容多彩，还有不少诗人试图

在表现形式上进行变革与创新。因而整个中唐后期的咏物言志诗的创作呈现出繁荣兴旺的局面。

晚唐社会混乱，政治黑暗，各种矛盾异常尖锐，文士们的心灵往往蒙上一层压抑苦闷的阴影。文人士大夫的心理特别敏锐、纤细、多愁善感，常产生一股莫名的悲哀，他们转而寻求感官刺激，以冶游寻芳来麻醉灵魂。晚唐农民起义风起云涌，社会急剧动荡。有些诗人直面现实，致力于揭示社会矛盾和暴露社会黑暗，重兴寄的咏物传统有所恢复。但因处于末世，前途无望，往往冷嘲热讽，刺世讽谏，愤世嫉俗的咏物言志诗出现较多。

第三节 唐代咏物言志诗的发展流变

在咏物言志诗的发展史上，唐代不仅是一次量的飞跃，也是一次质的变革。唐代咏物言志诗的数量远远超过了唐前历代的总和。据《全唐诗》《全唐诗补编》统计，唐代的咏物言志诗达近万首，数量之巨空前。就体裁而言，唐前的咏物言志诗多为四言体、五言古体。唐代的咏物言志诗则五七言古体、歌行体、五七绝、五七律等各体皆备，而且还出现鸿篇巨制，如韩愈的《南山诗》《石鼓》，李杜的一些咏画之作，篇幅都比较长。尤其是到了中晚唐，还出现了数量可观的咏物言志组诗。比如白居易的《有木诗八首》《池鹤八绝句》《禽虫十二章》等。晚唐皮日休、陆龟蒙互相唱和的咏物言志组诗更多，譬如酒具十咏、渔具十五咏、添渔具五咏、茶具十咏等。

在唐代社会，上至君王贵族，下至士庶百姓，他们的咏物言志之作，普遍蕴含有立功建业的自信和浪漫的风神。唐代咏物言志诗能自然而不留痕迹地将这种自信与风神融入咏物言志诗中，正是继承了建安咏物言志诗的优良基因。

一 初唐咏物言志诗

初唐的咏物言志诗承袭六朝余风,追求形似而不见神韵。唱酬奉和、娱乐宴饮等游戏之作不少。等初唐四杰和陈子昂登上诗坛,提倡风骨兴寄,咏物言志诗的寄托内容有所增加,但多以抒发个人感慨为主。咏物言志诗的思想内容由浅薄浮泛走向深沉厚实,艺术个性也有所提升。

初唐咏物言志诗的代表作家主要是宫廷诗人,像李世民、虞世南等人。诗歌内容不出应制酬唱、咏物赠别,难免以辞藻文饰内容的贫乏。唐太宗李世民的咏物言志诗达44首。其咏物题材多风雪桃李,多为承袭齐梁之作,辞藻润色,工巧精致。李世民毕竟是一代帝王,有少数作品透出新变气息,格调清新峻爽,意气风发,刚健有力,而且寓于兴寄。如《咏风诗》:

> 萧条起关塞,摇飏下蓬瀛。
> 拂林花乱彩,响谷鸟分声。
> 披云罗影散,泛水织文生。
> 劳歌大风曲,威加四海清。

李世民(598—649),名字取意"济世安民",陇西成纪人(今甘肃天水市秦安县)。唐太宗开创了著名的贞观之治,被各族人民尊称为"天可汗",为后世明君之典范。庙号太宗,谥号文武大圣大广孝皇帝,葬于昭陵。

全诗以"风"为吟咏对象,借风抒发诗人席卷天下、威服四海的情怀，表露了王者一统天下的雄心。诗的首联写风起关塞，一路吹到蓬莱、瀛洲，足见风力之盛。颔联写大风吹过的山林花鸟之态：树木枝叶摇曳多姿，繁花色彩纷乱不清；风声于山谷中回响，难辨是风声还是鸟啼。写得形象逼真，声色俱佳，尤为生动。颈联则又写云、水：风吹散了如丝般的浮云，风荡起了涟涟的水波。浮云散去，水波泛起，将事物的运动变化刻画得较为精细。尾联则托物言志，由风而联想到了刘邦的《大风歌》，进一步表明了诗人实现天下大治的气魄和决心。

李世民在《春日望海》一诗中有"积流横地纪，疏派引天潢"，写出了大海的磅礴气势和浩渺无边。"翠岛屡成桑"则突出了大海的历史变迁，从而自然地联想起秦皇汉武之观沧海的故事，抒发了诗人希图与秦皇汉武比肩的宏伟抱负及建功立业流芳千古的伟大理想。

虞世南咏物言志诗有11首，其咏《蝉》一诗借蝉抒情，旨意含蓄，体现了士大夫们那种孤芳自赏的雅致情趣，初步洗涤了齐梁咏物诗的庸俗气。

李峤是唐代第一位有意识地创作咏物言志诗的诗人，他的咏物言志诗达139首，其创作数量堪为初唐之冠。但大多有形无神，亦无兴寄，而且还缺乏诗人主体情感的投入，了无生趣。不过李峤扩大了咏物言志诗的题材范畴，自然物、人工物统统作为吟咏对象，使咏物言志诗获得了独立的审美地位和价值，也是难能可贵的。

沈宋提倡音律，他们的咏物言志诗，比较注重形式，音韵婉转，辞藻靡丽。但少数作品融入了诗人的主体情感，寄寓了诗人内心世界的隐秘，提高了咏物言志诗的艺术表现力。如沈佺期的《骢马》《紫骝马》，宋之问的《芳树》，等等。

初唐咏物言志诗摆脱齐梁诗风是到了"初唐四杰"尤其是骆宾王时期，他们重拾屈原时代的托物言志之风，将创作触角从宫廷台阁转向广阔的社会市井，咏物言志诗的发展进入了新阶段。四杰的咏物言志诗创作数量依次为骆宾王 27 首，卢照邻 17 首，杨炯 8 首，王勃 7 首。其中以骆宾王成就最高。比如《咏鹅》：

鹅，鹅，鹅，曲项向天歌。
白毛浮绿水，红掌拨清波。

这是诗人 7 岁时创作的，是诗人对水中白鹅的"观察笔记"。这首诗写出了童真童趣，清新自然，有灵动之美。与以往的诗不同的是，诗的第一句连用三个"鹅"字，表达出他对白鹅的喜爱之情，自然而又流畅。"曲项""白毛""绿水""红掌""清波"等，都是他对鹅和周围事物的观察，这对一个 7 岁的孩子来说，是非常细致入微的。只看水面的部分，很多人以为白鹅只是安闲地待在水中，但是从水底来看，你会发现它在不停地拨动两掌，以推动自己前进。再看他的《在狱咏蝉》：

西陆蝉声唱，南冠客思侵。
那堪玄鬓影，来对白头吟。
露重飞难进，风多响易沉。
无人信高洁，谁为表予心。

这首诗作于高宗仪凤三年（678）。当时骆宾王任侍御史，因上疏论事触怒武后，遭诬，以贪赃罪名下狱。

首联写诗人在狱中听到秋蝉的鸣叫引发的客思。颔联一句写蝉，一句写自己，物我相连，由蝉及己，不禁感慨万千！其中的"白头吟"是指司马相如和卓文君爱情故事，诗人借此典故表明当权者幸负了他对国家的忠诚之心。颈联则是蝉与人合写，表面上是写蝉在恶劣环境中高飞鸣叫的艰难困苦，实际是借"露重""风多"这一自然描写暗指当朝政治环境的恶劣，"飞难进""响易沉"比喻自己仕途压抑，郁郁不得志。尾联借秋蝉高居树上不食人间烟火，来比喻自己品性高洁。借说无人信蝉的高洁，来抒写自己知音难遇、不为重用，反被诬入狱的愤慨。诗人咏物至此，蝉如一己，达到了物人合一的完美境界。

这首诗托物言志，以幽栖高树、餐风饮露的鸣蝉寄寓自己高洁之志，鸣蝉露重飞难，风淹其鸣，恰如诗人身陷囹圄，壮志难酬。诗人和蝉的处境何其相似，不禁感伤至极，读来令人泫然涕下。

四杰中的另三位诗人也有咏物代表作传世，卢照邻的《紫骝马》《阶竹》、杨炯的《紫骝马》、王勃的《咏风》等，无不寄寓着诗人的人生感慨及抱负理想，兴寄明显。

陈子昂的《感遇诗三十八首》其二"兰若生春夏"，诗人借物寓意，但其忽略了对所咏之物的形状刻画，只注重其兴寄。《修竹篇》也是如此。陈子昂这种注重兴寄的倾向，直接影响到了咏物言志诗的创作。

初唐的咏物言志诗，诗人们已不是简单地追求形似，也不滞于物象本身，而是注重赋形传神，在对物象的描摹过程中展现个性生趣，不仅融入了诗人的身世感慨，还有借物抒怀，感时讽世，使咏物言志诗也重拾汉魏风骨。尤其是四杰的咏物言志诗已纳入了社会时代内容，显露出诗人们关心时世、积极从政的思想倾向。

二 盛唐咏物言志诗

盛唐的诗人们生活阅历丰富，社会视野开阔，自信心空前膨胀，昂扬的激情与浓厚的理想色彩都统统融入了咏物言志诗的创作之中。他们重视个人的主观情志和形神兴寄，不以纯粹摹物写态为要，而是择其神，要其形，讲究神韵与兴象，迎来了咏物言志诗的成熟兴盛期。代表诗人有李白、岑参、高适、李颀、王维、王昌龄和杜甫等，以李白、杜甫的成就最高。

李白的咏物言志诗与其人一样个性鲜明，咏物往往不屑精雕细刻，大笔勾勒，略貌取神，寥寥数笔便神情毕现，境界韵味全出。试看其《天马歌》：

> 天马来出月支窟，背为虎文龙翼骨。
> 嘶青云，振绿发，兰筋权奇走灭没。
> 腾昆仑，历西极，四足无一蹶。
> 鸡鸣刷燕晡秣越，神行电迈蹑慌惚。
> 天马呼，飞龙趋，目明长庚臆双凫。
> 尾如流星首渴乌，口喷红光汗沟朱。
> 曾陪时龙蹑天衢，羁金络月照皇都。
> 逸气棱棱凌九区，白璧如山谁敢沽。
> 回头笑紫燕，但觉尔辈愚。
> 天马奔，恋君轩，駷跃惊矫浮云翻。
> 万里足踯躅，遥瞻阊阖门。
> 不逢寒风子，谁采逸景孙。
> 白云在青天，丘陵远崔嵬。
> 盐车上峻坂，倒行逆施畏日晚。
> 伯乐翦拂中道遗，少尽其力老弃之。
> 愿逢田子方，恻然为我悲。
> 虽有玉山禾，不能疗苦饥。

严霜五月凋桂枝，伏枥衔冤摧两眉。

请君赎献穆天子，犹堪弄影舞瑶池。

这是一首杂言诗，在《全唐诗》第162卷第11首。"天马"只是一个传说，非现实所有。诗人以天马自喻，先写天马的不凡来历、神峻特征和曾经的"蹑天衢""照皇都"的辉煌得意，接着笔锋一转写天马衰老遭遗弃的苦况。诗的末两句借用田子方的典故希望天马能够被起用。田子方是战国时的仁人志士。一次，田子方在路上遇见了一个人赶着一匹老马，问他要干什么，那人回答说，这是他主人家的一匹马，因老而无用，要牵出去卖掉。田子方说："少尽其力而老去其身，仁者不为也。"于是就掏钱将这匹马买下了。李白当时正是希望遇见田子方这样的伯乐汲引，即便已是暮年穷途，也希望能够干一番事业。

诗人借助丰富的想象，以夸张的手法信笔描绘天马雄壮迅疾、意气风发的形象。语言自然飘逸，虽是信手写来，却顿成珠玉，给人以巨大的精神震撼。

再如李颀《爱敬寺古藤歌》一诗，其中最为人称道的是"风雷霹雳连黑枝，人言其下藏妖魑。空庭落叶乍开合，十月苦寒常倒垂"的描写，将古藤苍劲、奇特的形象淋漓尽致地表现了出来，整首诗的气势十分雄浑。

盛唐人的浪漫情怀和塞外情结在咏物言志诗中也有所呈现，比如以岑参为代表的描写塞外的奇花异草就是一个典型现象。且看岑参的《优钵罗花歌》：

白山南，赤山北。其间有花人不识，绿茎碧叶好颜色。叶六瓣，花九房。夜掩朝开多异香，何不生彼中国兮生西方。移根在庭，媚我公堂。耻与众草之为伍，何亭亭而独芳。何不为人所赏兮，深山穷谷委严霜。吾窃悲阳关道路长，曾不得献于君王。

"优钵罗花"即今之雪莲。诗人采用以物为我的象征手法，从花、叶、色、香等方面描绘出优钵罗花的外表形貌特征。优钵罗花奇丽非凡，品质高洁，但它却不为世人所知所赏，被埋没于深山穷谷之中，受尽冰雪严霜的摧残，自生自灭。诗人借花自喻，以花来表现诗人洁身自好、特立独行的高贵品格，也借机表达了诗人内心深处时不献于君的悲叹。整首诗寓意弥深，韵味悠长。

李白、李颀、岑参等人的咏物言志诗作，或体物传神，或因物兴寄，追求兴象玲珑、自然之美，写得高情远韵、风华竟爽。

盛唐山水田园诗派的代表人物王维也创作了大量的咏物言志诗。王维的此类诗也受其佛禅思想影响，既不追求因物兴寄，也不重视体物传神，而是追求在咏物之中所表现的一种恬淡自适的情趣和意境，个性特别鲜明，其《听百舌》诗即是如此。

杜甫的咏物言志诗创作，以安史之乱为界，前期昂扬乐观，借雄健不凡之物，展现诗人匡时济世的豪情壮志与发扬蹈厉的超凡英姿，后期则转向对自身命运的反思感慨和对民瘼民伤的反映，寄托遥深，具有强烈的现实主义精神。杜甫的咏物言志诗，题材丰富，动物像禽鸟、畜兽、虫鱼等无所不咏；植物则有松柏梅竹、桃桔棕柳等无所不包。而且体裁多样，有绝句、排律和歌行等，并且形式灵活，不拘一格。杜甫善于抓住所咏之物的形、色等特征，体物精细，刻画入微，使整个形象鲜明生动，宛如目前。如其《画鹰》：

素练风霜起，苍鹰画作殊。
㧑身思狡兔，侧目似愁胡。

绦镟光堪擿，轩楹势可呼。
何当击凡鸟，毛血洒平芜。

这是一首题画诗，也是一首咏物言志诗。诗人精细传神地刻画了雄鹰的威猛英姿、飞动神态和搏击激情，意在借鹰言志，表现诗人青年时代昂扬奋发的斗志和鄙视平庸的性情。

杜甫除了咏鹰诗之外，咏马诗也比较出色，比如《高都护骢马行》：

安西都护胡青骢，声价欻然来向东。
此马临阵久无敌，与人一心成大功。
功成惠养随所致，飘飘远自流沙至。
雄姿未受伏枥恩，猛气犹思战场利。
腕促蹄高如踣铁，交河几蹴曾冰裂。
五花散作云满身，万里方看汗流血。
长安壮儿不敢骑，走过掣电倾城知。
青丝络头为君老，何由却出横门道？

这首诗作于天宝八载（749），高都护即安西都护高仙芝，其于天宝六载（747）平勃律国，立功边陲，天宝八载奉诏入京，杜甫因有此作。

这匹青骢马与主人同生共死，所向披靡，因立战功而身受伏枥饱粟的惠养，但此马却是身在槽枥而心思驰骋沙场。此马骨相形貌奇异："腕促蹄高"，而且才力不凡："万里方看汗流血""走过掣电倾城知"。如此良马怎么能甘于老死于槽枥之间呢？接下来诗人则把骏马渴望奔驰疆场、渴望建功立业的勃勃英姿刻画得尤为细腻生动。

这首诗虽然句句写马,实乃诗人借马自况,以马之老死槽枥来喻自己被困长安,以马之神采才力喻自己的才华襟怀,以马之渴望厮杀战场寄托诗人心怀天下的理想抱负。可以说,诗人着力刻画的青骢马就是诗人杜甫自己的化身。

杜甫的咏物言志诗不仅重所咏之物的形貌色彩描绘,以形传神,还重视兴寄,以之传神达意。正如沈祥龙所言:"咏物之什,在借物以寓性情,凡身世之感,君国之忧,隐然蕴于其内,斯寄托遥深,非沾沾然咏一物矣。"[①] 比如杜甫还反复吟咏弱小细微和病残废弃之物,如《病马》《苦竹》《病橘》《枯棕》《促织》《孤雁》《萤火》《废畦》等,映衬出诗人的失意之悲、客寓之愁与忧世之叹,还有对乱离之中普通百姓的悲悯和哀伤。其《孤雁》诗中的孤雁形象既是诗人自己流离失所的哀伤,更是安史之乱中穷苦百姓背井离乡、漂泊无依的社会现象的真实写照。

杜甫历经战乱波折,对人生、对社会有了更为深刻的见解。他的咏物言志诗中既有对生命的仁爱之心,又有对社会上种种不堪现象的揭露与批判。如《病橘》《病柏》《枯棕》《枯楠》等诗,写统治者对百姓的盘剥之烈,写百姓生活之苦,具有很强的现实批判精神。试录《病橘》如下:

群橘少生意,虽多亦奚为?
惜哉结实小,酸涩如棠梨。
剖之尽蠹虫,采掇爽所宜。
纷然不适口,岂只存其皮?
萧萧半死叶,未忍别故枝。
玄冬霜雪积,况乃回风吹!

---

① 参见唐圭璋编《词话丛编》,中华书局1986年版,第4058页。

尝闻蓬莱殿，罗列潇湘姿。
此物岁不稔，玉食失光辉。
寇盗尚凭陵，当君减膳时。
汝病是天意，吾愁罪有司。
忆昔南海使，奔腾献荔支。
百马死山谷，到今耆旧悲。

这首诗一开头言橘子结实小，味酸涩，因此"虽多亦奚为"。"少生意"表面上看是言病橘，其实是暗指民困，一语双关，表达诗人对于百姓的同情。而在这战乱之际，皇帝非但对连年歉收一无所知，还责备官员们进贡不力。对此，作者借古讽今，以汉代献荔枝事作比，巧妙地谴责统治者"以口腹劳民伤财"的卑劣行径。

与《病橘》立意相似，《枯棕》也是批判统治者的横征暴敛。棕皮可以用作马具，可是由于战火频仍，肆意的割剥使得棕树面临枯灭的危险。诗人由枯棕联想到蜀地的人民，沉重的赋税使他们无以为生，百姓遭遇剥削的情况不就像棕树一样吗？结尾描绘了萧索衰敝的农村景象，着实令人痛心。

杜甫作为最具有代表性的盛唐诗人，他的咏物言志诗亦反映了盛唐由盛到衰的过程，从前期的慷慨激昂，展示自我到后期的沉郁悲怆，寄托遥深，显示了诗人一生的情感轨迹。他的诗歌创作，形神兼备而内蕴含蓄，是唐代最具代表性的咏物诗人。胡应麟在《诗薮》中评价杜甫咏物诗时强调的"皆精深奇邃，前无古人，后无来者"[1] 是十分有据的。

盛唐的咏物言志诗在物我关系问题上显示了其高超的技巧，以

---

[1] 胡应麟：《诗薮》，上海古籍出版社1979年版，第72页。

我寓物，物中有我，物我合一，不滞不离。咏物言志诗深深地打上了盛唐的时代烙印和诗人的主观色彩，充分体现了盛唐人积极向上、昂扬奋发、以天下为己任的宽阔胸怀和开放心态。盛唐咏物诗中始终充溢着丰沛的情感色彩，无论是慷慨激昂还是沉郁悲怆，清新活泼还是淡泊宁静，这些都构成了盛唐风貌中的一部分。

三 中唐咏物言志诗

中唐咏物言志诗创作可以分为两个阶段。前期以大历诗坛为主体，他们的咏物言志诗没有了盛唐诗人的慷慨高歌和浪漫情怀，他们关注的尽是一些身边的日常细碎之物，诗中充满了人世间的艰辛苦痛。如钱起的《戏鸥》《衔鱼翠鸟》，皇甫曾的《山下泉》，司空曙的《咏古寺花》，等等。后期的咏物言志诗创作明显受到古文运动和新乐府运动的影响，文人们幻想着重回盛唐，参政议政的热情再度高涨。咏物言志诗的数量激增，内容题材丰富多彩，创作呈现出万紫千红、争奇斗艳的繁荣兴旺局面。

白居易的咏物言志诗数量颇丰，在全唐是数一数二的，题材以草木虫鱼类为主体，且出现一题多诗的组诗。诸如《有木诗八首》《池鹤八绝句》《禽虫十二章》等。组诗咏物，可以把诗人所咏的对象描绘得更为具体完整。如《有木诗八首》，诗人分别对弱柳、樱桃、苦枳、杜梨、水柽、野葛、凌霄、丹桂等植物进行了描写，折射了当时社会中的种种现象。这类咏物言志组诗在创作上具有开拓性，多借草木禽虫寓意人生事理，多具哲理启迪意义，对读者来说也是一种全新的审美体验。

白居易的咏物言志诗，发挥了杜甫感事写意的现实主义精神，在咏物中讽喻时政、哀叹民生，如《云居寺孤桐》《隋堤柳》《古冢狐》《牡丹芳》等诗。其中《隋堤柳》采用古今对比的写法，从隋堤柳的过去写到现在，以物代人，揭示了隋朝由盛而衰的过程。借隋炀帝骄奢淫逸导致亡国之事，讽谏君主勤勉治国，牢记隋亡教训，实现国家的中兴。《古冢狐》则是劝诫统治者不要沉溺于美色。诗人先以"古冢狐，妖且老，化为妇人颜色好……忽然一笑千万态，见者十人八九迷"，来说明狐妖化人迷惑君主，后又以"何况褒妲之色善蛊惑，能丧人家覆人国"来讽喻统治者沉迷美色只能祸国殃民。

白居易的咏物言志诗中还借松竹等物寄寓诗人的人格理想。在《浔阳三题》中，诗人以桂树、竹子和白莲花自喻，表达对自己身世、未来的迷茫和无助之情。诗人本想实现自己的政治理想，为国尽忠，为民做事，结果被贬蛮荒之地，内心悲凉失望，因此对桂树、竹子和白莲花等物象产生认同感，这些物象正投射出诗人的人格理想。试录《浔阳三题·庐山桂》如下：

偃蹇月中桂，结根依青天。
天风绕月起，吹子下人间。
飘零委何处，乃落匡庐山。
生为石上桂，叶如剪碧鲜。
枝干日长大，根荄日牢坚。
不归天上月，空老山中年。
庐山去咸阳，道里三四千。
无人为移植，得入上林园。
不及红花树，长栽温室前。

庐山桂树默默生长，无人移植，更无人助其成长，和温室的红花树相比，庐山桂处境特别悲惨。这正是诗人以桂树自喻，表达自已被贬的悲伤情绪，同时也是对官场黑暗的控诉，意蕴深厚，引人深思。

还有像《庭松》中的"岁暮大雪天，压枝玉皑皑"是诗人赞松之高洁，诗人将它喻为良师益友，松是诗人人格的化身。这类诗立意深刻，在当时产生了较大的影响。

白居易咏物言志诗还出现一种新动向，即戏题之作，如《戏题新栽蔷薇》《戏题卢秘书新移蔷薇》《戏问山石榴》《戏题木兰花》等，幽默诙谐，妙趣横生，体现了诗人对生活、对自然的达观态度。白居易还将一些琐碎细微看似无意义的东西纳入咏物言志诗的审美范畴，这在中唐诗坛具有普遍意义。

韩愈的咏物言志诗作也超过百首，韩愈在形式上翻奇出新，别造天地。风格上奇伟诡怪、汪洋恣肆。比如咏花草日月，大多数诗人会将其写得柔媚可爱，但在韩愈笔下则是一种怪异的形象，让人印象深刻。如《和虞部卢四酬翰林钱七赤藤杖歌》，一根普通的藤杖被诗人写得光怪陆离，令人惊叹不已。再如《芍药》中的"浩态狂香昔未逢，红灯灼灼绿盘龙"，洗尽儿女媚态，充满阳刚之气，有一种汪洋恣肆的怪诞美。韩愈还注重对艺术丑的刻画，达到以丑写美的艺术效果。如《昼月》一诗中，将历来被赞美的月亮用一系列阴森凄冷的意象形容，造成鲜明的反差。韩孟诗派的这种刻意新奇，奇诡怪僻的诗歌创作风格代表着诗人们对诗歌写作新形式的努力尝试，为咏物言志诗的写作提供了一种新的思路，对宋代咏物诗有重要影响。

李贺咏物言志诗受到楚辞的影响，与韩愈有相近之处，也多采用一些冷僻荒诞的比喻构成奇谲怪异的意象，想象比喻更奇特，愤激痛苦更强烈。如《杨生青花紫石砚歌》中的"踏天磨刀割紫云""暗洒长弘冷血痕"，异想天开，作意怪奇。试读其《马诗二十三首》其四：

> 此马非凡马，房星是本星。
> 向前敲瘦骨，犹自带铜声。

这首诗诗人以马自况，通过写马的素质精良却遭遇不好来表达诗人的怀才不遇。首句直言此马是一匹非同寻常的好马。次句运用"房星"之比再次强调这匹马本不是尘世凡物。据《晋书·天文志》载："房四星……亦曰天驷，为天马，主车驾。……房星明，则王者明。"[①] 诗人巧妙地借"房星"言马的处境与王者治世的明暗有关。三、四句绘声绘影，写马的形态和素质。"瘦骨"写形，"铜声"写质。尽管这匹马境遇恶劣，却仍然骨带铜声。诗人怀才不遇，景况凄凉，恰似这匹瘦马。他写马，不过是婉曲地表达出郁积心中的怨愤之情。

在艺术上，李贺的咏物言志咏物取其神而不重其形，言志含蓄而执着，耐人咀嚼而催人奋进，且始终与苦愤交相缠结，读来也特别感人至深。

四　晚唐咏物言志诗

晚唐咏物言志诗是有唐一代最可观的。晚唐社会混乱，政治黑暗，各种矛盾异常尖锐，文士们的心灵往往蒙上一层压抑苦闷的阴影。诗坛上绮丽的色彩、柔弱的形体、朦胧的意绪等成为时代审美的重心。偏重于形式美的追求，咏物言情中往往渗入家国身世之感。

[①]（唐）房玄龄等：《晋书·天文志上》卷一一，中华书局1974年版，第300页。

"温李"是其典型代表。

李商隐的咏物言志诗从题材上看多咏风花雪月、草木虫鱼等细小纤弱之物，极少涉及崇高壮美之物。李商隐咏物略貌取神，着重抒发诗人的主观感受；多用典故，意象纷纭，寄托遥深，如《泪》：

> 永巷长年怨罗绮，离情终日思风波。
> 湘江竹上痕无限，岘首碑前洒几多。
> 人去紫台秋入塞，兵残楚帐夜闻歌。
> 朝来灞水桥边问，未抵青袍送玉珂。

此诗以泪为主题，句句用典，旨意微茫。构意新奇，专言人世悲伤洒泪之事，八句言七事，前六句分别言失宠、忆远、感逝、怀德、悲秋、伤败等典故，七、八句写青袍寒士送玉珂贵胄。诗人把身世之感融进诗中，表现地位低微的读书人的精神痛苦，情感深沉，哀婉动人。

温庭筠的咏物言志诗题材以花木为主，善于刻画物象，格调柔媚香软。如《原隰荑绿柳》中有"碧玉牙犹短，黄金缕未齐"，《牡丹二首》其二中有"水漾晴红压叠波，晓来金粉覆庭莎"，等等，诗人多把花木比拟成美女，情思缠绵，着笔细腻，把咏物诗写得和他的艳情诗别无二致。

晚唐的咏物言志诗中感时伤世、愤世嫉俗类诗歌较发达。晚唐社会动荡，社会矛盾加剧，诗人们感到前途无望，借咏物来揭示和暴露社会黑暗，刺时寓讽、愤世嫉俗。如罗隐之《春风》、陆龟蒙之《孤雁诗》、曹邺之《官仓鼠》等诗，都是以骂世抒发个人的忧愤。其中比较有代表性是皮日休，他的《喜鹊》《蚊子》等诗，讽刺深刻，切中时弊。如《蚊子》：

> 隐隐聚如雷，嚼肤不知足。
> 皇天若不平，微物教食肉。
> 贫士无绛纱，忍苦卧茅屋。
> 何事觅膏腴，腹无太仓粟。

蚊子虽然弱小，但诗人把它比作统治者，可以吸人血肉；贫士寒窗苦读，却仍旧身居茅屋草庐。两相对比，爱憎分明，讽刺意味非常强烈。又如罗隐的《春风》：

> 也知有意吹嘘切，争奈人间善恶分。
> 但是秕糠微细物，等闲抬举到青云。

诗人借春风吹嘘取巧、一步登天的行径，讽刺了统治者善恶不分，致使卑贱小人居于高位。

晚唐咏物言志中还有一类逃避现实的渔樵隐逸之作。一部分诗人既对"补察时政""泄导人情"失去热情，又不愿沉湎于声色犬马之中。不少诗人选择了归隐渔樵，借以摆脱污浊黑暗的现实，暂忘没落尘世的种种烦恼和痛苦。此类诗作的代表人物当数皮日休和陆龟蒙。皮陆互相酬唱奉和的《渔具十五咏》，就浸透了诗人的渔樵隐逸思想。皮陆等人的隐逸实际上并非自愿，而是在晚唐背景下不得已的选择，诗人们企图通过追求一种闲淡、虚静的生活，忘却现实的苦难，但很显然，这并不能彻底消除诗人对整个王朝的担忧之情。

晚唐咏物言志诗数量众多，几乎占全唐咏物诗一大半，且以五七言绝句居多。总体说来格调轻低，局势促迫，气势有限，但也存在异于盛唐与中唐的个性特征。比如李商隐的咏物言志之作，在艺术形式和兴寄象征方面，都有独创性的开拓，为唐代咏物言志诗的繁盛画了一个圆满的句号。

唐代的咏物言志诗，先是初唐的宫廷诗人对齐梁诗风的延续，从应制奉和粉饰太平到对社会现实的关注，促成了盛唐即物达情、融入诗人主观情感的创作特色，从中唐求新求异的奇诡路线与反映现实，针砭时弊现实主义路线，到晚唐多种诗风的并存，昭示着咏物诗创作的多种可能性，这也是诗人对咏物言志诗创作方式不断进行探索创新的过程。唐代之后，宋人为求新变，独创一格，最终形成了理性色彩浓郁的诗歌特色，与唐代诗歌形成分庭抗礼之势。然宋代咏物诗特色的形成与唐代咏物诗亦有千丝万缕的关系，两者不可断然割裂。

第四节 唐代咏物言志诗的艺术技巧

咏物言志诗不仅是客观的描摹，满足于形似，诗人们更注重对所咏之物的神韵、品格进行发掘，即不但要形似（实写其形态、色泽特征、所处环境等），而且要神似（由物到人，由实到虚，写出精神品质）。从具体描写的方法看，其常用的技法有正面描写（绘形绘色）与侧面烘托。从整体构思看，其常用的技法有比喻、象征、拟人、对比等。从抒情的方法看，主要是托物言志。

一 形神兼备的意象特征

对于咏物言志来说，唐代诗人虽然承继了南北朝咏物言志诗体物摹态的精工细刻，但与之不同的是他们还注重物的神似，唐代诗人意在将所咏之物塑造得"形神兼备"。唐代的咏物言志诗既有穷形尽相的物象刻画，更有诗人主观情感的融入，运用比兴寄托之法，有意识地提倡神似对意象描写的重要性，以准确传达自然物的个性特征和物的内在本质为旨归。比如张谓的《早梅》：

>一树寒梅白玉条，迥临村路傍溪桥。
>不知近水花先发，疑是经冬雪未销。

张谓（生卒年不详），字正言，河内（今河南沁阳市）人，生平散见《唐诗纪事》卷二五、《唐才子传》卷四。《宋史·艺文志七》著录其诗集一卷，大历十二年（777）尚在。《全唐诗》存诗一卷，《全唐诗逸》补诗一首，《全唐诗续拾》补断句二句。今人陈文华有《张谓诗注》。

这首诗咏赞早梅，但诗中并没有一句赞美之词，完全靠诗人对早梅的形神描写表现出来。第一句重在体物，是对早梅的外在形貌描写，突出早梅严寒中开放的优美姿态。"一树"为满树之意，是写早梅花开繁盛，密集而缤纷；"白玉条"以玉喻梅，写出了梅花的洁白无瑕，娇美纯洁。第二句从早梅的生长环境落笔，写早梅远离村路，在傍溪近水的小桥边独自开放。这与陆游的"驿外断桥边，寂寞开无主"（陆游《卜算子·咏梅》）的梅花处境极为相似。诗人意在强调早梅无哗众取宠之心，有着远离尘世竞逐的高尚品格。三、四句的"不知"和"疑是"更是强调了梅花的高洁与不屈的品格。宋代王安石"遥知不是雪，为有暗香来"（王安石《梅》）与此诗的意境如出一辙。这首诗既有对早梅的形之刻画，更有对其神的描摹，透过形神，让我们深切地感受到了诗人与早梅在精神上的完美契合。

唐代咏物言志诗做到了"物""志"契合交融。咏物言志的"物"是表情述志的依凭，"志"是描绘赞美物的目的，二者互相依赖，密不可分。描绘物象时，不仅要描出它的外貌美，还要绘出它的品质美，使之成为令人喜爱、引人深思的艺术形象。而这外貌美和品质美的描写，必须扣合在诗人所要表达的意愿、情怀之中。在表达方式上，咏物言志，既要状物，又要直接抒怀；状物为了抒怀，抒怀是状物的必然结果。如杜甫的《房兵曹胡马》：

> 胡马大宛名，锋棱瘦骨成。
> 竹批双耳峻，风入四蹄轻。
> 所向无空阔，真堪托死生。
> 骁腾有如此，万里可横行。

这首诗在形象刻画上更能凸显出盛唐诗人刻貌取神的特点。诗人写胡马，不言皮毛言其骨象，体物的切入点更为与众不同。"竹批双耳峻，风入四蹄轻"描写出了胡马奔腾的气势，刻画出了胡马凛冽锐利的形象，艺术性极高。虽然全诗笔墨多着于胡马的形貌，但诗人的写作用意是在于借胡马的强健体格、奔腾英姿，来勾勒出雄壮昂扬的骏马神韵。由此可见，唐代咏物言志诗的意象刻画方面具有形神兼备的特点。

唐代咏物言志诗在意象刻画方面，不但继承了南朝咏物诗力求形似的创作观，而且重拾魏晋咏物诗之"意"，其塑造的意象达到了形神兼备的程度。

二 描物写态的色彩丰富

唐代咏物言志诗设色比较有讲究，描绘色彩的词语相当繁复，大大超过了前代。据不完全统计，唐代的咏物言志诗中赤橙黄绿青蓝紫、红白黑灰等色彩无所不有。对于红色，唐代咏物言志诗中已涉及它的深浅、浓淡、轻重、干湿、远近、大小等各个侧面不同角度的描写。对于青绿黄等色彩，已能分辨出许多种层次。甚至对于白色这种最单纯的色彩，也有黄白、雪白、洁白、斑白等不同区别。

不同的色彩有不同的表意内涵，比如红色是充满刺激性和令人振奋的颜色，能唤起兴奋热烈、进取欢乐、庄严崇高等情感。如韩偓的《晓日》：

天际霞光入水中，水中天际一时红。
直须日观三更后，首送金乌上碧空。

韩偓（约842—约923），晚唐五代诗人，乳名冬郎，字致光，号致尧，晚年又号玉山樵人。陕西万年县（今樊川）人。龙纪元年（889）进士，初在河中镇节度使幕府任职，后入朝历任左拾遗、左谏议大夫、度支副使、翰林学士。其诗多写艳情，称为"香奁体"。

这首诗重在托物咏怀。诗的一、二句写日出时分朝霞满天，初升的太阳倒映在水中，顿时水天一片灿烂的红色。在江边观日，红日喷薄而出，霞光万道于澹澹江水间，那气势令人心潮澎湃，给人以振奋、热烈的感觉。

嫩黄色是生命力的象征，一般用来表达喜爱之情。杜甫《舟前小鹅儿》中的"鹅儿黄似酒，对酒爱新鹅"，诗人把刚出生的小鹅比作酒，借对酒的热爱表达诗人对小鹅的怜爱之情，那黄茸茸的小鹅使人感受到了小生命的新鲜与活力。

诗人在描写物象的色彩时特别重视光的作用。比如张九龄的《湖口望庐山瀑布水》：

第六章 绘尽天下万物态，寄寓世间感慨情

> 万丈红泉落，迢迢半紫氛。
> 奔流下杂树，洒落出重云。
> 日照虹霓似，天清风雨闻。
> 灵山多秀色，空水共氤氲。

诗人欣赏瀑布，妙笔勾画了绚烂多彩的瀑布。首联写瀑布的气势。瀑布从天而降，"红泉""紫氛"相映，光彩夺目。颔联写瀑布的风姿。远望瀑布，依托于青山，掩映于丛生的杂树和云雾间。颈联写瀑布的神威。阳光朗照，瀑布若彩虹当空，响若风雨。尾联写瀑布的境界。山（庐山）水（瀑布）与天空相连，天地和谐一体，恢宏阔大。这首诗就所描写的物象——瀑布来说，诗人关注了在阳光的照耀下，瀑布色彩的丰富及变化。本来白色的瀑布变成了红色、紫色，甚至五颜六色，绚丽多彩，如虹如霓，充分展现了庐山瀑布丰富的色彩美。

诗人们还注意到色彩的补色对比作用，比如红与绿、黄与紫、青与橙是三对最基本的补色对比。红与绿对比，则红更红、绿更绿，产生强烈的色彩反差，使所咏之物的色彩更为鲜明夺目，艳丽喜人。李端的《山下泉》中的"碧水映丹霞，溅溅度浅沙。暗通山下草，流出洞中花"，其中的"碧水""丹霞"、"草"绿与"花"红，形成对比，给人以鲜明的视觉形象和强烈的感官刺激。

除红与绿形成鲜明的对比色外，绿与白也能构成清丽的画面，可以表现诗人愉悦、闲适的心情。比如韦庄的《稻田》：

> 绿波春浪满前陂，极目连云䅘稏肥。
> 更被鹭鹚千点雪，破烟来入画屏飞。

韦庄（836—910），字端己，长安杜陵（今陕西西安）人，乾宁

进士，曾任校书郎、左补阙等职。王氏建立前蜀，韦庄做过宰相，最后终于蜀。他的诗词都很著名，词尤工，与温庭筠并称"温韦"，有《浣花集》。

这首诗很好地体现了诗中有画的艺术境界。眼前是碧波荡漾一眼望不到边际的稻田，千万只犹如点点白雪的鹭鸶在绿色背景的映衬下，分外醒目，令人心旷神怡。鲜明而调和的色彩，寄寓了诗人对农家田园生活的热爱，也表现了诗人轻松喜悦之情。

还有像青与白的搭配也是如此，比如刘禹锡《望洞庭》中的"遥望洞庭山水色，白银盘里一青螺"，月夜遥望洞庭湖，湖面如镜，而湖中的君山，青黑一点，青与白对比，勾勒出了一幅对比鲜明的水墨画。

色彩对比除了使物象的个性突出外，还能产生冷暖之感。比如红、黄、橙是暖色调，青、白、蓝是冷色调，紫、绿是中性色。唐代诗人在体物摹态过程中特别注重色彩对比引起的冷暖感觉。比如祖咏的《终南望余雪》：

终南阴岭秀，积雪浮云端。
林表明霁色，城中增暮寒。

祖咏（699—746），字、号均不详，洛阳（今河南洛阳）人。开元十二年（724），进士及第，长期未授官。入仕又遭迁谪，仕途落拓，后归隐汝水一带。

在这首诗中，诗人巧妙地利用了色彩对比。诗人通过写终南山山顶的皑皑积雪（白色，冷色调）和半山腰一望无际的青翠树林（绿色，中性色），用这些冷色调渲染出一种凄清冷寂的境界，以此给远在城中的人增加了几分寒意。

总之，在唐代咏物言志诗中，诗人借助颜色表现人的情感，构造了一个色彩斑斓的缤纷世界，极大地丰富了唐诗的艺术表现力。

三 兴寄、象征手法的运用

象征是咏物言志诗创作的一种重要手法。诗人所要寄托的思想情感大多是通过象征手法表现出来的，其象征意义在体物、状貌、传神过程中暗示出来。譬如李义府的《咏乌》：

> 日里飏朝彩，琴中伴夜啼。
> 上林如许树，不借一枝栖。

李义府（614—666），唐朝诗人，字不详，瀛洲饶阳（今河北饶阳）人。李义府早年以荐举入仕，历任门下典仪、监察御史、太子舍人、中书舍人。他出身微贱，虽官居宰相仍不得入士流，因此奏请重修《氏族志》，主张不论门第，凡得五品官以上者皆入士流。龙朔三年（663），李义府因请术士望气，被长流巂州。乾封元年（666），唐高宗大赦天下。李义府因不在被赦之列，忧愤而死。义府著有文集40卷，（《旧唐书志》作39卷，此从《新唐书志》）传于世。

此诗咏乌，首两句写乌的毛色与鸣叫声，后两句抒写乌之漂泊不定、无处栖息的感慨。但从这首诗的创作背景来看，便会发现其中的象征意蕴。据《唐诗纪事》记载："义府初遇，以李大亮、刘洎之荐。太宗召令咏乌云云。帝曰：'与卿全树，何止一枝。'"[①] 从这段记述可知，李义府是通过咏乌借题发挥，表达自己的怀才不遇之情。另如上文提到的骆宾王《在狱咏蝉》也运用了这种手法。诗中

---

① （宋）计有功：《唐诗纪事》卷四，中华书局1965年版，第52页。

对蝉之孤高贞洁的赞美，实则是诗人自身坚贞洁操的写照。

唐代咏物言志诗的象征手法较之前代有所发展，往往以貌取神，直接用一系列的意象去表达诗人的主观情志。诗人对所咏对象之形貌不多加描绘，而所要表达的主观情绪也让人捉摸不定。比如李商隐的《回中牡丹为雨所败二首》：

> 下苑他年未可追，西州今日忽相期。
> 水亭暮雨寒犹在，罗荐春香暖不知。
> 舞蝶殷勤收落蕊，有人惆怅卧遥帷。
> 章台街里芳菲伴，且问宫腰损几枝？
> 浪笑榴花不及春，先期零落更愁人。
> 玉盘迸泪伤心数，锦瑟惊弦破梦频。
> 万里重阴非旧圃，一年生意属流尘。
> 前溪舞罢君回顾，并觉今朝粉态新。

这两首诗作于唐文宗开成三年（838），当时因有人从中作梗，诗人应博学鸿词科不第，心中甚是不快。落第归途中，诗人看到那些美好事物的衰败便引发了无限感慨。由此可知，这两首诗中所咏的牡丹恰是诗人自身命运的折射。

第一首，诗人用联想之法咏牡丹，诗人从牡丹到惆怅的卧美人，再到败落的牡丹，以此为序，花人合写，诗人丰富的意象和精致婉曲的表达营造出优美冷艳的诗境。诗的首联运用今昔对比的手法，写往年植于曲江苑圃的牡丹那花繁叶茂之景已经不可追忆了，今日之牡丹却只能植于西州凄风苦雨之中。颔联紧承首联而来，用今日于西州水亭暮雨之中所感到的丝丝寒意和当年置身于曲江苑圃之时罗荐春香之暖再度构成对比，给人以恍如隔世之感。颈联在上述对比的基础上，着手写牡丹之"败"，蝶舞翩翩于牡丹的落蕊之中，花事已过，恰如怅卧遥帷的美人，意兴阑珊，精彩全无！诗人由花自然过渡到写人，花似美人，美人如花，花人合一。末联则进一步写身处京华的那些春风得意的牡丹，岂知西州牡丹的沦落之恨？看似写花，其实正是借之表达诗人自身漂泊的弥天怅恨！

第二首，诗人仍旧是借牡丹寄慨身世，融情于物，物我一体。首联用榴花和牡丹进行对比，世人皆笑榴花未及春天与百花竞相开放，但牡丹"先期零落"则更是愁煞人。颔联用拟人的手法写牡丹之败，雨珠飞溅于玉盘之上，恰似频频流淌的伤心之泪；急雨打花，如锦瑟惊弦，声声破梦。这里诗人又是借牡丹的"伤心""破梦"，深寓自己的情怀遭遇。颈联写牡丹花败后的情景：万里长空，阴云密布，花落委地，已付流尘。尾联则借异日花瓣落尽之时迥视今日雨中情景，犹感粉态之新艳，暗示将来之厄运更甚于今日。

这两首咏物言志诗，诗人对所咏物象——牡丹没有进行精细化的体物描写，诗人着重写的是看到为雨所败的牡丹之后的联想与追忆，突出败落牡丹的心伤泪尽和不胜暮雨清寒之惨状，追溯往昔"罗荐春香"之繁华，预想将来零落成泥之凄凉。诗人正是用这一系列的象喻，表达自己屡遭挫折打击时悲伤哀怨的情绪。这种手法的运用，使得大多数作品虽为咏物诗，却往往具有状物抒怀、借物言志的特点。

四　用典体物

用典体物是唐代咏物言志诗的独特手法和重要特征，因为唐前的咏物言志诗很少用典。唐代的用典体物也经历了一个发展变化的过程。

初盛唐咏物用典一般是局部性的，一首诗只有一句，或者只有数句用典。典故仅仅作为体物传神达意的一种辅助手段来运用。李世民的《风》、骆宾王的《在狱咏蝉》、杜甫的《禹庙》等作品都是如此。李世民用"大风歌"之典是为了表现其扫清寰宇一统海内的雄伟抱负;骆宾王用"南冠"之典是为了表白其身陷囹圄的身份;杜甫用"古屋画龙蛇"之典则是为了描绘禹庙的环境及特征。

到了中晚唐,咏物言志诗中的用典发生了变化。尤其李商隐的诗几乎处处用典,使事用典甚至成了体物传神达意的唯一手段。如李商隐的《牡丹》:

> 锦帏初卷卫夫人,绣被犹堆越鄂君。
> 垂手乱翻雕玉佩,折腰争舞郁金裙。
> 石家蜡烛何曾剪,荀令香炉可待熏。
> 我是梦中传彩笔,欲书花叶寄朝云。

首联借用《典略》[①]《说苑》[②]典故形容牡丹初放时的艳丽夺目、含羞娇艳。颔联以舞者翩翩起舞时垂手折腰、长裙飘扬的轻盈姿态来写牡丹的绰约风姿。颈联用"何曾剪"[③]的典故写牡丹的色香。尾联用巫山神女的典故[④]写诗人陶醉于国色天香而心摇神荡的兴奋激

[①] 卫夫人:春秋时卫灵公的夫人南子,以美艳著称。据《典略》记载,孔子回到卫国,受到南子接见。南子在锦帏中,孔子北面稽首,南子在帏中回拜,环佩之声璆然。此句原注:《典略》云:"夫子见南子在锦帏之中。"

[②] 用鄂君举绣被拥越人的典故。据《说苑·善说篇》记载,鄂君子皙泛舟河中,划桨的越人唱歌表示对鄂君的爱戴,鄂君为歌所动,扬起长袖,举绣被覆之。此将牡丹喻为绣被拥裹的越人。或谓越鄂君系兼取美妇人美男子为比,见钱钟书《谈艺录补订》。

[③] 西晋石崇豪奢至极,用蜡烛当柴,烛芯自不必剪。"荀令香炉可待熏"是说牡丹的芳香本自天生,岂待香炉熏烘。据说荀彧到人家,坐处三日香。旧时衣香皆由香炉熏成,荀令自然身香,所以说"可待熏"。

[④] 《南史·江淹传》载,江淹尝宿于冶亭,梦一丈夫自称郭璞,谓淹曰:"吾有笔在卿处多年,可以见还。"淹乃探怀中得五色笔一以授之,尔后为诗,绝无美句。时人谓之才尽。叶:一作"片"。朝云:指巫山神女。战国时楚怀王游高唐,昼梦幸巫山之女。后好事者为立庙,号曰"朝云"。

动之情。

这首诗构思巧妙，借物比人，又以人拟物，借卫夫人、越人、富贵之家的舞伎、石家燃烛、荀令香炉等故事描写牡丹花叶的风姿绰约、艳丽色彩和馥郁香味，使牡丹的情态毕现。最后诗人突发奇想，欲寄牡丹花叶于巫山神女。明写牡丹，暗颂佳人，一实一虚，别具一格，令人回味无穷。这首诗诗人也没有具体描绘牡丹花的花朵、花瓣、花蕊，花叶的颜色、形状、香味等特征，而是运用一系列的典故，描写了几个美人的姿态神韵，以比拟衬托牡丹花的形状、姿态、色彩、光泽、香气、神韵等特征。这是间接性的体物，在体物方法中是别具一格的。

上文提到的李商隐的《泪》的前六句共用了五个典故，依次是永巷（汉宫中幽闭有罪宫嫔之处）宫人失宠的故事、娥皇女英的斑竹故事、西晋羊祜镇守襄阳的故事、昭君出塞的故事、项羽垓下之围四面楚歌的故事。几个典故连用，层层铺垫，有力地烘托出末尾一句灞桥送别的深哀剧痛。

咏物言志诗，是唐诗中最值得玩味的一类。在那形神毕肖的刻画中，却有着诗人极为丰富的情感世界。

思考与讨论：

1. 唐代咏物言志诗中的盛唐气象。
2. 杜甫咏物言志诗是如何表现诗人忧国忧民情怀的？
3. 讨论李白咏物言志诗的浪漫主义风格。
4. 选取校园中的某一物象（可以组织一场校园游），结合自己的人生规划创作一首咏物言志诗，并分小组讨论分享。

第七章　历览前贤国与家，成由勤俭败由奢

——唐代咏史怀古诗品鉴

题解："历览前贤国与家，成由勤俭败由奢"出自唐代李商隐的《咏史二首》其二，全诗如下："历览前贤国与家，成由勤俭败由奢。何须琥珀方为枕，岂得真珠始是车。远去不逢青海马，力穷难拔蜀山蛇。几人曾预南薰曲，终古苍梧哭翠华。"

咏史怀古诗并称可参见郭预衡主编的《中国文学史》和袁行霈主编的《中国文学史》①。咏史怀古诗，一般是以古代历史事件或古代人物为题材，或借古讽今，或寄寓个人怀才不遇的感伤，或表达昔盛今衰的兴替之感。诗人以历史事件、历史人物、历史陈迹为题材，借登高望远、咏叹史实、凭吊古迹来达到感慨兴衰、寄托哀思、托古讽今等目的。这类诗由于多写古人往事，且多用典故，手法委婉。本章将其二者共同品论，正是基于上述两者共性。

林庚先生在《盛唐气象》一文中说："终唐一代，咏史怀古诗约一千四百四十二首，晚唐竟达一千零一十四首，占全唐咏史诗的百

---

① 咏史怀古诗并称可参见郭预衡主编《中国文学史》，上海古籍出版社2002年版，第378页；袁行霈主编《中国文学史》，高等教育出版社1999年版，第328页。

分之七十。有咏史诗传于今日的诗人二百一十三人，晚唐有九十五人，占作者总数的百分之四十五。"① 可见，咏史怀古诗因作品之优，作者之众，自然成为唐代诗歌品鉴的重要内容。

第一节 咏史怀古诗的内涵源流

在讨论唐代咏史怀古诗前，本章拟从咏史诗和怀古诗的含义界定、写作缘由和旨趣指向来研究两者的区别。同时，从历史源流角度厘清理顺唐代以前的咏史怀古诗脉络，方可对其深入讨论。

一 咏史怀古诗的内涵

关于咏史，《文选》诗类专辟"咏史"之属，是指以历史题材为咏写对象的诗歌创作。历史题材涵盖的内容十分宽泛，既可以指历史上的某个人物、某个事件，也可以指某个历史时间段。但凡历史上所存在的人、物、事等进入了诗人的视野，并触发了诗人的感慨，由此所得来的诗，便可视为咏史诗。而怀古则为经临古迹，抒发幽情。怀古诗则是指作者登临古地、凭吊古迹时（或之后），追念往事、抒发感慨而作的诗。两者之区别有二。

一为写作缘起之不同。降大任等在《咏史诗注析》中谈到过这个问题："咏史诗是直接由古人古事材料发端而创作的，怀古诗则需要有历史遗迹、遗址或某一特定的地点、地域为依托，连及吟咏与之有关的历史题材。"② 但二者有时候界限也很模糊，如杜甫的《咏

---

① 林庚：《盛唐气象》，《北京大学学报》（哲学社会科学版）1958 年第 2 期。后来也有人统计唐代咏史怀古诗有 2600 多首，参见张润静《唐代咏史怀古诗研究》，博士学位论文，哈尔滨师范大学，2002 年。
② 降大任选注，张仁健赏析：《咏史诗注析》，山西人民出版社 1985 年版，第 488—489 页。

怀古迹五首》其一咏的是庾信旧宅荆州，但是杜甫并未亲自去过。再如胡曾的《金谷园》咏史过程中将江山风物与古人古事相结合，具体是咏史还是怀古难以分辨。

二是旨趣所在之不同。咏史诗通常为入世之诗，所咏的虽然是历史，所指的却是现在或者现实，有强烈的教化作用。班固所咏缇萦救父意在说明"百男不如一女"，重在教化。还有歌颂帝王伟业，都有教育后代防微杜渐之意。而怀古诗则是将山水草木植入历史深层，咏古今、虚实、流逝和永恒的关系，重在对岁月流逝的感喟和追怀，目的相对比较单纯。

从题材和内容上讲，咏史和怀古各有侧重，咏史诗大多是针对具体的历史事件或历史人物，有所感慨或感悟而作；而怀古诗则多为登临旧地有感而发之作。但严格意义上说，咏史与怀古并不可分。从史学角度来看，历史事实与历史遗迹原本就是密不可分的概念。历史事实包括人、时、地三要素，历史遗迹（地）自然是历史事实的组成部分，历史遗迹特定的历史意义要依赖于历史事实。史学家眼中的历史遗迹是其观照历史的媒介，而诗人眼中的历史遗迹更多的是一种情感的升发，是今昔盛衰、人事沧桑之慨。怀古诗从本质上说还是在吟咏历史，是历史题材诗歌里极有特色的一类，应该属于广义的咏史诗。咏史诗和怀古诗分立的意义，就在于彰显了它们的创作特色。但是由于二者的创作触发点不论是从理论上还是从创作上，都很难明确分开，因此在充分肯定怀古诗创作特色的前提下，仍以咏史诗来涵盖怀古诗。这也是本章将二者合并讨论的理论依据。

二 唐前咏史怀古诗的历史源流

咏史诗作为一种诗歌题材类型，同山水田园、边塞征战等诗一样，有其萌芽、形成、成熟、繁盛、流变的历史演进过程。

(一) 先秦：咏史怀古诗萌芽期

咏史怀古诗的产生源远流长，中国古代诗歌两大源头的《诗经》《离骚》中，已有咏史类型的作品存在。

《诗经·大雅》中的《生民》《公刘》等篇什，记录了周部族的起源和其祖先后稷、公刘、文王等人的英雄事迹，从题材上说，应该属于最早的咏史之作。但是这些诗以记录周部族历史为主，与后来所说的咏史诗，尚有较大的区别。

《离骚》中也涉及历史上的人物和事件，如："昔三后之纯粹兮，固众芳之所在；杂申椒与菌桂兮，岂维纫夫蕙茝。彼尧舜之耿介兮，既遵道而得路。何桀纣之猖披兮，夫唯捷径以窘步。"其中谈到了尧舜、桀纣。朱自清先生曾说："咏史、游仙、艳情、咏物……这四体的源头都在《楚辞》里。"（《诗言志辨》）只是，这样的内容在整首诗歌中并不占主要部分，因而也不算是一首真正意义上的咏史诗，但诗中的咏史因素对咏史诗的发展产生了较大影响。

(二) 两汉：咏史怀古诗形成期

两汉时期是咏史怀古诗的形成期。班固的《咏史》诗直接以"咏史"命题，标志着完整意义上的咏史诗正式形成。诗云：

> 三王德弥薄，惟后用肉刑。
> 太苍令有罪，就递长安城。
> 自恨身无子，困急独茕茕。
> 小女痛父言，死者不可生。
> 上书诣阙下，思古歌鸡鸣。
> 忧心摧折裂，晨风扬激声。
> 圣汉孝文帝，恻然感至情。
> 百男何愦愦，不如一缇萦。

这首诗以缇萦救父的故事为题材，是后世咏史诗的滥觞。钟嵘《诗品序》说："自王、扬、枚、马之徒，词赋竞爽，而吟咏靡闻。从李都尉迄班婕妤，将百年间，有妇人焉，一人而已。诗人之风，顿已缺丧。东京二百载中，唯有班固《咏史》，质木无文。"[①] 这里的"质木无文"是相对于汉赋的彩丽竞繁而言的，是说这首诗的质朴无华，并不含有否定的意味。

这一时期的乐府咏史诗创作较丰富，这和当时乐府诗的繁盛、上层文人更为重视辞赋的文学意识等情况有关。汉代的乐府咏史诗最早展现了以史为鉴、讽时刺世、抒情言志的功能，使用或确立了史传、代言、论述三种咏史体式，同时也有较高的艺术性。

（三）魏晋南北朝：咏史怀古诗发展期

咏史怀古诗发展至魏晋南北朝时期，进入了一个新的发展阶段。魏晋南北朝时期，朝代更迭频繁，战乱连绵不断，人们常常会产生生命无常之感。乱离的社会，多舛的命运，使得许多文人把目光投向历史，借对历史人物或历史事件的吟咏，以古喻今，抒发感慨。据《先秦汉魏晋南北朝诗》统计，此时期咏史作家共 11 人，诗计 29 首。像王粲、曹植、阮籍、陆机、左思、陶渊明、颜延之、谢灵运、鲍照、庾信等，都有过咏史诗的创作。代表性的咏史作品有王粲的《咏史诗》、左思的《咏史八首》、陶渊明的《咏荆轲》、颜延之的《五君咏》等。

这一时期咏史诗不同于班固《咏史》的是抒情意味大为增强，诗歌不再局限于对历史本事的书写，而是增加了更多的咏怀成分。比如左思的《咏史八首》的共同主题是叙写诗人自己在门阀士族社会里才能得不到施展、理想无法实现的痛苦和愤懑。左思的 8 首诗

[①] 郭绍虞、王文生编：《中国历代文论选》一卷本，上海古籍出版社 1979 年版，第 106 页。

歌并不局限于一人一事的书写，也不再以咏写历史本事为主，诗人只是以古证今，借史言志，书写情志是诗歌的重心所在。清人何焯曾说："咏史者，不过美其事而咏叹之，檃括本传，不加藻饰，此正体也。太冲（左思）多摅胸臆，乃又其变。"[①]

第二节　唐代咏史怀古诗的繁荣发展

先唐时期，与山水、田园、宫体等诗歌类型相比，咏史怀古诗因创作数量较少，不被人们关注。然而，到了唐代，咏史怀古诗异象纷呈，展现了新的时代气象与风貌，一改它先前的从属地位，与山水、田园、边塞等题材类型平分秋色，进入发展的繁盛期。

一　唐代咏史怀古诗繁盛的表现（标志）

唐代咏史怀古诗创作的繁盛，首先表现在作家人数多、作品创作量丰富。据彭定求等编《全唐诗》、今人陈尚君先生辑校《全唐诗补编》等统计，有唐一代，咏史怀古作家有500多人[②]。作家阵容强大，各个社会阶层、群体的作者均有，创作主体的范围非常广泛，而咏史怀古诗数量也高达3000余首。

唐代咏史怀古诗的繁盛，还体现在题材广泛、创作主题全面深刻上。就咏史诗所咏写的历史范围而言，从上古史到唐朝当代史，

[①]　何焯：《义门读书记》卷四六，上海古籍出版社1992年版，第670页。
[②]　在创作阵容中，既有封建最高统治者，如李世民、李隆基等，也有社会地位微贱的女性创作，如姚月华、刘云、刘媛等。既有一般的文士，如李白、杜甫、杜牧、李商隐、温庭筠，也有达官宰辅，如张九龄、武元衡、李德裕等。既有道家隐逸之士，如王绩、吴绮，也有佛教释氏之徒，如灵澈、皎然、贯休等。由上述所列作家可以看出，唐代咏史作家的阵容是非常强大的，创作主体范围涉及社会各主要阶层、群体。

无不是诗人关注的领域。① 这种取材特点，成就了此时期咏史创作题材的广泛性。值得注意的是，虽然取材广泛，但多数作品并没有沉浸于对历史的泛泛而咏之中，而是别有幽趣雅意、深情寄托，主题全面深刻，且展现的主题多有开拓性，如中唐时期对盛唐文化特别是乐舞文化的深沉反思，晚唐时期对于国运日渐衰微的感伤与无奈，等等。

唐代咏史怀古诗的繁盛，还表现在咏史诗的艺术成就方面。一是诗体形式丰富多样。无论是律诗还是绝句，五言还是七言，甚或是四言杂言，均有咏史怀古的内容。二是咏史怀古模式的继承与创新。唐代咏史怀古诗不仅继承了先唐时期的史传、史赞等体，还开拓出了史论、翻案等体式。咏史怀古风格多样，面目各异。如李白奔放多变，愤郁雄豪；白居易深入浅出，讽喻鲜明；杜牧洒脱俊爽，立论独到；李商隐含蓄隐微，婉曲深邈，一唱三叹；等等。这些诗人的不同风貌，共同展现了唐代咏史怀古诗的多元创作格局，体现了摇曳多姿、气象多变的咏史怀古诗的繁盛局面。

二 唐代咏史怀古诗繁盛的原因

咏史怀古诗在唐代之所以繁盛有以下几种原因。

第一，唐代诗人有意识进行咏史怀古诗的创作所致。唐代诗人自觉地继承、学习先唐咏史怀古诗的创作经验，自觉自愿地进行咏史怀古题材的创作，"咏史""怀古""览古"等直接写入诗题中。如卢照邻《咏史》四首、吴绮《览古》十四首、马戴《楚江怀古》三首等。

---

① 如周昙有《唐尧》《虞舜》等诗，咏上古史事。张祜《读狄梁公传》、许浑《途经李翰林墓》，分别咏叹本朝狄仁杰、李白二人，属于当代史范畴。就歌咏、描写的对象而言，举凡君王将相、豪侠隐逸、才子美媛、名儒高僧等，无不可以摄诸笔端，感咏而书。

第二，唐代的重史学风与科举考试制度所致。唐代统治者特别注重借鉴历史经验，重视修史，这与唐代统治者"以古为镜，可以知兴替""鉴前代成败事，以为元龟"（《旧唐书·太宗本纪》）的史鉴意识是分不开的，也和唐代的科举制度有很大的关系。唐代的科举制度非常重视考察士子的历史知识，在科举考试中"史"单独作为一科。又由于"六经皆史"，经、传等科目在古代实际上也是"史"。这样看来，"史"性科目在科举中所占的分量是很重的。纵使备受士人关注的进士一科，有时候直接以咏史命题，士人要想应试取仕必须掌握好历史。《全唐诗》卷四六六载中唐诗人叶季良《省试吴宫教美人战》，卷七六载晚唐诗人黄滔《广州试越台怀古》就是很好的佐证。唐代士子重视咏史创作，这可能与切身利益有很大的关系。

第三，唐代咏史怀古诗繁盛与士子的入幕漫游活动、仕任贬谪遭遇有关。唐世士人初登科或者是未仕者，都比较重视入藩镇、幕府以获得仕宦之资，同时漫游、观览之风也非常盛行。更为重要的是，唐代文人的仕任特别是贬谪更把他们遣流四方，使其在一种孤愤凄怨的心态下长期处于奔窜羁旅之中。这三种情况使文士能够有充足的机会接触、游览载负着沉重历史的古迹。而自身的遭遇孤愤、志不获申等心迹情怀，更使他们容易走向咏史怀古。

第四，唐代咏史怀古诗的繁盛还与唐代诗人的文人意识、品格有关。唐代的科举制度，使天下寒士可以通过科举、入幕等途径步入仕途，寒士的从政、参政热情，促成了他们以功业自期、积极入世的心理。唐代诗人中的主导力量是以寒士为主体的作者群，他们有建功立业的渴求，一旦志向不遂，便可能在"入世""重史""兴寄"的意识下进行咏史创作，以达到展示己怀、讽喻时政的目的，并导致唐代咏史诗现实性、批判性的明显增强。

三　唐代咏史怀古诗的发展脉络

唐代的咏史怀古诗歌是在继承了先秦、两汉和魏晋南北朝诗歌基础上发展而来的，有着鲜明的脉络和审美倾向。我们在此遵循唐诗的发展轨迹来看一下咏史怀古诗的发展情况。

（一）初唐时期

唐初君臣以史为鉴的积极历史观，深刻影响了当时文人的诗歌创作，尤其是咏史怀古类诗歌的创作。于是，以史为鉴，咏写故去朝代的兴亡，以告诫警醒当世的君主，便成了初唐咏史怀古诗的一个重要主题。咏写最多的对象主要是汉代君王和重臣，比如王珪的《咏汉高祖》、李百药的《谒汉高庙》等是以汉代开国君主刘邦为叙写对象；王珪的《咏淮阴侯》、卢照邻的《咏史四首》、长孙无忌的《灞桥待李将军》等是对汉初名臣韩信、季布、李广等的歌咏；而魏征的《赋西汉》，则是以历时性的结构赞美了汉代几朝皇帝为汉室江山的建立所做出的功绩。从总体情况看，这一类诗歌的主要特征还是杂采史事，叙而成篇，对于史事的檃栝成分偏多，兴寄的成分相对较弱。

借史咏怀，借对历史事件或历史人物的追怀以抒发建功立业的怀抱，也成了初唐咏史怀古诗的又一类重要主题。主要的作家和作品有：骆宾王的《于易水送别》、杨炯的《广溪峡》、陈子昂的《白帝城怀古》《登幽州台歌》等。

（二）盛唐时期

盛唐许多重要诗人虽然有咏史怀古作品留世，但代表性诗人当推王维、李白、杜甫。

王维虽然是一位以山水田园诗闻名于世的诗人，但也有一些颇

有影响的咏史怀古之作,主要有《李陵咏》《西施咏》《息夫人》《夷门歌》等。试看《西施咏》:

> 艳色天下重,西施宁久微?
> 朝为越溪女,暮作吴宫妃。
> 贱日岂殊众,贵来方悟稀。
> 邀人傅脂粉,不自著罗衣。
> 君宠益娇态,君怜无是非。
> 当时浣纱伴,莫得同车归。
> 持谢邻家子,效颦安可希。

西施是我国古代四大美女之一,谈到西施往往都和红颜祸水、吴王夫差贪色误国一事联系起来,但王维的《西施咏》则另辟蹊径,围绕着西施的美貌而展开:写西施原本也出身微贱,与常人别无二致,因貌美而成为吴王嫔妃,得到了君王的宠爱,一朝之间身价十倍,让她的同伴羡慕至极。西施姝美恰又遇到重色之人,而且历史还有这样一个逻辑,即重色之人的权力有多大,有色者的价值也随之贵重。诗人还借用东施效颦的典故,特别赞叹西施的美貌。整首诗表面上写西施之美,实则是诗人借史咏志,有所寓托,意在借宠妃而抨击权臣,提醒当权者不要忘乎所以。同时诗人运用比兴手法,以色比才,借对西施美貌的赞颂,透露出对自身才能价值的肯定,并寄托着有朝一日为君王所赏识的愿望。

李白的咏史怀古佳作有《苏台览古》《越中览古》等。此外《古风五十九首》中的一些篇章也是咏史之作。《古风》其十五"燕昭延郭隗",写燕昭王筑黄金台以招纳贤士之史事,借以抒发自己满腹高志却无人赏识的愁闷。再如《古风》其十"齐有倜傥生",借历史人物鲁仲连的故事，通过对其谋略和节操的赞誉，表达了诗人的人生感慨和政治理想。

杜甫的咏史怀古诗秉有其诗歌的主导特征，多有沉郁顿挫之致，主要的作品有《述古三首》《咏怀古迹五首》《蜀相》《八阵图》《禹庙》《谒先主庙》《武侯庙》《陈拾遗故宅》等近20首。《述古三首》中的"引古事以讽今"是借对汉代中兴诸臣等古事的追述，表达了诗人对安史之乱后中兴唐朝的强烈愿望。《咏怀古迹五首》分别咏写庾信宅、宋玉宅、昭君村、先主庙、武侯庙等五处古迹，5首诗非专咏古迹，皆是借古迹述己怀。杜诗中的大多数咏史怀古诗是借史抒怀，抒发自己对社会的感慨。比如《蜀相》：

> 丞相祠堂何处寻，锦官城外柏森森。
> 映阶碧草自春色，隔叶黄鹂空好音。
> 三顾频烦天下计，两朝开济老臣心。
> 出师未捷身先死，长使英雄泪满襟。

诗人借游览古迹武侯祠，高度赞颂了诸葛亮雄才大略和忠心报国的爱国情怀，也表达了对诸葛亮"出师未捷身先死"的惋惜痛悼之情。

相比初唐咏史怀古诗歌讽谏君王的写作指向，盛唐咏史怀古诗歌中更多的是对自身情感的寄托，如杜甫《咏怀古迹五首》其三：

> 群山万壑赴荆门，生长明妃尚有村。
> 一去紫台连朔漠，独留青冢向黄昏。
> 画图省识春风面，环佩空归月夜魂。
> 千载琵琶作胡语，分明怨恨曲中论。

这首诗是诗人经过昭君村时所作。表面是写了昭君的怨恨，其实是寄寓诗人的身世之慨。诗人当时远离故乡，漂泊异地，想到昭君生于名邦却殁于塞外，去国之怨，无以言表。诗人此前的处境与昭君极为相似，于是引出这首诗的主题"怨恨"，"一去"是怨的开始，"独留"则是怨的终结。诗人既同情昭君，也感慨自身。诗人正是借昭君遗恨绝域，曲折表达自己失遇无路、才不得用的感慨。

（三）中唐时期

安史之乱之后，大唐王朝由盛唐的如日中天到江河日下，这一惨痛的社会变革成了中唐文人心中永远的痛。中唐文人开始关注社会现实政治，咏史怀古诗的写作则成了他们关注现实政治的重要手段之一。吊古伤今，借对历史事件和历史人物的怀咏，或对历史古迹的凭吊，针砭时弊，寓托怀抱，创作了一大批咏史怀古诗。中唐的咏史怀古诗不仅数量众多，而且总体水平较高。

刘禹锡是中唐诗坛上一位举足轻重的诗人，他的《蜀先主庙》，借对刘备庙的拜谒，引发了诗人对其势分三国功绩的肯定，但对其教子无方的不足也予以了批判，其实诗中更深层次的意旨是诗人对唐王朝后继乏人的深切忧虑；《金陵五题》是咏史怀古组诗，诗人选取石头城、乌衣巷、台城、生公讲堂及江令宅等六朝遗迹为咏叹对象，以自然永恒和人事之变构成对比，既表达对六朝沦亡的悲悯，又暗含对唐王朝命运的关注。

（四）晚唐时期

晚唐繁华逝去殆尽，留给士人的是无尽的追忆和感伤，出现了一大批咏史诗人和大量咏史之作。比如周昙和胡曾，《全唐诗》录存周昙的咏史诗共195首，都是七言绝句；所咏的历史人物，上自传说中的尧舜，下至隋炀帝，达62人。胡曾著有《咏史诗》三卷，共150首，也都是七言绝句。其他饶有成就的咏史怀古诗人还有温庭筠、许浑、皮日休、杜牧、李商隐等人。

温庭筠的《经五丈原》《过陈琳墓》《苏武庙》等，是其咏史怀古诗歌中的名篇。其中《过陈琳墓》写得颇有特色：

  曾于青史见遗文，今日飘蓬过古坟。
  词客有灵应识我，霸才无主始怜君。
  石麟埋没藏春草，铜雀荒凉对暮云。
  莫怪临风倍惆怅，欲将书剑学从军。

温庭筠（约812—866），本名岐，字飞卿。太原祁（今山西祁县）人，唐初宰相温彦博之后裔。温庭筠称得上一位乐府大家，每入试，押官韵，八叉手而成八韵，故有"温八叉"之称。现存诗歌330多首，有清顾嗣立重为校注的《温飞卿集笺注》。其艺术成就较高的当属五七律、七绝，众多名篇流传至今，与李商隐并称"温李"。今存词70余首，收录于《花间集》《金荃词》等书中，被尊为"花间词派"鼻祖，与韦庄并称"温韦"。文笔与李商隐、段成式齐名，三人都排行十六，故称"三十六体"。

这首诗表面上看是凭吊"建安七子"之一的陈琳，其实是抒发诗人怀才不遇的慨叹。"今日飘蓬过古坟"中"飘蓬"一词道出了诗人落寞沉郁的心情。在这首诗里诗人的感情极为复杂，他觉得自己和陈琳可以惺惺相惜，这说明他骨子里其实很自负，认为只有像陈琳这样名垂青史的人才会懂自己。这种自负可以从"词客有灵应识我"的"应"字看出来。但自负的同时诗人也很痛心，因为除了这墓中之人，世间竟再没人懂他，实在可悲。

许浑是晚唐时重要的诗人，他的《咸阳城东楼》《金陵怀古》《汴河亭》等也是晚唐咏史怀古诗中的上乘之作。其中《咸阳城东楼》一诗最为著名：

> 一上高城万里愁，蒹葭杨柳似汀洲。
> 溪云初起日沉阁，山雨欲来风满楼。
> 鸟下绿芜秦苑夕，蝉鸣黄叶汉宫秋。
> 行人莫问当年事，故国东来渭水流。

这首诗大约作于唐宣宗大中三年（849），当时大唐王朝风雨飘摇，政治腐败，农民起义不断。诗人在一个秋天阴沉的傍晚登上秦汉故都——咸阳城楼远眺，触目伤情，即兴写下了这首诗。

首联紧扣题旨，抒写登高望远的所见所感。远处烟笼蒹葭，雾罩杨柳，触发了诗人的内心哀愁。"一上"与"万里"相对，既写出了触动愁情的短瞬，也点明了愁思之广大深远。景致凄迷，为全诗奠定了苍凉伤感的基调。颔联继续写晚眺远景。暮色苍茫，夕阳西下之际蓦然凉风骤起，凄风苦雨即将来临。"山雨欲来风满楼"是千古佳句，既写苍茫雄浑之景，又暗示出晚唐社会所蕴藏的重重危机，寓意极为深刻。颈联则写晚眺近景。山雨欲来，鸟雀惊慌躲避。遍地绿芜，满树黄叶，昔日繁华的"秦苑""汉宫"早已荡然无存了，唯有鸟雀和秋蝉依然如故，任凭历史的兴亡变化，世事的沧海桑田。眼前这一切把诗人的"万里"乡愁推向国家兴亡之叹。尾联写诗人的无限感慨，"莫问"引发读者的思考，让读者从悲凉颓败的自然景物中钩沉历史的教训。一个"流"字，则暗示出颓势难救的痛惜之情。渭水无语东流的景象中，熔铸着诗人相思的忧愁和感古伤今的悲凉，委婉含蓄，令人伤感。

全诗以写景为主，诗人用云、日、风、雨的变化推动情感的发展，又以绿芜黄叶、鸟雀秋蝉等烘托渲染，营造出萧条凄凉的意境。

诗人立足于秦苑汉宫的荒废，表达对家国衰败的感慨以及对历史和现实的深刻思考，人世间没有永存的事物，更没有永不消歇的繁盛。情景交融，景别致而凄美，情愁苦而悲怆，为唐人咏史怀古之佳作。

杜牧的咏史怀古诗在晚唐诗人中成就最高，其艺术成就突出地体现在其咏史绝句中，主要有《过华清宫绝句三首》《题乌江亭》《赤壁》《金谷园》《汴河怀古》《题商山四皓庙》《题木兰庙》等。绝句篇幅短小，含蓄精练，杜牧经常在绝句中运用形象的语言表情达意，融情入理，尤其善于在结尾处笔锋突转，在转折中又以委婉言辞荡起余韵，既能牵动读者的想象，又能表达诗人的历史见解，使全诗言有尽而意无穷。比如《赤壁》就是极为典型的例子：

折戟沉沙铁未销，自将磨洗认前朝。
东风不与周郎便，铜雀春深锁二乔。

这是诗人凭吊赤壁古战场所写，诗人借对赤壁之战这一历史事件和周瑜、曹操等历史人物成败荣辱的评价，以吐郁结于胸中的不平之气。再比如《过华清宫绝句三首》：

长安回望绣成堆，山顶千门次第开。
一骑红尘妃子笑，无人知是荔枝来。
新丰绿树起黄埃，数骑渔阳探使回。
霓裳一曲千峰上，舞破中原始下来。
万国笙歌醉太平，倚天楼殿月分明。
云中乱拍禄山舞，风过重峦下笑声。

这组诗是诗人经过骊山华清宫时有感而作。华清宫是唐玄宗和杨贵妃寻欢作乐的行宫，也是后代咏史怀古诗的主要写作对象之一。这3首诗分别选取了唐玄宗为杨贵妃供荔枝、唐玄宗醉生梦死荒淫无度、安禄山进献胡旋舞等典型事件，再经过诗人的艺术加工，既总结历史，又讽喻现实，也表达了诗人对当朝最高统治者荒淫误国的愤慨之情。

这组诗含蓄、精深，尤其是第一首中的"一骑红尘"与"妃子笑"的对比，以少胜多，讽刺效果极强。"无人知"更是发人深思，不仅照应"千门次第开"，更是揭露了皇帝穷奢极欲的荒唐。《过华清宫绝句三首》和《华清宫三十韵》都是讽刺唐玄宗晚年的昏聩荒淫，很有现实警示意义。

第三节 唐代咏史怀古诗的常用意象

唐代咏史怀古诗中的意象主要可以分为两类：一类是自然意象，一类是人文意象。自然意象具有永恒存在或循环往复的特点，主要包括平凡、微小却生生不息的花、鸟、草、树等意象和代表永恒存在和亘古不变的明月流水、风雨雷电等意象。人文意象的特点是一去不返，不能重现，主要包括历史遗迹比如残宫、楼台、空城等，还有历史事件、历史人物等。咏史怀古诗中常以今之时空里自然意象的长存或新生对比古之时空里人文意象的消逝、幻灭，以呈现古今时空下古迹之上人事空虚的感叹与悲凉之感。

一 自然意象

（一）花鸟草树等意象

在咏史怀古诗中，诗人常用花鸟意象构成反衬来表情达意。花之娇艳柔美与古迹之凄清暗冷形成对比，无论淫雨还是狂风，宫廷苑囿还是断壁残垣，百花都会妖娆怒放，百花的生命活力极容易唤起诗人对人事历史的缅怀。如刘禹锡《乌衣巷》的"朱雀桥边野草花"，殷尧藩《馆娃宫》的"夫差旧国久破碎，红燕自归花自开"，诸如此类，不胜枚举。

历史之花已经凋零散尽，然而这些千年往事，似乎凝聚于这无人问津、独自开放的野花之中，是历史魂灵的一种再现。咏史怀古诗中的花意象恰如古迹上历史的辉煌展现，开放后又将迎来飘零的宿命。

咏史怀古诗中的鸟意象也经常用到。如李白的《越中览古》中的"只今惟有鹧鸪飞"，刘禹锡《乌衣巷》中的"旧时王谢堂前燕，飞入寻常百姓家"，李远《吴越怀古》中的"江鸟寒飞碧草多"，吕温《岳阳怀古》的"空江满白鸥"，等等，都是如此。鸟意象的更深层意蕴在于以鸟的飞翔之姿，在咏史怀古诗辽阔的时空里飞渡。古迹的残宫、楼台，自然景物的花、草凝固于地面之上，不得动弹，而鸟可以展翅高翔，一定程度上摆脱了束缚。吕温的"空江满白鸥"句除了以鸟的雀跃、鲜活之态表现历史人事的消逝，更有一层脱离束缚后的空灵、超脱之感。让人的心绪从古迹这些死物中跳跃到天空，天际茫茫，心眼开阔。可以说，鸟的意象扩大了咏史怀古诗的视野空间。

花鸟意象往往会同时出现在咏史怀古诗中。杜牧的《九日齐山登高》中既写到了鸟，也写到了花："江涵秋影雁初飞，与客携壶上翠微。尘世难逢开口笑，菊花须插满头归。"诗人在此用"雁初飞"来表现自由自在，还用"尘世难逢"之哀转化为"菊花满头"之乐，以此来消解诗人心中无可奈何的落寞与孤寂。

草是我国古典诗词中的常用意象，早在《诗经·黍离》中就已出现。草虽然微弱渺小，但其旺盛的生命力正好反衬历史古迹的消亡、颓破，野草淹没陈迹的惨状常常会让诗人产生忧郁、感伤之情绪，比如李白《劳劳亭歌》中的"金陵劳劳送客堂，蔓草离离生道旁"，诗人用离离蔓草的意象将诗中伤别的情绪氤氲出来。李白的《金陵凤凰台置酒》中的"六帝没幽草，深宫冥绿苔"，用"幽草""绿苔"来表现六朝的衰败之景，曾经昌平盛世的繁华都城，如今只有眼前的野草和青苔陪伴，世事无常的感伤引起诗人对自己"豪士无所用"的感叹。

咏史怀古诗中草意象的运用，有时还会给备感凄凉的咏史怀古诗融入一道伤别的心绪。比如韦庄《台城》中的"江雨霏霏江草齐，六朝如梦鸟空啼"，诗人借雨、草、鸟一起构成意象群，表达感伤情绪，诗中伤逝的是历史不再、人事如梦，写得更为凄迷柔婉。李远《吴越怀古》中的"行人欲问西施馆，江鸟寒飞碧草多"，"鸟"和"草"并用，营造诗歌愁云惨淡的意境，感伤尤甚。

以时空循环、花草新生来对比历史人事的消散，是咏史怀古诗中经常借花草鸟树意象来表达的意境。不管历史还是个人，无论贵贱还是贤愚，于大自然中同样渺小，杜牧《登乐游原》一诗中用"鸟"和"树"意象表达了这一人生哲理：

长空澹澹孤鸟没，万古销沉向此中。
看取汉家何似业，五陵无树起秋风。

这首诗表面上是借汉喻唐、感叹衰败的哀歌，其更深层次是诗人在慨叹历史无常，生命无助。诗人用"孤鸟"没入天际的景象展开联想，神跨宇宙，思接永恒，进而体验到了历史朝代更迭的人世起伏，即便有无尽的丰功伟绩，也只能孤寂地消沉于无边无垠的淡淡长空之中，尤其是"五陵无树起秋风"句更加渲染了当下的荒凉与孤寂。诗人正是借"孤鸟""无树"等意象，巧妙地将情景意理和古今未来融为一体。

(二) 明月流水等意象

明月作为典型的原型意象，多用来表现别离与思乡，但在咏史怀古诗中，明月当空，成了历史古迹人事变迁的见证者。在诗中，月之永恒存在与历史人事消亡形成了鲜明对比。月高悬于夜空，以其清冷、皎洁之姿俯瞰人间，比如"至今惟有西江月，曾照吴王宫里人"（李白《苏台览古》）、"苍苍金陵月，空悬帝王州"（李白《月夜金陵怀古》）、"唯有朝台月，千年照戍楼"（陈陶《南海石门戍怀古》）、"空余今夜月，长似旧时悬"（刘希夷《谒汉世祖庙》）说的就是这个道理。

在咏史怀古诗中，诗人望月怀古，思接古人。这时的"月"会不自觉地带上朦胧忧郁的色彩，使诗人容易联想到古往今来逝去的人事物语，拉近了今人与古人的时空距离。月总是在第一时间悬在咏史怀古诗的时空里，串起古今。同时，月又有圆缺变换，人们对月感受到的情绪是朦胧、多变的，加之月光清冷的气质，使之咏史怀古诗在使用这个意象时，极易染上忧郁、悲凉的氛围。比如"登舟望秋月，空忆谢将军"（李白《夜泊牛渚怀古》）、"叹世已多感，怀心亦自伤。赖蒙灵丘境，时当明月光"（刘希夷《蜀城怀古》）写的就是这种情形。

月除了在时间上是永恒存在外，月也体现一种空间感，它高悬空中，月光洒落的空间范围广阔，使月成为时空一体的存在。因此，咏史怀古诗中月意象的使用还体现了一种时空深邃感。月照时空，流露出一种复绝的宇宙意识。

咏史怀古诗中还常用水意象，以河水的永恒流动对比历史古迹和人事的消散远逝。如"惟应东去水，不改旧时声"（于武陵《长信宫》），长信宫在历史上多么繁华，如今只有宫城残迹，但那东去流水涌动的波声却还宛如旧夕。诸如此类的还有"唯有漳河水，年年旧绿波"（李远《悲铜雀台》）、"行人莫问当年事，故国东来渭水流"（许浑《咸阳城东楼》）、"昔日人何处，终年水自流"（杜牧《经阖闾城》）等。无论历史沧桑还是人事变幻，水流东逝，一如既往。诗中的那些流水意象，正是诗人们取其恒长久远之意来烛照历史的幻灭，从中体现了历史古迹和历史人事的消逝之感。

咏史怀古诗中的水意象不仅代表了时间的永恒，诗人们还以水流动的声响状态来喻时间的流逝，将时间的不可触摸和真切感知形象化、具体化，表达诗人们"堪嗟世事如流水"（栖一《武昌怀古》）的感慨。比如"哪将逝者比流水，流水东流逢上潮"（熊孺登《经古墓》）、"寒谷荒台七里洲，贤人永逐水东流"（神颖《宿严陵钓台》）、"长乐瓦飞随水逝，景阳钟坠失天明"（李商隐《览古》）等，均是表达诗人们对时间流逝一去不得返的感喟。

此外，咏史怀古诗中水意象还天然带着水的缠绵、伤感情绪。《诗经》中多以水阻隔男女求爱，以言男女相爱不能的苦闷和伤感，楚辞中也多以楚地的水气迷茫表达愁绪。咏史怀古诗的主题是伤逝，悲剧气息浓厚，契合水意象的哀感。比如"霸业鼎图人去尽，独来惆怅水云中"（李群玉《秣陵怀古》）的惆怅，"王气消来水森茫，岂能才与命相妨"（温庭筠《过吴景帝陵》）的嗟叹，等等。还有像"不欲登楼更怀古，斜阳江上正飞鸿"（杜牧《江楼晚望》）、"石头城下春生水，燕子堂前雨长苔"（殷尧藩《登凤凰台》）、"惟是岁华流尽处，石头城下水千痕"（张祜《过石头城》）等诗句中，诗人们的伤逝情绪借由水意象的朦胧涌动而不断绵延，并将咏史怀古的悲绪悄然扩散至更远、更广的空间，加浓、加重了咏史怀古诗的悲剧意蕴。

二 人文意象

(一) 残宫楼台等意象

咏史怀古诗中常常引发诗人登临感怀的人事古迹主要有华清宫、吴宫、细腰宫、隋宫、上阳宫等宫殿，有歌风台、铜雀台、黄金台、凤凰台等楼台，有台城、邺城、洛城、夷陵城等古城。进入诗人视野中的这些古迹往往就成了残宫、楼台、空城意象，从而引发诗人对美好灿烂的历史记忆，禁不住心生向往，牵动心绪。比如"越王勾践破吴归，战士还家尽锦衣，宫女如花满春殿"（李白《越中览古》），那逝去的越王破吴归来的胜利场景被诗人重构，彰显出历史时空里逝去的美好与精彩。

残宫、楼台、空城，是历史的遗留物，记载着辉煌的历史故事。时光消逝，历史故事尘封入残宫、楼台、空城。当后人凭览这些古迹，点燃历史回忆引线的那一刻，这些历史故事又会如烟花一样绚烂，熠熠闪耀，倒映于感念这些故事的人的心田。所以，残宫、楼台、空城不仅仅是人们眼前所见的残宫、楼台、空城，它的本质是一段人们不愿其逝去的回忆。这些古迹意象代表着辉煌人事的逝去。残宫、楼台、空城以其"残""空"的面貌留存于今，让时间在它的砖瓦城墙上写满了沧桑。旧苑荒台，尘埃满地。残瓦颓墙，凄凉残破。这满目疮痍、不忍多顾的惨败景象揭开了现实的真实，那就是人事的逝去。

花鸟草树虽然不是咏史怀古诗中的主导意象，但这些平凡、常见、微小的意象和残宫、楼台叠加在一起，加重了历史人事消逝的感伤。我们且看杜牧的一组咏史怀古诗句：

千里莺啼绿映红，水村山郭酒旗风。

南朝四百八十寺，多少楼台烟雨中。（《江南春绝句》）

长空碧杳杳，万古一飞鸟。（《独酌》）

南朝谢朓城，东吴最深处。

亡国去如鸿，遗寺藏烟坞。（《题宣州开元寺》）

在这些诗句中，诗人写到了"莺""鸟""鸿""水""楼台""谢朓城""遗寺"等意象，尤其"楼台""遗寺"作为历史古迹的盛衰，勾起了诗人的缅怀思绪。在"亡国去如鸿"和"万古一飞鸟"的视象里，遗迹都隐藏于深烟暗坞中，寄托于"长空碧杳杳"的天地之间。总之，在这些诗句中，诗人借花鸟流水、亡国遗寺表达了对今昔盛衰说不透的寄寓，更是诗人介乎于出世与入世、自然与人道之间的深切感慨。

（二）历史事件、历史人物

在唐代的咏史怀古诗中被经常提到的历史事件和历史人物几乎无所不包。写夏商周三代历史的有之，主要是表达对相关人物事迹的赞美；涉及春秋时期历史人事的主要是春秋争霸、战国四公子、屈原和蔺相如等；秦朝虽然存在的时间短，但历史人物比较集中，主要有秦始皇、李斯、秦二世等，尤其是对秦始皇的大兴土木、焚书坑儒和泛海求仙等事的批判比较多；汉代主要是汉高祖刘邦、汉武帝刘彻、贾谊、张良、苏武、李陵等；三国时期主要是诸葛亮、周瑜等；魏晋南北朝则更是咏史怀古诗的重要关注点，比如六朝更替和金陵旧事等。

关于楚汉之争，后人在咏史怀古诗中往往还把目光投向项羽，试读杜牧的《题乌江亭》：

> 胜败兵家事不期,包羞忍耻是男儿。
> 江东子弟多才俊,卷土重来未可知。

杜牧的焦点并不在于论断项羽本人,而在于抒发一种忍辱负重、能屈能伸的积极精神。从诗中的"事不期""未可知"依稀可见诗人的观点:胜败虽然是常事,但很多时候处于历史转折点中的潜在变数,刹那间的抉择居然会改写历史,诗人明显对楚汉之争的结局增加了一层偶然性的意味。此诗语辞直露却见解独到,发人深思。

唐人的咏史怀古诗中往往有一种"汉人情结",他们借汉事来讽谏政事,比如说对汉文帝的描写意在憧憬好皇帝,将之作为勤俭爱民的典型,对当朝奢侈之风加以劝谏。有高适的《古歌行》、沈佺期的《七夕曝衣篇》等;借汉人来自伤身世,像李商隐对贾谊的描写等。试录李商隐的《贾生》:

> 宣室求贤访逐臣,贾生才调更无伦。
> 可怜夜半虚前席,不问苍生问鬼神。

这首诗借贾谊怀才不遇之事暗喻诗人自己的境遇。诗中明讽汉文帝召见贾谊只为问鬼神之事,实际则暗讽当下君主不能识才任贤,不体恤百姓疾苦。由此可见,贾谊和李商隐有相同的境遇,二人均不被君主赏识,两朝君主都沉迷于鬼神异说,诗人在慨叹贾谊怀才不遇之外,更多的是对自己才华不得施展的感伤。

三国历史与人物也是唐代诗人吟咏的主要对象。杜牧对赤壁之战充满了好奇,也对之进行了冷静思考。除了上文提到的《赤壁》诗之外,还有《题横江馆》:

第七章　历览前贤国与家，成由勤俭败由奢

> 孙家兄弟晋龙骧，驰骋功名业帝王；
> 至竟江山谁是主？苔矶空属钓鱼郎。

诗人不再讨论赤壁之战的历史地位，而是透过历史看淡世间争斗。不管孙家兄弟（孙策、孙权）的霸业与王浚（龙骧将军）灭吴的功名何等煊赫一时，得失成败终究是转头空，唯见江山依旧罢了！"驰骋功名业帝王"又能怎样，这种是非名利场，最后能留下来的亦只有"苔矶空属钓鱼郎"。诗人对三国这段历史的审视，还在《齐安郡晚秋》中谈到过：

> 柳岸风来影渐疏，使君家似野人居。
> 云容水态还堪赏，啸志歌怀亦自如。
> 雨暗残灯棋欲散（一作散后），酒醒孤枕雁来初。
> 可怜赤壁争雄渡，唯有蓑翁坐钓鱼。

诗人以"野人之居"尽享柳岸风姿、云容水态乃至啸志歌怀之乐，感到闲旷恬静和赏心自得。但这"自如"中又夹杂着几分雨暗残灯、酒醒孤枕的落寞，而这份落寞又和诗人对世事"（如）棋欲散""可怜赤壁（枉）争雄"的感慨交织在一起。尾句的"唯有蓑翁坐钓鱼"的超世淡泊，使诗人更加体悟出千古历史归于平淡的现实。历史本身也不再是壮阔波澜或者荡气回肠的戏剧，而只是融入于均衡一切的时空物化中的短暂起伏。有没有东风之便影响到周瑜和曹操的成败，对于历史来说早已无关紧要："可怜赤壁争雄渡"事过痕消后，最终"唯有蓑翁坐钓鱼"。

在对三国人物的吟咏中存在一个"武侯情结"，吟咏诸葛亮的诗达100余首，其中直接以诸葛亮为题的约40首。唐人特别感动于诸

葛亮"鞠躬尽瘁，死而后已"的崇高人格和奉献精神，"出师未捷身先死"的千古遗憾让诗人们感伤不已。首先唐人特别推崇诸葛亮的丰功伟业和杰出才能，比如"天下有英雄，襄阳有龙伏"（杨炯《广溪峡》），"诸葛才雄已号龙，公孙跃马轻称帝"（骆宾王《畴昔篇》），"蜀主相诸葛，功高名亦尊。驱驰千万众，怒目瞰中原"（李华《咏史十一首》其九），等等；其次，唐人还特别艳羡诸葛亮遇明主刘备，把诸葛亮与刘备奉为古往今来君臣关系的典范，比如："鱼水三顾合，风云四海生"（李白《读诸葛武侯传》）、"若非先主垂三顾，谁识茅庐一卧龙"（汪遵《南阳》）、"先主与武侯，相逢云雷际。感通君臣分，义激鱼水契"（岑参《先主武侯庙》）等诗中谈到了这一点。

六朝兴废之事是咏史怀古诗描写的历史事件中的"重头戏"。南北朝时期，政权在短时期内交相更替，政局动荡不安，人心惶惶，不可终日。为什么没有一个政权能长期稳定地维护统治呢？一些怀抱着"天下兴亡，匹夫有责"之强烈使命感的诗人对此进行了深入的探索。金陵，即现在的南京，是六朝定都之地，一度被认为是"佳丽地""富贵乡"。但随着六朝政权的更替，金陵也时时受到战争的侵袭、破坏，甚至有时会变得满目荒凉，许多诗人便由金陵今昔盛衰的强烈反差生出六朝兴亡、人事沧桑之感。像李白、刘禹锡、杜牧、李商隐等都以六朝旧事和金陵为题材内容作了大量的咏史怀古诗，并对六朝兴亡之事作了理性的分析与思考。

唐人除了对上述历史事件、历史人物的凭吊缅怀之外，还关注唐代历史，主要聚集在安史之乱和李（李隆基）、杨（杨玉环）身上，具体古迹主要是骊山"华清宫"和马嵬兵变之地。杜牧的《过华清宫绝句三首》和李商隐的《马嵬二首》是其中的杰作。陆龟蒙《开元杂题七首》分别吟咏玉龙子、照夜白、舞马、杂伎、雪衣女、秀岭宫和汤泉等七种开元物事,以寄其怀念之意,比较别致。

咏史怀古诗中的意象除了文中所述的代表人事意象的残宫、楼台、空城,代表自然恒存意象的花、草、鸟、明月、流水外,还有许多,比如碑、墓、残阳、风、雨、雾等。在咏史怀古诗中,单一的意象架构织不出宏远辽阔的时空,因此诗人们将这些意象组合叠加,架构出咏史怀古诗古今对比的时空。如水绕楼台、月照空城、山围故国、花开残迹、草蔓荒城、苔侵碑墓等。人事意象牵涉历史过往,自然意象昭示现实空间,共同表达咏史怀古诗的迁逝主题。

第四节 唐代咏史怀古诗的主题指向

唐代咏史怀古诗的主题变化与唐代的社会变革也就是政治因素有关,安史之乱可以看作一个分界点,尤其是中晚唐咏史怀古诗创作繁盛,主题的内涵也更为深刻。唐人展现于诗歌中最典型的历史感,主要是儒家的入世情怀和从道家角度、自然宇宙之道的层面去观照历史。基于此,唐代的咏史怀古诗的主题大致有如下三种指向。

一 历史兴亡的咏叹与现实政治的思考

对历史盛衰的感叹和对现实政治的思考是唐代咏史怀古诗的主题之一。清人吴乔指出:"古人咏史,但叙事而不出己意,则史也,非诗也;出己意发议论,而斧凿铮铮,又落宋人之病。"[1] 唐人则不然,因为唐代是史学发展的重要时期,唐人的历史视域比较辽阔。面对历史,唐人不再局限于历史表象,而是对历史的盛衰与变迁进

---

[1] (清)吴乔著,郭绍虞编选,富寿荪校点:《围炉诗话》卷三,《清诗话续编》上册,上海古籍出版社1983年版,第558页。

行了深入思考。

唐代诗人在面对历史古迹时，往往是对历史时空及世事沉浮的深切感喟与悲悼，有一种历史的空茫与沧桑，更夹杂着一种人生的幻灭感。这种对历史的虚空感在唐人笔下俯拾即是，如"霸业鼎图人去尽，独来惆怅水云中"（李群玉《秣陵怀古》），"行人莫问当年事，故国东来渭水流"（许浑《咸阳城东楼》），"地销王气波声急，山带秋阴树影空"（罗隐《金陵夜泊》），"有国有家皆是梦，为龙为虎亦成空"（韦庄《上元县》），等等。

唐人面对历史不再拘泥于一人一事，而是把目光投向王朝的盛衰，从而抒发自己对历史的情怀。初唐王绩的《过汉故城》从秦末一直写到诗人当下所见的凄凉景象，谈到了楚与汉之间的争斗、汉初种种炫人耳目的排场和汉末的倾颓等，是一首感叹汉王朝兴衰的典型作品。类似的作品尚有唐末唐彦谦的《汉代》，无名氏的《秦家行》，等等。

唐人还把目光投向了江南建立政权的小王朝，登临金陵古迹，感受历史的沧桑变幻。李白的《苏台览古》、《越中览古》和《金陵三首》等是较早以六朝旧事为触媒抒发历史情思的作品。如《金陵三首》其三：

六代兴亡国，三杯为尔歌。
苑方秦地少，山似洛阳多。
古殿吴花草，深宫晋绮罗。
并随人事灭，东逝与沧波。

这首诗抒发了诗人的历史兴亡之叹与人事幻灭之感，但在李白笔下这种感叹并不沉重，诗人将六朝的兴废更替在酒杯中消解，有一种慷慨任意，流丽轻快，更展现了诗仙李白的风流蕴藉。

唐代诗人面对江山旧迹之时，不仅仅是一种历史兴亡之叹，还激发了他们的壮志豪情，并以之掩盖了登临怀古的忧思与感叹。比如李白的《金陵新亭》：

> 金陵风景好，豪士集新亭。
> 举目山河异，偏伤周颛情。
> 四坐楚囚悲，不忧社稷倾。
> 王公何慷慨，千载仰雄名。

李白面对金陵新亭，怀想当年东晋王导的爱国壮语，颇为感动，不禁发出了对王导由衷的赞美。全诗以歌颂爱国志士王导为主线，诗人选取"四坐楚囚悲，不忧社稷倾"这一典型场景，并将王导的"当共勠力王室，克复神州，何至作楚囚相对泣邪"壮志豪情一起化于诗中，凝聚成"王公何慷慨，千载仰雄名"的高度褒扬，表达了诗人对王导爱国之情的钦佩。一般人写这类题材不免流于低沉感叹，李白则不同，写出了一种豪壮的气息，这也是唐代咏史怀古诗比较独到的特点。

唐人对历史极为敏感，以史为鉴，王朝代兴的历史观念已经深入人心。朝代的更迭势必和一些具有转折意义的历史大事相关，唐人往往以这些历史事件为出发点，抒发一己对历史盛衰的感悟。其中最动人心魄的莫过于唐人对开元盛世的回忆了。开元盛世，凝聚了唐人的欣喜与痛苦，成为唐人难以磨灭的记忆，从而被亲历者、后来者不断地提起，成为中晚唐时代的永恒话题。我们试看杜甫的《忆昔二首》其二：

忆昔开元全盛日，小邑犹藏万家室。
稻米流脂粟米白，公私仓廪俱丰实。
九州道路无豺虎，远行不劳吉日出。
齐纨鲁缟车班班，男耕女桑不相失。
宫中圣人奏云门，天下朋友皆胶漆。
百余年间未灾变，叔孙礼乐萧何律。
岂闻一绢直万钱，有田种谷今流血。
洛阳宫殿烧焚尽，宗庙新除狐兔穴。
伤心不忍问耆旧，复恐初从乱离说。
小臣鲁钝无所能，朝廷记识蒙禄秩。
周宣中兴望我皇，洒血江汉身衰疾。

诗题虽为《忆昔》，其实不简单地回忆，是借古讽今。诗人"忆"的是大唐开元盛世，诗人以普通黎民为主角，全景式地描述了开元盛世景况，旨在鼓舞当朝应致力于安国兴邦，恢复往日的繁荣。杜甫追忆盛唐的作品除《忆昔》而外，还有《历历》《骊山》等。杜甫是正面记述盛唐气象，希冀当朝东山再起。而韦应物的《温泉行》则反向入手，描写了安史之乱所带来的身心创伤。诗云：

出身天宝今年几，顽钝如锤命如纸。
作官不了却来归，还是杜陵一男子。
北风惨惨投温泉，忽忆先皇游幸年。
身骑厩马引天仗，直入华清列御前。
玉林瑶雪满寒山，上升玄阁游绛烟。
平明羽卫朝万国，车马合沓溢四鄽。
蒙恩每浴华池水，扈猎不蹂渭北田。

朝廷无事共欢燕，美人丝管从九天。
一朝铸鼎降龙驭，小臣髯绝不得去。
今来萧瑟万井空，唯见苍山起烟雾。
可怜蹭蹬失风波，仰天大叫无奈何。
弊裘羸马冻欲死，赖遇主人杯酒多。

安史之乱后，诗人曾极度潦倒。一日他到友人家中做客，抚今追昔，写下这首诗。诗人采用七言歌行体式，非常强烈地表达了对太平盛世的怀恋之情和战乱所带来的痛彻之意，因为安史之乱给诗人带来的伤痛太深。从诗中可以了解到诗人自从天宝年中就开始担任官职，安史之乱使他失去官职，成为一个住在杜陵的普通人。今日来到温泉，面对凄凄北风，想到了陪玄宗皇帝幸游温泉的繁华情景和扈从华清宫的盛况，诗人当时骑着高头骏马，率引仪仗队，何等威风！玄宗仙去，繁华已逝，现在的温泉唯有烟雾中的青山，只剩一片萧条的景象。由此诗人又联想到自己此时的潦倒，弊裘瘦马，饥寒交迫，那份辛酸苦痛非常人所能理解。韦氏的《逢杨开府》《白沙亭逢吴叟歌》《骊山行》亦是相类似的追怀之作。

对盛唐的追忆是很多唐人心中的一个美好情结，他们用诗笔尽情抒写盛唐的繁华，比如张籍的《洛阳行》《玉真观》，孙叔向的《题昭应温泉》，元稹的《行宫》《望云骓马歌》，徐夤的《忆长安行》《开元即事》，等等诗篇都是比较典型的作品。

在咏史怀古诗中，诗人们在对历史旧事的书写和历史古迹的凭吊过程中，在对历史王朝政治否定批判之余，还有着对唐朝现实政治的关怀思考。纯粹吟咏历史的诗歌并非没有，但是极少有诗人在歌咏历史的时候会完全把现实抛在一边，大多是在吟咏历史的同时，以一种含蓄的方式来透露对现实的深切关怀。比如初唐魏征的

《赋西汉》：

> 受降临轵道，争长趣鸿门。
> 驱传渭桥上，观兵细柳屯。
> 夜宴经柏谷，朝游出杜原。
> 终藉叔孙礼，方知皇帝尊。

魏征（580—643），字玄成，钜鹿郡（一说在今河北省巨鹿县，一说在今河北省馆陶县，也有说在河北晋州的）人。因直言进谏，辅佐唐太宗共同创建"贞观之治"的大业，被后人称为"一代名相"。著有《隋书》序论，《梁书》《陈书》《齐书》的总论等。

此诗是酒席宴饮环境下的创作，所以明显带有歌功颂德之态，但诗人在极尽恭维之能事的过程中，还是有所讽谏的。诗的尾联"终藉叔孙礼，方知皇帝尊"就是规谏太宗之语，表现出诗人对现实政治的关怀。

唐代的咏史怀古诗大多在结尾表达对现实关怀。比如韦应物《骊山行》中的"太平游幸今可待，汤泉岚岭还氛氲"表达了企盼中兴的心愿。中唐张籍《董逃行》中的"闻道官军犹掠人，旧里如今归未得。董逃行，汉家几时重太平"、元稹《连昌宫词》中的"老翁此意深望幸，努力庙谋休用兵"等，均是同样类型的作品。

晚唐黄巢之乱使唐王朝彻底丧失了生气，身历黄巢之乱的韦庄，在咏史怀古诗中时常流露出对现实的感叹，如《题淮阴侯庙》：

> 满把椒浆奠楚祠，碧幢黄钺旧英威。
> 能扶汉代成王业，忍见唐民陷战机。
> 云梦去时高鸟尽，淮阴归日故人稀。
> 如何不借平齐策，空看长星落贼围。

诗人借对名将韩信的追思,表达一种真切的愿望,希望能有韩信般的英雄志士出现,去力挽狂澜,扶大厦于将倾。然而这种希望却被严酷的现实击碎,他逃离长安来到江南,眼前已是一片末世景象,且看其《上元县》:

南朝三十六英雄,角逐兴亡尽此中。
有国有家皆是梦,为龙为虎亦成空。
残花旧宅悲江令,落日青山吊谢公。
止竟霸图何物在,石麟无主卧秋风。

唐朝国事岌岌可危,唐僖宗屡次逃出京城避难,韦庄本欲去陈仓迎驾,因战乱无法通行而返归金陵。国家的动乱现实与金陵的历史兴废,诗人触目伤情,感慨万端,于是写下了这首诗。

此诗咏叹六朝兴亡,借以表达诗人的末世情怀。诗的首联用"三十六"这一数字(此处不是确数,是极言其多)写"英雄"竞相逐鹿,南朝更替频繁。一个"尽"字把历史兴亡全部终结,往事如烟,物是人非,沧桑之感油然而生。颔联互文见义,突出六朝兴衰更替的可悲。颈联则续写六朝的江淹、谢安等知名人物也随风而去不复存在了,只剩下残花旧迹和落日青山,此情此景,诗人不禁潸然泪下,悲叹不已。尾联以议论作结,也是表达物是人非之意,"无主"二字更加悲怆凄凉。

梦是最虚无不过的了,国与家既已皆成梦幻,大唐的灭亡已不可阻挡,诗人直指现实,发出痛苦的哀吟,司空曙的《金陵怀古》就是这样一篇作品,诗云:

辇路江枫暗,宫庭野草春。
伤心庾开府,老作北朝臣。

诗人从"辇路""宫廷"这类意象着笔咏史怀古,并将之与"江枫""野草"对比,盛衰兴亡之感便不言自明。庾开府是指庾信,梁朝著名诗人,曾在金陵做官,深得梁武帝的赏识。梁朝灭亡后由梁入西魏、北周,一直滞留在北朝,诗中常有乡关之思。诗人用庾信之伤心,一方面是感伤六朝的兴亡,一方面也是寄寓了对唐王朝衰败的慨叹,进而抒发了诗人的历史兴亡之叹及对时局的隐忧。

综上可知,唐代的重大事件,无论是帝王的荒淫怠政、求仙问药还是藩镇叛乱、宦官弄权,抑或是唐末的黄巢之乱,都深植于诗人的记忆之中。他们常常采用写作咏史怀古诗这样一种委婉的方式来表达对现实的关怀与忧虑。

二 人生失意的咏叹与仙道世界的吟唱

因为人生失意转而对仙道世界的吟唱也是唐代咏史怀古诗的主题之一。李唐王朝崇尚道教,唐人常把传说中的仙与神引入咏史怀古诗中,比如"何由得真诀,使我佩环飘"(郑畋《题缑山王子晋庙》)就表达了求仙的急切之意。再比如顾况的《寻桃花岭潘三姑台》:

桃花岭上觉天低,人上青山马隔溪。
行到三姑学仙处,还如刘阮二郎迷。

顾况(约727—815),字逋翁,苏州人,一说海盐(今浙江海宁)人。号"华阳真逸"(一说"华阳真隐")。因作诗有嘲讽之意而得罪权贵,贬饶州司户参军。晚年隐居茅山,自号悲翁,有《华阳集》行世。

这首诗的前两句写景,山岭青青映衬下的桃花更为绚烂夺目,一直绵延到天边，宛如人间仙境。后两句中的"三姑"是指江浙一带地方蚕农所崇拜的行业神之一，"刘阮二郎"是指刘阮天台遇仙、结为夫妇的神话传说。诗人运用这两个故事，表达对美好生活的向往和对眼前人间仙境的沉醉。

咏史怀古诗中像郑畋那样表露强烈成仙意愿的作品并不多见，唐人更多的只是在仙人修炼之处、升仙之所流连徘徊，沉浸于记忆里的传说之中。还有一些作品则在流连之中流露出了一种迷茫之情。李白也有一首类似的诗为《登敬亭山南望怀古赠窦主簿》：

> 敬亭一回首，目尽天南端。
> 仙者五六人，常闻此游盘。
> 溪流琴高水，石耸麻姑坛。
> 白龙降陵阳，黄鹤呼子安。
> 羽化骑日月，云行翼鸳鸾。
> 下视宇宙间，四溟皆波澜。
> 汰绝目下事，从之复何难。
> 百岁落半途，前期浩漫漫。
> 强食不成味，清晨起长叹。
> 愿随子明去，炼火烧金丹。

与郑畋、顾况相比，李白的求仙略带无奈。诗人虽然描写了仙道世界的清幽寂静，但并不甘于去此仙道世界，"百岁落半途，前期浩漫漫"明显表现了诗人对未来的怅惘迷茫，"强食不成味，清晨起长叹"则更表现了诗人的无奈。所以说李白的求仙之举更多的是对现实的逃避。

唐代咏史怀古诗中经常写到的仙话或传说除了上面所说刘阮二

郎天台遇仙故事之外，还有桃花源等令人向往的圣地，关于桃花源将在山水田园诗一章中专节论述。唐人在对仙道世界的吟咏中还有一些比较特别的仙人，比如杜牧的《赠渔父》：

> 芦花深泽静垂纶，月夕烟朝几十春。
> 自说孤舟寒水畔，不曾逢着独醒人。

杜牧诗中的钓翁表面上看是于孤舟寒水畔的深泽静钓，度过了"月夕烟朝几十春"，而且还是"不曾逢着独醒人"的真实渔人。结合杜牧在的另一首《渔父》诗中的"白发沧浪上，全忘是与非……终年狎鸥鸟，来去且无机"等句，可以了解到杜牧诗中的渔父已经具有象征意味。历史人事在世人心中荡起的感触，似乎已经牵不动渔父石头般的精神。可以说《赠渔父》的整体意境无疑指向道家飘然逍遥的遗世独立。

唐人爱神仙是出于世风，喜说神女事则是发自内心，唐人用情真而专，感情明朗且毫不掩饰。唐人在咏史怀古诗中吟咏仙道之情，是时代的烙印，也是唐人性情本色的表现。

三　对历史变迁的思辨与评说

咏史怀古诗原本就是情与理合一的产物，唐代咏史怀古诗所流溢出的理性思辨色彩则比唐前的更加浓厚。

唐人对历史的思考有的类似屈原的形而上的思辨，与南北朝时代的历史沧桑感悟也有相似之处，但屈原仅仅止于对历史的追问，南北朝则多是从个体的角度感伤历史的幻灭，而唐人对历史有着自己明确的认识。在唐人的意识里对历史的存在有一种虚无感，甚至认为历史演变没什么规律性，顿生及时行乐之感。比如殷尧藩的《登凤凰台二首》其二：

> 梧桐叶落秋风老，人去台空凤不来。
> 梁武台城芳草合，吴王宫殿野花开。
> 石头城下春生水，燕子堂前雨长苔。
> 莫问人间兴废事，百年相遇且衔杯。

殷尧藩（780—855），浙江嘉兴人。唐元和九年（814）进士，历任永乐县令、福州从事，后官至侍御史。《全唐诗》存其诗一卷。

这首诗的前三联写尽了人世间兴衰荣辱，无论当年如何繁华，今日人去楼空，野花杂草丛生，淫雨霏霏，苔藓遍布，这一切荒凉之景只能引无数后人在此凭吊伤悲。诗人面对历史兴亡的不可逆转，感慨万端之余，又对现实人生进行思考，发出了"莫问人间兴废事，百年相遇且衔杯"的慨叹和及时行乐的无奈。

这种珍惜眼前举杯消愁的历史虚无感，在孟郊的《姑蔑城》、高适的《鲁西至东平》也有所呈现。李白的《古风》之二十九中的"古来贤圣人，一一谁成功。君子变猿鹤，小人为沙虫"，则进一步把贤与圣的意义否定了，更是虚无至极。

唐人虽对历史演进持一种虚无的观念，但对历史演变中的世事沉浮还是有一定认识的。比如杜甫《述古三首》其一中的"古时君臣合，可以物理推。贤人识定分，进退固其宜"，谈论的是君臣之道，认为贤能之人能识穷困升迁的定数，所以他们进退（入世或避世）本来就是合时宜有遵循的。

安史之乱使盛极一时的唐王朝从此一蹶不振，导致安史之乱的原因自然成为唐人关注的焦点，而杨贵妃则成为议论的中心。比如

"不闻夏殷衰,中自诛褒妲"(杜甫《北征》)就是把唐玄宗马嵬赐死杨贵妃一事视同诛杀褒姒、妲己,显然是把杨贵妃视为同褒姒、妲己一样的红颜祸水。"军家诛戚族,天子舍妖姬"(刘禹锡《马嵬行》)中的"妖姬"也是指杨贵妃。而郑畋的《马嵬坡》一诗有所不同,虽然批判的矛头也是直指杨贵妃,但其中也有对唐玄宗的婉讽,诗云:

玄宗回马杨妃死,云雨难忘日月新。
终是圣明天子事,景阳宫井又何人。

诗的头两句主要指出了唐玄宗在马嵬赐死杨贵妃虽然换回了战局的转机,但这并没有消解玄宗心中的遗憾,玄宗一直不能忘怀死去的杨妃,复杂痛苦的矛盾心理纠缠了他的后半生。诗的后两句写得特别意味深长。诗人将玄宗和杨妃之事与陈后主避难景阳宫井一事进行对比,指出玄宗在危亡之际赐死杨妃是圣明天子所为,显然把大唐祸乱的原因归结于杨妃的狐媚。但从"景阳宫井"一事来看的话,诗人只是强调玄宗没有落到陈后主的下场,也仅仅是比陈后主"圣明"而已。"圣明天子"一语和昏聩的陈后主形成陪衬,就颇有几分讽意,亦有所体谅,在唐代的咏史怀古诗中不失为上乘之作。

当然,也有不少有识之士并不为这种陈腐的妖女祸国论所囿。如李约的《过华清宫》、罗隐的《马嵬》,直接把矛头指向了李隆基,对玄宗则是讥刺入骨。

唐人评点史事并不限于本朝,古往今来的贤达,唐人常常有他们自己独特的看法。比如杜牧的《赤壁》主要是对古事的评论。赤壁大战周瑜以少胜多的故事人尽皆知,大家都认为此战之胜利合情合理。可杜牧却推翻这一事实,反其道而行之,"东风不与周郎便,铜雀春深锁二乔",诗人设想如果周瑜不借东风之便,江东二乔都可能成为曹操的战利品。强调了在战争中偶然性因素的重要性,它往往会改变历史。杜牧通过评论古之战事,实则是阐述自己的战略思想,他是以理性的态度对待古代战争并作理论性的分析。

唐人特有的奔放和无所顾忌,使他们喜好标新立异,像杜甫的《遣兴五首》、韩愈的《嘲鲁连子》等也对历史人事做出了与众不同的评判。

综上可知,唐人的咏史怀古诗中既有美好的向往,也有痛苦的回忆,更寄托着他们对现实的深切关怀,在讨论史事的过程当中不时闪现出哲理光辉与理智锋芒。

第五节 唐代咏史怀古诗的艺术技巧

唐代咏史怀古诗的兴盛,除了主题内涵上的丰富与展拓以外,艺术上的成功也是其发达的重要标志。本节拟从以下三个方面展开论述。

一 运用对比手法,不言其义而蕴涵尽现

在咏史怀古诗中,诗人常常运用对比手法,把对立或相似的事件联系起来,不加评判或略加指点而蕴涵尽现,且往往更能警策人心。比如刘禹锡的《金陵怀古》:

>潮满冶城渚,日斜征虏亭。
>蔡洲新草绿,幕府旧烟青。
>兴废由人事,山川空地形。
>后庭花一曲,幽怨不堪听。

诗人借与六朝有关的金陵名胜古迹，以金陵人事的兴衰为观照点，来暗示千古兴亡之所由，而不是为了追怀一朝一帝、一事一物，借古讽今，揭示出全诗主旨。诗的前两联是一幅荒凉的古迹图，"新草""旧烟"形成古今对比，诗人用地理、时空的永恒来反衬人事的短暂；后两联诗人则直接议论，国家政权的稳固靠的是人事而非江山，而今亡国之音《后庭花》依旧在唐传唱，表达了诗人对历史兴亡的思考。

以鲜明对照的特写镜头展示历史画面，从而形成强烈对比，给人以清晰和深刻的印象。如李商隐的《马嵬》：

> 海外徒闻更九州，他生未卜此生休。
> 空闻虎旅传宵柝，无复鸡人报晓筹。
> 此日六军同驻马，当时七夕笑牵牛。
> 如何四纪为天子，不及卢家有莫愁。

在这首诗中，诗人用"他生"与"此生"形成对比：今日的落魄狼狈、生离死别与昔日的风流倜傥、高枕无忧构成鲜明对比，暗示出如果君主荒淫无道必定会付出惨重的代价。尾联的"天子"与"卢家"平民对比，嘲讽贵为天子却无力保护爱妃，讽刺帝王后妃的爱情犹如一场游戏，也借此反衬帝王的昏聩无能。整首诗几乎句句对比，在对比中表现出强烈的讽刺意味。

在唐代的咏史怀古诗中，虽然对比鲜明，但诗人往往还追求诗歌的含蓄之美，不能太直露，要寓情于景，引发读者的回味思考。如韦庄的《台城》：

> 江雨霏霏江草齐，六朝如梦鸟空啼。
> 无情最是台城柳，依旧烟笼十里堤。

这首诗的首句言江南台城雨雾弥漫的天气如梦似幻，正是草长莺飞的季节，一派生机勃勃的气象，这景色勾起了诗人对历史的回顾，不禁心生惆怅迷惘。次句言六朝300年间似一场梦，曾经繁华无比的台城如今已荒败不堪。后两句寓情于景，台城的柳色最是无情，城市都已经成为历史遗迹，只有它们还似当年十里长堤、杨柳堆烟之景象。这种昔盛今衰的强烈对比让诗人心情无比沉痛，诗人借物咏怀，将沉痛心情付诸"台城柳"，柳有多无情，人就有多心痛，即便是在这盎然生机的春季。这种笔法使全诗更为含蓄蕴藉。

二　运用联想、假设之法连接历史与现实

在咏史怀古诗中，有些诗人面对历史古迹和历史人事，善用联想之法，由眼前的凄凉颓败景象联想到昔日的兴盛繁荣气象，构成今昔对比，不禁触景伤情，挥笔成诗。比如李白的《金陵凤凰台置酒》：

> 置酒延落景，金陵凤凰台。
> 长波写万古，心与云俱开。
> 借问往昔时，凤凰为谁来。
> 凤凰去已久，正当今日回。
> 明君越羲轩，天老坐三台。
> 豪士无所用，弹弦醉金罍。
> 东风吹山花，安可不尽杯？
> 六帝没幽草，深宫冥绿苔。
> 置酒勿复道，歌钟但相催。

这首诗是李白晚年所作，一边看着颓废景象，一边联想自己的凄凉境遇，发出了"豪士无所用，弹弦醉金罍"的感慨。诗人一生未被重用，只有借酒麻醉自己。全诗的感情基调甚是感伤，既是对世事无常的感伤也是诗人对自己一生不幸的感伤，感伤之中还弥漫着强烈的个性色彩与浓郁的浪漫气息。

在咏史怀古诗中，有的诗人善于运用假设之法，突破史实局限，将历史事件的艺术真实和诗人的情韵熔铸为一体，从而创作出"史"与"情"浑融无际的诗歌精品来。如李商隐的《隋宫》：

> 紫泉宫殿锁烟霞，欲取芜城作帝家。
> 玉玺不缘归日角，锦帆应是到天涯。
> 于今腐草无萤火，终古垂杨有暮鸦。
> 地下若逢陈后主，岂宜重问《后庭花》？

诗的首联写隋炀帝要以繁华的扬州（芜城）为帝都，不再回紫泉宫殿（代指长安）了。紫泉宫现如今只有烟霞笼罩，极为空旷寂寞，为颔联续写隋炀帝享乐作铺垫。幸亏隋朝灭亡得早，否则隋炀帝享乐的龙船一定得游到天涯海角。颈联说当年隋炀帝让百姓收集大量萤火虫放飞供他玩赏，以致今天乱草堆中萤火虫已经绝迹。只剩隋炀帝开凿的大运河两岸柳树上，黄昏时分无数乌鸦翔噪，似在凭吊隋朝灭亡。尾联写隋炀帝九泉之下如果遇到陈后主的话，难道还要一起歌舞《玉树后庭花》吗？陈后主（陈叔宝）是个荒淫误国的皇帝，兵临城下时，他居然还在看宠妃张丽华歌舞《玉树后庭花》。这首诗诗人意在借古讽今，委婉劝谏唐后期帝王不要重蹈隋炀帝的覆辙。

还有诗人假定如果推翻既定的历史事实，那会是什么结果，借用历史事实提出其独到见解。比如上文中提到的杜牧《题乌江亭》就对刘邦项羽之战做了一个大胆的假设，他强调项羽如果能够忍辱负重，未必就会败给刘邦，如果是那样，历史也会被改写。项羽四面楚歌兵败自杀的故事，向来被人们视为英雄之举，而杜牧却认为项羽之死不值得赞扬，他本来还有胜利的希望，只可惜他过早放弃了，失去信心，其一念之差改变了历史。江东子弟多为才俊兼备之才，杜牧大胆假设，如果项羽不放弃希望，完全有可能战胜刘邦，成为一代君王。诗人运用了假设的修辞方法，使该诗站在了一个新的视角来审视历史，这是杜牧怀古诗的独特之处。还有《题商山四皓庙一绝》也是如此手法：

吕氏强梁嗣子柔，我于天性岂恩仇。
南军不袒左边袖，四老安刘是灭刘？

杜牧途径商山，见四皓庙想到汉朝商山四皓辅助太子刘盈登基一事。一般来说，这个故事是被人广为称颂的，而杜牧却认为假如当初商山四皓没有辅助刘盈登基，也许就不会导致吕后专权。他认为正是因为刘盈的软弱，吕后才会得到权势，造成政局混乱。

在唐代的咏史怀古诗中，诗人们运用联想，通过历史古迹联想到历史上曾经繁华的盛世景象，古今对比，抒发感慨；运用假设，对既定的历史事实进行大胆的假设，借此表现手法阐述自己对史实的见解。

三　比兴寄托彰显咏史怀古之意

唐代咏史怀古诗中比兴寄托是常见的重要表现手法，这正是唐人重视历史与现实双重思考的结果。比如刘禹锡的《台城》：

> 台城六代竟豪华，结绮临春事最奢。
> 万户千门成野草，只缘一曲《后庭花》。

这首诗主要是抒发历史兴亡之感。诗人以六朝帝王追逐享乐、不思民生疾苦为切入点，尤其是陈后主更甚，通过陈后主"结绮临春最为奢"的享乐表现，咏史鉴今，表达历史给今人的教训，劝谏当朝最高统治者要引以为戒。

唐人的咏史怀古诗侧重从史实入手，往往抓住古迹古物、古人古事展开叙述，尤其是对历朝暴戾昏君的荒淫之事进行无情的讽刺和批判。试看李商隐的《华山题王母祠》：

> 莲华峰下锁雕梁，此去瑶池地共长。
> 好为麻姑到东海，劝栽黄竹莫栽桑。

这首诗通过叙述西周穆天子求仙事来暗寓唐武宗求仙得长生的荒谬。俞陛云曰："唐人咏神仙诗，每含警讽，义山此诗亦然。以王母之神奇，何虑沧桑变易，诗乃言莫栽桑树，瞬成沧海，贻笑麻姑，不若歌成《黄竹》，万年之为乐未央，殆有讽意也。"[①] 求仙本是虚无缥缈的事情，诗中表达的意思是神仙不可求，长生不可冀，诗人正是借用古事表达自己对当朝统治者鄙弃贤才的愤慨，也抒发自己怀才不遇的无奈之情。

唐代的咏史怀古诗还能从平常细微的事物中反映出重大的主题，

[①] 刘学锴、余恕诚：《李商隐诗歌集解》，中华书局1988年版，第618页。

诗人们往往不是众象纷呈，而是选取与历史人事相联结的一个细物或一个小场景，以小见大，委婉劝谏，简练含蓄，寄托遥深。如李商隐的《齐宫词》：

> 永寿兵来夜不扃，金莲无复印中庭。
> 梁台歌管三更罢，犹自风摇九子铃。

这首诗构思新颖精巧，表现含蓄蕴藉，实则暗含深意。诗人借用亡齐遗物九子铃来串演梁台新主重蹈齐覆辙的悲剧，寄寓了诗人的兴亡之叹。九子铃本为南齐庄严寺之物，东昏侯萧宝卷为取悦潘妃，取来为其殿饰。此物本为前朝昏君荒淫之物证，然而为何梁朝新主寻欢作乐之后，风中仍传来铃动之音？这正是诗人剪裁命意的高妙之处，诗人用一个小小的九子铃，就把齐梁两朝的历史串联起来，由此引发读者对历史兴亡的省思。

唐代诗人对历史不断地反思，总结出"历览前贤国与家，成由勤俭败由奢"（李商隐《咏史》）这样深刻的经验教训。诗人们立足于借古讽今，在历史的伤悼中关注现实，力图劝诫当朝统治者吸取教训，然而现实的残酷让诗人们在反思中又陷入了伤悼，诗人们的幻想破灭了，历史的悲剧照样在现实中不断上演。

思考与讨论：

1. 讨论咏史诗和怀古诗的关系如何？史诗和咏史诗的关系如何？
2. 如何理解钟嵘对班固《咏史》"质木无文"的评价？
3. 如何理解唐代咏史怀古诗中深重忧患意识的现实意义。
4. 杜甫《咏怀古迹》其三题为咏怀，可里面只写了昭君的怨恨，并无作者个人的情怀，这是不是与标题"咏怀"二字不符？原诗如下：

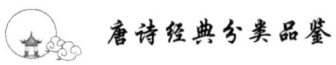

群山万壑赴荆门,生长明妃尚有村。一去紫台连朔漠,独留青冢向黄昏,画图省识春风面,环佩空归月夜魂。千载琵琶作胡语,分明怨恨曲中论。

5. 结合你所熟悉的历史人事或历史古迹创作一首咏史怀古诗,体式格律不限。诗成之后在学习群讨论区采用互评式分享。

第八章 山光水色养性灵，登山观海总溢情

——唐代山水田园诗品鉴

题解："山光水色养性灵"导源于《菜根谭》中的"琴书诗画，达士以之养性灵，而庸夫徒赏其迹象；山川云物，高人以之助学识，而俗子徒玩其光华"；"登山观海总溢情"导源于刘勰《文心雕龙·神思》中的"登山则情满于山，观海则意溢于海"。此处旨在强调唐代山水田园诗人"由物及我"美感满足和移情写意的审美表达。

山水田园诗是中国诗歌的一个重要流派，是指以描绘自然山水和田园风光为主要内容的诗歌。诗人把细腻的笔触投向静谧的山林，悠闲的田野，创造出一种田园牧歌式的生活，借以表达对现实社会的不满和对宁静平和生活的向往。同时表现诗人返璞归真、怡情养性的雅趣，抒写隐逸生活的闲情逸致。

陶渊明开创了田园诗派，谢灵运、谢朓等人则开创了山水诗派，王维、孟浩然等人将山水田园合流，开创了山水田园诗派。山水田园诗派的诗歌风格清新自然，意境淡远闲适，写景状物工致传神，语言质朴淡雅，将诗歌表现自然景物的艺术技巧推向一个新高度。这类诗歌的主要特点就是"一切景语皆情语"，亦即作者笔下的自然

山水景物都融入了诗人的主观情愫，或者借景抒情，或者情景交融，旨在表达诗人的思想感情。

第一节 唐前山水田园诗的发展演变

在中国诗歌史上，山水田园诗的发展经历了一个漫长的过程。谢灵运是第一个大力创作山水诗的人，陶渊明则开创了田园诗，王维、孟浩然创造了山水田园诗派，在描写田园风光时渗入山水景物的描绘，使山水诗与田园诗合流，在中国文学史上影响深远。

一 秦汉时期：山水田园诗的萌芽阶段

在《诗经》、楚辞所经历的漫长年代，还没有出现过专门以描写自然山水为主要内容的诗篇。虽然《诗经》、楚辞中有大量的自然景象描写，如《诗经》中的《关雎》《桃夭》楚辞中的《薄荷》《鸶鸟》等，它们或者是作为比兴之媒介，或是作为比德之物，本身并不具审美价值。诸如"昔我往矣，杨柳依依；今我来思，雨雪霏霏"（《诗经·小雅·采薇》）、"渐渐之石，维其高矣。山川悠远，维其劳矣"（《诗经·小雅·渐渐之石》）、"袅袅兮秋风，洞庭波兮木叶下"（《九歌·湘夫人》）、"秋兰兮蘼芜，罗生兮堂下。绿叶兮素华"（《九歌·少司命》）等写景佳句中，其中的景物只是作为人事活动的背景，景物本身还不是独立的审美对象。

两汉数百年，乐府五言诗和铺采摛文的辞赋特别发达，出现了一些描写江南水乡、大漠风光等自然景物的作品，在表现对象方面较之《诗》《骚》无疑深广了许多。但是，在强调人伦之用的儒家思想影响下，汉诗中仍未能出现独立的山水田园之作。只是到了汉末建安年间，曹操写了一首《观沧海》，这才算是曲终奏雅，为汉以前诗坛献上了唯一的完整的山水诗。诗曰：

> 东临碣石，以观沧海。
> 水何澹澹，山岛竦峙。
> 树木丛生，百草丰茂。
> 秋风萧瑟，洪波涌起。
> 日月之行，若出其中。
> 星汉灿烂，若出其里。
> 幸甚至哉，歌以咏志。

曹操胸怀大志，建安十二年（207），北征乌桓，途经碣石山之时写下了这首诗。全诗以自然山水为摹写对象，给我们展现了沧海吞吐日月、囊括星汉的壮阔画面。魏晋之前的诗以言志为主体，而这首诗纯客观描写，没有诗人的主观抒情，这在当时无疑是一种创举。

二 魏晋时期：山水田园诗的产生阶段

魏晋六朝是人性觉醒的时代，也是文学自觉的时代。具有觉醒意识的文人士大夫为了全身远祸，不得不藏身匿迹于山泉林木之间，从山水中寻求人生的哲思。自然山水成了他们的审美对象，有了"非必丝与竹，山水有清音"（左思《招隐二首》）的审美新发现，自然山水正式进入了诗歌创作当中。青山绿水成了他们娱情解忧的安放之所，也为他们苦闷的心灵找到了栖息之地。

"寄言上德，托意玄珠"（《宋书·谢灵运传论》）的玄言诗，其触发媒介也是山水景物，以自然风物为阐发玄理的契机。山水诗又经过了五言诗的曲折发展，到了晋宋时代，终以陶渊明、谢灵运这两位大诗人的出现，而在诗国确立了自己的地位。

关于田园诗的发展，恰如游国恩先生所言："陶渊明开创了田园诗一体，为古典诗歌开辟了一个新的境界。从他以后，田园诗不断得到发展，到了唐代就已形成了田园山水诗派。"① 袁行霈则在此基础上进一步强调了陶渊明及其田园诗的文学史地位："田园诗是他为中国文学增添的一种新题材，以自己的田园生活为内容，并真切地写出躬耕之甘苦，陶渊明是中国文学之上的第一人。"② 陶渊明在其躬耕田亩的生活中，领悟了田园之美，同时升华了自己的内心。因此，我们说魏晋时期是山水田园诗的真正形成阶段。

三 唐宋时期：山水田园诗的兴盛阶段

王维与孟浩然等继承了陶渊明、谢灵运山水田园诗的创作传统，在盛唐时期创立了山水田园派，与边塞诗派交相辉映。在唐代诗人中，没有哪一个人没有写过自然山水为题材的诗篇。但能代表山水田园诗创作水平且对后世影响较大的，主要是孟浩然、王维、李白，储光羲、韦应物、柳宗元等次之。

山水田园诗到了宋代以后，虽在运用诗化的语言抒情、状物、写景、叙事方面，有行文不拘一格使人耳目一新之作，但在山水田园诗的境界上已远远比不上唐代。宋初山林隐士林逋、魏野、潘阆、诗僧九僧（希昼、保暹、文兆、行肇、简长、惟凤、宇昭、怀古、惠崇等九人）等多用五言近体的形式，来抒发长林幽壑之思和孤高

---

① 游国恩：《中国文学史》第一册，人民文学出版社1963年版，第251页。
② 袁行霈：《中国文学史》第二卷，高等教育出版社1999年版，第63页。

野逸之趣，写过一些脍炙人口的律联佳对。梅尧臣、苏轼、王安石、陆游等在山水田园诗方面也都多有造诣，而真正在山水田园诗方面开拓新路的是南宋的杨万里和范成大。

第二节　唐代山水田园诗的兴盛原因

山水田园诗在唐代才真正崛起于诗坛，并在后世历久不衰，蔚为大观。唐代山水田园诗从数量上看已大大超过唐前，据《全唐诗》及《全唐诗外编》的粗略统计，唐代的山水田园诗有1000余首。唐代山水田园诗的兴盛除了晋宋以来的田园诗、山水诗的创作提供了艺术上的借鉴之外，主要还在于思想文化与政治经济两个方面的影响。

一　唐代的儒释道并行为山水田园诗的兴盛提供了思想基础

唐代社会佛道思想盛行。道家崇尚自然及返璞归真的追求和佛家禅宗的净心明性的境界，为诗歌创作提供了文化支撑及审美心理基础。经济的繁荣、宽松的社会环境激发了唐人物质和精神欲望的膨胀，使得他们最大限度地享受生活，满足自身的欲望。唐王朝政治的开明，培育了唐人的自我意识，他们更关注自我发展指向，渴求长存，永享福乐。对人生无常、享乐难驻的忧虑与畏惧，使他们更加珍视自身的生命与生活的自由。

现实生活中不可获得的自由，会在佛道思想的感召和幻想中得以达成。道教推崇的长生不死和羽化成仙的说法对唐代士人影响很大，他们希望自身能像修道者那样觅得清幽静寂之所，过着超拔绝尘、与世无争的生活。尤其是仕途蹭蹬遭受贬谪之时，便更会向往佛道的极乐世界与人间仙境。

唐代的政治环境比较宽松，文人的政治心态发生了相应变化，并在不同程度上对山水田园诗的创作产生了影响。盛唐的文人自由放纵，既追求功名理想，又不失独立人格与超脱精神。通达的人生原则和出世观念，是盛唐士人追求山水田园的心理根源。文人的隐逸情怀也与山水田园诗的形成有着紧密的关系，但唐人并非为隐而隐，而是酿成了一种向往自然、追求超然独立的文化心态和崇尚自然的审美趣味。

二 唐代的政治经济为山水田园诗的兴盛奠定了物质基础

李唐王朝社会安定，国力强大，社会的政治、经济、文化全面繁荣。文人士大夫的物质生活优裕，为漫游行旅、赏玩山水提供了条件，也形成了山庄别墅化的生活环境，优游泉林、纵情山水成为唐代的社会风尚。

唐代在选官用人上热衷于招隐士、征逸人。隐居成为文人士子步入仕途的"终南捷径"。关于"终南捷径"在《新唐书·卢藏用传》中有所记载，卢藏用想入朝做官，就隐居在京城长安附近的终南山，借此声名大噪，最终达到做官目的。而其他人则通过层层科举选拔才能做官。统治者的好尚给文人士子带来极大的诱惑与幻想，都试图通过"隐居"引起朝廷的注意从而走上仕途。因此，唐代大多数文人隐居不再是传统意义上的消极避世，而是为了求仕，以退为进，带有鲜明的时代特色。

佛道并存的思想局面和玄宗热衷于招纳隐士高人的政治局面，造成了普遍的隐逸局面。对唐人来讲，由隐而仕往往是一条"终南捷径"。比如李白在入仕前曾隐居东鲁，孟浩然也曾隐居襄阳，高适则隐于淇上①。由仕而隐,也成为士人理想的人生范式。如王维、储光羲在淇上的暂时赋闲。这样的生活方式,使广大士人始终保持着从容娴雅的心境,徜徉于秀美风光之中,欣赏山水田园的自然趣味。

唐代文人形成了无论仕隐都创作山水田园诗的局面。他们通过山水田园诗的创作,相互唱和,调节心理,娱己娱人,还能寻找各种仕进机会,岂不两全其美。初盛唐的士人普遍具有积极的进取精神,高度的政治热情,但他们又很超脱,保持着独立的人格追求。可以说,盛唐气象赋予了唐代士人极具时代特色的浪漫情调,他们有着追求闲逸的精神动力。即便是做得高官之人,也或"隐居"于自家的田园别墅,或游赏于同僚的别业山庄,登临山水,诗酒唱和,成为一代风气。

三 唐代园林别业极盛,也是促成山水田园诗兴盛的一大因素

据李浩《唐代园林别业考论》一书,唐代的园林别业大多建在名山大川之间,最有代表性的有王维的终南别业、岑参的双峰草堂、储光羲的终南幽居、李德裕的平泉山居、宋之问的陆浑山庄、祖咏的陆浑水亭、白居易的遗爱草堂、司空图的中条别业、刘长卿的阳羡别业等。这些别业均为风景胜地,有丛林、幽谷、陂塘环绕,有山水,有田园,诗意盎然。唐代园林别业的普及折中了文人士大夫的仕隐矛盾,还为他们提供了理想的隐逸之所,从而也促使了山水田园诗的兴盛。

---

① 唐玄宗开元二十四年(736)秋天,高适从长安出来在淇上建一所别业,并在隐居淇上创作了《淇上别业》一诗,诗云:"依依西山下,别业桑林边。庭鸭喜多雨,邻鸡知暮天。野人种秋菜,古老开原田。且向世情远,吾今聊自然。"淇上别墅景色优美,背山面水,桑林成片,鸡鸭成群,菜蔬满园。山林生活,自得其乐。诗的结尾两句略露诗人郁郁不得志的苦闷心情。

第三节　唐代山水田园诗的情感类型

唐代的山水田园诗就其抒发的情感而言，大致有以下几种类型。

一　表达对闲适恬淡生活及归隐山林的向往与喜爱

唐代文人虽然大多数没有躬耕陇亩的生活体验，但隐逸之风使他们醉心于大自然的美景之中。诗人通过描绘田园风光的勃勃生机，表达了他们身处其间的愉悦和欣喜，传达出诗人对美好田园生活的向往与喜爱之情。比如王驾的《社日》：

> 鹅湖山下稻粱肥，豚栅鸡栖半掩扉。
> 桑柘影斜春社散，家家扶得醉人归。

王驾（851—?），字大用，自号守素先生，河中（今山西永济）人。大顺元年（890）进士，官至礼部员外郎，后弃官归隐。与郑谷、司空图友善，诗风亦相近。其绝句构思巧妙，自然流畅。《全唐诗》存其诗6首。

此诗当作于诗人归隐之后。诗人运用侧面烘托的手法，描绘了一幅农村男女老少欢庆丰收的生动画图。

诗的前两句描绘了鹅湖山颇具南方特色的村居风光。仲春时节村外农田里的庄稼丰收在望，村内猪满圈，鸡栖埘，一派五谷丰登、六畜兴旺的富裕景象。字里行间透露出节日的喜庆欢愉气氛。"半掩扉"恰如我国古代的"路不拾遗，夜不闭户"，暗示出农家的太平安宁和淳厚质朴的民风。

后两句写社日散场后的景象。"桑柘影斜",说明天色将晚,也说明村里注重桑植业的发展。春社热闹欢乐的场景诗人用末句"家家扶得醉人归"反衬出来。"醉人"二字使读者联想到村民观社时的兴高采烈,畅饮开怀,而这种欣喜之情又是与丰收分不开的。

这首诗受绝句体制的限制,笔墨极省,但内容却相当丰富。纸短情长,耐人寻味。诗人把田园农家作了桃源式的美化,表达了诗人对乡村农民的赞赏与热爱之情。还有孟浩然的《过故人庄》也传达了这种情感,后文还会谈到。

唐代诗人除了对田园隐逸生活的向往与喜爱之外,还在其中追寻一种和谐自足的境界。如王维的《渭川田家》一诗中描写了农民闲逸简朴的生活,使诗人欣羡不已,油然而生"悠然策藜杖,归向桃花源"之念(《菩提寺口号又示裴迪》),想在隐逸桃源中安放自己的心灵。

王维和孟浩然把山水田园诗中的韵味和情致发展到了极致。但晚唐诗人杜牧对山水田园风光的描绘和感悟,也有神来之笔。比如他的《村行》一诗:

春半南阳西,柔桑过村坞。
娉娉垂柳风,点点回塘雨。
蓑唱牧牛儿,篱窥蒨裙女。
半湿解征衫,主人馈鸡黍。

这首诗作于杜牧从安徽宣州到长安赴任的途中,经河南南阳时偶遇春雨,诗人在农家避雨时写下了这首诗。

诗的前两联写所见所感:诗人借写村里的桑树发芽,描绘春意盎然的景色。柔柔的春风吹拂着依依的杨柳,滴滴春雨随风飘落到池塘之中。颈联转入写人。春雨中披着蓑衣的牧童在歌唱，透过篱笆可以窥见穿着红裙的女孩儿。尾联则写诗人的感受：春雨淋湿了诗人的衣裳，诗人匆匆地到一家农户避雨，得到了主人的盛情款待。这首诗写得没有任何特别之处，诗人满怀深情地将农家最普通的场景描绘得诗情画意，其中还蕴藏着农家的质朴与真诚。

这首诗犹如一幅农村风景画，不仅有春天的田园美景，还写到了主人的热情招待，有着浓郁温馨的乡土人情，更有一种说不出的怡然情趣。

二　表达对现实社会的不满和对官场仕途的厌倦

大唐盛世的政治经济环境激发了诗人重视个性、崇尚自由的意识，一些有识之士在经历了仕宦波折之后，对功名利禄采取鄙视态度，萌生了"功成身退"的隐逸避世意识。

李白的人生经历使其清醒地认识到：现实的政治环境使他无法自由施展才华，更不可能张扬个性自由，要想无拘无束地生活，获取生命的自由，必须摆脱现实的束缚。但李白毕竟不是消极避世的，在他的作品中让我们读到了一种不安于命运的精神躁动和抗争。这在《古风》其三十一中得到了充分体现：

>郑客西入关，行行未能已。
>白马华山君，相逢平原里。
>璧遗镐池君，明年祖龙死。
>秦人相谓曰：吾属可去矣！
>一往桃花源，千春隔流水。

这首诗最大的特色在于诗人全用古人古事来表达自己的情怀。诗的前六句文字凝练,叙写了郑容入关的故事①。后四句诗人把他心中的理想之地——桃花源故事和郑容入关的故事融为一处,最后诗人用对桃花源的赞美结束全诗。这首诗正是李白无法实现人生理想和自身价值苦闷心境的具体体现,他心中强烈地希望自己与混浊纷乱的人寰相隔绝,反映了诗人对桃花源的向往和对尘世生活的厌恶。

这种在山水田园诗中表达对自己所处环境不如意和对社会现实不满的愤慨与批判的还有孟浩然的《岁暮归南山》:

北阙休上书,南山归敝庐。
不才明主弃,多病故人疏。
白发催年老,青阳逼岁除。
永怀愁不寐,松月夜窗虚。

约在唐开元十六年(728),孟浩然40岁上下,他来长安参加科举考试,落第之后内心极度苦闷懊丧,满腹牢骚不得而发,因此诗人以自怨自艾的形式创作了这首诗。

首联诗人一腔幽愤,从"北阙休上书"的自责自怪中倾泻出来。颔联中"明主弃""故人疏"可以读出诗人的感情特别复杂,有自伤自怜,更有怨悱愤怒。"不才"二字一方面是自谦,一方面也有才

---

① 诗中的郑客即为郑容,关于郑容入关的故事《搜神记》卷四有记载:秦始皇三十六年,使者郑容从关东来,将入函关,西至华阴,望见素车白马,从华山上下,疑其非人。道住,止而观之。遂至,问郑容曰:"安之?"郑容曰:"之咸阳。"车上人曰:"吾华山使也,愿托一牍书,致镐池君所。子之咸阳,道过镐池,见一大梓,有文石,取款(敲击)梓,当有应者,即以书与之。"容如其言,以石款梓,果有人来取书,云"明年祖龙死"。关于这个故事《史记》中也有所记载,与之大同小异。《史记》载:秦始皇三十六年,使者从关东夜过华阴平舒道,有人持璧遮(拦)使者曰:"为吾遗(送)镐池君。"因言曰:"今年祖龙死。"使者问其故,因忽不见,置其璧去。使者奉璧俱以闻。始皇默然良久,曰:"山鬼固不过知一岁事也。"退言曰:"祖龙者,人之先也。"使御府视璧,乃二十八年行渡江所沉璧也。

不被识、良臣未遇明主的感慨。"多病故人疏"则更为委婉深致，表面上是说自己"多病"而疏远故人，其实是有怨"故人"引荐不力之意。古代文化中"穷""病"含义相通，文人往往借"多病"来说"途穷"，正见诗人对世态炎凉的怨愤。颈联续写宦途渺茫后的景况，"白发""青阳"等意象，点明了诗人鬓发已白且功名未就，表达了诗人不甘于白衣终老，但又求仕无门、无可奈何的复杂心态。进而自然引出诗的末联"永怀愁不寐"的长夜不眠情态。

这首诗看似朴实无华，描山绘水，实则句句辗转，语涉数意，字里行间透露出了诗人仕途蹭蹬的幽思和对唐代科举制度的不满。

大唐山水田园诗派的诗人们虽然心向山水田园，但并不是所有人都能找到心灵的栖息地，他们大多还是挣扎于仕与隐的痛苦煎熬之中。在山水田园诗中，他们一方面表现对桃源的向往追寻，内心深处也是真想逃离烦忧，归隐山林；但另一方面，面对建功立业、求取功名的盛世大潮，诗人们心中又多有不甘和无奈，那种欲隐不能的矛盾抉择时刻叩击着诗人们的心房。房孺复的《酬窦大闲居见寄》一诗就生动形象地表现了这种矛盾情态，诗云：

来自三湘到五溪，青枫无树不猿啼。
名惭竹使宦情少，路隔桃源归思迷。
鹏鸟赋成知性命，鲤鱼书至恨暌携。
烦君强著潘年比，骑省风流讵可齐。

房孺复，生卒年不详。房琯之子，河南偃师人。少黠慧，年七八岁时即粗解缀文，亲党奇之。稍长，狂疏傲慢，任情纵欲。年二十，淮南节度陈少游辟为从事，后历任杭、辰两州刺史，容州经略史。

诗中的"宦情少"直接说明诗人对做官的消极态度，做官的热情远不及潘岳,自己才情也不够,一心想归隐田园,避世隐居,但事与愿违,诗人只能违心无奈地坚持做官。

从唐代的山水田园诗中,我们可以看到,唐代文人无论仕与隐,都表现出艰难的痛苦抉择。但不管怎样,山水田园毕竟给诗人们提供一个平静的生活场所,给予诗人一份心灵的安宁,抚慰他们内心的伤痛。

三 歌颂劳动生活,反映农民疾苦

唐代前期的山水田园诗所表现的田园生活是外在的,泛化的。诗人隐逸于田园,寂寞是诗人自傲式的寂寞,是一种超脱物外的淡然。诗人没有像陶渊明那样躬耕陇亩,也不懂什么土地农桑。他们是独立于山水田园之外的,他们只是诗人,是农家的看客,欣赏这里美好的景色而已。唐前期的山水田园诗人对乡村缺乏内在深入的了解,但盛唐的孟浩然则不然,他久居乡村,他的山水田园诗农家生活气息浓郁,感情真挚。淡而有味,浑然一体。比如他的《过故人庄》:

故人具鸡黍,邀我至田家。
绿树村边合,青山郭外斜。
开轩面场圃,把酒话桑麻。
待到重阳日,还来就菊花。

这首诗写的是孟浩然隐居鹿门山时,去一个姓田的朋友家做客的事情。全诗由"邀"—"至"—"望"—"约",如话家常一般朴实无华,自然流畅。

首联写应邀："故人具鸡黍，邀我至田家。"故人"邀"而作者"至"，文字上毫无渲染，如写日记般的平静自然。但对于将要展开的生活内容来说，却是极好的导入，显示了农家纯朴的气氛特征，为下文进一步丰富、发展埋下了伏笔。颔联写山村风光，即至之所望："绿树村边合，青山郭外斜。"诗人的望是由近及远的，近观绿树环绕，远望青山横斜，营造出一种清淡幽静的环境氛围，并自然推出颈联："开轩面场圃，把酒话桑麻。"宾主临窗举杯畅谈，轩窗一开，一片打谷场和菜圃映入眼帘。在绿荫环抱之中，又给人以宽敞、舒展的感觉。面对场院菜圃，诗人与友人把酒谈论庄稼收成，亲切自然，极富生活气息，从而也更让读者感受到了农家田园之乐。

我们仿佛可以嗅到场圃上的泥土味，看到庄稼的成长和收获。诗人将绿树、青山、村舍、场圃、桑麻和谐地融为一体，构成一幅优美宁静的田园风景画，而宾主的欢笑和关于桑麻的话语，也似乎不绝于耳，那样轻松，那样自然。

诗的尾联则更为语浅情深。写诗人临走时向主人率真地表示："待到重阳日，还来就菊花。"淡淡两句诗，将故人相待的热情，做客的愉快，主客之间的亲切融洽，充分地表现了出来。

这首诗不同于纯然幻想的桃花源，而是更富有现实色彩的田园生活再现。诗人不仅把政治追求中所遇到的挫折和名利得失忘却了，就连隐居中孤独抑郁的情绪也丢开了。农家田园，悠然忘我，诗人自然而自然地沉醉于其中了！

这里需要进一步强调的是孟浩然的诗平淡中蕴藏着深厚的情味。这首诗虽是"淡抹"却构成了一个完整的意境：恬静秀美的农村风光和淳朴诚挚的情谊融成一片。有"清水出芙蓉，天然去雕饰"的美学情趣，从而成为自唐代以来山水田园诗中的佳作。

孟浩然写诗，"遇思入咏"，是在真正有所感时才下笔的。诗兴到时，他也不屑于去深深挖掘，只是用淡淡的笔调把它表现出来。这首诗也表现了这一特色。

唐代像孟浩然这样的田园诗人们逐渐开始了真正的田园生活，从内心深处融入了田园，有着对真实乡村生活的描绘，也有着对乡村生活较为清醒理性的认识。如张籍的《江村行》：

> 南塘水深芦笋齐，下田种稻不作畦。
> 耕场磷磷在水底，短衣半染芦中泥。
> 田头刈莎结为屋，归来系牛还独宿。
> 水淹手足尽有疮，山虻绕身飞飐飐。
> 桑林椹黑蚕再眠，妇姑采桑不向田。
> 江南热旱天气毒，雨中移秧颜色鲜。
> 一年耕种长苦辛，田熟家家将赛神。

诗中除了体现出上文所提到的南方化的倾向之外，对农人劳作时形象、细致、生动的刻画，也体现出了诗人对乡村的了解与熟悉。这是唐代前期醉吟山水的田园诗人所感受不到的深刻。

唐代的山水田园诗还把农民作为描写的主角，比如孟郊《山老吟》描写的是山上开荒的老者，张籍《樵客吟》的主角自然是樵夫，姚合《喜胡遇至》赞叹的是友人相访。

只有真正走进乡村生活，有切身的体验，才能发现掩藏在青山绿水、桑植农事后面的劳碌辛苦，才能描画出真实的乡村生活图景。唐代有一部分山水田园诗是诗人亲身体验之作，是写实之作。有的诗人曾经亲眼看见农民下田种稻，衣襟染泥，甚至手足浸泡生疮，还被蚊虫、牛虻叮咬无数的现象。诗人看到乡村这样的真实场景之后，使得他们的山水田园诗创作更加贴近乡村生活，真实可感。比如唐彦谦的《宿田家》：

落日下遥峰，荒村倦行履。
停车息茅店，安寝正鼾睡。
忽闻叩门急，云是下乡隶。
公文捧花柙，鹰隼驾声势。
良民惧官府，听之肝胆碎。
阿母出搪塞，老脚走颠踬。
小心事延款，□（酒）余粮复匮。
东邻借种鸡，西舍觅芳醑。
再饭不厌饱，一饮直呼醉。
明朝怯见官，苦苦灯前跪。
使我不成眠，为渠滴清泪。
民膏日已瘠，民力日愈弊。
空怀伊尹心，何补尧舜治？

唐彦谦（？—893），字茂业，号鹿门先生，并州晋阳（今山西省太原市）人。官至兴元（今陕西省汉中市）节度副使、阆州（今四川省阆中市）、壁州（今四川省通江县）刺史。晚年隐居鹿门山，专事著述。昭宗景福二年（893）卒于汉中。

诗人夜宿农家，据其在农家的所见所闻，有感而发写下了这首诗。诗中描写了下乡的差役对人民的压榨欺凌，诗人身为官员却无力回天，对统治者的残酷盘剥深为不满，进而表达了他对农民痛苦生活的同情。

诗人观察细腻，诗中有很多细致入微的刻画，人物形象鲜明生动。比如诗中的老妇形象，"老脚走颠踬"一句写老人家步履蹒跚的情景，饱含辛酸。"东邻借种鸡，西舍觅芳醑"写老人家东邻西舍地借东西招待差役的辛酸无奈；"苦苦灯前跪"写老人家怕去官府见官，苦苦哀求的窘迫；等等。诗人把惧怕官府的老妇形象立于读者面前，表面上是对普通民众的同情，骨子里则是对统治者黑暗统治的鞭挞。

四　表达诗人对生活、对人生的哲思感悟

唐代山水田园诗中蕴含哲思又禅意盎然的当首推"诗佛"王维。王维有很多诗清冷幽邃，远离尘世，无一点人间烟火气，充满禅意，这正是王维佛学修养的必然体现。如王维的《鸟鸣涧》：

人闲桂花落，夜静春山空。
月出惊山鸟，时鸣春涧中。

诗人起笔"人闲"二字说明周围没有人事的烦扰。因此桂花细小的花瓣在夜间从枝上飘落，都被觉察到了，由此可见这山中之静。万籁都陶醉在春山夜的宁静里，以至于月亮出来竟使山鸟惊觉，并在林木间偶尔发出惊叫声。春山在明月、落花、鸟鸣的点缀之下呈现出一种空灵之境，于此境中我们真切体味到了诗人心灵的宁静和精神的超脱。

王维山水田园诗的禅意表达还很有画面感，比如《鹿柴》：

空山不见人，但闻人语响。
返景入深林。复照青苔上。

此诗以"空"字领起,看似无意之笔,但在诗人的精心安排下,"空"字更显禅意。人迹罕至的空山中,四处空阔虚无。因而听到人说话的声音,就仿佛这种声音来自另一个世界,诗人意在用空谷跫音表现空山之静。诗中描写了这样一个画面:诗人独处于空山深林,看到一束夕阳的斜晖,透过密林的空隙,洒在林中的青苔上。万物纷繁,诗人却捕捉到宁静深林中夕阳斜照这一精彩瞬间,虽非刻意,可一幅寂静幽清的画卷已成于眼前,意趣悠远,令人神往。

王维的《过香积寺》《辛夷坞》等诗,也蕴含着深刻的人生哲理和禅意感悟。唐代的好多山水田园诗,诗人每每在无意间将禅意入诗,让读者置身于空灵虚幻之中,超然物外,叹其寂静,品其闲适,享其清雅。

第四节 唐代山水田园诗中的桃源意象

王凯在《自然的神韵——道家精神与山水田园诗》一书中谈道:"山水田园诗人不仅用心来体察自然的奥秘,领略山水的神韵,还要用意象语言把它传达出来。"[①] 唐代山水田园诗中最为典型的意象语言莫过于桃源意象了。

桃源意象因陶渊明创作的《桃花源记》和《桃花源诗》而得以正式命名,是指纯朴安宁的人间乐园,是诗意栖居的和谐世界,寄寓了诗人超拔脱俗的人生理想。桃花源是一个幸福自由的神秘乐土,后世无数文人墨客心向往之,使桃源意象成为一个审美艺术符号,凝聚着作家审美理想和人生体验,是他们对自由王国的希冀。对桃源的企羡和歌咏,成了唐代文学中一道独特的风景。山水田园诗中

---

① 王凯:《自然的神韵——道家精神与山水田园诗》,人民出版社2007年版,第13—14页。

的桃源更是诗人们反复吟咏的对象。

一 诗意栖居之所

唐代山水田园诗中的桃源,有的是陶渊明笔下具有实际意义的武陵源,直接取材陶渊明的《桃花源记》,比如王维的《桃源行》:

> 渔舟逐水爱山春,两岸桃花夹古津。
> 坐看红树不知远,行尽青溪不见人。
> 山口潜行始隈隩,山开旷望旋平陆。
> 遥看一处攒云树,近入千家散花竹。
> 樵客初传汉姓名,居人未改秦衣服。
> 居人共住武陵源,还从物外起田园。
> 月明松下房栊静,日出云中鸡犬喧。
> 惊闻俗客争来集,竞引还家问都邑。
> 平明闾巷扫花开,薄暮渔樵乘水入。
> 初因避地去人间,及至成仙遂不还。
> 峡里谁知有人事,世中遥望空云山。
> 不疑灵境难闻见,尘心未尽思乡县。
> 出洞无论隔山水,辞家终拟长游衍。
> 自谓经过旧不迷,安知峰壑今来变。
> 当时只记入山深,青溪几度到云林。
> 春来遍是桃花水,不辨仙源何处寻。

此诗作于王维京兆长安时,时间大约在唐玄宗开元七年(719),当时诗人才 19 岁。全诗三十二句,在陶文的基础上进行了艺术再创造，用一幅幅形象的画面展示出了桃源的优美意境。

前十句两幅画面：第一幅画是"渔舟逐水"：远山近水，红树青溪，一叶渔舟，在夹岸的桃花林中悠悠行进。为渔人"坐看红树""行尽青溪"作了铺陈。第二幅画面是桃源全景：远处高大的树木像是攒聚在蓝天白云里，近处满眼都是遍生于千家万户的繁花、茂竹。云、树、花、竹相映成趣，美不胜收。

中间十二句，是全诗的主体。"居人共住武陵源"一句承上而来，点明这是"物外起田园"。接着，便连续展现了桃源中一幅幅景物画面和生活画面。有桃源夜的静谧画面，由月光、松影、房栊等静态景物构成；有桃源晨的喧闹画面，由太阳、云彩、鸡鸣犬吠等动态景物构成。两幅画面，各具情趣。诗人在此集中刻画了渔人和桃源中的其他人的形象，"惊""争""集""竞""问"等一连串动词，把他们的神色动态和感情心理刻画得活灵活现，表现出桃源中人淳朴、热情的性格和对故土的眷恋关心。

后十句诗人一气呵成，将渔人行迹一览无余地展现出来：离开桃源—怀念桃源—再寻桃源，还特殊描写了渔人遍寻不得、怅惘无限的失落，达到了情、景、事的完美融合。

全诗首尾照应，开头是无意迷路而偶从迷中得之，结尾则是有意不迷而反从迷中失之，令读者感喟不已。结尾两句"春来遍是桃花水，不辨仙源何处寻"，诗笔飘忽，意境迷茫，给人留下了无穷的回味。

王维此诗，"月明松下房栊静，日出云中鸡犬喧""平明闾巷扫花开，薄暮渔樵乘水入"等句把桃花源描写得细致入微，真实具体。诗人注重细节描写，让桃源可触可感，既真实美好，又如虚幻如梦，其中折射出的正是诗人自己对桃源生活的怡然自得之态。

唐代士人非常清醒地意识到，武陵郡中那个桃源，是不可寻的世外洞天。现实生活中,唐人按照武陵源的样子打造他们心目中的桃源:芳草萋萋、溪水潺潺、小径幽幽,这就是他们的桃花源了,诗人尽享其中的静寂、闲逸和纯朴等趣味。比如吴融在《山居即事四首》中就这样写道:

> 桂树秋来风满枝,碧岩归日免乖期。
> 故人尽向蟾宫折,独我攀条欲寄谁。
> 不傲南窗且采樵,干松每带湿云烧。
> 庖厨却得长兼味,三秀芝根五术苗。
> 万事翛然只有棋,小轩高净簟凉时。
> 阑珊半局和微醉,花落中庭树影移。
> 无邻无里不成村,水曲云重掩石门。
> 何用深求避秦客,吾家便是武陵源。

居所中有茂盛的桂树、林立的碧岩,野蔬充膳,落叶添薪,闲来下棋,诗酒唱和,"无邻无里""水曲云重",如此清幽之地,诗人情不自禁地认为"吾家便是武陵源"了。

桃源是唐人适彼的乐土,是他们恬淡和谐、与世无争、自然无为的心灵安放之所。生活中的园林别墅,一变而成为他们寄托理想、怡然自乐的桃源。如孟浩然的"误入桃源里,初怜竹径深"(《游精思题观主山房》)、司空图的"将取一壶闲日月,长歌深入武陵溪"(《丁未岁归王官谷》)、钱起的"桃源数曲尽,洞口两岸坼"(《寻华山云台观道士》)、皎然的"桃花春满地,归路莫相迷"(《题沈道士新亭》)等,都属于此类。

在唐代的山水田园诗中,桃源意象往往隐于诗中,折射出诗人的内在情感。如王维的《辋川别业》:

不到东山向一年,归来才及种春田。
雨中草色绿堪染,水上桃花红欲然。
优娄比丘经论学,伛偻丈人乡里贤。
披衣倒屣且相见,相欢语笑衡门前。

全诗无一字提到"桃源",但诗中的隐逸安乐、闲适惬意的情态,分明让读者感受到了"桃源"——现实世界中的人间乐土。这种写法在唐代山水田园诗中比较常见:"白首垂钓翁,新装浣纱女"(孟浩然《耶溪泛舟》)、"野老念牧童,倚杖候荆扉"(王维《渭川田家》)都属于这种意境。这种写法对后世的诗歌创作影响极大,比如宋代杨万里《晓出净慈寺送林子方》中的"接天莲叶无穷碧,映日荷花别样红"、清代戴良《插秧妇》中的"裙翻蛱蝶随风舞,手学蜻蜓点水忙"等诗句,给人的感觉就是桃源,即便是没有桃花,也没有隐士,但却有悠游自在的怡然韵味。

唐代山水田园诗中的"桃源"意象,是诗人遗世独立的风采展示,是诗人真实生活的美化。他们享尽田园之乐,占尽士林风流,过着"醉歌田舍酒,笑读古人书"(王维《送孟六归襄阳》)的高雅生活。

二 隐逸避世之所

安史之乱之后,山水田园诗人们的心中已经不再有盛唐诗人的壮志豪情,心向桃源也不是为了安放心灵,诗意栖居,而是对现实无奈的逃避,桃源成了诗人们隐逸避世之所。比如汪遵的《短歌吟》:

第八章 山光水色养性灵,登山观海总溢情

> 箭飞乌兔竞东西,贵贱贤愚不梦齐。
> 匣里有琴樽有酒,人间便是武陵溪。

汪遵(生卒年不详),一作王遵(据《全唐诗》),约唐僖宗乾符中前后在世。宣州泾县人(《唐诗纪事》作宣城人,此从《唐才子传》),咸通七年(866)擢进士第。《唐才子传》记载其有诗集传世。

对于诗人汪遵来说,他经历了战乱流离,早已看遍了世态炎凉,尝尽了酸甜苦辣。诗人敏感的神经再也经不起现实的冲击,诗人自觉韶华已逝,人生易老,应该及时行乐,远离世俗,敞开胸怀,过诗酒风流的生活,一句"人间便是武陵溪"便是这种心态的写照。其实"武陵溪"是诗人心中的避难所,表达的是诗人对理想社会的向往。

山水田园诗中的桃源即便是诗人们逃离社会纷扰的最佳之地,但他们的这种心绪却不能明言,只能隐晦地流淌于字里行间。我们来看一下温庭筠的《郊居秋日有怀一二知己》:

> 稻田凫雁满晴沙,钓渚归来一径斜。
> 门带果林招邑吏,井分蔬圃属邻家。
> 皋原寂历垂禾穗,桑竹参差映豆花。
> 自笑谩怀经济策,不将心事许烟霞。

初读此诗,发现诗中写的俨然盛世繁华之景:有果树、有菜园,而且稻田丰饶,鸿雁翱飞,还可怡然垂钓。生活在其中的诗人应该是非常惬意安闲的。但读到末尾,"自笑谩怀经济策,不将心事许烟霞"一联才捕捉到诗人心中郁郁不得志的愤懑,原来诗人是无奈之下的隐居,是身虽隐而心不甘的纵情山水。即便是没有明言,但有

志难申的悲慨还是无法掩饰的。

唐代士人为逃离现实无奈遁入桃源的大有人在，他们寄情于山水之间，但内心的愁苦仍旧无法释然。比如吴融的《偶书》就是这种心态的展示：

> 青牛关畔寄孤村，山当屏风石当门。
> 芳树绿阴连蔽芾，长河飞浪接昆仑。
> 苔田绿后蛙争聚，麦垄黄时雀更喧。
> 只此无心便无事，避人何必武陵源。

吴融的这首诗写的就是为了躲避现实社会的纷扰才隐入桃源的。这在晚唐社会绝非偶然现象，而是当时社会的一种普遍心态。对于诗人吴融来说，尽管避开了俗世的烦扰，但隐居生活也无法化解内心的愁苦。从尾联"只此无心便无事，避人何必武陵源"两句中，仍旧可以读到诗人的济世之心和对现实的关怀，还有那挥之不去的壮志难酬的伤痛。与此类似的还有郑谷的《郊园》：

> 相近复相寻，山僧与水禽。
> 烟蓑春钓静，雪屋夜棋深。
> 雅道谁开口，时风未醒心。
> 溪光何以报，只有醉和吟。

在这首诗中，每一个意象都饱含着诗人的孤独无奈，原本如斯美景，却被诗人主观化地蒙上了悲凉的色彩，尤其末句的"只有醉和吟"，更是让读者为之惊诧，令闻者为之心酸。

唐代山水田园诗人的"桃源"意象，除了蕴含着诗人的失路

之悲外,还有一种前路漫漫的无助和浑浑噩噩的迷茫。如方干的《山中》:

> 爱山却把图书卖,嗜酒空教僮仆赊。
> 只向阶前便渔钓,那知枕上有云霞。
> 暗泉出石飞仍咽,小径通桥直复斜。
> 窗竹未抽今夏笋,庭梅曾试当年花。
> 姓名未及陶弘景,髭鬓白于姜子牙。
> 松月水烟千古在,未知终久属谁家。

方干(809—888),字雄飞,号玄英,门人私谥为玄英先生。睦州青溪(今浙江淳安)人。为人质野,喜凌侮。每见人设三拜,曰礼数有三,时人呼为"方三拜"。有《方干诗集》传世。《全唐诗》收方干诗六卷348篇。

乍读此诗,感觉到的是诗人超然外物的隐者情怀,一种闲恬淡然,默默无为之态。不过尾句"未知终久属谁家"才是诗人创作此诗的真正用意,流露出了一种迷茫萧瑟之感。而这种迷茫是对未来人生的不可知,也是对当下困厄生活的强烈抗议,"姓名未及陶弘景,髭鬓白于姜子牙"则进一步揭示了诗人痛苦的根源。

在唐代山水田园诗中,桃源意象体现了文人士大夫群体的现实关切和生存理想。作为表达个体生命欲求和社会生活理想的"桃花源",由外在的精神追求落实为内在的心灵安顿,成了中国传统文化中的典型意象。

第五节 唐代山水田园诗的艺术特点

唐代的山水田园诗继承了陶谢的冲淡自然、适己为乐的精神旨趣和静照忘求的审美方式。诗中尽情描绘自然山水和田园风光，表现返璞归真、怡情养性的情趣，抒写隐逸生活的闲情逸致。诗歌风格清新自然，意境淡远闲适，写景状物工致传神，提高了诗歌表现自然景物的艺术技巧，是唐诗艺苑中的一枝奇葩。

一　唐代山水田园诗的清淡之美

唐代山水田园诗的总体风格是清淡之美，由田园之乐、山水之美交织而成。诗人们在对清幽宁静的自然之美的吟唱中，展示他们真实的心灵世界。他们以清淡之语，绘清淡之景，传清淡之情。

山水田园诗派的代表诗人孟浩然有些诗，常常是淡淡的笔调把自己的情绪表达出来。诗人那种不过分冲动的感情，和浑然而就的淡淡诗笔，正好吻合，韵味弥长。他的《宿桐庐江寄广陵旧游》一诗就表现了这一特色。诗云：

> 山暝听猿愁，沧江急夜流。
> 风鸣两岸叶，月照一孤舟。
> 建德非吾土，维扬忆旧游。
> 还将两行泪，遥寄海西头。

从诗题看这是一首酬赠诗，但诗中所表现的内容却是以写山水之景为主，故而放在此处品鉴。

这首诗的意境清寂，情绪上的孤独感隐于淡景淡语之中。诗的首联写日暮猿啼和沧江急流，让读者感受到了环境的清寥和抒情主人公情绪的黯淡以及舟宿之人内心的不平。颔联写风鸣月照，夜风吹得木叶沙沙响，月光照在沧江的一叶孤舟之上，更加触动了诗人的孤寂之感。风声猿声，月涌江流，同时还有置身于漂荡的孤舟，这情景可以想见诗人该是何等孤独和不安。颈联则说明了这种情绪的由来，"建德非吾土，维扬忆旧游"，原来诗人是独客异乡，怀念故友。思乡怀友在这特定的环境下变得尤为强烈，诗人不由得潜然泪下，希望沧江夜流能将他的思念带给扬州旧友。

在这首诗中，只有首联的"愁""急"有雕琢之迹，其他各联读起来脱口而出，似跟朋友谈心一般。诗人只淡淡地把"愁"说成怀友之愁，而没有往更深处去揭示。这样淡然着笔，一方面是因为故友相忆，点到即止，朋友便能知心会意；另一方面诗人愁情中夹杂着求仕失败的落寞，说得过于直露，反而会带来尘俗乃至凄怆的气息，会破坏全诗所给人的清远印象。

王维擅长山水田园之美的诗篇创作，孟浩然则擅长山水田园之乐的诗篇创作，孟浩然常以襄阳江村以及他本人为原型，经过典型化创作，成功创作了一个优雅的意境以及与这一意境相协调的风神爽朗的抒情主人公形象。比如前面提到的《过故人庄》一诗写了宾主宴饮的情景与纯真的友谊，表现了田园生活的一个侧面，坦露了他对田园生活的愉悦与陶醉之情。全诗对仗工整，但不流于纤巧，意境浑成而不伤于刻画。

唐代山水田园诗人特别注重对隐居环境的描写，将审美目光放到山水田园的外在美上，进而从美景中感悟多方面的田园意趣。比如王维的《积雨辋川庄作》：

积雨空林烟火迟，蒸藜炊黍饷东菑。
漠漠水田飞白鹭，阴阴夏木啭黄鹂。
山中习静观朝槿，松下清斋折露葵。
野老与人争席罢，海鸥何事更相疑。

这首诗是全唐七律的压卷之作。全诗着力描写积雨后辋川庄的景致环境之美，展现诗人隐退后的闲适生活。首联写诗人静观所见：因积雨不断，天阴地湿，农家的生活节奏放缓，炊烟袅袅升起，烹饪山野美味，一派闲适的田园生活图景。颔联写自然景色：广阔苍茫的水田之上白鹭飞过，深山密林之中有黄鹂歌唱，画意盎然。颈联写诗人情状：独处空山，幽栖松林，静观木槿，清食露葵，过着独在山间、远离尘世的幽居生活。末联诗人借用《庄子·寓言》和《列子·黄帝》中的两个典故，向世人宣告自己心无俗念，随缘任适，无尘世烦恼，尽享山林之乐。这两个典故，正反结合，抒写了诗人远离尘嚣、淡泊自然的心志。

这首诗生活气息浓厚，辋川恬静优美的田园风光，让诗人感受到幽雅清淡的田园之美，表现了诗人隐居山林、脱离尘俗的闲情逸致。

唐代山水田园诗的清淡还在于诗人们经常将仙境禅境化入诗中，创造出清净空灵的艺术意境。比如上文我们提到的王维的《鸟鸣涧》《鹿柴》等诗都呈现出这样的艺术境界。

二　情景交融的艺术境界

唐代的山水田园诗完成了山水诗和田园诗的合流。在内容题材上，他们既写山水又写田园。在写景艺术上，他们十分注意情景交融、融情入景、形神兼备、意表合一。这就为山水田园诗开拓了新的艺术境界。

情景交融是山水田园诗的写作传统，唐代诗人继承了这一传统，并将其推向了新高度。诗人多将感情于景物刻画中体现出来，感情更加含蓄，以致藏而不露，将"情"几乎不着痕迹地融入"景"中，让读者自己去体味，直接抒情的成分大大减少了。这种情况在

第八章　山光水色养性灵，登山观海总溢情

盛唐山水田园诗中更多，比如孟浩然的《秋登兰山寄张五》：

> 北山白云里，隐者自怡悦。
> 相望试登高，心随雁飞灭。
> 愁因薄暮起，兴是清秋发。
> 时见归村人，沙行渡头歇。
> 天边树若荠，江畔舟如月。
> 何当载酒来，共醉重阳节。

这是一首秋日登高远望、怀念旧友的诗。诗人精心选择了从"薄暮"这一易于抒发愁思的特定时刻入手，诗人怀故友而登高，望飞雁而孤寂，临薄暮而惆怅，处清秋而兴发，特别希望挚友到来共度佳节。末二句写的是友人不至，诗人失望之余发出的美好祝愿，既是喟叹，也是希冀。全诗情随景生，以景烘情，情景交融，浑为一体。情飘逸而真挚，景清淡而优美。诗人以隐逸出名，此诗饱含清秋的逸兴，语言凝练自然。

通过描写景物来抒发感情，是中国古典诗歌的一大特色，山水田园诗更是如此。唐代的山水田园诗继承了陶渊明田园诗冲淡自然的描写，发展了谢灵运山水诗形象典雅的特点，创造出了韵外之旨、象外之趣，形成情景交融的完美意境。比如王维的《汉江临泛》：

> 楚塞三湘接，荆门九派通。
> 江流天地外，山色有无中。
> 郡邑浮前浦，波澜动远空。
> 襄阳好风日，留醉与山翁。

诗的首联写诗人泛舟江上，纵目远望，只见茫茫楚地和"三湘"之水相接，汹涌荆江与长江九派合流相通，勾勒出了一派雄浑壮阔的景色，为整个画面铺设好了背景。接下来诗人把画面镜头推向远处的山光水色：汉江滔滔远去，突出其流长邈远；两岸青山重重，重在强调其若隐若现，这苍茫山色恰恰烘托出江势的浩瀚空阔。诗人着墨不多，却给人以伟丽淡雅之感，其效果远胜于浓墨重彩的涂抹。颈联诗人又把镜头拉到眼前之景：所乘之舟与舟前之城互相映衬，舟行城亦"浮"；波澜壮阔的江水与远方的天空白云相互接连，波涌云亦"动"。诗人运用动与静的错觉，不仅渲染了江水的磅礴之势，更使笔下之景灵动起来。尾联诗人用山翁（晋人山简）之典[①]，流露出对襄阳风物的热爱之情。

这首诗恰如一幅色彩素雅、格调清新、意境优美的水墨山水画，诗人以形写意，轻笔淡墨，又融情于景，情绪乐观，给人以美的享受。

唐代山水田园诗中情景交融的意境营造，诗人们大都通过捕捉形象，抓住景物的特征和细节，组成色调统一的画面，在诗中艺术地再现出来。比如王维的《木兰柴》：

秋山敛余照，飞鸟逐前侣。
彩翠时分明，夕岚无处所。

诗人摄取了秋山余照中的瞬间镜头，有面有点。"秋山敛余照"和"夕岚无处所"，其中既有时间的推移，又见阳光的收束，还有黄

[①] 山翁，指山简，晋代竹林七贤之一山涛的幼子，西晋将领，镇守襄阳，有政绩，好酒，每饮必醉。《晋书·山简传》说他曾任征南将军，镇守襄阳。当地习氏的园林，风景很好，山简常到习家池上大醉而归。这里借指襄阳地方官。一说是作者以山简自喻。

昏时山气的浮动隐现。"飞鸟逐前侣",较之陶渊明的"飞鸟相与还"(《饮酒》其五)来说,陶诗写一群飞鸟归巢,王维则更细致地描摹出归鸟前后相逐的动态特征,又用"彩翠时分明"进一步描写飞鸟的毛色在夕照中熠熠闪光的形态特征,渐飞渐远,消失于夕岚中。背景的烘托,细部的勾画,表现了相当高明的艺术技巧。

陶诗中写飞鸟的很多,但从来不像王维这样去精心描绘画面的细部,从这一点看,王维的观察细致,状物入微,显然又兼收了谢诗之长。但倘仍以此诗与谢诗"林壑敛暝色,云霞收夕霏"相比,则王诗又不像谢诗那样堆砌板滞,更为平易自然,富有情趣得多。由此可以看到,王维综合陶、谢而自成一家的艺术创造,也看出唐代山水田园诗的艺术高度。

三 诗中有画的艺术境界

王维把绘画艺术的形色搭配融入山水田园诗的创作中,融画法入诗,妙笔生花,创造了"诗中有画,画中有诗"的艺术境界。比如他的《山居秋暝》:

> 空山新雨后,天气晚来秋。
> 明月松间照,清泉石上流。
> 竹喧归浣女,莲动下渔舟。
> 随意春芳歇,王孙自可留。

这首诗大家非常熟悉,也最能体现王维"诗中有画"的特点。诗人在有限的篇幅中,选择最富有感染力的自然景色和山色风光,以灵活多变的手法交织成一幅清新和谐、宁静高远的图画,借以表现山水之美。诗中描绘的清新、美好的生活画面，反衬出诗人对官场的厌恶，而映现在画面中的泉水、翠竹、莲花，既是诗人高尚情操的写照，也是对诗人所追求的理想境界的烘托。

　　王维还善于运用色彩对比构成优美画面，比如上文提到的《积雨辋川庄作》一诗中的"漠漠水田飞白鹭，阴阴夏木啭黄鹂"一联很有画面感。"漠漠水田"和"阴阴夏木"不是简单的颜色对比，还有一种空间立体感："漠漠水田"极言暗色调辽阔的背景，"飞白鹭"与之形成视觉反差，又与"阴阴夏木"相呼应，同时"阴阴夏木"句又是以动衬静，点染出"啭黄鹂"的悦耳鸣叫。这两句诗人抓住了景物声、色的特点，勾画出了一幅优美的田园风景画。这种写法在王维的另一首《过香积寺》中运用得更为纯熟。诗云：

>　　不知香积寺，数里入云峰。
>　　古木无人径，深山何处钟。
>　　泉声咽危石，日色冷青松。
>　　薄暮空潭曲，安禅制毒龙。

　　这首诗的中间四句主要是写诗人的目见和耳闻。丛林中古树参天，层峦叠嶂，杳无人迹。忽然有隐隐的钟声传来，打破了深山空谷的寂静。小径无人行，钟鸣不知处，使这寂静山林显得越发安谧幽远。五、六两句"泉声咽危石，日色冷青松"，一连写了"泉声""危石""日色""青松"四个物象。泉声何以幽咽呢？是因为山中危石耸立，泉水穿行于嶙峋的岩石之间，不能畅行，似乎在呜咽。由此看这一"咽"字用得妙！"日色冷青松"中的"冷"与"日色"也很耐人寻味。夕阳西下，山林渐暗，落日余晖泼洒于幽深的青松之间，的确是显得有些阴冷啊！

王维的画工实在是高超，仅仅抓住几个声色兼备的物象，就勾勒出了一幅幽静的山林风景画。唐代山水田园诗派的另一代表人物孟浩然的诗经常能创造出优美画面。比如他的《宿业师山房期丁大不至》一诗就表现出了清丽安宁的构图画面：

> 夕阳度西岭，群壑倏已暝。
> 松月生夜凉，风泉满清听。
> 樵人归欲尽，烟鸟栖初定。
> 之子期宿来，孤琴候萝径。

这首诗从诗题就可以知道，诗人在山房中等候友人，可友人却姗姗来迟的情景。诗人的笔意挥洒自如，将山中暮色勾勒得极具特色，达到了"诗中有画"的艺术境界。

诗的前两联画面感极强，写得有声有色。首联写夕阳西下，群山万壑掩映在苍茫暮色之中。颔联诗人见到了松树间洒落的清凉月光，与夜色一道让人心生凉意。听到了静谧的松月夜色下，风中流淌的清脆灵动的泉水声，泉声打破了夜的寂静。颈联写傍晚时分，樵夫归家，鸟儿归巢，从侧面表现了山中归于宁静的情景。通过这样的画面呈现，我们可以聆听山水清音，尽享山水安宁之乐。而诗的尾联才真正点明题中的候友之事，抚琴候友，生动形象，呼之欲出，跃然纸上。

唐代的山水田园诗中的画面，不仅有声有色，还注重图形与背景的转换，形成有动态感的画面。例如王维的《寒食汜上作》：

> 广武城边逢暮春，汶阳归客泪沾巾。
> 落花寂寂啼山鸟，杨柳青青渡水人。

开元十四年（726），王维济州司仓参军的任职期满后，走水路归京的途中，舟行至广武城时，正值寒食节，诗人无限感慨，挥笔写下了这首诗。

清代王士禛的《唐贤三昧集笺注》中谈到这首诗时说是"一幅活画"。那么这幅画是如何构成的呢？我们先看诗的首句，虽然是交代时间地点，但从绘画角度来看，时间意象"暮春"为大背景，地点"广武城外"是主图形。诗的第二句"汶阳归客泪沾巾"又为这幅画增加了人物"汶阳归客"，人物情态是"泪沾巾"。接着镜头一转，写"落花寂寂啼山鸟"，在一片能感受到花瓣簌簌飘落的静谧中，突然传来了山鸟的啼鸣，这一场景有动有静，进一步丰富了画面的内容。诗的末句"杨柳青青渡水人"写岸边杨柳依依，生机盎然，然而旅人却要乘舟远行，这一画面，又为整首诗增添了依依别情。

在这首诗中诗人运用意象并置叠加，构成动态画面效果，也营造出诗歌的动态美感。

诗人笔下的山水草木、鸟语花香并不是孤立的，而是构成了一个和谐的整体，形成了充满生命意识的画面。且看杜甫的《绝句二首》其一：

迟日江山丽，春风花草香。
泥融飞燕子，沙暖睡鸳鸯。

这首诗是杜甫的以诗为画之作。诗的前两句大处落笔写春景。初春的阳光温暖灿烂，景色明净绚丽。和煦的春风吹拂着大地，百花竞放、风送花香，一派明媚的大好春光。诗的三、四句具体描绘春天的景物。先是动态景物映入读者眼帘：春暖花开，泥融土湿，燕子衔泥筑巢,飞来飞去地忙个不停,表现出一番春意闹的情景,也增加了诗歌的动态美感。然后是静态景物的细描精刻:春风融融,日丽沙暖,溪边的沙洲上成双成对的鸳鸯也在沐浴阳光,静睡不动。

从全诗来看,前两句粗笔勾勒,后两句工笔细描,动静结合,构成一幅色彩明丽、生机勃勃的初春景物图。这是杜甫经历安史之乱的颠沛流离后,对眼前安宁生活的珍惜,也表露了诗人对欣欣向荣春景的欢愉情怀。

需要说明的一点是,山水田园诗中诗人虽然写山水,写田园,但其用不在山水田园,而在于借山水田园抒怀明志。诗人笔下关于山水田园景致的描写,很大程度上是为抒发情感服务的。如杜甫的《绝句四首》其三:

> 两个黄鹂鸣翠柳,一行白鹭上青天。
> 窗含西岭千秋雪,门泊东吴万里船。

这是一首典型的即景赋诗,看似以描写山水景物为主。诗的前两句写景但却对仗工稳。草堂周围的柳枝上成双成对的黄鹂在歌唱,蓝天上的一行白鹭在自由自在地飞翔。有声有色,清快优美,生机无限,构成一幅绚丽的图景。诗的后两句是诗人远观近瞧:凭窗远眺,望到了难得一见的终年不化的雪岭;门外近瞧,看到了停泊在江边的船只。这首诗的意象组接起一幅咫尺万里的壮阔山水画卷。但杜甫写这首诗时正值身在草堂,江船的出现,便触动了他的乡情,所以说前三句的景物描写,是为末句抒发情感作铺垫的。

综合来看,唐代的山水田园诗往往通过有声有色的物象,采用动静结合、衬托等多种技法,绘成"诗中有画,画中有诗"的境界,让读者从中感悟山水之美,田园之乐。

山水田园诗的如画意境往往通过色彩勾勒，或明丽，或幽暗。这些色彩不单是为了描山摹水，更是诗人渲染情绪、烘托气氛的需要。色彩的冷暖具有调节情绪的引导作用，诗人可以根据情绪表达需要来选择景物的色彩，例如王维《鹿柴》用的是幽暗深林的青黑色与夕阳暖色的协调融合，缓和了青黑色带来的情绪上的阴郁凄冷。这种色彩调和画面在王维的《田园乐七首》其六中更为典型：

> 桃红复含宿雨，柳绿更带朝烟。
> 花落家童未扫，莺啼山客犹眠。

《田园乐七首》各首独立成章，又连缀成一体，是描写自然山水和田园风光的组诗。诗人表面上描写辋川山居的景致，但他的重点不在于物，而是为了表现内在的精神追求。

第六首诗在色彩运用上就很有特点，诗的前两句表面上看是红与绿的强烈对比，但诗人却又进行了一番艺术加工，将桃花放置于隔夜雨露浸润之下，其浓艳的色彩就变得温润柔和，碧绿的柳丝则笼罩于朦胧晨雾之中，若隐若现。这一画面中红绿对比的鲜明刺激，在烟雨中变得温暖清新了，进而构成了一幅清新明朗的春日风光画，为后两句中的满地落花和清脆莺啼的出场烘托出背景，也为全诗确定了感情基调。

唐代山水田园诗中除了运用对比色彩调和之外，诗人还特别擅于捕捉自然环境色彩的四季变化来渲染环境氛围。

四 唐代山水田园诗的结构艺术

唐代山水田园诗特别注重景观的描写层次，诗人将不同景观组合，营造出自然山水田园的空间妙意，将乡居生活与大自然景观的融合，构成意象深远的艺术境界。例如孟浩然的《过故人庄》就是通过描绘村落与自然的空间结构，传递轻快、寻常的心境。"故人具鸡黍，邀我至田家"全诗如闲话家常般起篇，次联"绿树村边合，青山郭外斜"，表面只是描写赴约沿途所见的风景，但诗人将视野放置于整个乡村与自然环境的组合，村庄坐落在城外，被青山与绿树环绕，看似平常，却是全诗的灵魂。从空间形态上看村庄是近景，绿树环绕其外是中景，而青山的轮廓在远处舒缓的展开是远景，读者的感情就随着这层次丰富的空间慢慢延伸，在这里，树、村庄、山与人，不仅是空间形态上的递进，更是情感与环境的逐步沟通，这里饱含的是一颗向往自然的农家心，读者看至这里已被诗人营造的空间打开了心扉，忘情于田园风光与乡村生活的朴实友情。

诸如此类的例子还有很多，比如孟浩然的《宿建德江》一诗，其中的"野旷天低树，江清月近人"两句，诗人用参照物衬托空间，通过营造错落有致的旷远空间传递了诗人的生活感悟。

山水田园派以山水等自然景观为主要描写对象，歌咏田园生活，大多以乡村的景物和农民、牧人、渔父等的劳动生活为题材。诗人们把细腻的笔触投向静谧的山林，悠闲的田野，创造出一种田园牧歌式的生活意境，借以表达对现实的不满，对宁静平和生活的向往。

思考与讨论：

1. 如何理解唐代山水田园诗中的桃源意象。

2. 结合实例比较分析王孟山水田园诗的异同。

3. 以王维的《鸟鸣涧》为例体会唐代山水田园诗中的禅境。

4. 比较分析王维的《终南山》和孟郊的《游终南山》在意境和表现手法上有什么不同？

王维的《终南山》："太乙近天都，连山接海隅。白云回望合，青霭入看无。分野中峰变，阴晴众壑殊。欲投人处宿，隔水问樵夫。"

孟郊《游终南山》："南山塞天地，日月石上生。高峰夜留景，深谷昼未明。山中人自正，路险心亦平。长风驱松柏，声拂万壑清。即此悔读书，朝朝近浮名。"

5. 结合生活实际（春游或秋游等）创作一首山水田园诗，然后自己写一篇鉴赏文字在学习群讨论区分享。

第九章　大漠孤烟征战事，醉卧沙场慷慨情

——唐代边塞征战诗品鉴

题解："大漠孤烟征战事"从王维《使至塞上》中的"大漠孤烟直，长河落日圆"两句中化出；"醉卧沙场慷慨情"则是由王翰的《凉州词》"醉卧沙场君莫笑，古来征战几人回"中化出。

边塞诗以边塞军旅生活为主要内容，或描写奇异的塞外风光，或反映戍边生活的残酷艰辛，等等。最能体现边塞诗特色的是那些描写征战戍守之事的作品，因此本章将唐代的边塞和征战题材的诗合并为一，统称为边塞征战诗。

一般认为，边塞征战诗产生于先秦两汉，魏晋六朝趋向成熟，唐朝兴盛，进入边塞征战诗发展的黄金时代。据统计，唐前边塞征战诗总共不到200首，但《全唐诗》中所收的边塞征战诗高达2000余首，是唐前各代总和的十倍还多。唐以后的边塞征战诗虽然也赓续未断，不过从其数量和质量上看，无法与唐代比肩，可以说边塞征战诗是唯唐一代，卓然独立。

边塞征战诗是唐代诗歌的主要题材类型之一，也是唐诗当中思想性最深刻、想象力最丰富、艺术性最高超的一部分。唐代的边塞

征战诗发展到了顶峰，唐代的著名诗人大都写过边塞征战诗，而且内容丰富，体裁多样，风格壮美，读来给人以积极向上的力量，充分体现了大唐王朝雄浑豪放的民族精神。

唐代边塞征战诗的思想内容极其丰富，可以抒发渴望建功立业、报效国家的豪情；可以状写戍边将士的乡愁、家中思妇的离恨；可以表现塞外戍边生活的单调艰辛、连年征战的残酷；可以宣泄对黩武开边的不满、对将军贪功启衅的怨情；可以惊叹边地绝域的奇异风光和民风民俗；等等。诗中流露的思想情感也是矛盾复杂的：有慷慨从军的痛快，也有久戍思乡的无奈；有卫国保家的爱国激情，也有戍边艰苦的痛苦难耐；有献身为国的牺牲精神，也有痛恨庸将无能的义愤悲慨；等等。

边塞征战诗的名篇佳作席卷全唐，初唐有杨炯的《从军行》、陈子昂的《送魏大从军》等；盛唐产生了边塞诗派，代表作品有高适的《燕歌行》、岑参的《白雪歌送武判官归京》、王昌龄的《出塞》等；中唐有卢纶的《和张仆射塞下曲》、李益的《夜上受降城闻笛》等直追盛唐的边塞杰作；晚唐边塞诗虽处于没落之时，但也有诗人写出了十分精彩的篇章，如陈陶的《陇西行》、于濆的《塞下曲》、许浑的《塞下曲》等。

唐代边塞征战诗的主要美学特征是壮美，阳刚之美。盛唐时期的边塞征战诗以充沛的感情，刚健的笔触，描写了寥廓壮丽的边塞风光，豪迈慷慨的军旅生活以及幽怨悲凉的征夫之恨、思妇之痛，题材多样，意境雄浑。

第一节　唐前边塞征战诗的发展演变

在中国诗史上，边塞征战诗的创作有着悠久的传统。在某种意义上来说,它是伴随着国家的形成而逐渐萌生的。

一 先秦时期:边塞征战诗的萌芽

先秦是以武力争胜的年代,周代社会对外战争尤为频繁,人们对英雄主义和尚武精神的崇拜达到了极点。《诗经》作为先秦诗歌成就的主要代表,其中有许多彰显武功、描写边塞战争的作品。比如《小雅·六月》写宣王北伐,《大雅·常武》写宣王征徐,《小雅·采薇》写宣王与猃狁征战,《郑风·清人》写将士御敌戍边的生活,《秦风·无衣》写秦民抗击西戎,等等。《诗经》中的这些反映征戍生活的诗,从情感倾向上看大体可以分为以下两个方面。

(一)对英勇御敌、爱国保家精神的礼赞

这类诗篇主要描写了周王朝抵御外族入侵、维护国家统一的战争,是对统治阶级或上层将领征伐武功的赞美,呈现出壮丽雄浑的艺术格调。如《小雅·六月》《小雅·出车》《小雅·采薇》等诗,就由衷地赞颂了宣王的武功,对宣王任用尹吉甫、方叔、南仲等将领予以高度评价。描写战争最重要的是要显示军威、歌颂将士们的英雄主义精神,如《鲁颂·閟宫》中的"公车千乘,朱英绿縢,二矛重弓。公徒三万,贝胄朱綅。烝徒增增,戎狄是膺,荆舒是惩,则莫我敢承",表现了军队的浩大声势,使戎狄荆舒望风来降;还有《大雅·常武》以激昂的文辞铺写王师军威,极力渲染己方的兵强马壮,夸耀己方力量的强大,气势撼人心魄;《大雅·江汉》一诗更是直陈功业的辉煌。

(二)对征夫之思、思妇之怨的表达

《诗经》中的《小雅·采薇》《邶风·击鼓》《王风·君子于役》《秦风·小戎》《豳风·破斧》等诗篇,其字里行间散发着浓郁的离愁别绪与厌战悲苦。其中《小雅·杕杜》反映战争给征夫、思妇带来的悲哀，《王风·君子于役》写出了思妇怀念、牵挂、怅望、祈祷等思想感情。最为典型的当属《小雅·采薇》：

采薇采薇，薇亦作止。
曰归曰归，岁亦莫止。
靡室靡家，猃狁之故。
不遑启居，猃狁之故。
采薇采薇，薇亦柔止。
曰归曰归，心亦忧止。
忧心烈烈，载饥载渴。
我戍未定，靡使归聘。
采薇采薇，薇亦刚止。
曰归曰归，岁亦阳止。
王事靡盬，不遑启处。
忧心孔疚，我行不来！
彼尔维何？维常之华。
彼路斯何？君子之车。
戎车既驾，四牡业业。
岂敢定居？一月三捷。
驾彼四牡，四牡骙骙。
君子所依，小人所腓。
四牡翼翼，象弭鱼服。
岂不日戒？猃狁孔棘！
昔我往矣，杨柳依依。
今我来思，雨雪霏霏。

> 行道迟迟，载渴载饥。
> 我心伤悲，莫知我哀！

从诗的内容看，这是一位久戍之卒于归途中的追忆之作。全诗六章。前三章用倒叙手法描写征夫的思归之情和难归原因。首句以采薇起兴，诗人通过薇菜从发芽到长成幼苗，再到茎叶成熟的生长过程，暗喻时间流逝和戍役的艰苦漫长。尤其是诗人指出了士卒戍役难归的根本原因"玁狁之故"。国家有难，匹夫有责。诗人将士卒恋家思亲的个人情感和为国赴难的爱国责任交织在一起，并为后三章诗的抒情做好了铺垫。

第四、五章诗人追述了行军打仗的紧张生活。在频繁的战斗中展现了威武的军容和高昂的士气，把士卒的忧伤思归融入激昂的战斗豪情中。第六章则从追忆回到现实，再次陷入更深的悲伤。在"雨雪霏霏"与"杨柳依依"的今昔对比中，再度感受到了生命的流逝，结句"我心伤悲，莫知我哀"更是对战争所带来的苦痛的呼号！

《采薇》虽然将为国家大义而战作为写作背景，但诗的主旨内容主要描写戍卒们久戍难归、忧心如焚的内心世界，进而表现士卒们的厌战反战情绪。《采薇》可称为千古厌战诗之祖。

《邶风·击鼓》也属于此类诗篇，诗曰：

> 击鼓其镗，踊跃用兵。
> 土国城漕，我独南行。
> 从孙子仲，平陈与宋。
> 不我以归，忧心有忡。
> 爰居爰处，爰丧其马。

于以求之，于林之下。
死生契阔，与子成说。
执子之手，与子偕老。
于嗟阔兮，不我活兮。
于嗟洵兮，不我信兮。

全诗共五章，每章四句。前两章是征人自叙南行出征的原因和经过；第三章写士卒久戍于外，军心涣散的情况；第四章写征人回忆与妻子分别时的盟誓；第五章写征人思归不得，对统治者极为不满甚至是怨恨满腹。厌战与畏死是人之常情，即便是有爱国保家的大义，士卒们难免也有对家中妻儿老小的牵挂。"死生契阔，与子成说。执子之手，与子偕老"，流传千古，感动至今。

这类诗篇以其真挚深厚、感人肺腑的情蕴呈现出悲伤的情调，也代表了当时社会平民百姓的呼声。战争的荣耀与胜利之于普通人来说是毫无意义的，而死亡与流离，却能带来致命的打击与难愈的伤痛。

《诗经》中的战争诗虽然与边塞诗有所不同，但它却是后世边塞诗的萌芽。其后，边塞生活、战争便成了我国文学史上的传统题材，代代相续。《诗经》中厌战思乡、戍人盼归等题材对后世边塞征战诗的创作产生了深远影响。

先秦时期的边塞征战诗总体上是慷慨激昂的精神风貌，彰显了周王朝的强盛与威武，为后世边塞征战诗的发展奠定了情感基调。

二 秦汉魏晋：边塞征战诗的产生

秦汉是中国历史上第一个大一统的封建时代。我国汉代国力强盛，戍边战争比较频繁，匈奴最终臣服于汉，将士们的丰功伟绩需要记录下来，这使得边塞征战诗得到了进一步发展。李陵的《别歌》（或称《李陵歌》）突出描写了李陵抗击匈奴失败归途的艰难处境。马援的《武溪歌》则反映出战争给将领心灵带来的创伤。汉人在继承《诗经》写边塞征战的基础上，出现了有名姓之作者，这应该是边塞征战诗发展中的一大进步。

汉末建安年间，天下大乱，战争频仍。蔡琰的《悲愤诗》《胡笳十八拍》描述了她在战争中被掳入胡的痛苦经历。陈琳的《饮马长城窟行》抒发了服役于长城的士卒的辛苦与愤慨。与众不同的是曹植的《白马篇》，诗中塑造了"幽并游侠儿"的形象，在匈奴犯边的危急时刻，他辞家报国，奔赴西北边陲，投入到血与火的战斗中。诗人借以抒发自己的慷慨豪情和建功立业之志。还有王粲的《从军行》、左延年的《从军行》等也是很好的边塞征战诗。

到了晋代，诗风渐入华靡，边塞征战诗的创作受到冲击，除刘琨的《扶风歌》、陆机的《从军行》之外，鲜有名篇。且看刘琨的《扶风歌》：

> 朝发广莫门，暮宿丹水山。
> 左手弯繁弱，右手挥龙渊。
> 顾瞻望宫阙，俯仰御飞轩。
> 据鞍长叹息，泪下如流泉。
> 系马长松下，发鞍高岳头。
> 烈烈悲风起，泠泠涧水流。
> 挥手长相谢，哽咽不能言。
> 浮云为我结，归鸟为我旋。
> 去家日已远，安知存与亡？

慷慨穷林中，抱膝独摧藏。
麋鹿游我前，猿猴戏我侧。
资粮既乏尽，薇蕨安可食？
揽辔命徒侣，吟啸绝岩中。
君子道微矣，夫子固有穷。
惟昔李骞期，寄在匈奴庭。
忠信反获罪，汉武不见明。
我欲竟此曲，此曲悲且长。
弃置勿重陈，重陈令心伤！

这首诗情感真切，慷慨悲伤。诗中描写了诗人赴任并州刺史途中的所见所闻，记述了艰苦卓绝的战斗经历和感时伤乱的满腹忧怨，表达了诗人深沉的时代忧患感。陆机的《从军行》亦备述远征的苦辛，十分感人。诗曰：

苦哉远征人，飘飘穷四遐。
南陟五岭巅，北戍长城阿。
深谷邈无底，崇山郁嵯峨。
奋臂攀乔木，振迹涉流沙。
隆暑固已惨，凉风严且苛。
夏条集鲜藻，寒冰结冲波。
胡马如云屯，越旗亦星罗。
飞锋无绝影，鸣镝自相和。
朝食不免胄，夕息常负戈。
苦哉远征人，抚心悲如何！

这首诗重在写远征，意在表现士卒远征生活的艰苦。诗人运用大量的铺陈排比，概括描写了从军远征的艰难场面。诗人运用夸张的手法表现客观事实，铺张扬厉，气势非凡，撼人心扉。

三 南北朝：边塞征战诗的成熟

南北朝时，中国处于分裂状态，战争更为频繁，诗风虽华靡浮艳，但边塞征战诗的数量和质量却有所提升，边塞征战诗的创作成熟起来。南朝的鲍照以边塞诗著称，其《代出自蓟北门行》《代陈思王白马篇》《从军行》等都是较为出色的边塞征战诗。南朝的宫体诗人萧纲等也写下了为数不少的边塞征战诗，他的身份地位特殊，对当时的边境局势有着清醒的认识，因而诗风总体上呈现出一种凄凉的色彩。

在北朝，由于游牧民族好勇尚武风气的张扬，北朝本土文人的边塞作品多表现出乐观豪迈的精神风貌。同时庾信、王褒等由南入北的文人，将南北文风融合，用南方精雕细刻的手法来表现北方景色特有的苍茫浩荡和北方民族的粗犷豪放，创作出了颇有特色的诗篇，比如庾信的《出自蓟北门行》《燕歌行》等就是北朝边塞征战诗的代表作。

南北朝民歌中也有反映边塞生活的，如《李波小妹歌》塑造出骑射技艺高强的女性形象，《敕勒歌》描写了边地美丽的自然风光，《木兰诗》赞扬了替父从军的女英雄，《企喻歌》《琅琊王歌》等篇章则表现了北方边地的生活习俗，等等。

统一了南北的隋朝国祚虽短，但边塞战争却时有发生，也为边塞征战诗的创作提供了素材。隋代边塞征战诗的代表作当推隋炀帝的《饮马长城窟行示从征群臣》、卢思道的《从军行》等。另外杨素、薛道衡、虞世南等人的《出塞》也是艺术水平较高的边塞征战诗。

综合来看，在中国诗歌史，描写边塞战争生活的诗歌，由萌芽到成熟，虽然历时较长，但在艺术表现上也积累了丰富的经验，为唐代边塞征战诗的繁荣奠定了良好的基础。

第二节　唐代边塞征战诗的兴盛原因

唐代边塞征战诗的繁荣兴盛，既有社会经济繁荣、政治文化进步的原因，又有诗歌内在发展的必然，其原因是多方面的。

一　社会经济繁荣方面

在中国历史上，民族战争不断发生。频繁更替的六朝和福祚短命的隋朝，与周边少数民族国家的矛盾极为深重，但他们却无暇顾及，也无力抵御。唐朝建立后，为了巩固边疆、拓展生存空间，先后与周边少数民族国家东西突厥、高丽、契丹、吐蕃等交战多年。唐朝军事实力强大，兵力遍布长城沿线，不仅有战争的主导权，也保证了唐朝境内的太平和社会经济的发展。唐代民族战争的胜利促进了民族融合，诗人们对异族文化非常关注，这为他们提供了很多创作素材，激发了他们的创作灵感。民族战争的频繁和民族融合的深入，不仅丰富了边塞征战诗的内容，也催生了盛唐的边塞诗派。

盛唐空前的经济发展水平为边塞诗的繁荣提供了坚实的物质基础。唐承隋起，重建大一统封建王朝，并且在开元、天宝时期把中国封建社会推向了辉煌的顶峰。唐朝社会经济的空前发展和社会财富的巨大增长，使整个社会呈现出欣欣向荣的新气象，人们对自己的国家和民族充满信心，无比自豪。在这种心理的作用下，唐人对包括边远地区的各地文化、风俗习惯和宗教信仰,有居高临下之感,对他们充满了好奇心,并倾情歌唱,尽收于诗笔之下。

唐代广袤的疆域成就了边塞诗人广阔的视野。唐代的边塞地区有雄浑的高山、奇幻的冰川、苍茫的草原、广阔的沙漠、神秘的传说和旖旎的民俗等。宽广的地理疆域大大开阔了人们的眼界,充实了人们的生活体验,为诗人们提供了自由驰骋的空间,更为边塞征战诗提供了取之不尽的素材。

二 政治文化进步方面

唐王朝相对宽松自由的政治文化氛围为边塞征战诗的发展提供了良好的环境。唐帝国是一个气度恢宏的大国,言路开通,思想活跃,政治文化氛围较为宽松自由;唐朝统治者清明大度,敢于招贤纳谏。唐太宗能够重用直言敢谏的魏征,武则天重用贤臣狄仁杰。文禁松弛的政治气氛,激发了诗人们的艺术创造力,诗人们积极地开拓艺术题材,追求艺术形式的完美,使边塞诗的思想内容及艺术形式更为多样化。

唐王朝文化上兼容并蓄,能够吸纳异族文化,像北方民族尚武任侠、报国赴难、不怕牺牲的精神在盛唐人身上得到了发扬。这种文化氛围,促使诗人们热烈歌唱边地异域风情,大大丰富了边塞诗的题材,增加了边塞诗的艺术生命力。

唐代是一个人们普遍渴求建功立业的时代,盛唐边塞诗之所以能代表盛唐之音,民族之魂,其原因就在于它所表现出来的悲壮豪情和保卫边防的信心,在于它无所不在的蓬勃朝气和昂扬向上的时代精神。

唐代社会弥漫着英雄主义气息,唐代的边塞征战诗人,更是任侠使气，狂傲不羁。诵读唐诗，从"感时思报国，拔剑起蒿莱"（陈子昂《感遇》）中看到了为国家民族不惜牺牲一切的忠贞精神；从"浑驱大宛马，系取楼兰王"（岑参《武威送刘单判官赴安西行营便呈高开府》）中看到了一往无前、虽死无憾的无畏精神；从"铁骑横行铁岭头，西看逻娑取封侯"（高适《九曲词》）中看到了横扫敌患、靖定边尘的进取精神。由士风而及民风，这一昂扬向上的精神成为盛唐的时代气象和普遍的社会风气，这就为边塞诗的繁荣提供了积极的社会心理。

　　唐人有一种特殊追求功名的方式即从军入幕。文人墨客一旦科场失利、入仕无门，可以通过入幕再谋求晋身之道。唐代文人入幕升迁很快，军幕中很多重要职位常由文人士子担任，形成了文人从军入幕的社会风尚。初唐诗人杨炯曾高呼"宁为百夫长，胜作一书生"（《从军行》）；岑参更有"功名只向马上取，真是男儿一丈夫"（《送李副使赴碛西官军》）之语。甚至盛唐山水田园诗派的代表人物王维也有"孰知不向边庭苦，纵死犹闻侠骨香"（《少年行》）的豪情。在此风气之下，唐代很多著名诗人都曾亲赴边塞，投佐幕府，谋划军机。

　　唐代许多诗人积极求取功名的原因大多是为时代精神所鼓舞。诗人们亲临边塞，感受边塞的征戍生活和风物人情，欣赏边塞的自然风光，不仅开阔了视野，也增长了诗人的见识，大大地推动了边塞诗的创作，为边塞诗的繁荣奠定了思想基础。另外，唐代有些诗人虽未到过边塞，但在时代思潮的冲击下，也关注边塞，写出不少好的边塞诗。这使本来风气已盛的边塞诗更为迅速地繁荣起来。正如罗宗强先生所言："不管他们是否能够在边塞中立功，是否能够得遂初愿，但是他们始终是那样热烈地向往着、追求着，沉醉于一半为理想所浸透、一半为现实的雄奇豪壮情调所笼罩的边塞生活中，极为自然地留下了他们那些气势豪雄、情感昂扬的歌吟。"① 唐代诗人，在大唐盛世的时代精神感召下，向往边塞、赴边从戎，从而迎来了唐代边塞征战诗的空前繁荣。

三 诗歌发展方面

边塞征战诗的延续不断与发展是唐代边塞征战诗繁荣的内在原因。除了唐诗全面兴盛的影响之外，从边塞征战诗自身发展的逻辑来看，《诗经》中已经有了较多征戍题材的诗歌。两汉时期对匈奴的长期战争和经营西域的成就，不仅对当时社会，而且对整个中国历史都有深远的影响。汉乐府中的《战城南》《出塞》《入塞》《关山月》等，成了唐人边塞征战诗中最常见的题目；《乌孙公主歌》《李陵歌》《匈奴歌》成为唐人常常歌咏的边塞典故。到了唐代，国力强盛，边功卓著，这种历史意识、社会心理终于得到真正的大发扬，边塞征战诗也繁荣、成熟起来，成了诗歌的一个重要题材。

唐代边塞征战诗，是中国古代文学史上最动人心弦的乐章，也是中国诗歌史上一枝独秀的奇葩异卉。唐代边塞征战诗的繁荣，既是唐代国力强盛边功卓著为其提供了创作源泉，也是其文化进步民族认同和昂扬向上的时代精神等社会条件的激发；既受唐诗的整体繁荣所带动，也得益于前代军戎诗歌在题材领域、艺术手法等方面的经验积累。边塞征战诗在盛唐取得了空前绝后的成就，因而被文学史家视之为盛唐诗歌高潮的重要标志。

---

① 罗宗强：《隋唐五代文学思想史》，上海古籍出版社1986年版，第58页。

第三节　唐代边塞征战诗的阶段性审美特征

边塞征战诗在唐代的不同历史时期，表现出不同的风格特征。透过这些作品，我们不仅可以了解到唐代各个社会时期的社会状态和戍边将士的思想感情，还能从中体会到诗歌的演变规律，即诗歌总会随着社会的发展而发展。由于国力的强弱不同，在对外战争中的胜负差别迥然，反射到边塞征战诗中就是初、盛唐边塞征战诗中多激昂勃发的格调，中唐前期尚有余响，而中唐后期及晚唐只有对昔日盛况的追慕和对凄凉现实的哀叹。

一　初唐：豪迈健拔

唐朝初年北方边患仍然严重，连绵不断的战争为边塞征战诗提供了素材。面对强敌入侵，有志之士奋发有为，积极进取，不仅怀有一腔报国豪情，还具有英勇无畏的向上精神。这种健拔之气在初唐的边塞征战诗中得到了充分的发挥。

"初唐四杰"感受到时代的勃发生机和势不可当的气势，所以他们满怀豪情，胸中充满为国建功的雄心壮志，在他们创作的边塞征战题诗中有所展现。比如骆宾王《从军行》中有"不求生入塞，唯当死报君"，诗人激情满怀，以死"报君"，表现出了无与伦比的大无畏精神。杨炯的《从军行》更是高扬从军尚武的精神，诗云：

> 烽火照西京，心中自不平。
> 牙璋辞凤阙，铁骑绕龙城。
> 雪暗凋旗画，风多杂鼓声。
> 宁为百夫长，胜作一书生。

杨炯（约650—约693），华州华阴（今属陕西）人。现存诗30余首，以五言见长，多边塞征战诗篇，如《从军行》《出塞》《战城南》等，风格豪放，充分表现了卫国保家的战斗精神。

"从军行"是乐府旧题，全诗描写一个书生从军边塞、参加战斗的过程。首联写书生从军的背景。诗人借"烽火"这一极具战争色彩的意象渲染战势之紧，国难当头，书生也要挺身而出，奔赴战场，表现出了书生的爱国境界。颔联写军队辞京出战。"牙璋辞凤阙"中的"牙璋"是古代发兵所用的兵符，分为两块，相合处呈牙状，朝廷和主帅各执其半。这里指代奉命出征的将帅。"凤阙"，汉建皇宫的圆阙上有金凤，故以凤阙代指皇宫。这两句描写了唐军辞京出师到前线后，把敌军城池围得水泄不通，从侧面表现了唐军的强势。颈联开始写战斗。诗人通过描写"旗"和"鼓"来烘托唐军的威武雄壮、战斗的悲壮激烈和出征将士的英勇无畏。尾联则直接抒发从戎书生保边卫国的壮志豪情，宁愿驰骋沙场，为保卫边疆而战，也不愿做一个置身书斋的书生。

这首诗仅仅四十个字，既揭示出人物的心理活动，又渲染了环境气氛，笔力极其雄劲。这首诗并没有写从军艰苦，而是集中抒写渴望从军的心理，"宁为百夫长，胜作一书生"一语更是激情万丈，充满勃勃生机，一股不可抵御的力量喷薄而出。

陈子昂久居戎幕，两度出征，写下了20多首边塞征战诗，比如《送魏大从军》：

匈奴犹未灭，魏绛复从戎。
怅别三河道，言追六郡雄。
雁山横代北，狐塞接云中。
勿使燕然上，惟留汉将功。

陈子昂（661—702），字伯玉，梓州射洪（今四川省射洪市）人。因曾任右拾遗，后世称陈拾遗。陈子昂在 26 岁、36 岁时两度从军边塞，对边防事务颇有远见。存诗共 100 多首，代表作有组诗《感遇》38 首、《登幽州台歌》等。

从诗题看这是一首赠别诗，但由于此诗以边塞题材为主，又不落一般送别诗的窠臼，故而放在此处重点品鉴。

这首诗从大处着眼，一气呵成。诗人借激励出征者魏大立功沙场，描写了自己的奋发有为之态，抒发了诗人以天下为己任的壮志豪情，使全诗充满了奋发向上的精神。感情豪放激扬，语气慷慨悲壮，一展雄姿英气，读来如闻战鼓，有气壮山河之势。

初唐时期的边塞征战诗不多，也没有形成独特的边塞诗风。但初唐诗人大多具有高度的民族自豪感和积极进取的拼搏精神，诗歌无不反映出诗人的开阔胸襟和忠君报国的思想，字里行间充溢着自信与豪情。

二　盛唐：激昂雄浑

盛唐的边塞征战诗反映了盛唐精神（盛唐气象），从各个侧面反映了大唐王朝的宏大气象，突出表现了唐朝军队的巨大威力。在盛唐的边塞征战诗人中，高适和岑参成就最高，王昌龄、李颀、王之涣等人也是其中的佼佼者。

盛唐边塞征战诗最大的特点是"悲而不伤"。诗人们感受到了盛唐的军事强大，经济繁荣，赫赫国威给予他们自信乐观的精神，即使在感叹之时也绝不哀伤，仍对国家和自身的前途充满希望。诗中敢于直面战争的残酷艰辛和戍边将士的思乡悲苦，而且这一切又都被激昂慷慨的豪情壮志和义无反顾的爱国精神掩盖，读来斗志昂扬。

如高适《塞下曲》中的"万里不惜死,一朝得成功",雄心壮志和无比自信被表现得淋漓尽致。再看他的《塞上听吹笛》:

> 雪净胡天牧马还,月明羌笛戍楼间。
> 借问梅花何处落,风吹一夜满关山。

这首诗作于诗人任职哥舒翰幕府时期,写因塞上闻笛而触动乡关之思,诗中的"羌笛""关山"都是边塞征战诗中的常用意象。诗人从大处落笔,先写冰雪覆盖的广袤胡天的开朗壮阔。明月高照之下,苍茫而又清澄的夜里,从戍楼中传来了悠悠笛声。这羌笛之声引发了诗人的思考,眼前的荒漠塞外和记忆中的故乡春色着实不同。"梅花何处落"写得妙,诗人将《梅花落》曲调暗含其中,又联想开来:夜风吹来的不是笛声,而是梅花的花瓣,四处飘散,花香洒满关山,从而暗逗出缕缕乡思。但这乡思不是充满哀怨挥之不去的乡思,而是伴随着夜风飘"满关山"。这种思乡之情在天空晴朗、气氛安宁的壮阔背景下产生,没有凄怨悲凉之感,反而是一种乐观开朗之态。这正是由于唐人心中充满豪情,笔下方能感而不伤。

高适的边塞征战诗最有特色的是《燕歌行》:

> 开元二十六年,客有从御史大夫张公出塞而还者,
> 作《燕歌行》以示适,感征戍之事,因而和焉。
> 汉家烟尘在东北,汉将辞家破残贼。
> 男儿本自重横行,天子非常赐颜色。
> 摐金伐鼓下榆关,旌旆逶迤碣石间。
> 校尉羽书飞瀚海,单于猎火照狼山。
> 山川萧条极边土,胡骑凭陵杂风雨。
> 战士军前半生死,美人帐下犹歌舞。

大漠穷秋塞草腓,孤城落日斗兵稀。
身当恩遇常轻敌,力尽关山未解围。
铁衣远戍辛勤久,玉箸应啼别离后。
少妇城南欲断肠,征人蓟北空回首。
边庭飘飖那可度,绝域苍茫更何有。
杀气三时作阵云,寒声一夜传刁斗。
相看白刃血纷纷,死节从来岂顾勋?
君不见沙场征战苦,至今犹忆李将军。

这首诗从古老话题入手,以妻子思念出征在外的丈夫切入,但诗人冲破了这一传统题材的限制,不是简单地描写征夫思妇的哀怨情怀,而是将战士出征时的心态、战事的紧急、战争的残酷、到军中苦乐不均、征人思归与对和平的向往等,都一环扣一环组织在一起。气格苍凉,风骨遒劲。诗中的战旗迎风飘扬,战鼓咚咚作响,战场烽烟弥漫,充分渲染出战争的激烈和征战的艰苦。"战士军前半死生,美人帐下犹歌舞",揭露守边将士的骄奢腐败,不顾战士死活。面对着昏庸无能的将帅,战士们"犹忆李将军",盼望着能有一个能征善战、体恤士卒的好将领同他们出生入死,守卫边疆,这样国家才能永葆昌盛,士卒们付出的艰辛才有价值。

盛唐边塞征战诗的主调是昂扬奋进的,但是战争毕竟残酷,生命绝对无价,一味昂扬其实不免浅薄,只有在昂扬的气势中加上深沉地反思,才能让边塞征战诗真正饱满起来,闪耀出人性的光辉。从这个意义上讲,《燕歌行》不仅是高适的代表作,也是整个盛唐边塞征战诗的一个标杆。

盛唐边塞征战诗成就与高适不相上下的是岑参。岑参两度出塞,有切身的体验,其边塞征战诗题材广泛,经常是将战争与边塞奇异风景结合起来,充满了山川奇气和爱国壮志。他的诗激情高昂,有排山倒海之势,给人一种乐观浪漫的感受。比如《白雪歌送武判官归京》:

> 北风卷地百草折,胡天八月即飞雪。
> 忽如一夜春风来,千树万树梨花开。
> 散入珠帘湿罗幕,狐裘不暖锦衾薄。
> 将军角弓不得控,都护铁衣冷难着。
> 瀚海阑干百丈冰,愁云惨淡万里凝。
> 中军置酒饮归客,胡琴琵琶与羌笛。
> 纷纷暮雪下辕门,风掣红旗冻不翻。
> 轮台东门送君去,去时雪满天山路。
> 山回路转不见君,雪上空留马行处。

这也是一首送别诗,但以边塞内容为主体,故而放在本章品鉴。

这首诗一开篇就使人感到新奇,诗人极力渲染了边塞壮阔的雪景,虽冷不凄,给人以气势雄浑、奇特壮观之感,尤其是"忽如一夜春风来,千树万树梨花开",诗人以梨花比雪,新颖独特。不只写出了雪的铺天盖地,而且以春喻冬,为边地阴暗的天空增添了亮色、暖色和一种无穷的生命力,体现了戍边将士不畏严寒的顽强精神,为全诗奠定了豪迈乐观的基调。

"瀚海阑干百丈冰,愁云惨淡万里凝",诗人大笔一挥,以夸张笔法勾画塞外雪景,气势逼人;送客出军门,但见"纷纷暮雪下辕门,风掣红旗冻不翻",这两句写法颇为独到。大雪纷飞,辕门上的红旗被冰雪冻结不再迎风招展,诗人抓住这一细节,生动传神地写出了塞外天气的奇寒。诗人还运用了色彩的对比,雪白旗红,这广阔白底上的一点鲜红，更为突出地渲染了环境的寒冷。"中军置酒饮归客，胡琴琵琶与羌笛"，则又展现出一派异域情调。由于诗人用好奇的眼光取景，用神奇的笔调绘景，使得平常的送别场面，显得那么绮丽豪放，让人百读不厌。

岑参除了用奇丽的笔调描写冰天、雪地之外，还写了火山、热海等异域风光，比如《火山云歌送别》一诗写火山，《热海行送崔侍御还京》一诗写热海。诗人倾情歌颂保卫边疆的战争，歌颂将士们不屈不挠、立功报国的豪情壮志，有一种感人的奇情异彩。我们再看他的另一杰作《走马川行奉送出师西征》：

> 君不见走马川行雪海边，平沙莽莽黄入天。
> 轮台九月风夜吼，一川碎石大如斗，随风满地石乱走。
> 匈奴草黄马正肥，金山西见烟尘飞，汉家大将西出师。
> 将军金甲夜不脱，半夜军行戈相拨，风头如刀面如割。
> 马毛带雪汗气蒸，五花连钱旋作冰，幕中草檄砚水凝。
> 虏骑闻之应胆慑，料知短兵不敢接，车师西门伫献捷。

这首诗描绘的是一幅宏大雄浑的图景，并不是侧重写环境的恶劣和艰辛。诗写"汉家大将西出师"，在"轮台九月风夜吼，一川碎石大如斗，随风满地石乱走"的恶劣气候中行军。光从这种气氛的渲染就能使人感觉到这是一支不可战胜的铁军，所以诗人信心十足地断定"虏骑闻之应胆慑"，因而要在"车师西门伫献捷"。此诗气势磅礴，一气呵成，显示出盛唐时代的高亢格调。

岑参的《初过陇山途中呈宇文判官》《送人赴安西》《送李副使赴碛西官军》等也写征人壮怀激烈的立功报国之情，反映了盛唐士人的精神面貌。这种百折不挠的战斗精神，在其他边塞诗人的诗里很难找到。

高适和岑参的边塞征战诗各有千秋。从创作方法上看,高适由于仕途较为坎坷,因此在边塞征战诗中所表达的内容和情感较为复杂。有的抒发自己建功立业的理想,有的揭露现实的黑暗,有的则抨击军政的败坏。因此,高适的边塞征战诗现实主义的成分较多。岑参的边塞诗情感相对较为单一,常常表现出对边塞异域风光的赞美和欣赏。因此,岑参的边塞征战诗重抒情,浪漫主义的色彩较浓郁。从内容上来看,高适多以政治家的眼光分析边塞问题,抨击、揭露战争的残酷和边防政策的弊病,近乎悲壮苍凉;而岑参的边塞诗多讴歌战争的胜利和将士的英勇,还有不少描绘边塞风土人情、奇异风光的作品,内容更加丰富多彩,风格雄奇壮丽。

盛唐的边塞征战诗人除了高、岑之外,还有王昌龄,他的代表诗篇是《从军行七首》,且录其四如下:

青海长云暗雪山,孤城遥望玉门关。
黄沙百战穿金甲,不破楼兰终不还。

《从军行》是乐府曲调,内容多是表现边塞从军生活的。这首诗就写了久戍边塞的将士们的艰苦生活和誓死保家卫国的坚强决心。诗的前两句写景,同时又渗透了丰富复杂的情感。既写出了戍边将士对边关形势的关注,也表达了他们对自己所承担任务的自豪感、责任感。后两句抒情,抒发将士们视死如归的战斗豪情,也反映了戍边将士生活的孤寂、艰苦。"黄沙""百战",战争环境艰苦,战事频繁,但将士们的报国壮志并没有被削弱,而是在大漠风沙磨炼中变得更加坚定,非破敌荣归绝不可灭。诗中戍边将士英勇刚毅、大义凛然的爱情精神,使这首诗经久不衰,催人奋进。这种爱国豪情在他的《出塞二首》其一中表现得同样淋漓尽致。诗云：

> 秦时明月汉时关，万里长征人未还。
> 但使龙城飞将在，不教胡马度阴山。

这首诗毫无忌讳地表达了诗人希望起任良将，早日平息边塞战事，让人民过上幸福安定生活的美好愿望。诗人从描写景物入手，首句勾勒出一幅冷月照边关的苍凉景象。次句"万里长征人未还"，"万里"指边塞和内地相距万里，虽属虚指，却突出了空间之辽阔。"人未还"使人联想到战争给人带来的灾难，表达了诗人悲愤的情感。最后两句中，虽有"万里长征人未还"的感叹，但心中仍有"不教胡马度阴山"的豪情壮志。

王昌龄的边塞征战诗还经常通过摘取战争片段表现唐军的军威士气，比如《从军行七首》其五中的"大漠风尘日色昏"与《出塞二首》其二中的"骝马新跨白玉鞍"，两句诗，既描写了战争的激烈与严酷，又烘托了唐军的强大与必胜。可见诗人是尽慷慨悲壮之能事，高度弘扬了盛唐气象——昂扬向上、积极乐观的精神，这正是盛唐边塞征战诗无可比拟之处。

盛唐享有盛誉的边塞诗人还有王之涣、李颀、王翰、崔颢等，他们也留下了不少优秀的诗篇。王之涣的《登鹳雀楼》《凉州词》等，诗中的景象壮阔苍凉，诗人的心态坦荡从容，情悲而不失其壮，为"盛唐之音"的典型代表。李颀的《古从军行》《古意》等边塞征战诗，流畅奔放，激昂中又夹杂着悲愤之气。崔颢的《雁门胡人歌》《古游侠呈军中诸将》《辽西作》等诗雄浑奔放，慷慨激昂。而王翰《凉州词》中的"醉卧沙场君莫笑，古来征战几人回"，诗中蕴含的悲苦被激昂慷慨、义无反顾的爱国豪情给遮蔽了，可谓豁然至极。

诗仙李白与诗圣杜甫,他们也不乏优秀的边塞征战之作。且看李白《塞下曲六首》其一:

> 五月天山雪,无花只有寒。
> 笛中闻折柳,春色未曾看。
> 晓战随金鼓,宵眠抱玉鞍。
> 愿将腰下剑,直为斩楼兰。

塞下的天山,孤拔挺立,常年被积雪覆盖,即便是五月也仍旧是"无花只有寒"。诗人敏锐地捕捉到内地与塞外气候的巨大反差,用同一季节下的景物描写形成对比,突出塞外的奇寒,生活的艰苦,但戍边的将士们仍洋溢着浓郁的英雄主义精神,报国雄心丝毫不变。

杜甫的《前出塞九首》与《后出塞五首》为古代边塞征战诗中的卓异之作,且看《后出塞五首》:

> 男儿生世间,及壮当封侯。
> 战伐有功业,焉能守旧丘?
> 召募赴蓟门,军动不可留。
> 千金买马鞍,百金装刀头。
> 闾里送我行,亲戚拥道周。
> 斑白居上列,酒酣进庶羞。
> 少年别有赠,含笑看吴钩。
> 朝进东门营,暮上河阳桥。
> 落日照大旗,马鸣风萧萧。
> 平沙列万幕,部伍各见招。

中天悬明月，令严夜寂寥。
悲笳数声动，壮士惨不骄。
借问大将谁？恐是霍嫖姚。
古人重守边，今人重高勋。
岂知英雄主，出师亘长云。
六合已一家，四夷且孤军。
遂使貔虎士，奋身勇所闻。
拔剑击大荒，日收胡马群；
誓开玄冥北，持以奉吾君！
献凯日继踵，两蕃静无虞。
渔阳豪侠地，击鼓吹笙竽。
云帆转辽海，粳稻来东吴。
越罗与楚练，照耀舆台躯。
主将位益崇，气骄凌上都。
边人不敢议，议者死路衢。
我本良家子，出师亦多门。
将骄益愁思，身贵不足论。
跃马二十年，恐辜明主恩。
坐见幽州骑，长驱河洛昏。
中夜间道归，故里但空村。
恶名幸脱免，穷老无儿孙。

这5首诗以一位军士的口吻，叙写了他脱身归来的经历。他从应募赴军到从范阳叛军中脱身逃归，虽然是这位军士的个人遭遇，但却深刻地反映了安史之乱的历史真实。组诗其一主要是从军者自叙应募动机及辞家盛况；其二通过从军者的所见所感交代军途中的情事；其三写军士在蓟门军中所听到的议论；其四重在揭露蓟门主将的骄纵无道；其五写军士逃离军旅的经过。全诗艺术地再现了一个特定时代的历史生活，客观上具有一定的现实意义。

大唐的盛势在潜移默化中给诗人注入了无穷的豪情，使他们创作出了雄浑、慷慨、积极的诗作，歌颂盛世，宣扬国威，在没有回避悲苦的情况下，更突出激昂慷慨，体现盛唐的时代精神。

三　中唐：苍凉哀怨

安史之乱之后，中唐社会日益衰落。宦官专权，藩镇割据，对外战争也屡战屡败，面对庸懦的朝廷，诗人们发出了悲愤无奈之叹。中唐诗人对逝去的盛唐精神与"盛唐之音"无限缅怀，起初还力图追慕。但今非昔比，中唐诗人在边塞征战诗中再也唱不出盛唐的豪迈自信和乐观向上了，宣扬国威的主调不复存在，诗中处处是"思乡厌战"的情绪，诗风苍凉哀怨。

中唐时期边塞征战诗的代表诗人有戴叔伦、戎昱、顾况、卢纶、柳中庸等。戴叔伦的《塞上曲》"愿得此生长报国，何须生入玉门关"与戎昱《塞下曲》"汉将归来虏塞空，旌旗初下玉关东"，豪情激荡，可以看作是盛唐余风。卢纶的《塞下曲》写千万将士出发时的雄壮声势，表现了全军团结一心、同仇敌忾的精神气概，也称得上是盛唐的余晖晚照。结合中唐时期的社会现实，这些诗略显言不由衷。真正表现中唐时期真实感受的边塞征战诗当是柳中庸的《征人怨》，诗曰：

岁岁金河复玉关，朝朝马策与刀环。
三春白雪归青冢，万里黄河绕黑山。

柳中庸（？—约775），名淡，字中庸，河东（今山西永济）人，为柳宗元族叔。大历年间进士，曾授洪府户曹，不就。萧颖士以女妻之。与弟中行并有文名，与李端为诗友。《全唐诗》存其诗13首。

这首诗大约作于唐代宗大历年间（766—779），当时唐朝西北边境战乱不断，吐蕃、回鹘多次侵扰边境，战士长期守边不得归家。这首诗当是中唐边塞征战诗的代表作，全诗四句，围绕"怨"字铺开，成功地塑造了一个征人形象。

前两句记写军中之事，"岁岁"对"朝朝"，"金河""玉关"用"复"连属，"马策""刀环"用"与"并举，充分地表现出边地军中生活的单调乏味和百般困苦，厌战之情溢于言表。后两句则进一步写边地环境。三春已过，苦寒的塞外唯有白雪覆盖的"青冢"，一派肃杀凄凉的景象，显示了征戍之地的寒苦与荒凉。滔滔万里黄河，绕过沉沉的黑山，寄寓了士卒们绵绵不断的怨情。

这首诗通篇不着一个"怨"字，却又处处弥漫着怨情。这首诗可以看作盛唐边塞诗的悲壮与中唐边塞诗的感伤哀怨相结合的典型。

代表中唐边塞征战诗最高水平的还有李益。李益政治上不得志，到边塞从军多年，创作了五六十首边塞征战诗，总体风格是壮烈慷慨之中略带感伤和悲凉。他的有些边塞征战诗继承了盛唐边塞征战诗的传统，有一种视死如归的英雄气概，如《塞下曲》其二：

伏波惟愿裹尸还，定远何须生入关。
莫遣只轮归海窟，仍留一箭射天山。

诗的前两句用东汉名将马援马革裹尸和班超投笔从戎的典故，表达保家卫国的情怀，边塞将士驻守边疆，宁愿战死疆场，无须想如何活着回到玉门关。后两句表示灭敌及长期卫边的决心。这首诗讴歌了将士们激昂慷慨、坚决消灭来犯之敌的英雄气概和视死如归、勇于牺牲的战斗精神。全诗情调激昂,音节嘹亮,是一首激励人们舍身报国的豪迈诗篇。

但中唐时期内外战争连年不断,胜败难分,这种英雄气概逐渐消退,取而代之的是将士们久戍思归的乡愁和怨战情绪。再看李益的《夜上受降城闻笛》:

回乐烽(也作"峰")前沙似雪,受降城外月如霜。
不知何处吹芦管,一夜征人尽望乡。

这是一首写征人思乡的佳作,在边地的典型环境中表现了戍边将士的满心乡愁。月如霜,沙如雪,正是触发征人思乡的典型环境。环境描写又可现出人物的感受。从全诗来看,结构铺垫井井有条。前两句写景,"雪""霜"突出其色;第三句写声,芦笛管乐声引人思乡;第四句写情,征人整夜望乡,确切地表现了此时边关将士们久戍思归的心境。荒凉凄冷的边塞之夜,气氛冷落,空荡孤寂,这种环境之中又传来阵阵笛声,如怨如慕,低回呜咽,让人备感痛苦凄凉,使本已内存心中的思乡之情表现得更为浓烈。前三句声色是为第四句抒情烘托蓄势,把征人暗流涌动的乡愁引向波澜壮阔的洪流,倾泻无余。征人望乡之意犹未尽,诗人却戛然而止结束全诗,让读者回味无穷。

全诗景、声、情融为一体,诗情、画意、音乐熔于一炉,含蓄蕴藉,简洁浑成,又营造出了空灵的意境。《唐诗纪事》记载这首诗被度曲入画,被谱入弦管,天下传唱,成为中唐绝句中出色的名篇之一。除此之外,李益的《从军北征》《夜上西城听梁州曲》等,也透露出浓烈的乡愁和悲凉的情调。

李益的边塞征战诗是盛唐激扬与晚唐悲怨的结合,既有盛唐边塞诗的影响,又有由于国运渐衰而蒙上的伤感和悲凉情调。

卢纶的边塞征战诗中,往往借助一些触媒像云、月等意象把厌战和思家情绪联结起来,有效地烘托诗人的离愁别绪,比如《晚次鄂州》:

> 云开远见汉阳城,犹是孤帆一日程。
> 估客昼眠知浪静,舟人夜语觉潮生。
> 三湘愁鬓逢秋色,万里归心对月明。
> 旧业已随征战尽,更堪江上鼓鼙声。

卢纶(739—799),字允言,河中蒲州(今山西永济市)人。大历十才子之一。天宝末年举进士,遇乱不第;代宗朝又应举,屡试不第。著有《卢户部诗集》。

这首诗作于安史之乱时,主要抒写厌战、伤老、思归之情。首联写晚次鄂州的心情,"犹"字突出诗人归乡的急切心情,"孤"则是强调羁旅的寂寞孤愁。颔联继续写晚次鄂州时内心纷乱不宁的情态。颈联则交代心绪不宁是"归心"所致。"三湘衰鬓"是人生易老的感喟,肃杀秋色和明月则增添了诗人内心的孤苦和思乡的情怀。尾联诗人进一步交代羁旅漂泊的原因,认为罪魁祸首是战争,把乡愁和厌战、伤老结合起来,增加了诗歌的内涵。

中唐的边塞征战诗已无盛唐的乐观豪放基调,总是弥漫着低沉悲凉、感伤的情调。

四　晚唐：沉郁衰飒

降至晚唐，唐王朝的衰落已然是无可挽回。边塞征战诗也主要是抨击黑暗，针砭讽刺。其主题激昂豪迈的气息荡然无存，往往表现为无力的叹息中夹杂着愤慨沉郁与感伤悲哀，多为反战、怨战、哀战之作，多写将士们的苦难，把边塞和死亡连在一起，英雄主义的热情日趋消冷。所写之物也是色彩阴郁，景象萧瑟悲苦，苍凉沉重，一派衰飒之气。国家的败落深深地打击了诗人的心灵，他们再也无法乐观起来，于是陈陶、许浑等人写出了《陇西行》《塞下曲》这些让人心酸悲戚的苦诗。先看陈陶的《陇西行》：

誓扫匈奴不顾身，五千貂锦丧胡尘。
可怜无定河边骨，犹是春闺梦里人。

陈陶（生卒年及生平均不详），字嵩伯，岭南人（一作鄱阳，一作剑浦，此从《全唐诗》）。约唐武宗会昌初前后在世。工诗，以平淡见称。屡举进士不第，遂隐居不仕，自称三教布衣。

这首诗描写了边塞战争给人民带来的痛苦和灾难。前两句写出征将士奋不顾身地战斗，最后却只能是"丧胡尘"的悲惨结局。后两句更让人痛彻心扉，阵亡将士的尸骨深埋河边已多年，但家中的妻子不得而知，仍旧翘首苦盼望丈夫归来，甚至是在梦中与丈夫甜蜜地生活。这首诗饱含血泪地控诉战争的残酷，现实中的白骨与"春闺梦里人"的对比，更让人觉得沉痛无比。将士的死已是悲剧，而由这悲剧所导致的他们父母妻儿身上的悲剧更是动人心魄。

再看许浑的《塞下曲》：

夜战桑乾北，秦兵半不归。

朝来有乡信，犹自寄寒衣。

    这首诗凸显了战争的残酷，选题角度比较独特，读来令人触目惊心。夜间一战，士兵死伤过半，年轻的生命瞬间即逝，在这些死去的壮汉背后，留下的是家里年迈的父母、弱小的妻儿……可以想象战争何等残酷！"朝来有乡信，犹自寄寒衣"，真是令人心酸。家里的父母、妻儿挂念着远征的亲人，怕他在边塞受冻受饥，连夜赶制"寒衣"寄来，谁知寒衣未到人已先亡，河边的白骨不再需要温暖，家中的父母妻儿得知真相该是何等悲痛啊。

    晚唐国运衰败，战争胜负难定，在没落的时代里，激昂豪迈的精神总被沉闷哀怨的情调所替代，晚唐那种消极退避、悲凉沉郁的时代风貌都反映在时人的诗歌里面。在繁荣的盛唐，边塞征战诗激昂、豪放，充满自信；在衰落的晚唐，边塞征战诗沉郁、悲凉、满溢哀苦。

    终唐之世，边塞征战诗始终是唐诗中最为亮丽的一道风景，又最能体现唐代盛衰转折的时代气象。它以慷慨悲壮的格调与云谲波诡的内容在我国诗歌史上留下了充满奇情异彩的一页，其魅力将历久弥新。

第四节　唐代边塞征战诗的意象类型

    唐代边塞征战诗中的主要意象大致有三类：自然意象、人物意象、军事意象。

一　自然意象

    自然意象包括春、夏、秋、冬等季节意象，风云雨雪、霜雾冰雹、日月星辰等天气意象，黄沙瀚海、雪山关塞、沙石河流等地理意象，还有花草松柳、归雁鸿鸟等动植物意象。唐代的边塞诗人经常将四季流转与边地的风沙冰雪结合起来，有助于渲染环境，寄托情感。

边塞征战诗多有写景状物之句，所以自然意象是诗人的首选。在唐代的边塞征战诗中，最常见的自然意象是风、雨、雪、云、草、月等。诗人有意识地突出这些意象本身所具有的自然属性，很少追求典重繁缛的倾向，而是直接给人以边地高寒的真切感受。风雨雪云等意象进入诗人的视野，诗人会从其本身色彩着笔，如写雪突出其白色，像李颀"黄云陇底白雪飞"；写沙突出其黄色，如"平沙莽莽黄入天"（岑参《走马川行奉送出师西征》）；写云则突出其灰色或黄色，如岑参"愁云惨淡万里凝"（岑参《白雪歌送武判官归京》）、"黄云愁煞人"（高适《蓟门行五首》其五）等。表现寒冷则直言风刀霜剑，如"风头如刀面如割"（岑参《走马川行奉送出师西征》）、"饮马渡秋水，水寒风似刀"（王昌龄《塞下曲四首》其二）、"人寒指欲堕，马冻蹄亦裂"（长孙佐辅《陇西行》）等。写雨则突出其绵绵阴沉，如"雨拂毡墙湿"（岑参《首秋轮台》）、"雨雪乱霏霏"（高适《蓟门行五首》其三）等是对塞外雨的描写，增加了边地的凄凉悲苦之感。这些自然意象的描写，强化感觉体验，书卷气不浓，读来使人顿觉置身边塞环境之中，富有感发力量。

盛唐的边塞诗人描写边塞景物时往往善于抓住景物的壮美崇高特征，形成了边塞诗的壮美，如莽莽瀚海、崔嵬雪山、狂风暴雪、飞沙走石、阴云苦雾等。"北风卷地白草折"（岑参《白雪歌送武判官归京》）、"随风满地石乱走"（岑参《走马川行奉送出师西征》）、"风吹一夜满关山"（高适《塞上听吹笛》）、"大漠风尘日色昏"（王昌龄《从军行七首》其五）等，都是对塞外大风的描写。诗人笔下的风强劲凛冽，寒气逼人，营造了诗歌悲凉雄阔的风格。

边塞征战诗中经常提及的地点也比较特别，有的是实指的具体地点，如火山、热海、天山、玉门关、阳关、榆关、凉州、居延、金城、安西、走马川、百丈峰、青海、燕然等，也有的是泛指的某个区域，如边城、蓟北、关西、大漠、绝漠、胡天、关山、汉塞等。比如"戍楼西望烟尘黑，汉兵屯在轮台北"（岑参《轮台歌奉送封大夫出师西征》）、"青海长云暗雪山，孤城遥望玉门关"（王昌龄《从军行七首》其四）、"君不见走马川行雪海边"（岑参《走马川行奉送出师西征》）、"陇头路断人不行，胡骑夜入凉州城"（张籍《陇头行》）、"绝漠秋山在，阳关旧路通"（耿湋《送王将军出塞》）等诗中出现的这些地名意象，往往都被战争的硝烟笼罩，给人以阴森肃杀之感。或者是一些不被人熟知的边域地名，诗人借此营造不同于内地（中原南方）的奇异诗境。因此，地名意象群是边塞诗地域性特征最集中的体现。

这些不同种类的自然意象共同构成了边塞诗自然意象的特质：苍茫劲健、荒凉凄清、雄健阔大、雄浑壮阔。

二　人物形象

唐代边塞征战诗中最常见的人物意象有三类，即将士、胡人单于和征妇。

（一）将士

大唐盛世，人们积极进取，边地环境恶劣，生活孤寂艰苦，沙飞雪舞，冰坚风狂，但这些阻止不了男儿前进的脚步，浇不灭男儿滚滚似火的爱国热情。因此唐代的许多边塞诗赞扬了戍边将士英勇奋战的爱国之情和报国之志，如"黄沙百战穿金甲，不破楼兰终不还"（王昌龄的《从军行七首》其四）、"愿将腰下剑，直为斩楼兰"（李白《塞下曲六首》其一）、"功名只向马上取，真是英雄一丈夫"（岑参《送李副使赴碛西官军》）、"男儿何不带吴钩，收取关山五十州"（李贺《南园十三首》其五）等诗句唱出了将士们不畏艰苦的沙场豪情。

再比如"将军金甲夜不脱，半夜军行戈相拨"（岑参《走马川行奉送出师西征》）、"将军角弓不得控"（岑参《白雪歌送武判官归京》）、"将军铁骢汗血流"（王昌龄《箜篌引》），"复倚将军雄"（高适《塞下曲》）、"相看白刃血纷纷，死节从来岂顾勋"（高适《燕歌行》）等，这些诗句中的将军形象，慷慨报国、大义凛然，具有不惜为国捐躯、视死如归的战斗豪情，在他们身上充满阳刚之气，也具有中华男儿的血性，是爱国主义和英雄主义的化身，是鼓舞战斗士气、百战不殆的英雄。但在唐代的边塞征战诗中，有的诗也写到了将军的骄奢，比如高适《燕歌行》中的"战士军前半死生，美人帐下犹歌舞"，写将军轻敌自大，在军营中寻欢作乐最终导致战争失败。

唐代的边塞征战诗中也描写了将士久戍边关的厌战思乡之情和终老军中的凄惨之状。"戍客望边色，思归多苦颜"（李白《关山月》），诗人将戍客所思写得广阔而邈远，格外深沉。"更吹羌笛关山月，无那金闺万里愁"（王昌龄《从军行七首》其一），表达了远隔万里，思念妻子的哀愁。还有像"不知何处吹芦管，一夜征人尽望乡"（李益《夜上受降城闻笛》）、"碛里征人三十万，一时回首月中看"（李益《从军北征》）等，都写到了常年作战在外的将士们，每每夜深人静、孤独寂寞时思乡念亲的凄凉之感。

"古人昧此道，往往成老翁"（高适《塞下曲》）、"羌胡无尽日，征战几时归"（高适《蓟门行五首》其三）、"莫教兵士哭龙荒"（王昌龄《从军行》其三）等，这些诗篇更是突出描写了厮杀疆场的战士，即便孤老边外，也难以盼来归家之日。

（二）胡人单于

汉唐之世边塞征行与防卫都是以周边游牧部族与国家为防卫对象，游牧部族如匈奴、突厥、吐蕃、戎狄、单于、天骄、林胡等，还有与之相应的周边属国如楼兰、月氏、吐谷浑、郅支、毡衣乡等。在唐代边塞征战诗中，匈奴、单于、天骄等成了代指边地游牧部族的常用称谓，构成唐代边塞征战诗独特的意象类别。

写单于形象的诗句有："纷纷射杀五单于"（王维《少年行四首》其三）、"单于烈火照狼山"（高适《燕歌行》）、"单于下阴山"（王昌龄《变行路难》）、"单于破胆还"（王昌龄《从军行二首》其一）、"赌得单于貂鼠袍"（岑参《赵将军歌》）、"单于夜遁逃"（卢纶《和张仆射塞下曲》）等；写胡儿形象的有："侧闻阴山胡儿语"（岑参《热海行送崔侍御还京》）、"不遣胡儿匹马还"（戴叔伦《塞上曲二首》其二）、"胡儿走马疾飞鸟"（贯休《边上作三首》其一）、"胡儿十岁能骑马"（高适《营州歌》）等；还有"深入匈奴战未休"（王昌龄《箜篌引》）、"羌胡无尽日"（高适《蓟门行五首》其三）、"不教胡马度阴山"（王昌龄《出塞》其一）等；都是对少数部族匈奴胡人的刻画。值得一提的是唐代诗人笔下的匈奴胡人，虽然战争中是敌人，但诗中却真实地反映了他们勇武好战的性格，也不回避他们侵略汉地的场面描写，全面生动地展示了胡人、单于等形象。

（三）征妇

边塞征战诗中写征妇，主要突出她们的离愁相思。高适的《燕歌行》中的"少妇城南欲断肠，征人蓟北空回首"，表达了对征妇的深刻同情；李白在《北风行》中"黄河捧土尚可塞，北风雨雪恨难裁",则描绘幽州征妇对战死边地丈夫的悼念,揭露了统治者发动黩武战争的罪恶行径。而"看看北雁又南飞,薄幸征夫久不归。蟢子到头无信处,凡经几度上人衣。"(施肩吾《望夫词二首》其一)中更是直接表达了征人妇对久戍征战杳无音信的丈夫的思念之情。这类形象塑造在闺情宫怨诗一章中也有所涉及,可以互相对照品鉴。

三 军事意象

在边塞征战诗中,与军事相关的意象主要干戈意象和征战意象。干戈意象主要有骏马、旌旗、刀剑、狼烟、烽火、羽檄、鼙鼓、羯鼓、铁甲、征衣与营帐等。征战意象主要指杀人流血、牺牲死亡等意象,如战骨、征血、战血、骷髅、白骨、哭声、金疮、幽魂、冤鬼等。军事意象可以突出边塞战争的惨烈,如写流血牺牲:"战血染黄沙,风吹映天赤"(贯休《古塞下曲四首》其四)、"誓心清塞色,斗血杂沙光"(杨巨源《赠邻家老将》)、"黄河九曲今归汉,塞外纵横战血流"(薛逢《凉州词》)等;写尸横遍野:"可怜万里关山道,年年战骨多秋草"(张籍《关山月》)、"由来征战地,不见有人还"(李白《关山月》)、"白骨又沾新战血,青天犹列旧旄头"(汪遵《战城南》)、"冤魂不入地,髑髅哭沙月"(刘叉《经战地》)等。

这些军事意象是表现征战主题不可或缺的,在自然意象、人物意象构成的边塞背景中,军事意象表现战争带来的杀戮流血,触目惊心,对渲染战争气氛、表现战争惨烈状况起了不可替代的作用。

在频繁的边地激战中,一些军用物品也常常出现在边塞诗中,如号角、旌旗、金鼓、刁斗、烽火等。"杀气三时作阵云,寒声一夜传刁斗"(高适《燕歌行》),杀气震天,刁斗传寒,写出了战争中的高度戒备之态。"雪暗凋旗画,风多杂鼓声"(杨炯《从军行》),

写旌旗飘，金鼓喧，描写壮观的战争场面，也衬托出了将士的英勇无畏。"烽火照西京，心中自不平"（杨炯《从军行》）、"汉家烟尘在东北，汉将辞家破残贼"（高适《燕歌行》）等，用烽火渲染紧张的战斗气氛，激起将士们的爱国热情。诗人们对战地物品的描写，让我们仿佛亲见战争的激烈场面，如临其境。

唐代边塞征战诗中的这些意象，有助于领会诗中的深刻意蕴。把握了意象，也就抓住了诗歌的意境风格及诗人的思想感情。

第五节　唐代边塞征战诗的题材特色

一　唐代边塞征战诗对边地奇异风光的描写

在唐代的边塞征战诗中，经常将战争描写与边塞奇异风景结合起来，字里行间表达了戍边将士以苦为乐的高昂斗志。像岑参边塞诗的独到之处在于充满了山川奇气和爱国壮志。写火山："火山突兀赤亭口，火山五月火云厚。火云满山凝未开，飞鸟千里不敢来"（《火山云歌送别》）。写热海："侧闻阴山胡儿语，西头热海水如煮。海上众鸟不敢飞，中有鲤鱼长且肥。岸旁青草常不歇，空中白雪遥旋灭。蒸沙烁石燃虏云，沸浪炎波煎汉月"（《热海行送崔侍御还京》）。在《白雪歌送武判官归京》中，"忽如一夜春风来，千树万树梨花开"，以梨花比雪，雄奇明丽，新颖独特，落笔传神。不只写出了雪来得突然，写出了雪的铺天盖地，而且以春喻冬，情调乐观而昂扬。他描写送别的场景也是这样，帐外"瀚海阑干百丈冰，愁云惨淡万里凝"，以夸张笔墨勾画塞外雪景，气势逼人；送客出军门，但见"纷纷暮雪下辕门，风掣红旗冻不翻"，大雪纷飞，尽管风势猛烈，但辕门上的红旗已被冰雪冻住无法飘动。红白相衬，为边地凄清的冷色调增添了一丝暖色，反衬得整个境界更为洁白、寒冷；那雪花纷飞的空中不动的红旗，又衬得整个画面更加生动，富有诗意。诗中诗人对"雪"表现出敏锐的观察力和感受力，笔力矫健，既有大笔挥洒，又有细节勾勒，既有真实摹写，又有浪漫想象，意象鲜明，意境独特，描绘了边地瑰丽的自然风光。

二 唐代边塞征战诗中对战争的描写

唐代的边塞征战诗通过各种方式描写了战争，在战争描写中歌颂英雄，弘扬爱国主义精神，也表达对战争的批判和对人民的同情。但唐代边塞征战诗比较典型的特点是将描写战争与求取功名的愿望相结合。国力的强盛，激发了诗人们欣逢盛世的自豪感；频繁的战争，为知识分子提供了寻求晋仕机会。很多诗人将从军立功作为求取功名的主要途径，比如岑参曾两度出塞，经历了长达 8 年的边塞生活。再者就是把对战争的批判和对人民的同情结合起来。因为战争使将士们承受着妻离子散的痛苦和战死沙场的危险，所以有的诗人敢于批判战争的惨无人道，发出了反对穷兵黩武的呼声。有的诗人直接把矛头指向好战的君臣，像杜甫《兵车行》中的"武皇开边意未已，边庭流血成海水"，李白《关山月》中的"由来征战地，不见有人还"。李颀则写将士们"年年战骨埋荒外"，得到的只是"空见蒲桃入汉家"（《古从军行》），通过这种强烈反差揭露了君王"开边"的目的不过是满足自己的私欲而已。难能可贵的是，李颀不但同情"闻道玉门犹被遮，应将性命逐轻车"的汉族士兵，同时还看到了战争给少数民族带来的苦难，那句"胡儿眼泪双双落"和"胡雁哀鸣夜夜飞"形成对比衬托，产生了一种刺骨钻心的痛！这种思想境界，是其他具有反战倾向的边塞征战诗人所没有达到的。

这些作品在描写征戍艰辛和战事惨烈的过程中，把人类共通的思乡念亲、功名追求等种种喜怒哀乐置于生与死、血与火的场面中，惊心动魄，具有极强的艺术感染力。严羽在《沧浪诗话》中说："高、岑之诗主要是指边塞诗悲壮，读之令人感慨。"[①] 虽然这只是针对高、岑而言，在一定意义来看，也正是唐代边塞征战诗的艺术魅力。

唐代的边塞征战诗继承了南北朝边塞诗的风骨气质和善写离愁别怨的格调，创作的边塞诗篇既以慷慨报国的英雄气概和不畏艰苦的乐观精神为基本特征，也表现了将士慷慨从戎和久戍思乡的矛盾，形成了健康开朗的审美观念。唐代的边塞征战诗具有丰富的思想文化内涵。侠义传统与尚武精神是中华民族刚健勇武的文化性格，唐代边塞诗所表现的爱国情感、尚武精神和侠义的民族性格，具有承载传统文化精神的价值与意义。唐代边塞征战诗还从边塞风光、风物特产、民俗风情角度，多方面展现了边地少数民族的风俗文化，成为充满异域情调的风俗画卷。在慷慨悲壮的战争题材之外，又为边塞征战诗增添了神奇异趣的诗情画意，成为边塞诗地域性特征的集中体现。因此，从题材内容上看，唐代边塞征战诗具有广泛性、丰富性和深厚的历史文化性。

思考与讨论：

1. 讨论唐代边塞征战诗的爱国主义精神，兼谈你对唐代战争性质（正义与非正义）的认识。

2. 讨论分析唐代边塞征战诗中的"悲而不伤"的风格（盛唐精神）。

3. 分析唐代边塞征战诗中对少数民族异域风光和民俗风情的

---

① 严羽著，郭绍虞校释：《沧浪诗话校释》，人民文学出版社1998年版，第181页。

描写。

4. 比较分析王昌龄《从军行》和高适《蓟中作》在表现手法和诗歌意境的不同。

王昌龄《从军行》：烽火城西百尺楼，黄昏独上海风秋。更吹羌笛关山月，无那金闺万里愁。

高适《蓟中作》：策马自沙漠，长驱登塞垣。边城何萧条，白日黄云昏。一到征战处，每愁胡虏翻。岂无安边书，诸将已承恩。惆怅孙吴事，归来独闭门。

参考文献

陈才智：《杜甫对白居易的影响——以咏物诗为中心》，《杜甫研究学刊》2017 年第 2 期。

陈建华：《唐代咏史怀古诗论稿》，华中科技大学出版社 2008 年版。

程瑞丽：《唐代落第诗中的送别情》，《鸡西大学学报》2015 年第 2 期。

丛昕、董婧：《从山水田园诗看乡村景观意象的营造》，《艺术百家》2013 年第 7 期。

关永利：《唐前边塞诗史论》，中国文史出版社 2014 年版。

何严主编：《新编唐诗三百首》，江苏古籍出版社 1991 年版。

胡旭：《悼亡诗史》，东方出版中心 2010 年版。

黄桂凤：《杜甫李商隐咏物诗之比较》，《古籍整理研究学刊》2016 年第 4 期。

黄瑞梅：《唐代咏史怀古七绝研究》，硕士学位论文，广西师范大学，2016 年。

纪倩倩：《论唐代思乡诗的文化精神与艺术新变》，硕士学位论文，青岛大学，2005 年。

金性尧：《唐诗三百首新注》，上海古籍出版社 1980 年版。

竞鸿、米治国、殷义祥主编：《全唐诗精华》，吉林文史出版社 1994

年版。

兰甲云：《简论唐代咏物诗发展轨迹》，《中国文学研究》1995 年第 2 期。

兰天：《试论唐代咏物诗的艺术成就》，《湖南大学社会科学学报》1995 年第 1 期。

冷纪平：《论唐代咏史诗艺术新变》，硕士学位论文，青岛大学，2005 年。

李春霞：《唐代怀乡诗研究》，博士学位论文，哈尔滨师范大学，2012 年。

李浩：《唐代园林别业考论》，西北大学出版社 1996 年版。

李红霞：《唐代桃源意象的新变》，《西南民族学院学报》（哲学社会科学版）2002 年第 1 期。

李小茜：《试论唐人送别诗的审美风范》，《名作欣赏》2014 年第 12 期。

梁晓霞：《论唐代宫怨诗的嬗变轨迹》，《兰州学刊》2010 年第 10 期。

刘洁：《唐诗审美十论》，民族出版社 2003 年版。

刘学锴：《唐诗选注评鉴》，中州古籍出版社 2013 年版。

刘艺：《论唐代边塞诗及其繁荣原因》，《西域文学论集》（中国会议）1997 年 12 月。

路成文：《中国古代咏物传统的早期确立》，《中国社会科学》2013 年第 10 期。

雒海宁：《唐山水田园诗的悲剧蕴涵》，《青海社会科学》2017 年第 4 期。

马茂元编：《唐诗选》，人民文学出版社 1960 年版。

莫砺锋：《论晚唐的咏史组诗》，《社会科学战线》2000 年第 4 期。

潘百齐编著：《全唐诗精华分类鉴赏集成》，河海大学出版社 1989 年版。

邱昌员：《唐代爱情小说与其爱情诗、游仙诗关系论略》，《求索》2007

年第 8 期。

任文京：《唐代边塞诗的文化阐释》，人民出版社 2005 年版。

尚永亮：《血泪哀歌　生死恋情——中国古代悼亡诗初探》，《江汉论坛》1989 年第 4 期。

沈伯俊：《宫怨体的滥觞——〈长门赋〉》，《成都大学学报》（社会科学版）1982 年第 1 期。

石志明：《试论唐代爱情诗》，《宁波大学学报》1999 年第 1 期。

孙芳：《唐代思乡诗之意象研究》，硕士学位论文，安徽大学，2011 年。

孙兰廷：《论白居易诗中的爱情婚姻观》，《内蒙古民族师院学报》（哲学社会科学版）1995 年第 1 期。

孙洙编选，冯婉俊补注：《唐诗三百首》，古典文学出版社 1959 年版。

汪长江、韦杨建：《唐代思乡诗浅析》，《学习月刊》2010 年第 6 期。

王次澄：《唐代乡愁诗的时空与意象》，《古典文学知识》1994 年第 3 期。

王慧敏：《初唐送别诗的诗史意义》，《江苏教育学院学报》2010 年第 3 期。

王立：《古代悼亡文学的艰难历程——兼谈古代的悼夫诗词》，《社会科学研究》1997 年第 2 期。

王育红：《唐代宫怨诗歌及其情感表达》，《重庆社会科学》2010 年第 2 期。

韦春喜：《宋前咏史诗史》，博士学位论文，山东大学，2005 年。

闻一多：《唐诗杂论》，江苏文艺出版社 2007 年版。

萧涤非、程千帆、马茂元、周汝昌、周振甫、霍松林等：《唐诗鉴赏辞典》，上海辞书出版社 1983 年版。

徐国荣：《论唐代咏物诗的发展演变》，《前沿》2013 年第 22 期。

徐有富：《唐代妇女生活与诗》，中华书局 2005 年版。

许智银：《唐代送别诗结尾模式综论》，《中州学刊》2007 年第 4 期。

阎福玲：《论唐代边塞诗的意象运用》，《燕赵学术》2013 年秋之卷。

颜程龙、吴淑玲：《唐代边塞诗中的民族交往与战争描写》，《贵州民族研究》2018 年第 8 期。

杨一枫：《论唐代的爱情诗歌》，硕士学位论文，内蒙古大学，2005 年。

叶当前：《中国古典送别诗的发生学研究》，《上海师范大学学报》2010 年第 2 期。

虞云国：《〈遣悲怀〉文本的正背面》，《文史知识》2003 年第 1 期。

袁瑜：《论唐代宫怨诗所见之宫怨妇》，《名作欣赏》2014 年第 5 期。

战学成：《丧礼与〈诗经〉悼亡诗》，《学术交流》2006 年第 4 期。

张浩逊：《唐诗分类研究》，江苏教育出版社 1999 年版。

张剑：《略论我国古代悼亡诗》，《渤海学刊》1985 年第 4 期。

赵红菊：《论南朝咏物诗对唐代咏物诗的影响》，《内蒙古大学学报》2008 年第 2 期。

赵建建：《唐代送别诗情感特征初探》，《北京教育学院学报》2016 年第 4 期。

赵梅：《历代悼亡诗初论》，《苏州大学学报》1992 年第 1 期。

赵望秦、潘晓玲：《唐代咏史怀古诗百年研究回顾》，《南京师范大学文学院学报》2007 年第 4 期。

中国社会科学院文学研究所编：《唐诗选》，人民文学出版社 1978 年版。

周秀荣：《唐代田园诗兴盛原因之探析》，《湖北师范学院学报》（哲学社会科学版）2009 年第 4 期。

后　记

终于结束了这一次不同寻常的心灵（唐诗）之旅！"恒遗恨以终篇，岂怀盈而自足"！唐诗是唐人的纵情放歌，气韵华美，意境壮美，情味优美，毫无矫揉造作之痕，美得自然而健康，形成了传唱不息的唐之风韵，余音绕梁，在历史的天空中久久回荡，感动并激励着无数中华儿女！

写作此书，源于我给学生开设的《唐诗研究》选修课。这门课程的开设历程是我教师生涯中的一个心结，以至于讲义几经更迭，历时十八载，仍旧静卧在我书架的一角，时不时地拿出来翻阅其中的某一个章节，从来不忍将其收纳压到书柜之中，更不想任之沉淀为一段抹不去的记忆。

我是打心底喜欢唐诗的！小时候背诵《咏鹅》《静夜思》的场景历历在目，后来读到《红楼梦》中的香菱读诗，我也像她一样对唐诗充满了好奇。2002年有幸开设《唐诗研究》专业选修课，心中尤为欣喜。此前我一直开设《宋词研究》《诗词与人生》等课程，虽然其中关涉唐诗，但毕竟不是专题讲授，缺少腾挪的空间。开设《唐诗研究》课程还有一个重要诱因是我读了傅道彬先生的《歌者的悲欢——唐代诗人的心路历程》一书，被其中的唐人心灵深深触动，更被老师的文笔所折服。老师在引言中说道："唐代的酒杯装满了淋漓酣畅的唐代精神，唐代的明月映照出宁静澄澈的诗人心灵。"我正是在老师的言说中找寻着唐人宁静澄澈的心灵，感受唐代精神和盛唐气象。

唐代是一个气象恢宏的时代，唐诗是这个时代的亮丽名片。唐人那种包举宇宙的胸怀和震撼天地的豪情，永远激励后人去探索、去追寻。闭目凝思，我仿佛看到了张若虚，他独立于春江花月夜之下，看江水流春，感落月摇情，心惜青春可贵，怅惘人生易老；看到了李白，他在俗流弥漫的浊世，知音不遇，只能在花间举杯邀月，对影自酌，心中大痛可想而知；看到了杜甫，他老病孤独，悲怜自己沙鸥漂泊似的悲苦命运，这何尝不让人感喟；看到了王维，他的诗中不仅是追求禅境的安适恬淡，也有大漠边关，长河落日的壮美辽阔……

因为老师的诗情召唤和我赏读唐诗后的余情不已，促使我特别希望能在课堂上与学生交流我读唐诗的感受、感动和感慨。遗憾的是由于诸多原因，这门课开得时断时续。2015年，学校接受教育部本科教学水平审核评估，我被安排再次开设《唐诗研究》课程。那年冬至，我们《唐诗研究》班的同学们举行了一次笔会。冬至大如年，结合冬至的习俗，以"冬韵"为主题，以"东"和"冬"为韵部进行诗歌创作。让我意想不到的是，同学们创作情绪高涨，课程结束后他们还在讨论交流，挥斥方遒，激扬文字，一展胸中的豪情壮志与儿女情怀。那一刻，我突然感觉到这才是中文系学生应有的模样！

还有一点需要说明的是近年来我的研究生们一直跟着我研读宋词，探讨清代满族词史，只有何伟同学选择了唐代闺情宫怨诗作研究。写作过程中，几次遭到我的严厉批评，但批评之后却引发我的深深思索，唐诗之于师范生和语文老师（何伟同学是一位在职的中学语文老师）意味着什么？

以上种种，激发出了我把《唐诗研究》这门课继续开下去的热情，也促使我更为深入地去研读唐诗方面的前沿成果。像当年出版《心灵的旅行——宋词的审美观照》一书那样，在原有的讲稿基础上，运用选本学、分类学方面的理论，结合师范大学与基础教育的契合点，重新审视唐诗经典的思想内容和艺术规律，探幽发微，以一流、二流诗人为主体，兼顾三流、四流诗人的代表作品，分类品鉴唐诗的情感特征、审美风尚和文化价值。

经典只有代代相传，才能生生不息！希望这本小书能够引导读者穿过历史隧道去欣赏唐代的文化艺术，并起到弘扬传统文化，培养读者真善美情趣的作用。

我无法用理性的思考去解读那个激情四射的诗性年代（唐代），因为我的审美眼光和鉴赏水平实在是不比别人高超，但我完全是按照自己对唐诗的执着热爱、体验理解，按照唐诗经典对读者的审美教益来建构这本书的。这其中是我多年教学探索的点滴心得，自我的阅读经验与审美情趣，权且作为自己学海寻舟的一次尝试，算是对我教学科研工作的一个总结吧！书中恐有谬误、疏漏之处，还望各位师友、同人不吝赐教。

本书撰写与出版过程中得到了许多师友、学生的关心与帮助，这种记忆尤为深切。感谢吉林师范大学教材出版基金项目的资助，感谢中国社会科学出版社责任编辑郭晓鸿老师的辛勤付出。感谢我的师妹李恒老师、我的研究生何伟、魏小琪、关源、孙雨飞，她们帮我查阅、核对相关资料。如果没有他们的帮助与支持，或许就没有这本书的出版问世，在此深表谢意！

孙艳红

2020 年 5 月 30 日

于吉林师范大学